Allem danke ich und allen

Begegnung
mit Manfred Hausmann

Prosa/Briefe/Gedichte

Evangelische Verlagsanstalt
Berlin

Herausgegeben
von Helmut Hildebrandt

ISBN 3-374-00154-8

Manfred Hausmann

geb. 10. September 1898 in Kassel

gest. 6. August 1986 in Bremen

Inhalt

I

Nur im Unvollkommenen läßt sich das Vollkommene ahnen

II

Wo kein Sinn mehr mißt

III

Nur der Überwältigte weiß um die erschreckende und süße Tiefe des Lebens

IV

Unser Schifflein soll nun schweben

V

Die Liebe, die unfaßbar ist

VI

Im Ungesagten das Unsagbare sagen

VII

Alle Dichtungen und Kunstwerke
sind Überwirklichkeiten

VIII

Wer sich einsetzt, setzt sich aus

IX

Das Einst ist jetzt, das Dort ist hier

X

Begegnungen kann man nicht wollen,
aber man kann bereit dafür sein

Anhang

I

Nur im Unvollkommenen läßt sich das Vollkommene ahnen

Unkünstlerisches Lesen

... dann durchflutet mich beides: die Verehrung und die – ich wage es zu sagen – brüderliche Liebe. Das ist gewiß ein „unkünstlerisches" Lesen. Aber es kümmert mich wenig. Ich glaube sogar, daß man einer Dichtung erst dann ganz gerecht wird, wenn man sie so liest. Wie denn eine Dichtung und überhaupt ein Kunstwerk erst dann seine Größe offenbart, wenn es sich etwas abspüren läßt vom Leiden und Scheitern seines Schöpfers. Nicht die Vollkommenheit, die immer etwas Unmenschliches hat, sondern die notwendige Unvollkommenheit, die tief menschlich, die das eigentliche Humanum ist, adelt ein Kunstwerk. Nur wer als Mensch scheitert und immer von neuem scheitert, vermag es im künstlerischen Bereich zu etwas Erschütterndem zu bringen. Vollkommenheit bedeutet hier so viel wie Unvollkommenheit. Aber im Unvollkommenen, nur im Unvollkommenen, läßt sich das wirklich Vollkommene ahnen. Es hängt damit zusammen, daß durch jedes Kunstwerk ein Hauch von Unendlichkeit wehen muß.

(1971)

Begegnung mit dem Buch

Es gibt eine kleine Bronze von Ernst Barlach, die einen lesenden Mann darstellt. Er sitzt vornübergebeugt da, hat die Ellbogen auf die Knie gestützt und hält in den halb erhobenen Händen ein Buch. Sein Kopf neigt sich den bedruckten Blättern entgegen. Jeder Zug des Gesichtes, der festgeschlossene Mund, die witternde Nase, die genau blickenden Augen, die hochgezogenen Brauen, die gefurchte Stirn, das wirre Haar, jeder Zug bekundet eine innerste Hinwendung, eine angespannte Aufmerksamkeit, eine saugende Begierde. Es gibt für ihn nichts anderes mehr als dies sein Buch. Er ist, im unmittelbaren Sinne des Wortes, gepackt. Die Faszination, die von dem kleinen Ding in seiner Hand ausgeht, läßt ihn nicht einen Augenblick los. Man darf sicher sein, daß er das Gelesene in sein Wesen hineinnimmt, daß er es sich einverleibt und einverseelt, daß er es besitzt, wie er von ihm besessen wird, daß er ein besessener Besitzer ist.

Wer die Bronze eindringlich und geduldig betrachtet, entdeckt aber in den Mienen des Mannes noch etwas anderes. Hinter der Gepacktheit und hinter der Begierde lebt so etwas wie ein Staunen über das Wunder, das da in seine Hände gegeben ist. Die rund zweihundert Seiten beschwören vor ihm und für ihn eine Welt von seltsamer Überwirklichkeit, die Buchstaben, die Wörter, die Sätze erregen ein Leben von magischer Macht, erschaffen Schicksale und Geschehnisse, bestürzende Fragen und erlösende Deutungen, Rausch und Trauer, Morgenglanz und Finsternis, Verwirrung und Ordnung, Schauder und Glück. Und alles ist auf eine geheimnisvolle Weise sein Eigentum. Wie sollte er da nicht staunen und dankbar sein?

Und noch etwas, ein Drittes, läßt sich im Gesicht des lesenden Mannes erkennen, besonders in der Gegend über der Nasenwurzel: ein Arbeiten der eigenen Gedanken, ein gewisses Abwägen, ja ein sich Entgegenstemmen. Er will sich, ob er sich dessen bewußt ist oder nicht, keineswegs von dem Buch überwältigen lassen, mag es seinen Geist auch noch so gewaltsam bedrängen. Er ist auch noch vorhanden, er selbst, ein denkender Mensch, eine Persönlichkeit. Und so geht er als ein eigenständiges Ich in die wunderbare Welt des Buches hinein und setzt sich mit ihr auseinander. Und indem er sich mit ihr auseinandersetzt, gewinnt er tiefe und tiefste Einsichten in sein eigenes Wesen, wird er recht eigentlich er selbst, wächst er über sich hinaus, wird er mehr als er selbst. Seine Begegnung mit dem Buch erweist sich als eine echte Begegnung. Denn es gehört zu einer echten Begegnung, daß der Mensch erschüttert, verwandelt und bereichert aus ihr hervorgeht. Man kann dem gedankenvollen Satz des großen Griechen „Werde, der du bist" einen anderen entgegenstellen, der jeden, insbesondere jeden Leser, gleichermaßen angeht: „Werde, der du nicht bist!" Werde, der du nicht bist und der du unter keinen Umständen zufolge deiner eigenen Veranlagung und seelisch-geistigen Substanz werden kannst, sondern nur durch die Begegnung mit anders gearteten, mit anders angelegten Menschen und mit anders gearteten geistigen Bewegungen, wie sie im Buch ihr Wesen haben.

So wie Barlachs lesender Mann müßte jeder ernsthafte Leser jedes ernst zu nehmende Buch sich aneignen: mit innerster Hinwendung, mit staunender Dankbarkeit, in verändernder, bereichernder Begegnung. Erst dann erfüllt sich der Sinn des Buches.

(1955)

Selbstbildnisse

1928

Er trat am 10. September 1898 in Kassel als Erstgeburt ans Licht. Da er blond, blauäugig und langschädelig war, schmückten seine Eltern ihn mit dem nördlichen und zu ungewöhnlichen Taten verpflichtenden Vornamen Manfred.
Ungewöhnlich war indessen fürs erste nur seine Lümmelhaftigkeit. Als seine Eltern nach Göttingen übersiedelten, gab es dort zu seinem aufrichtigen Bedauern ein Gymnasium. Er wurde angehalten, in es zu gehen. Solange man in den verschiedenen Klassen den Leistungen entsprechende Plätze einnahm, hatte er gewisse Aussichten, dereinst im Himmelreich der erste zu sein. Später, als die Jünglinge alphabetisch angeordnet wurden, setzte ihn die Gunst des Schicksals neben einen Genossen, der mit unaufhörlichen Kenntnissen und einer wundervoll klaren Handschrift begabt war. Kein Wunder, daß solchen Geistes Nähe außerordentlich fördernd auf die Beschaffenheit seiner Klassenarbeiten einwirkte.
Im übrigen konnte er um diese Zeit aus Ursache süßer Gefühle im Herzen nicht umhin, klägliche Reime auf verschiedene Papiere zu schreiben. Auch sah er nachts viel in den Mond und dachte bald an dies, bald an jenes Mädchen aus der Nachbarschaft. Tagsüber spielte er mit Rauhbeinen Fußball und mit jungen Damen Tennis. Sonntags verachtete er Kragen, Schlips und Elternhaus und wanderte barbrüstig in Deutschland umher.
Mit einem Male sagten seine Lehrer, er sei auch einer von der eisernen Heldenjugend. So spazierte er denn von der verhaßten Schulbank auf den Kasernenhof, der ihm vergleichsweise erholsam vorkam (was nicht so sehr für diesen als gegen jene spricht), und von dort in alle möglichen Schützengräben und Granattrichter. Das abenteuerliche Leben unter Männern behagte ihm besser als seine bürgerliche Vergangenheit. Eisenbahnfahrten kreuz und quer, tagelang, nächtelang, fremde Länder, Hunger, Gas, Trommelfeuer, Regen, Vegetieren im Stollen, Schlaf, Schlaf, Schlaf, unglaubliche Roheit, einzigartige Kameradschaft, Waldlager, Tod, Wahnsinn. Er begriff

vom Wesen und Sinn des Krieges so gut wie nichts. Ein lebensgieriger Junge von achtzehn Jahren.
Im Sommer 1918 kam er gasvergiftet und mit durchschossenem Fuß von der Marne zurück. Im Lazarett gingen ihm die Augen ein bißchen auf. Da er überhaupt nicht mehr wußte, was er sollte und wollte, arbeitete er tagsüber in einer Fabrik und begann abends an den nicht gerade prallen Brüsten der Alma Mater Georgia Augusta Gottingensis zu saugen, nicht ohne das Maul ob der Bitternis der philosophischen Milch schief zu ziehen. Dies getan, sprang er, so gut sein Fuß es ihm erlaubte, kopfüber in den Strudel der Münchener Bohème.
Vor allen Dingen waren dort im Bayernland, das er liebte, die Seen und das Gebirge. Fahrten ins Österreichische und Italienische, Schneeschuhnächte, Kutscherseminare. Eines Faschings erwarb er aus lauter Übermut das philosophische Doktorhütchen.
Aber dann ging es mit ihm bergab, denn er sollte einen ernsthaften Beruf ergreifen. Die erste Hälfte des nunmehr anhebenden Sommers – man schrieb mittlerweile 1922 – faulenzte er als Privatdozentenaspirant unter Gundolf in Heidelberg, die zweite auf dem Hohentwiel als Dramaturg der dortigen Festspiele. Als er diese „Tätigkeit" im Kontor seiner väterlichen Mikroskopfabrik fortzusetzen gedachte, wurde er, unter uns gesagt, hinausgetan. Da außerdem das seltsame Zwischenspiel der Inflation stattfand und doch alles verloren war, bestellte er eine Brautkutsche, von Pferden gezogen, ließ die Kirchenglocken läuten und heiratete seine ebenso stille wie verwegene Kameradin mit ohne einen Pfennig Geld beiderseits.
Das folgende Jahr hindurch thronte er auf dem Schemel einer Bremer Übersee-Spedition und machte Dollars für den Boß. Aber dortselbst mußte er immer so gräßlich früh aufstehen und so unmenschlich verwickelte Dinge in seinem Kopf ausrechnen, daß er lieber Feuilleton-Schriftleiter wurde. Derart auf den Hund gekommen, genierte er sich nicht mehr, die Geschichten und all den Tand, den er inzwischen während der Frühstückspausen und an den Sonntagen geschrieben hatte, einem Bremer Verleger anzubieten, der denn auch darauf hereinfiel.

Weil er nun nicht mehr tiefer sinken konnte, tat seine Herzallerliebste das Ihre und gebar ein Söhnlein zart. Und als er genau hinguckte, waren es sogar zwei. Zwillinge gewissermaßen. Nun kam es wirklich nicht mehr darauf an. Er legte die Arbeit bei der Zeitung nieder und landstreicherte im Überschwang der neuen Freiheit so lange durch Deutschland auf und nieder, bis er das Buch „Lampioon" fertig hatte. Dann kehrte er zurück und lieh sich, da er nicht reich genug war, um anständig zur Miete wohnen zu können, Geld für ein eigenes Haus oben auf dem Weyerberg bei Worpswede, ebenso modern wie heiter. Ringsherum roch die Erde nach Brombeeren, Ginster, Heide, Föhren und Birken. Außerdem kaufte er sich eine Segeljolle.
Man sollte eigentlich nicht davon sprechen, aber in anderer Hinsicht ist es ja auch wieder recht erfreulich, daß sich das junge Paar nicht gescheut hat, in der Zeit der kulturellen Depression und der Not der Landwirtschaft noch ein winziges Mädchen zu bekommen. Es heißt geradezu Bettina mit Namen. Als Entschuldigung mag angeführt werden, daß sich der gütige Herr S. Fischer, vermutlich um seine literarische Sammlung von -manns (Hauptmann, Wassermann, Kellermann, Thomas Mann, Klaus Mann, Heimann, Großmann, Guttmann, Whitman) zu vervollständigen, Hausmanns ein wenig angenommen hatte. Dies erachtete und erachtet der Autor für gleichbedeutend mit einem ruhigen Lebensabend.
So lebt er so hin. Er lebt sehr gern. Er weiß nicht viel, aber er lebt. Das ist genug.

1932

Wenn ich sage, daß ich an nichts glaube, so bringe ich das nicht prahlerisch und selbstsicher vor, sondern eher verzweifelt und sehr leise. Ich bin nicht imstande, an irgend etwas zu glauben. Das ist das Ergebnis einer langen, unnachsichtigen Selbsterforschung. Meine innerste Natur ist Unglaube mir selbst gegenüber, Zweifel, Mißtrauen.
Daß überlieferte Dogmen und Religionen, mögen sie noch so tief in ihrer Symbolik sein, als Gegenstand eines lebendigen und schöpferischen Glaubens nicht in Frage kommen, ver-

steht sich von selbst. Ein Glaube darf sich nicht auf einem Bildungserlebnis – und so etwas bedeutet das Ergreifen einer überkommenen Religion wohl immer –, er muß sich auf einem Urerlebnis aufbauen.
Was mir aber an Urerlebnissen beschieden wurde, erwies sich, wenn es auch im Augenblick urgewaltig oder beseligend war, bei späterem Besinnen doch als fragwürdig. So etwa eine Fahrt im Freiballon mit dem fast mystischen Gefühl der Hilflosigkeit und des Ausgeliefertseins an die Mächte des Luftraums, so die Trommelfeuer im Krieg, so ein Sturm auf See, so das Hinneigen zu einem geliebten Menschenkind, so, um auch das Unscheinbare zu erwähnen, das Versinken in einer Minute des Nachsinnens, wenn die Zeit nicht mehr ist und die Dinge den Atem anhalten und man nicht weiß, was eigentlich mit einem geschieht, auch der Anblick eines schlafenden Kindes in seiner Unschuld, auch der kleine Laut eines Vogels in der Totenstille der Nacht. Das alles bewegt und erschreckt mich tief. Es ist voller Unbegreiflichkeit. Man sollte meinen, es sei etwas für den Glauben. Aber beim ersten Versuch, das Geheimnisvolle und Schwebende, das diesen Erlebnissen eigen ist, zu berühren, und sei es auch nur mit dem Glauben, vergeht es. Es hat keinen Bestand. Es ist nur wirklich, solange man es erlebt. Was bleibt, ist eine Erinnerung, verwischt und zweifelhaft wie alle Erinnerungen. Man kann nichts damit anfangen. Ist es Leben oder Einbildung? Wahrheit oder Traum? Ich weiß es nicht.
Manchmal versuche ich, das armselige bißchen Erinnerung durch die Sätze und Verse, die ich niederschreibe, wieder zu seiner alten Wirklichkeit zu beleben. Aber es gelingt mir nicht und wird mir auch wohl nie gelingen. Denn die Wörter und Begriffe sind tot. Die Wahrheit ist aber lebendig und unbegreiflich.
So gehe ich auf der Erde umher: hilflos und ohne Hoffnung. Zwar werden mir immer wieder Erlebnisse geschenkt, die mich durch ihren Wahnsinn und durch ihre Süße überwältigen. Aber wenn ich über sie nachdenke, verflüchtigen sie sich. Sie sind wie nichts. Was ich weiß, ist ein Nichts. Ein Kind kann mich durch beharrliches Fragen schnell ans Ende meiner Weisheit bringen. Ich glaube an nichts. Vielleicht

glaube ich an meinen Unglauben, obgleich nicht einmal das sicher ist. Wenn ich einen Bleistift in der Hand habe und ein Blatt Papier vor mir, dann merke ich, daß ich doch nicht so recht an diesen meinen Unglauben glaube. Ich glaube an nichts, aber nicht an das Nichts.

So ungefähr sieht es in mir aus.

1950

Je älter ich werde, um so mehr sehe ich ein, daß äußere Ereignisse im Leben des einzelnen nur sehr wenig zu bedeuten haben. Auch das Kennenlernen fremder Länder und Völker, die Begegnung mit großen Menschen und geistigen Welten, mit Kunst, Wissenschaft und Religion, wollen nicht viel besagen. Es kommt ja immer darauf an, was ein Mensch aus seinen Erlebnissen und Begegnungen macht. Dem einen fällt, wenn die h-Moll-Messe vor ihm erbraust, nichts Besonderes ein. Dem anderen genügt der Anblick eines Grashalmes, um die ganze Abgründigkeit und Herrlichkeit des Daseins zu erschauen.

Was einer aus einer Begegnung macht, hängt aber davon ab, wer er ist.

Wer bin ich also?

Es gibt für den Menschen keine Frage von gleicher Bedeutsamkeit und Unheimlichkeit.

Ich glaube, daß von mir, wenn ich einmal alles abstreife, was ich ererbt, gelernt, nachempfunden oder mir sonstwie angeeignet habe, alles, was ich nicht mir, sondern den Menschen meiner Umgebung, der Umgebung selber und dem sogenannten Zeitgeist verdanke, ich glaube, daß dann von mir nichts übrigbleibt als ein hilfloses Wesen, das einsam, schuldbewußt und gnadebedürftig vor den richtenden Augen des Ewigen steht, der es erschaffen hat.

Der es erschaffen hat. Das ist wichtig. Wie jedem anderen Menschen, so hat er auch mir seinen Odem eingehaucht. Wenn ich wüßte, wer ich zutiefst und zuwahrst bin, wüßte ich auch, wer Gott ist. Oder andersherum gesagt: Da ich nie imstande bin, Gottes Wesenheit zu fassen, kann ich auch nie wissen, wer ich bin. Bis zum Ende der Tage. Dann freilich wird alles anders.

1960

Einer, der nur ganz selten glücklich ist. Etwa an einem Sommermorgen bei gelinder Sonne auf der Terrasse seines Hauses, das er sich zwischen Bremen und der See auf dem Steilufer der Unterweser erbaut hat, wenn er auf die Jachten und Frachter hinuntersieht, die langsam ihres Weges ziehen. Oder im verdunkelten Theater, wenn von irgendwoher, ehe der angestrahlte Vorhang die Szene für ein Shakespearesches Lustspiel freigibt, ein wenig Musik ertönt. Oder zu Beginn einer Seereise, beim Betreten des Decks, über dem dieser erregende Geruch von Farbe, Tauwerk, Teakholz, Öl, Dampf und Brackwasser hängt. Meist steht er ratlos und bestürzt vor der Gebrochenheit des Lebens in allen seinen Erscheinungen, vor der Fragwürdigkeit des eigenen wie jedes Menschentums und vor der unheimlichen Rätselhaftigkeit des göttlichen Waltens, die sich in den Gründen und Abgründen der Welt und im Gang der Geschichte, nicht zuletzt der Heilsgeschichte bekundet. Dennoch ist er zu seiner unaufhörlichen Verwunderung nicht ohne Vertrauen zum Leben, zu sich selbst, zu den Menschen und, allerdings auf eine vollständig andere Weise, zu Gott. Sonst hätte es ihn wohl kaum gelockt, auf den Landstraßen Europas umherzuziehen, staunenden Auges und bebenden Herzens, sonst wäre er wohl kaum nach Amerika gereist und nach Cuba, nach Palästina und Ägypten, nach Island und Spitzbergen, sonst hätte er wohl kaum gewagt, zu heiraten und vier Kinder zu haben, drei Jungen und ein Mädchen, sonst würde er wohl kaum in immer neuer Bemühung versuchen, das offensichtlich Unsagbare dennoch in Vers und Prosa zu sagen.

Nach einer unruhigen Jugend als Soldat, Student, Dramaturg, Kaufmann, Redakteur und Landfahrer begann er zu schreiben. Anfangs, um sich des wilden Lebens ringsum durch die Ordnungen der Sprache zu bemächtigen, später, um die Vordergründigkeit der Welt durchsichtig zu machen, und heute, um der Verkündigung zu dienen. Dabei erhebt sich immer wieder und immer drohender die Frage, ob eine Verkündigung unmittelbar oder mittelbar durch Kunst nicht nur ein Widerspruch in sich, sondern geradezu ein lästerliches Unterfangen sei, das sich anmaßt, eine Welt der Ordnung und der Bewahrtheit der rätselhaften und gebrochenen Schöpfung Gottes gegenüberzustellen. Manchmal glaubt er eine rettende Antwort zu wissen. Aber eben nur manchmal. In der Regel ist er sich klar darüber, daß er diese bekenntnishaften Gedichte, Erzählungen, Dramen und Betrachtungen, die ihm so sehr am Herzen liegen, eigentlich nicht schreiben dürfte, wenigstens nicht so. Dennoch schreibt er sie. Wie er denn sein ganzes Leben im Gegensatz zu seinen Einsichten geführt hat und wohl auch weiterhin führen wird. Es hängt mit dem Vertrauen zusammen. Vertrauen ist tiefer als Einsicht.

1968

Als ich jung war, wirkte vieles bestimmend auf mich ein, aber eins nicht: der Tod. Mein Leben werde, so meinte ich, so fühlte ich, so benahm ich mich, ins Unabsehbare fortgehen. Natürlich wußte ich, wenn ich nachdachte, daß ich einmal sterben müsse. Aber das lag noch in weiter Ferne und hatte keine Wirklichkeit. Zunächst war etwas anderes an der Reihe, das Leben. Nicht einmal in großen Gefahren, in Krankheiten oder in den Schlachten des ersten Weltkrieges gewann der Tod Macht über mein Fühlen. Ich war zu jedem Wagnis bereit, weil ich darauf vertraute, daß ich leben würde. Wohl kannte ich die Angst vor dem körperlichen oder geistigen Versagen in einer entscheidenden Stunde, die Angst, den Sinn des Lebens zu verfehlen, die schreckliche Angst vor dem Anblick von etwas Gräßlichem, etwa von einer zerstörten Menschengestalt. Aber nicht die Angst vor dem Tode. Nicht, weil ich so tapfer gewesen wäre, sondern weil der Tod einfach nicht in Betracht kam.

Das war die Zeit der Jugend.

Jetzt bin ich alt. Und die Angst vor dem Tode hat sich immer noch nicht eingestellt. Aber der Gedanke an den Tod, das Bedenken des Endes, spielt nun eine große Rolle in meiner Lebensführung. Das und das werde ich wahrscheinlich und dies und jenes bestimmt nicht mehr erleben. Und ich wäre doch so gern noch dabei. Schade! Zu dieser Arbeit, die ich mir für eine gute Zeit aufgehoben habe, werde ich nicht mehr kommen. Schade! Jenes Unternehmen werde ich körperlich nicht mehr leisten können. Schade! Keine Angst, aber ein Bedauern. Ich habe noch zu so vielem Lust. Die Schönheit der Welt will mir schöner, das Dunkel freilich auch dunkler vorkommen als je. Ich bin nicht lebenssatt. Durchaus nicht. Aber ich bin, wenn ich an die letzte Stunde denke, getrost. Was mir auch zustößt, einer weiß, warum es gerade so und nicht anders geschieht. Und wenn ich die Hand des liebsten Menschen loslassen und „es" allein abmachen muß, werde ich doch nicht verlassen sein. Ich weiß mich geborgen, soweit menschliche Anfälligkeit sich geborgen wissen kann. Die Ängste allerdings sind geblieben. Und eine neue hat sich den alten zugesellt, die Angst, den Menschen, mit denen ich umgehe, zu wenig Liebe erzeigt zu haben. Liebe ist etwas sehr Schweres. Versäumte Liebe läßt sich nicht nachholen. Vielleicht gibt das Wissen um die Unnachholbarkeit der versäumten Liebe einen Vorgeschmack der Hölle.

Allem und allen

Achtzig – was ich bin und was ich habe,
daß ich nur das Danken nicht versäume!
Jeder Tag schenkt seine gute Gabe,
durch die Nächte wehn die Träume.

„Diese Gaben, sind's denn lauter gute?
Weht dein Traum nur über goldne Auen?"
Manche Gabe schmerzt wie eine Rute,
mancher Traum ist voller Grauen.

Doch was Gott, was Menschen mir auch gönnen,
wär das Schwere mir nicht zugefallen,
hätt ich, der ich bin, nicht werden können.
Allem danke ich und allen.

(1978)

II

Wo kein Sinn mehr mißt

Weg in die Dämmerung

Trüb verglimmt der Schein,
da der Abend naht.
Und ich geh allein
den verschneiten Pfad,

der, vom Hang gelenkt,
mit gelindem Schwung,
hin und her sich senkt
in die Niederung.

Birken, starr von Eis,
Pfahlwerk, unbehaun,
Dorn und Erlenreis,
ein verwehter Zaun

geben seiner Spur
anfangs das Geleit,
dann gehört er nur
der Unendlichkeit,

die verdämmernd webt
und ihn unbestimmt,
wie er weiterstrebt,
in ihr Dunkel nimmt.

Reif erknirscht und Schnee
unter meinem Schuh.
Weg, auf dem ich steh,
dir gehör ich zu!

Wer des Lichts begehrt,
muß ins Dunkel gehn.
Was das Grauen mehrt,
läßt das Heil erstehn.

Wo kein Sinn mehr mißt,
waltet erst der Sinn.
Wo kein Weg mehr ist,
ist des Wegs Beginn.

(1946)

Die Föhre

Früher dachte ich, die Lüneburger Heide sei lauter Heide. Aber als ich zum ersten Male von Celle aus nordwärts wanderte, sah ich mit meinen eigenen Augen, daß es dort vor allen Dingen Wälder gibt, dunkle Föhrenwälder nach allen Himmelsrichtungen hin. Und in der Mitte liegt der Wilseder Berg in seiner Einsamkeit.

Seitdem ziehe ich mich immer, wenn es mir schlecht ergeht, in die Heide zurück. Ich brauche nur durch das braune Kraut zu waten und in den Harzgeruch der windstillen Wälder einzutauchen, dann wird alles wieder gut.

Diesmal habe ich Sturm angetroffen. Mittwoch in Soltau hatten wir noch das klarste und feierlichste Wetter, das du dir denken kannst. Aber seit gestern stürmt und regnet es von Westen her, als befänden wir uns im April und nicht im Oktober. So abwechselnde Schauer, weißt du. Der Wind schwillt an, der Himmel verfinstert sich, Wassermassen jagen über die Erde, es dröhnt wie bei einem Weltuntergang. Nach ein paar Minuten läßt das Unwetter nach, vielleicht zeigt sich sogar die Sonne. Gefunkel und ermattete Windstöße über

Wald und Feld. Aber eine Viertelstunde später steigt eine neue Wolkenwand herauf, pechschwarz, fährt eine neue Bö heran, Wirbel wühlen in den Föhrenwipfeln, Regengüsse, krachende Äste, Dunkelheit und Geheul. Dann wieder Sonne und blauer Himmel. So geht es fort.

Heute nacht habe ich in Wintermoor geschlafen. Leider hielt die Scheune nicht dicht. Ich mußte aufstehen und mir ein anderes Lager suchen. Es war nichts Rechtes. Jetzt bin ich woanders. Falls es dich interessiert: ich bin gerade auf einem kleinen Hügel angelangt, von dem aus ich den Wilseder Berg breit und allmächtig vor mir habe. Dort unten zu meinen Füßen fängt er schon an. Ein dumpfes, langsam sich emporwölbendes Gebilde aus der Urzeit der Erde. Auf dieser Seite ist der Rücken so gut wie kahl. Lichtflecken und Regenschauer ziehen über ihn hin. Zwischen den grauen Findlingsbrocken, die überall herumliegen, wabern zerschlissene Machangelbüsche. Es weht und weht.

Eigentlich wollte ich mich an einer geschützten Stelle noch ein bißchen hinlegen, um den versäumten Schlaf nachzuholen. Aber wie ich den Berg so vor mir sehe, muß ich erst einmal hinauf, es geht ja nicht anders. Was mag das für ein Blick von da oben sein!

Ich laufe den Hügel hinunter, streife an gelben Birkenfetzen entlang und lasse mich, nachdem ich unten über einen Bach gesprungen bin, auf der anderen Seite von dem Sturm, der gerade wieder heranbraust, vorwärtsstoßen. Eine abgerissene Birkenkrone fegt, sich überschlagend, an mir vorbei und trudelt bergan, ein großer Ball, der über die Findlinge hüpft und gegen die Machangelbäume prallt. Nun glänzt er in der Sonnenbahn, die über ihn weggleitet, golden auf, taumelt durch die Luft, rollt wieder auf der Erde, rollt und hüpft, bis er hinter dem Gipfel verschwindet. Ich selbst fliege auch mehr, als daß ich gehe. Zuweilen brauche ich mich nur zurücklehnen und die Beine zu bewegen, dann komme ich schon voran und weiß nicht wie. Noch regnet es nicht, aber das Wetter heult immer höher auf. Meine Hosenbeine zappeln, das Heidekraut pfeift, die Gräser winseln. Und in das Rauschen und Pfeifen mischt sich immer wieder das ferne Donnern der Wälder.

Gott sei Dank dauert es nicht lange! Mit der Zeit kann ich mich wieder aufrichten und umherblicken. Was für eine Grenzenlosigkeit! Was für Farben! Daß es so etwas gibt auf der Welt. Noch hasten nachzüglerische Regenschleier über den Berg, aber da hinten glühen schon grüngoldene Wiesenflächen in der Sonne auf, dazwischen lagern, unterbrochen von weißen Tupfen und gelben Flecken, die Schatten der Wälder, Streifen hinter Streifen, erst schwarz, dann blau und in der Ferne immer bläulicher, bis die letzte Wellenlinie der Hügel im zartesten Hellblau vergeht. Eine Landschaft von kristallischer Klarheit. Kein Mensch, kein Tier, die Wälder ganz mit sich allein. Eine von den leuchtenden Flächen weht heran, weht schnell herauf, ein warmer Glanz fällt über mich und flieht weiter. Da und dort beginnt die Heide zu dampfen. Aber der Wind, der unaufhörlich stößt und wettert, läßt meine Ohren rauschen wie zwei Muscheln. Schuuh schuuu schuuh ... Und doch habe ich das Gefühl einer großen Stille. Ich weiß selbst nicht, warum.

Hier oben herrscht wohl ein anderes Zeitalter, hier gibt es nur den Wind, die Wolken, die Sonne, den Regenbogen, die Wälder, die Tage und Nächte, die Jahre und Jahrhunderte, hier gibt es nur die Ewigkeit. Ich möchte immer hier oben bleiben, ich könnte ein Baum sein und dastehen und alles über mich ergehen lassen. –

Jenseits der Kuppe ragen einige Föhren auf. Der Sturm setzt ihnen, obwohl er im Augenblick nur verhalten bläst, ziemlich zu. Sie biegen sich immer wieder so tief herab, daß ich meine, sie müßten brechen. Aber es geht noch gut.

Wahrscheinlich hat sich vor gar nicht so langer Zeit ein vollständiger Wald um die Kuppe herumgezogen. Dann sind die Bauern gekommen und haben das meiste abgeholzt. Nur diese vier, sechs, neun, elf, diese elf Bäume sind übriggeblieben. Wenn sie schon von Anfang an so einsam aufgewachsen wären, hätten sie ihr Astwerk mehr in die Breite gesandt. Statt dessen haben sie schlanke, hohe Stämme, nur zu alleroberst biegt sich und schwenkt sich ein Bündel dunkelgrünen Gezweiges hin und her. Man sieht es ihnen an, daß sie in früheren Jahren bemüht gewesen sind, ihre Kronen so hoch wie möglich zu bringen. Sonst hätten ihre Nachbarn ihnen das Licht weggenommen. Heute wünschen sie sich die Kameraden von Anno dazumal sicher zurück. Ein ganzer Wald widersteht dem Unwetter schon eher als elf vereinzelte Bäume.

Am meisten ist diese Föhre bedroht, die, abgesondert von den anderen, ziemlich weit oben steht. Sie ächzt und windet sich, als wisse sie ganz gut, daß der Sturm ihr nach dem Leben trachtet. Ich sehe ihr nun schon eine ganze Weile zu, und du kannst sagen, was du willst, aber ich finde, sie ist wie ein Mensch, der mit den Wogen des Schicksals kämpft. Wenn du einmal einen Film im Kino gesehen hast, in dem sich einer immer und immer noch einmal aufrafft, um sein Leben von neuem zu versuchen, dann begreifst du vielleicht, was ich meine. Die Liebhabereien sind ja verschieden unter den Menschen. Der eine setzt sich ins Kino und betrachtet die zehn atemberaubenden Akte, die da gegeben werden, der andere stellt sich auf den Wilseder Berg, kaut an einem Brotknust herum und faßt eine Föhre ins Auge, die vor lauter Nackenschlägen nicht ein noch aus weiß. Ich möchte dir nicht zu nahe treten, aber laß du mich auch in Ruhe! Noch ist es nicht gerade atemberaubend, das mit der Föhre, aber wir wollen einmal die nächste Wetterwand abwarten. Kann sein, daß dann irgendein Unglück geschieht. Ein brausendes Drama auf dem Wilseder Berg.

Man sollte es nicht für möglich halten, was der Wind, dies Nichts da oben in der Luft, für eine Kraft hat. Er biegt einen Baumstamm, der an seinem unteren Ende so dick ist wie ich selbst, hin und her, als handele es sich um einen Rohrstock. Ich gehe zu der Föhre hinunter und fasse sie an. Das ist kein totes Holz, ich möchte sagen, es ist wie ein Muskel mit Sehnen und lebendigen Nerven. Der Stamm verschiebt sich in sich selbst, er biegt sich und spannt sich, er zieht sich zitternd zusammen und gibt, sich dehnend, nach, seine Fasern knirschen leise. Und wie ich mein Ohr an die Rinde lege, um zu horchen, was für Geräusche sich sonst noch da innen regen, vermeine ich ein Stöhnen zu vernehmen, das, wenn die Bö anschwillt, immer schmerzlicher und erstickter wird, bis es sich zuletzt in dem bebenden Schweigen der äußersten Anstrengung verliert. Dann sinkt es mit dem Nachlassen der Gefahr wieder langsam ab, ein erschöpftes Aufatmen, die Föhre atmet auf. Aber oben im Gezweige braust es nach wie vor. Der Wind fließt wie ein Wasserfall durch die hunderttausend Nadeln. Die Äste schlagen verzweifelt um sich. Hol's der Henker, diese Föhre ist wie ein Mensch, ich habe es schon einmal gesagt, sie ist ein lebendes, weinendes, kämpfendes Wesen, sie, ruft doch um Hilfe, sie hat doch etwas Furchtbares auszuhalten, es geht doch auf Tod und Leben! Man kann doch nicht dabeistehen und die Hände in die Hosentaschen stecken! Oder willst du mir weismachen, das Leben eines Baumes, der sich Jahr für Jahr mühsam ernährt und emporbaut, der seine Säfte in sich kreisen läßt mit Frühling und Hochzeit, der sich in Duft und Herrlichkeit gen Himmel erhebt, willst du mir weismachen, so ein Leben wäre ein Nichts?

Halt dich fest, Baum! Da drängt sich schon wieder ein Schauer heran. Sitzen deine Wurzeln denn auch tief genug in der Erde? Sieh mal, hier heben sie sich schon, wenn der Wind den Wipfel abwärts drückt, mitsamt dem Boden ein bißchen in die Höhe. Es macht gar nichts aus, ob ich mich draufstelle oder nicht, ich werde einfach mitgehoben, die Hebelkraft ist zu groß.

Jetzt! Aufgepaßt!

Windstöße, die kreuz und quer durchs Heidekraut schießen, huii huui huii . . ., das Brausen wird zum Heulen, das Heulen überschlägt sich zu schrillen Aufschreien. Halt dich fest! Klatschendes Wasser, Hagelkörner, ein abgerissener Ast, voller Sturm. Ich ziehe den Kopf ein und ducke mich an den Stamm. Schon gut, schon gut! Huuii . . . Die Föhre wird tief herabgezwungen . . . noch tiefer . . . noch tie . . .

Was war das eben? Da unten in der Erde? So ein dumpfer Knall! Da, schon wieder! Da sind zwei Wurzeln gerissen! Es hat ordentlich einen kleinen Ruck gegeben. Die Föhre ist vornübergesackt. Das Erdreich, auf dem ich stehe, ist hochgeruckt. Wie soll das denn weitergehen . . . Bruch, die dritte Wurzel! Soll das denn so weitergehen? Ich versuche, den Baum mit meinen Händen zurückzuzerren, ich stemme die Füße gegen den Wurzelansatz, krümme meinen Rücken und zerre und ziehe, was ich kann. Ist ja Unsinn! Was soll denn mein bißchen Kraft gegen den Sturm ausrichten? Aber er soll nicht umgebracht werden! Solange ich hier bin, nicht! Ich will es nicht.

Und aus lauter Wut über meine Ohnmacht schlage ich mit meinem Fuß nach hinten aus, ich trete dem Wind in den Bauch. Aber das Treten hilft ebensowenig wie das Zerren. Meine einzige Hoffnung ist, daß der Überfall nur noch ein paar Minuten dauern kann. Es hellt sich schon wieder auf. Lieber Baum, noch eine Minute! Siehst du wohl, es wird schon besser! Der Regen klatscht schon nicht mehr so, diesen einen Windstoß noch . . . festhalten . . . und diesen noch, so . . . so . . . ich glaube, wir haben gewonnen.

Und dann ist es mit einem Schlage vorbei. Der Wind verfällt wieder in seinen gewöhnlichen Ton, das Brausen in den Wipfeln sinkt dunkel ab, das Regengewölk treibt davon.

Hör zu, Baum, du lieber Kerl, hör einmal zu: Weißt du auch, daß die Pause nicht lange anhält? Jetzt mußt du die Zeit wahrnehmen. Bohr dich mit jedem Würzelchen noch einen Zentimeter tiefer, saug dich fest, krall dich an, pack zu!

Ich bilde mir ein, er müsse meine Worte verstehen, wenn er auch scheinbar teilnahmslos hin und her pendelt. Teilnahmslos und blind und nur mit einer klagenden Stimme begabt. Der Wurzelboden bewegt sich kaum noch. Wenn die Föhre doch diese ruhige Viertelstunde richtig ausnutzen wollte!

Sag mal, Baum, gibt es denn da unten keine Steine, die du umklammern kannst? Die Findlinge werden doch nicht nur an der Oberfläche herumliegen. Steine, Blöcke oder dergleichen? Wie wäre das denn übrigens, wenn ich nun so ein paar Brocken auf deine Wurzeln brächte? Zwei, drei, vier, alles, was ich hier so auftreiben kann?

Du, das ist ein Gedanke!

Ich werfe meine Jacke ab und spucke in die Hände. Die Findlinge sind ja alle mehr oder weniger rund. Wenn ich sie erst vom Boden los habe, ist es eine Kleinigkeit, sie nach der Föhre hinzuschaffen. Natürlich bin ich so schlau und wähle mir diejenigen aus, die höher den Berg hinauf liegen.

Hohuub! Rums bums, der erste dreht sich zweimal um sich selbst, rollt herab und prallt gegen den Stamm. Nachdem ich ihn zurechtgerückt habe, gehe ich dem zweiten zu Leibe. Hohuub! Nun den dritten!

Ich schufte, als bekäme ich's bezahlt. Der Schweiß läuft mir über die Augenbrauen. Ich lasse ihn laufen. Jetzt kommt nichts anderes in Frage als zusammengebissene Zähne und geschwollene Muskeln. Huubs!...

So, nun habe ich schon einen ganz anständigen Haufen am Stamm emporgeschichtet. Vier große Steine als Grundlage, darüber ein Dutzend kleinere, an die zehn Zentner. Das soll anders wirken, als wenn ich nur die hundertvierzig Pfund von meiner wenigen Person in die Waagschale werfe. Der Druck, der auf dem Wurzelwerk lastet, hat den Baum sogar eine Kleinigkeit aufgerichtet. Er steht doch nicht mehr so schief wie vorhin, was? Oder täusche ich mich?

Augenblicklich streicht nur ein mittelmäßiges Gesause durch sein Nadelwerk. Aber die Sonne verschwindet schon wieder, die neue Wolkenwand schiebt sich wühlend und qualmend vorwärts. Es wird Zeit, meine Jacke wieder überzustreifen. Ich klappe den Kragen hoch und warte auf die ersten Böen.

Es fängt damit an, daß der Wind, der eben noch in kleinen, regelmäßigen Wellen dahinzog, aussetzt, zurückweicht und plötzlich aufheulend heranspringt. Die Föhre schlägt erschrocken um sich und schwankt bis in die Wurzeln hinunter. Dann bumbert wieder das tiefe Gedonner heran, wieder Regen, wieder Schmettern und Krachen. Ich klettere auf den Steinhaufen und umklammere den Stamm mit Händen und Füßen. Jede Zuckung zuckt auch durch mich hindurch, jedes Beben bebt in meinem Körper mit. Ich schaukele hin und her, der Wipfel beugt sich herab, stemmt sich wieder ein bißchen hoch und muß gleich noch tiefer herab. Wieder ein Knall in der Wurzel. Noch tiefer. Es ist aus! Die Steine nützen auch nichts, alles vergebens, aus! Wir fallen! Aber ich lasse ihn nicht los, wir wollen zusammen niederstürzen, ganz gleich, was mir dabei geschieht! Baum, Baum...

Was denn? Immer noch nicht? Nimmt diese Bö denn überhaupt kein Ende?

Guter Kerl, nicht nachgeben, guter Kerl! Noch einmal aushalten, noch ein einziges Mal! Vielleicht kommen wir doch noch durch! Gerade jetzt mußt du alles dransetzen! Sei schwer, sei dickköpfig, nachher kannst du dich wieder leicht machen, aber jetzt, jetzt! Krampf deine Fasern zusammen! Wir schaf-

fen es doch noch! Laß nicht los, mit keinem Würzelchen, mit keinem Härchen! Jetzt!
Ich schließe die Augen. Auf und ab. Pfiffe, Geprassel, sinkendes Summen, neue Pfiffe, neues Geprassel und abermals das erschöpfte Summen. Ich glaube, wir sind durch, was?
Siehst du, es ist schon nicht mehr schlimm. Wenn nun . . . hä, alle Kraft, alle Kraft! Hä, verdammt! . . . Soo, das war hoffentlich der letzte Stoß! Es war nur die letzte Wut des Wetters über seine Ohnmacht. Keine Angst, die paar Wirbel, die nun noch herantreiben, tun uns nichts mehr.
Die Wolken rauchen davon.
Da lasse ich den Stamm vorsichtig los, wie man einen Kranken losläßt, der zum ersten Male versucht, auf seinen eigenen Beinen zu stehen. Er wankt und seufzt, aber er hält sich aufrecht, ich kann den angesammelten Atem beruhigt aus der Brust herausziehen lassen.
Beruhigt? Das ist denn doch wohl zuviel gesagt. Wenn er auch diesen Ansturm überdauert hat, der Baum, das nächste Mal muß er daran glauben, so gewiß wie zweimal zwei vier ist. Er kann nicht mehr.
Beruhigt? Meinst du, ich machte mir keine Sorgen über die nächste halbe Stunde? Meinst du im Ernst, ich brächte es fertig, ruhig dazustehen und zuzugucken, wie er herunterbricht? Lieber laufe ich weg und stecke die Finger in meine Ohren, damit ich nichts sehe und nichts höre.
Aber den Teufel auch, wenn ich zum Beispiel einen Strick hätte oder so etwas und ihn damit verankern könnte, ein Tau, das ich an der Krone befestigte und dann unten um eine der anderen Föhren bände! Das sollte ihm womöglich das Leben retten. Wo bekomme ich ein Tau her? Hör mal, es braucht ja nicht gerade ein Tau zu sein . . . da habe ich doch . . . das wäre doch ein Gedanke . . . hinter der Lichtung da drüben die Viehweide, die zu der Försterei gehört, waren da nicht Drähte herumgezogen? Das müßte doch gehen! Aber selbstverständlich, Mensch! Los!
Ich laufe in großen Sprüngen den Berg hinunter, über den Bach, an den Birken vorbei, durch einen Eichenkamp, über die Landstraße, in einen Föhrenwald, schnell, schnell! Hier lag doch irgendwo die Försterei! Nein, weiter links! Da schim-

mert schon der Himmel durch die Bäume, die Weiden tun sich auf. Ohne mir auch nur einen Augenblick Zeit zu lassen, reiße und trete ich ein Ende Draht von den Pfählen los. Schöner, dicker Draht! Noch ein Ende! Sauding, geh ab! Noch eins! Rack, ruck! Aufgerollt, zusammengedreht, fertig!

Und nun wieder im Galopp zurück.

Von unten sehe ich erst richtig, wie weit die Föhre schon zur Seite gesunken ist. Ob sie sich überhaupt noch retten läßt? Ich weiß nicht, ich weiß nicht. Und was für eine blauschwarze Wetterwand schiebt sich da im Westen wieder herauf! Schnell!

Ich keuche vorwärts und denke so im Laufen, ob die Föhre wohl ahnt, was ihr bevorsteht, ob sie wohl die Gefahr schon wittert, wie manche Tiere ein Unwetter und einen Blitzschlag geheimnisvoll vorauswissen? Oder ist sie nur froh, daß sie in diesen Minuten einigermaßen in Ruhe gelassen wird? Ich glaube, sie lebt mehr gedankenlos in den Tag hinein, sonst könnte sie doch nicht trotz ihrer Schiefheit so gleichmütig vor sich hin singen. Ach, das ist ja alles Unsinn! Ich laufe weiter.

Unsinn, jawohl. Aber wenn ich es mir noch einmal durch den Kopf gehen lasse, finde ich doch, daß es seltsam eingerichtet ist: Wir wissen so gar nichts voneinander, die Föhre und ich, und trotzdem gaukelt die Liebe zwischen uns hin und her. Ich meine, ich habe die Föhre doch lieb. Wie kommt es nur, daß ich so vieles auf der Welt lieb habe, einen Menschen, ein Tier, einen Baum? Der eine weiß nichts vom anderen, aber man neigt sich zueinander hin und hat sich so gern. Oder hat man sich vielleicht gerade deshalb gern, gerade wegen dieser Unwissenheit? Liebt man im Grunde nur seinen eigenen Traum, nur den durchsichtigen Regenbogen, den man von dem anderen träumt? Liebe . . . das ist doch wie Blindheit und Traum und wie ein sinnloses Gebet zum Sternenhimmel empor. Oder was sonst? Ich komme und komme nicht dahinter, ich bin eben zum Denken zu dumm. Aber zur Liebe ist niemand zu dumm. Eher sind manche zu klug dazu.

So, da wären wir! Was hältst du denn von der Sache, Baum? Du selbst?

Er singt und schmiegt sich in das Wehen des Windes hinein. Er hält also nichts davon. So gut wie nichts. Dann wollen wir zu etwas anderem übergehen: Was sagst du zu diesem Draht? So und so und so wird er zusammengespleißt, das habe ich einigermaßen gelernt, siehst du, so, nicht wahr? Dann hake ich ihn in meine Hosentasche ein und klettere am Stamm hinauf.

Es ist ein hartes Stück Arbeit. Aber als ich meine Arme so um die Föhre presse, flüstere ich einige Male gegen ihre Rinde, sie solle nun ruhig sein, ich würde ihr schon helfen. Unten war der Stamm grau von lauter Flechten, dann wurde er schwarz, und nun ist er hellbraun und glatt. Kleine Hautfetzen haben sich von der Rinde gelöst und trillern. Ich streife sie ab, sie wehen fort. Je höher ich komme, um so stärker werde ich im Winde gewiegt. Die ersten Zweige sind vertrocknet und brechen weg, wenn ich sie nur anfasse. Aber dieser Ast wird mich schon tragen. Ich drehe mich hinauf und verschnaufe mich ein Weilchen. Die Nadelbüschel schlagen gegeneinander und flattern an ihren Stielen, jede einzelne Nadel wimmert bald hoch und bald tief, und der Wind strömt unablässig vorbei. Es ist ein eigenartiges Gefühl, hier oben so hin und her zu fahren. Man denkt wunder, wie hoch man sei, in Wirklichkeit ist es gar nicht so schlimm. Ich erinnere mich an meine Kulizeit, wie ich zuweilen an der Oberbramrahe hing und von der atlantischen Dünung mit gerade solchen weichen Bewegungen unter den Wolken hin und her geschwenkt wurde. Damals war ich achtzehn Jahre alt.

Nun noch ein Meter höher, da ist eine geeignete Stelle. Ich lege einige Zweige um den Stamm, damit der Draht nicht in das saftige Holz einschneidet. Dann eine Schlinge, ein paar Wickelungen: der Draht sitzt fest. Ich rutsche wieder hinunter. Während ich noch an der schuppigen Borke entlangschrappe, werfen sich schon die ersten Wellen des neuen Wetters gegen die Föhre. Jetzt kommt es auf die Geschwindigkeit an, mit der ich meinen Plan ausführe. Ich renne mit dem Draht zum nächsten Baum, dem dicksten von den elfen, wickele ihn in Mannshöhe um den Stamm und ziehe ihn, als der Wind einen Augenblick Atem holt, aus Leibeskräften straff. Noch einmal herum, so, dann schnell mit dem Ende hinunter an den dritten Baum! Reicht es noch? Lange! Ich lege den Draht dreimal um den Stamm herum, unmittelbar über

der Wurzel, und drehe das Ende fest. Wenn das nicht hält, weiß ich nicht, was halten soll. Kannst einmal probeweise mit einem Knüppel auf den Draht hauen: Poong. Er klingt wie eine Saite von einem Brummbaß. Poong! Sollst mal sehen, dem Baum geschieht nicht das geringste! Das haben wir mal wieder fein hingedreht! Ja, blase nur, das tut uns nun nichts mehr! Noch toller? Meinethalben! Noch toller ... suiih ... noch toller, noch toller ... Meinethalben, sage ich! Solange es nicht geradezu ein Erdbeben gibt, rege ich mich weiter nicht auf. Ponggg.
Der Himmel brodelt, es wird schnell dunkel. Ein grauer, streifiger Dunst saust heran, vor ihm wälzen sich die Wälder durcheinander, die Birken am Fuße des Berges geraten in Raserei, ein Rauschen und Prasseln, ein wahnwitziges Aufschrillen des Sturmes, dann bekomme ich einen Schlag ins Genick, daß ich vornüber taumele. Regen, neue Schläge, zuckende Wassergüsse. Die Föhren schäumen und gischten und krümmen sich der Erde entgegen. Aber mein Baum steht aufrecht da. Den ersten Überfall, der wegen seiner Plötzlichkeit so gefährlich ist, haben wir jedenfalls abgewehrt. Wohl witscht die Krone, wenn der Sturm zupackt, nach links und rechts zur Seite, wohl steigt bei jedem Ruck ein musikalischer Ton aus dem Draht auf, bald brummend, bald hell in die Höhe schnellend, wohl jiept und jankt das Nadelwerk kläglicher als bei den anderen, weil es sich nicht so wegducken kann, wohl hauen die Äste wie verrückt aufeinander los, aber der Stamm steht fest, die Wurzeln brauchen nicht mehr alles allein auszuhalten, der Boden schwankt nicht mehr. Ich habe gewissermaßen das Richtige getroffen mit meiner Hilfeleistung. Alles was recht ist, Baum, wir können uns gratulieren, daß mir dieser Gedanke noch rechtzeitig durch den Kopf geschossen ist. Wenn nur der Draht seine Schuldigkeit tut! Das ist meine einzige Sorge. Der? Der reißt mein Lebtag nicht! Er jault und miaut, aber er reißt nicht. Er großartiger Draht, verzinkt, viertelzöllig, zäh wie sieben Höllenteufel.
Es wird immer finsterer. Eine unheimliche Finsternis nachmittags um zwei, eine zischende, heulende, rumpelnde Finsternis. Der Himmel bricht auf die Erde herunter. Dumpfes Gerassel. Ich versuche, mein Gesicht da und dort mit meinen

Händen zu schützen. Auch das noch! Hagel! Die Äste, die oben in dem weißen Gestöber herumwirbeln, sind kaum noch zu erkennen. Meine Backe blutet. Das Wetter geht in einen einzigen tobsüchtigen Schrei über. Ich schnappe nach Luft, ich suche hinter dem Föhrenstamm Schutz. Er zittert von oben bis unten. Der Draht wimmert und klirrt. Alles ist in verbissener Erregung. Da setzt der Sturm eine Sekunde lang aus, der Föhrenwipfel wirft sich zurück, der Draht hängt durch, aber im nächsten Augenblick wütet etwas heran wie eine ungeheure Meereswoge, eine brüllende Dunkelheit, ein entsetzlicher Hieb, der mich herumdreht und niederwirft. Ich höre, während ich halb besinnungslos dahinrolle, einen schwirrenden Peitschenknall, ein Rauschen und Krachen. Neben mir birst die Erde hoch, die Findlingsblöcke kollern durcheinander, Sand und Steine fallen über mich: die Föhre ist zu Boden gestürzt. Nein! Doch, doch, doch ... Ich will nichts mehr sehen, ich wühle mein Gesicht ins Heidekraut. Die Föhre ... meine Föhre ... ach Menschenskind, ich könnte gleich losheulen!

Meine Föhre, meine Föhre! Laß es hageln und branden, ich will nichts davon wissen!

Dann habe ich vor lauter Schmerzen in meinem Gehirn kein Empfinden mehr für das, was über meinem Rücken geschieht ...

Als ich den Kopf wieder aus dem Heidekraut hebe, knallt es noch einmal schwach in dem Loch, das neben mir aufgerissen ist. Ein Wurzelstrang springt hoch und wippt hin und her, dann steht er still.

Triefende Nässe überall.

Es ist, als hätte das Unwetter nichts anderes gewollt, als diesen Baum, diesen meinen Freund umzubringen. Nun, wo er am Boden liegt und sein Wurzelwerk in die Höhe streckt, zieht es hastig weiter.

Ich bin so traurig, du glaubst nicht, wie traurig ich bin. Soll ich zu ihm hingehen oder soll ich mich lieber davonschleichen? Warum scheint dahinten die Sonne? Es ist ja doch zu spät! Da, nun glitzert auch hier alles im Licht! Auch die dicken Tropfen, die plötzlich noch einmal über uns fallen, glitzern. Und auf der Wolkenschwärze, die gegen Osten über

die Wälder wegschleift, entsteht der bunte Hauch eines Regenbogens. Es ist zu spät.
Ich hocke mich neben dem Stamm nieder und streichle die nasse Rinde.
Du?

(1930/1958)

Das Mädchen

Gestern habe ich mich in Stade herumgetrieben. Ist dir bekannt, wo Stade liegt? Stade, Buxtehude, Altkloster? Nicht weit von der Niederelbe. Kehdinger Land sagen sie dazu, die Leute, die da wohnen. Siehst du, in dieser Gegend habe ich zur Zeit mein Wesen. Heute ist Sonnabend. Morgen will ich den Deich gewinnen und dann nach Cuxhaven oder wer weiß wohin tippeln.
Du meinst vielleicht, es gäbe nichts Langweiligeres, als Tag für Tag den Deich entlangzuziehen und nichts zu sehen als Wiesen und Wasser. Was verstehst du von einem Deich und von der See! Weißt du überhaupt, was ein Schiff ist? Hast du schon einmal einen Klüver gesetzt? Einen Slipstek geschlungen? Und wenn du etwas von einem Scherbrett liest, so bist du imstande und stellst dir vor, es wäre ein Ding zum Haarschneiden, haha! Aber über die Tide rede ich mit dir überhaupt nicht.
Wie hieß doch das Dorf, durch das ich eben geschlichen bin? Irgendwas mit Vörde oder Verde. Bassenvörde ... nein, Sassenvörde, nein, auch nicht ... Nassenverde ...? Laß gut sein, ich komme doch nicht darauf! Dies ist nun eine Windmühle. Sie erhebt sich auf einem kleinen Hügel, ihre schwarzen Flügel drehen sich langsam herum. Seit heute nachmittag haben wir wieder Wind, und der Himmel sieht so aus, als bekämen wir demnächst noch mehr. Es wird schon dämmerig.

In dem Gehöft da unten wohnt wohl der Müller. Meinethalben! Ich meinerseits will einmal das Tannenwäldchen in der Sandkuhle näher in Augenschein nehmen. Es liegt so schön geschützt, möglicherweise finde ich eine passende Schlafgelegenheit darin.

Der Spielplatz, den sich ein Turnverein in der Mitte angelegt hat, ist mir ziemlich gleichgültig, aber der Schuppen daneben kommt mir gerade recht. Als ich der Tür, über der ein weißes Schild mit einem roten D und T hängt, in aller Vorsicht zu Leibe gehen will, höre ich plötzlich Stimmen durch das Wäldchen wandern. Ich ducke mich sofort hinter eine Tanne. Die Leute scheinen am Rande des Wäldchens hinzugehen. Aber ich verstehe jedes Wort, das sie miteinander sprechen.

Zuerst redet eine heisere Männerstimme laut auf jemanden ein: Ich weiß nicht, Lübben . . . hör mal zu, Lübben, ich weiß nicht, ob du es nicht doch lieber aufgibst, Lübben, röckt höchehöchehöchehöche . . . Die Stimme verwandelt sich in ein rasselndes Husten, spuckt aus und ächzt weiter: Ganz hübscher Wind heute abend, Lübben. Röcks tschiff.

Der Mann ist sicher betrunken, und der andere, der nun antwortet, auch. Aber seine Stimme klingt nicht so heiser, es ist eine junge Stimme, nur zuweilen hohl vor Betrunkenheit.

Gewettet ist gewettet, lallt er. Meint ihr, ich wöwöwö . . . Haltet eure Klappe!

Doch die heisere Stimme hält ihre Klappe nicht: Ich will dir was sagen, Lübben, du bist mein Freund, Lübben, aber wie ich hier die allmächtige Mühle so vor mir sehe . . . wir sind alle miteinander von Gott verlassen gewesen, ich will dir was sagen, Lübben, gib's auf, und ich soll trotzdem verloren haben. Was, Lübben?

Eine Weile herrscht Schweigen. Der junge Kerl ist offenbar stehen geblieben und besinnt sich.

Der Wind saust leise über mich hin, die Tanne hängt voll Spinnweben, im Dorf schlägt es verweht sechs Uhr. Dies alles geschieht an einem Sonnabend. Auf dem Hügel steigt die Mühle schwarz empor und dreht ihre großen Flügel herum. Da höre ich, daß auch ein Mädchen dabei ist.

Nein, du kannst es nicht, und keiner kann es, sagt sie mit einer lauernden Sanftheit. Menschenskind, ich wußte es ja gleich, daß es über deine Kräfte geht.
Die junge Stimme schweigt noch immer, aber das Mädchen lacht so merkwürdig auf, so aufreizend, so schrill: Und gewöhn dir doch endlich das Prahlen ab, du ... du ... Menschenskind!
Das ist aber ein Aas, denke ich. Ihr scheint ja allerhand daran gelegen zu sein, daß er es doch tut. Sie ist ja ordentlich wütend vor Enttäuschung, weil es so aussieht, als ob er klein beigeben wolle. Jetzt möchte ich nur wissen, worum es sich eigentlich handelt.
Inzwischen hat der junge Kerl seine Gedanken ein wenig geordnet. Das Prahlen, fragt er, hö? Wer hat denn geprahlt, hö? Wer hat denn mit Prahlen angefangen? Wer hat denn angefangen: Lübben kann dies und Lübben kann das, Lübben kann noch viel mehr. Lübben kann von unserer Scheune herunterspringen, ohne sich was zu brechen, Lübben kann bei ablaufend Wasser über die Elbe schwimmen, Lübben kann an einem Windmühlenflügel durch die Luft fahren, hö? Das frage ich dich jetzt. Antworte mal, du da mit deinen Händen unter der Schürze!
Schon gut, sagt das Mädchen und lauert wieder, geh nach Hause und leg dich ins Bett. Wir wissen nun alle im Dorf, was wir von dir zu halten haben. Du hast dir doch nicht schon in die Hose gemacht?
Einen Dreck wißt ihr!
Der heisere Mann hustet und legt sich wieder ins Mittel: Du sollst trotzdem gewonnen haben, Lübben. Zwei Liter Schnaps alles in allem, zwei Liter Klaren. Du bist trotzdem ein großartiger Kerl, Lübben, das wissen wir doch, du und ich! Röcks!
Und ich will dir sagen, was ihr wißt, einen Dreck wißt ihr!
Höhö, macht das Mädchen.
Los, sagt der junge Kerl, das wäre ja gelacht! Da gibt es nichts. Paßt auf, daß die anderen hier nicht so nah herankommen, sonst merkt Böttcher was und stellt seine Mühle ab! Wo sind denn die Dreckskerls?
Die stehen unten an der Landstraße, unten bei Rodenburgs Teich.

Das wäre ja gelacht, gelacht wäre das.
Sie gehen weiter.
Ich finde, daß ich von dieser Angelegenheit noch etwas mehr erfahren muß. Eine Elster fliegt mit weiß aufblinkendem Leibe über mich weg und zieht schäckernd ihren langen Schwanz hinter sich her. Geh zum Teufel, ich interessiere mich jetzt nur für die drei merkwürdigen Menschen. Ich laufe vorsichtig durch das Wäldchen, aber als ich den Rand erreiche, sind sie schon oben bei der Mühle angekommen. Hinterherspazieren kann ich nicht gut, ohne sie in ihrem Vorhaben zu stören. Wenn ich sie mir einmal genauer ansehen will, bleibt mir nichts anderes übrig, als am Hang der Sandkuhle, die sich links ziemlich nahe an die Mühle heranschiebt, entlangzukriechen und mich dann in dem Birkengestrüpp zu verbergen, das am Rande der Kuhle wächst.
Das tu ich denn auch und stecke vorsichtig meinen Kopf heraus.
Das Mädchen hat eine schwarze Strickjacke an. Ein paar weißblonde Haarsträhnen wehen ihr ins Gesicht. Ihre Hände hält sie frierend unter der Schürze verborgen. Sie steht nicht still, sondern läuft mit ihren klobigen Holzschuhen im Kreise herum. Der junge Kerl ist tatsächlich noch sehr jung, zwanzig Jahre vielleicht. In seiner Betrunkenheit ist ihm die blaue Schirmmütze, ein Ding, wie es die Schiffer hierzulande auf dem Kopf haben, bis über die Nase gerutscht. Wenn er etwas sehen will, muß er den Kopf nach hinten legen und unter dem Schirm hervorschielen. Dabei verliert er immer das Gleichgewicht und lacht albern. Jetzt macht er sich an den heiseren Mann heran und fragt ihn etwas. Ich kann aber nichts verstehen.
Eine düstere Wolke treibt über die Wiesen und Hecken her, der Wind nimmt zu, und in den Mühlenflügeln, die schwer herumfahren, saust und pfeift es. Der Heisere rückt seinen Hut in den Nacken, schüttelt an seinem einen Bein die braune Manchesterhose zurecht und zeigt gegen das Wäldchen. Es beginnt zu regnen. Ich sehe, daß auf der Straße, die an dem Wäldchen vorbeiführt, ein Trupp Menschen steht, die Gesichter hierher gekehrt. Da nimmt der junge Kerl seine Mütze ab und winkt ihnen zu. Einige werfen die Arme in die Höhe und schreien etwas herüber.

Und aus dem Dunst und grauen Regenschauer, in dem sich die Landschaft jenseits der Straße verliert, kommt von weither ein tiefes Gedröhn. Das ist ein Dampfer auf der Elbe.
Das übrige begibt sich eins, zwei, drei. Der junge Kerl geht auf die Mühle los, duckt sich vor dem ersten Flügel, der herunterkommt, weg, packt, als der zweite sich brausend herabschwingt, plötzlich zu und wird emporgetragen. Im nächsten Augenblick hängt er bereits, mit den Beinen zappelnd, seitwärts in der Luft. Dann muß er blitzschnell den Griff wechseln. Ich denke, er gleitet ab, aber da hat ihn der Schwung schon zur höchsten Höhe hinaufgeführt, so daß er seine Stiefel in das Lattenwerk des Flügels stoßen und abermals den Griff wechseln kann. Dann wird er schon wieder herabgesenkt. Nun müßte er mit seinem Leibe frei pendeln, um gleich darauf, wenn der Flügel sich der Erde nähert, abzuspringen. Aber er bleibt seltsamerweise längelang am Flügel haften. Die Stiefel müssen sich eingeklemmt haben oder was es nun ist, es sieht aus, als habe ihn jemand an Armen und Beinen festgenagelt. Jetzt wird er mit dem Kopf nach unten am Erdboden vorbeibewegt, jetzt geht's schon wieder empor, jetzt ist er wieder oben in dem wehenden Regen. Aber wie er auch zerrt und rüttelt und den Rücken biegt, er bekommt die Stiefel nicht aus dem Lattenwerk heraus und muß sich nun zum zweiten Male kopfüber in die Tiefe drehen lassen.
Reißt mich los! brüllt er, wie er herunterfährt, und wendet seinen roten Kopf nach außen. Die Mütze fällt in den Schmutz.
Der heisere Mann springt auf ihn los und reißt an seinem Körper. Aber er muß ihn, nachdem er selbst ein Stück hochgezerrt ist, loslassen und plumpst zurück.
Da stehe ich aus meinen Birkenbüschen auf und schreie, sie sollten doch die Mühle abstellen, zum Satan auch! Das Mädchen, das die ganze Zeit über mit den Händen unter der Schürze wie erstarrt stehengeblieben ist, sieht sich erschrocken nach mir um. Ich renne auf den heiseren Mann zu, der eben wieder von einem Sprung und Gezerre in den Dreck fällt, und brülle ihm ins Ohr: Stell doch die Mühle ab!
Was? keucht er.
Abstellen!

Ich selbst verstehe mich nicht auf Windmühlen. Wo ich groß geworden bin, gibt es keine. Der Mann läuft in seiner Aufregung erst ein Stückchen links herum, dann bleibt er stehen, schlägt sich mit beiden Händen vor den Kopf und läuft rechts herum. Aber die Tür ist verschlossen, und diese Mühle ist, wie immer, wenn der Teufel seine Hand im Spiele hat, so eingerichtet, daß man sie nur von innen an- und abstellen kann. Bei den meisten betreibt man das ja von außen, so mit Ketten. Aber dies ist nun einmal so eine. Da kommt auch das Mädchen mit weißem Gesicht herbei. Wir suchen alle wie unsinnig, ob der Schlüssel nicht irgendwo in der Nähe zu finden ist. Das Mädchen klettert sogar auf einen Balken und sucht auf dem Fensterbrett herum. Unterdessen wird der junge Kerl fortwährend im Kreise herumgedreht. Jedesmal, wenn er oben ist und vergeblich mit seinen Beinen zuckt, jammert er verzweifelt auf. Wenn er der Erde entgegenfährt, beißt er die Zähne zusammen und schweigt.

Der Müller! stammelt der Heisere und rennt nach dem Gehöft hinab. Aber er hat kaum drei Sätze getan, da stürzt Müller Böttcher schon aus seinem Hause heraus und heult mit Donnerstimme: Abstellen! Der Schlüssel liegt im Fenster!

Da ist er nicht, sagt das Mädchen. Ihre Zähne klappern, sie hält die Hände wieder frierend unter ihrer Schürze. Ich schwinge mich selbst noch einmal hinauf: kein Schlüssel. Müller Böttcher kommt angewetzt. Der Dreck fliegt um ihn her. Dösköppe! heult er, springt auf den Balken und greift aufs Fensterbrett. Aber es ergeht ihm nicht besser als uns anderen. Dunnerslag!

Er besinnt sich jedoch keinen Augenblick, sondern tritt aus Leibeskräften gegen die Tür, wirft sich mit seinem Oberkörper dagegen, daß der Mehlstaub aus seiner Jacke schießt. Der Riegel hält. Da reißt er den Balken hoch und rammt das Schloß ein. Pardauz, die Tür kracht nach innen. Er darüber weg und hinein. Gleich darauf bleibt die Mühle stehen. Unglücklicherweise gerade in einem Augenblick, als der Flügel mit dem jungen Kerl sich beinahe senkrecht oben befindet. Vielleicht gibt nun, da der Winddruck anders einwirkt, die Spannung in dem Lattenwerk nach, vielleicht ist der Ein-

geklemmte auch bewußtlos geworden, mit einem Wort, er rutscht, er löst sich ab und saust dumpf herunter. Kopf und Schultern voran.
Wir heben ihn sofort auf, aber er kann keinen Laut mehr von sich geben, er hat sich buchstäblich den Hals gebrochen. Nun sehe ich auch, daß auf seiner Oberlippe ein ganz kleines, blondes Schnurrbärtchen prunkt. Er hat zwanzig Jahre gelebt, länger nicht.
Mittlerweile sind ein paar von den Männern, die von der Landstraße aus zugeguckt haben, herbeigelaufen. Wir tragen den Leichnam in das Gehöft des Müllers und legen ihn auf das Sofa in der guten Stube.
Die Uhr schlägt halb sieben, schlägt sieben. Müller Böttcher ißt in der Küche zu Abend.
Ich warte, bis der Arzt kommt.
Der Arzt kommt. Der Tod ist auf der Stelle eingetreten, sagt er, wie das so die Weise der Ärzte ist. Fertig. Was soll er auch anderes sagen?
Als ich das Haus verlasse, ist es schon verhältnismäßig dunkel geworden. Ich stelle mich noch eben hinter den Kuhstall, um mein Wasser abzuschlagen, da tritt mit einem Male das Mädchen aus der Haustür, späht nach rechts und nach links und huscht dann, ohne mich zu bemerken, an dem Stall vorbei in die Nacht hinein. Ich horche hinter ihr her. Sie bleibt bald stehen. Ich höre einen leisen Plumps, wie wenn jemand einen Stein ins Wasser wirft. Und während ich mich noch verwundere, was das denn gewesen sein kann, läuft das Mädchen wieder an mir vorbei und schlüpft ins Haus. Als sie die Tür öffnet und das Licht ihr entgegendringt, erkenne ich sie ganz genau. Es ist kein Irrtum möglich.
Ein paar Minuten lang überlege ich mir, was zu tun ist. Die Sache kommt mir nicht ganz geheuer vor. Aber schließlich stapfe ich doch erst einmal nach meinem Schuppen in dem Tannenwäldchen. Die Tür ist bald aufgebrochen, und ich richte mich da drinnen zwischen den Stangen und Ständern ein, so gut es geht.
Der Plumps will mir jedoch die ganze Nacht über nicht aus dem Kopf, dies unbedeutende Ereignis in der Dunkelheit. Ich fange wieder ganz von vorn an, ich erwäge jeden Punkt, und

allmählich kann ich mir auch einen Reim darauf machen. Ich bin ja nicht von gestern, was das anbetrifft. Na, es wird sich ja herausstellen. Einstweilen: Gute Nacht!
Am nächsten Morgen finde ich mich ein zweites Mal auf Müller Böttchers Hof ein. Und richtig, nicht weit vom Kuhstall entdecke ich in einer Wiese einen Tümpel. Wenn er nicht so flach wäre, sollte ich wohl lange suchen. Aber so gelingt es mir im Handumdrehen, einen Schlüssel herauszufischen. Ich wische ihn, ohne ein Wort zu verlieren, an meiner Hose ab und stecke ihn in die Tasche. Dann schlendere ich auf den Windmühlenhügel.
Man muß an so vielerlei denken im Leben. Ich halte mich zum Beispiel in diesem Fall nicht geradenwegs auf die zerbrochene Tür zu, obwohl ich in meinem Herzen sehr neugierig bin, sondern wandere erst einmal um die Mühle herum. Und wie ich bemerke, daß der Müller hinter der Fensterscheibe steht, mache ich an einer beliebigen Stelle halt, hebe etwas mit meinen Fingerspitzen aus dem Grase auf und schüttele den Kopf: da habe ich also richtig den Schlüssel gefunden, den wir gestern alle wie die Verrückten gesucht haben. So muß man es nämlich anstellen, wenn man nicht in einen falschen Verdacht kommen will. Verstehst du mich?
Die Tür liegt zerfetzt an der Erde, und ich probiere den Schlüssel. Daß dich! Er paßt. Da kommt auch Müller Böttcher schon zum Vorschein.
Guten Morgen! sage ich. Jetzt, wo wir ihn nicht mehr so nötig brauchen, habe ich ihn gefunden. Hier ist er.
Ja, das sehe ich, antwortet Müller Böttcher. Dann bohrt er in seinem Ohr herum und schweigt.
Hm ... Was sagen Sie als Müller und Eigentümer dieser Mühle denn zu der Geschichte und dem ganzen Drum und Dran?
Er schnauft nur kurz und ärgerlich aus seiner Nase heraus.
Ja, ja, was ist ein Menschenleben! fahre ich behutsam fort. Das Fräulein kann sich nun die Augen ausweinen um ihren toten Schatz. Es war aber auch der helle Wahnsinn.
Das Fräulein? Was für ein Fräulein?
Die Hellblonde mit der schwarzen Strickjacke, die gestern auch dabei war.

Nee, das ist seine Frau.
Seine Frau?
Ja.
Dem Verunglückten seine Frau?
Lübben Meyer seine, jawohl.
Am liebsten stieße ich jetzt einen häßlichen Pfiff aus. Aber ich bezähme mich und sage nur: Müssen die aber jung geheiratet haben!
Heutzutage ist das ja wohl so.
Wie mag denn die Ehe gewesen sein?
Davon ist mir nichts bekannt, sagt der Müller.
Ich wandere weiter. Aber von Zeit zu Zeit bleibe ich stehen und flüstere vor mich hin: Gottsgewitter ja! Na ja! Es ist mir ganz gleichgültig, ob wir nun heute Sonntag feiern oder nicht.
Seine Frau also! Und wie die Ehe war, ist dem Müller weiter nicht bekannt. Du lieber Himmel!

(1930)

Die Schnecke

Wie der Mann die kleine Schnecke mit ihrem fahlgelben Häuschen, das nicht viel größer ist als eine Erbse, von dem Salatblatt herunternehmen will, um sie zu zertreten, fällt ihm zum ersten Male in seinem Leben auf, wie schön so ein Kriechtier doch ist. Der Kopf mit den kurzen Hörnchen und den schräg nach vorn gerichteten Fühlern, die an ihrem verdickten Ende einen schwarzen Punkt tragen, der schlanke, silbrig glänzende Leib, das spiralige Gehäuse, der spitz zulaufende Schwanz, das alles steht, wie winzig es auch ist, nach Form und Maß in einem so ausgewogenen Verhältnis, daß es für einen Künstler, wenn er ein in sich ruhendes, dekoratives Gebilde schaffen wollte, einen vollkommenen Vorwurf abgäbe. Der Mann kniet auf dem schmalen Weg zwischen dem Salatbeet und den Tomaten nieder und sieht sich die Schnecke genauer an. Natürlich kann er es nicht lassen, zuerst einmal die Fühler zu betupfen. Sogleich stülpen sie sich ein wie Handschuhfinger, die man umkrempelt, und schrumpfen zusammen, der Kopf schrumpft ebenfalls zusammen, der Leib, der Schwanz, die ganze Schnecke schrumpft unaufhaltsam zusammen und zieht sich in das Häuschen zurück, das seinerseits, während es eben noch in einiger Höhe thronte, auf das Blatt herabsinkt und sich nicht mehr rührt. Von der schönen Erscheinung ist nur das Häuschen übriggeblieben. Der Mann kann es ohne weiteres mit den Fingerspitzen vom Blatt abheben und auf seinen Handteller legen.

Eben meinte er noch, es sähe fahlgelb aus, aber nun erkennt er, daß es in Wahrheit ein Wunder von goldenem Licht und gläserner, perlmutterfarbener Trübung ist. Und diese Spirale, wie unsagbar leicht und genau sie sich aus dem Mittelpunkt nach außen dreht gleich einer unwirklichen mathematischen Kurve! Quer zu ihr laufen kleine, gebogene Rillen, eine unmittelbar neben der anderen. Insgesamt bilden sie ein von innen nach außen breiter werdendes Wellenband. Dort, wo die Spirale beginnt, in der Mitte, sind graublaue und silberne Flecken in das Band eingesprengt, die, wenn der Einfall des Lichtes sich nur um eine Kleinigkeit ändert, ihren Schimmer wechseln wie Opale. Weiter am Rande besteht das Gehäuse gleichsam aus Antikglas, das den von drinnen herausdämmernden Goldglanz in ein unregelmäßiges, feuchtes Funkeln auflöst. Jeweils am Grunde einer Querrille ist das Funkeln und Leuchten besonders stark.

O jetzt! Was geschieht jetzt? Der Goldglanz beginnt, sich behutsam zu bewegen. Er beschattet sich und weicht zurück, er schimmert anderswo in ungewissen Kreisen wieder auf, er atmet, er wogt, das Beschattete wird wieder hell, die Kreise fließen zusammen. Es ist nicht zu beschreiben, wie wunderbar die Lichter unter der gläsernen Wölbung ineinanderspielen, wie leise von den Rändern her immer wieder ein Hauch von Lila und Silber heranweht und im Goldenen verschwindet. Und nun steigt von irgendwoher ein glitzerndes Bläschen auf, noch eins, noch eins, viele, golden auch sie. Sie steigen zögernd herauf, treiben ein wenig dahin und gehen wieder unter.

Das Glimmen und Wehen und Schimmern nimmt den Mann so gefangen, daß er kaum merkt, wie sich das Häuschen hebt und sich zur Seite neigt. Da quillt die Schnecke langsam heraus, die Fühler wachsen empor und suchen hin und her, der weiche Leib schwimmt vor und schwebt, ohne daß der Mann das geringste fühlt, in zarter, müheloser, ziehender Stetigkeit über seine Hand. Die Schnecke kriecht nicht, sie schwebt. Der Mann hat es nicht gewußt, aber es ist so. Sie schwebt über seine Hand wie ein Nebelstreif über eine Wiese. Und das Licht im Gehäuse hört nicht auf, zu erscheinen und sich zu trüben, zu versickern und von neuem aus der Tiefe zu steigen.

Von dieser Art also, denkt der Mann, sind die Schnecken, über die ich mich jeden Morgen so ärgern muß, weil sie von den jungen Salatpflanzen so gut wie nichts übriglassen, von dieser atemberaubenden, äußersten Schönheit also! Was soll ich nun mit dieser hier machen? Soll ich sie wirklich, wie ich's vorhatte, um des Salates willen zertreten? Was soll gelten auf der Welt, das freie, unberührte, goldene Geglitzer oder das gezüchtete Salatblatt, das Schöne oder das Nützliche, das Gewordene oder das Gewollte, das Maß der Natur oder das Maß des Menschen, der Traum oder die Wachheit, die Unschuld oder das Wissen? Denn um das alles geht es wohl, wenn man es recht überlegt. Immer führen die Gegensätze, mag es sich um die Schnecke und das Salatblatt oder um den Urwald und die Siedlung, mag es sich um die See und den Deich oder um die Krankheit und den Arzt, mag es sich um das Blut und den Geist oder um das Schicksal und den Willen handeln, immer führen die Gegensätze auf die entscheidende Frage zurück, ob der Mensch, weil er ein Wissender und Wollender ist, an der Natur und also auch an sich selbst schuldig werden muß.

Die Natur hängt, unerachtet des Furchtbaren, das allenthalben in ihr geschieht, im Gleichgewicht. Alles ist gleich bedeutend und gleich unbedeutend, alles ist gleich lebensgierig und gleich todgeweiht, alles ist gleich schön und gleich widerwärtig. Und gleich und gleich hält sich gleichmütig und gefühllos die Waage. Wo immer die Menschen der wirklichen Natur begegnen – weitaus den meisten ist das allerdings nie beschieden, für sie bedeutet die Natur, da sie nur die Oberfläche sehen, etwas Ähnliches wie ein romantisches Gedicht –, da überkommt sie Entsetzen und Empörung. Der Geist bäumt sich gegen die grauenvolle Qual und Sinnlosigkeit auf. Das Wissen stachelt den Willen an. Der Mensch bricht wertend, ändernd und „ordnend" in das Gleichgewicht der Natur ein. Der Natur, der ja auch ein Teil seines eigenen Wesens angehört. Denn er ist ja nicht reiner Geist, er ist ja ein Mensch, er besteht ja auch noch aus Unbewußtheit und träumendem Blut. So bricht er in sich selbst ein, die Unschuld der eigenen Seele und die Unschuld der Welt zerstörend. Und eines Tages kniet er neben einem Salatbeet und hat eine glitzernde Schnecke auf seinem Handteller und weiß nicht aus noch ein.

Der Mann steht hastig auf, schleudert die Schnecke mit einer schlenkernden Bewegung auf den Weg, setzt seinen Hacken darauf und dreht ihn, während er die Zähne so fest zusammenbeißt, daß es knirscht, hin und her. Ein mystisches Grauen steigt in ihm auf. Ihm ist, als wäre er jetzt erst, in diesem Augenblick erst, verloren in Sünde und heilloser Zerrissenheit.

(1950)

Am Gullfoß

Die erste Stufe, über die der Gullfoß stürzt, ist vielfach zerklüftet. Ein wildes Gewirr von Zacken und Treppen verwandelt die Hvita, die braungolden und silberbetupft über die quellenreiche Hochebene der Kerlingarfjölls daherkommt, unversehens in ein tosendes Geschäum. Ehe sie sich wieder beruhigen kann, öffnet sich in der breiten Senke, in die sie gefallen ist, quer zu ihrem Lauf eine enge Schlucht, über deren Rand sie endgültig in die Tiefe donnert und den Abgrund mit weiß kochendem Gischt erfüllt. Der Luftdruck läßt ihn an der anderen Wand in harten Zuckungen emporschießen und das zu Staub zerrissene Wasser wie Nebel in den Himmel wehen. Wenn die Sonne scheint, erblüht darauf die zarte Buntheit eines Regenbogens.

Der Mann, der oben am Rand der Senke entlangwandert, blickt bald auf den Gullfoß zu seiner Rechten hinab und bald über die weite Hochebene zur Linken nach dem Langjökull, dem Langen Gletscher, hinüber, der sich im Nordwesten wie eine weiße glänzende Schichtwolke fast über den halben Horizont hinzieht. Wenn der Mann nicht wüßte, daß es sich um einen Gletscher handelt, der einen ausgedehnten Gebirgsrücken bedeckt, würde er dies schwebende, reine, ruhige Licht niemals für etwas so Festes und Lastendes wie Gletschereis halten. Weil er immer wieder hinsehen und sich wundern muß, wäre er beinahe über einen Jungen gestolpert, der am Rande des Abhangs im Kriechthymian auf dem Rücken liegt.

„Hallo", sagt der Junge, ohne den Kopf von dem viereckigen Rucksack zu heben, auf dem er ruht.

Der Mann bleibt stehen. Sie wechseln ein paar Worte miteinander auf englisch. Der Junge kommt aus den Staaten, aus Holyoke, Massachusetts. A hiker round the world, ein weltweiter Wanderer, der kein Geld hat und kein Ziel.

„Und wovon lebst du?"

Der Junge lacht vor sich hin: „Von Gott und den guten Menschen. I'm working there and anywhere." Er war auch in Deutschland, half a year ago in wintertime. Augenblicklich befindet er sich auf Island. „Wie gefällt Ihnen Island?"

„Großartig", sagt der Mann. Er setzt sich neben den Jungen und läßt die Beine über die Felskante baumeln. Der Junge wälzt sich auf den Bauch. Sie sehen beide auf die vom Nebel des Wasserfalls übersprühte Senke hinunter.
„What does it mean ‚Gullfoss'?" fragt der Junge.
„Golden falls."
„Why that?"
„The water has a golden brilliancy by the loamy mud from the upper course."
„I see."
„The most imposing Waterfall of Island", sagt der Mann.
Sie schweigen eine Weile. Dann fragt der Mann, ob der Junge die Geschichte von Sigridur kenne.
Der Junge setzt sich auf, sagt aber nichts. Der Mann wartet. Nach einer Weile wechselt der Junge seine Lage. „What's the matter with Sigridur?"
„Listen, American! That is a good story. Der Gullfoß gehört dem Bauern auf Brattholt. Vor einiger Zeit trat eine Elektrizitätsgesellschaft an ihn heran und wollte ihm den Fall abkaufen, um dort ein Kraftwerk zu errichten. Und weil sie ihm eine erhebliche Summe boten, war er nicht abgeneigt, den Vertrag zu unterschreiben. Aber da mischte sich Sigridur ein, seine Tochter: ‚Vater, an dem Tag, an dem der erste Sprengschuß hochgeht und unsern Gullfoß schändet, springe ich hinein. Darauf gebe ich dir mein Wort. Und nun kannst du unterschreiben.' Der Bauer wußte, daß Sigridur, wie jedes isländische Mädchen, zu ihrem Wort stehen würde. Er zerriß den Vertrag. Und so dröhnt der Gullfoß noch immer so wild und frei die zwei Stufen hinunter, wie wir ihn da unten sehen."
Der Junge schweigt.
„That's a pretty good story", sagt der Mann. „Isn't?"
Der Junge reißt einen Thymianzweig ab und kaut darauf herum. „Sie glauben sicher, daß es schrecklich ist, da hineinzuspringen?"
„Glaube ich", sagt der Mann.
Der Junge kaut, er liegt auf dem Bauch, sieht auf den Fall hinunter und kaut.
„Wasser kann hart sein wie Eisen", sagt der Mann. „Der Fall zerbricht einem sämtliche Knochen im Leibe. Man wird zer-

malmt." Der Junge hebt den Kopf: „Vorhin bin ich auf den Vorsprung neben der Schlucht geklettert, neben der Wand da vorn, der mit Gras bewachsen ist."

„Wahnsinn", sagt der Mann.

„Vielleicht. Vielleicht auch nicht."

„Wie hast du dich denn da halten können? Das trieft doch alles von Nässe."

„Wenn man da steht", sagt der Junge, „schießen die Wassermassen, ehe sie in die Tiefe donnern, mit einer solchen Wucht an einem vorbei, daß der Felsen ununterbrochen zittert. Man braucht nur lange genug da stehenzubleiben, dann weiß man, daß es nicht schlimm ist, hineinzuspringen. Eher ist es schlimm, nicht hineinzuspringen. Man zittert mit, alles in einem zittert mit vor ... hach, vor ... das Wasser will einen mitnehmen, es zieht und zieht und will einen mitnehmen. Das Dahinschießen des Wassers direkt neben einem zieht, das brüllende Rasen in der Tiefe zieht, alles zieht. Sie glauben nicht, wie das zieht. Man wehrt sich dagegen, aber es hilft nichts, es ist, als ob die Nerven ins Taumeln gerieten. Man braucht sich nur vornüber fallenzulassen, dann ... Großer Gott, es muß wie eine ungeheure Erlösung sein. Die Sekunden des Sturzes in die Vernichtung müssen ein ganzes Leben aufwiegen. Man kriegt eine wilde Freiheit geschenkt, eine unertragbare Wonne. Ich kann mir nicht vorstellen, daß es etwas gibt, das dem gleichkäme, kann ich mir einfach nicht vorstellen." Er spuckt den zerkauten Zweig aus und schüttelt den Kopf.

„Und doch liegst du hier oben im Thymian und nicht da unten."

„Und doch liege ich hier oben. Da haben Sie verdammt recht. Ich bin mit klappernden Zähnen zurückgeklettert. Verdammt recht haben Sie da. Mit einem Mal ist es über mich gekommen, daß ich zurückgeklettert bin. Aber ich will verdammt sein, wenn ich weiß, warum. Ich liege hier und denke darüber nach, was ich tun soll. Der Gullfoß gibt mir eine Chance, die so bald nicht wiederkommt. Sie kommt nie wieder. So nicht. Das spüre ich. So nicht. Sie können das sicher nicht verstehen. Wahnsinn, nicht wahr?"

Doch, der Mann kann es verstehen, die Verlockung des Wassers, das Hinuntergerissenwerden, das Vibrieren der Nerven, die Lust am Untergang, doch, er versteht es. Auch heute noch. Aber er ... „Verstehen? Wenn Sie es verstehen, dann verstehen Sie es gerade nicht, kein bißchen, überhaupt nicht."
Aber er versteht auch noch ...
„Das ist es doch gerade", ruft der Junge, „daß man es nicht versteht. Was man versteht, das hat man doch im Griff. Und dann ist es erledigt. Aber das wahnsinnige Ziehen und Rufen aus dem Abgrund da unten, das ist doch ... das geht doch himmelweit über alles Verstehen, das ist doch ... Soll ich Ihnen mal sagen, was ich glaube? Ich glaube, daß es gar nicht von da unten her kommt, es ist in einem drin. Es muß in einem drin sein, sonst ..."
„Natürlich ist es in einem drin. Und deshalb muß man versuchen, es zu verstehen und in den Griff zu kriegen. Du hast ja selbst gesagt, daß der ganze Spuk dann erledigt ist."
„Soll ich Ihnen mal sagen, was ich zuletzt glaube, was ich zuallerletzt glaube?"
„Was denn?"
Mit einem gequälten Stöhnen setzt der Junge sich auf und blickt ins Leere. Auch seine Worte richten sich nicht an den Mann, sondern ins Leere. „Ich sage es, obgleich ich genau weiß, daß ich es vergeblich sage. Ich merke doch an der Art, wie Sie mit mir reden, daß Sie nicht drinstecken. Sie haben noch nie dringesteckt. Sie nicht."
„Was glaubst du zuallerletzt?"
„Ich glaube, daß da unten die Wahrheit ist, da unten in der Schlucht."
„Was für eine Wahrheit?"
„Die Wahrheit, die eine einzige Wahrheit, die es gibt."
„Und wie heißt die?"
„Das Nichts."
„Ach so."
„Natürlich ‚Ach so'. Sie haben einfach nicht dringesteckt."
„Und alles andere, du und ich, die Menschen, die Tiere, die Erde, der Himmel, was ist das? Wo drin übrigens?"
„Sehen Sie sich's doch an, verdammt noch mal! Nichts als Elend, Qual, Angst, Tränen, Verzweiflung, Ratlosigkeit. Sehen

Sie sich's doch an: die Welt, die Steine, die Tiere, die Pflanzen, die Menschen, alles. Haben Sie noch nie einem Tier in die Augen gesehen? Die Ergebenheit, das Leiden, haben Sie das noch nie gesehen? Haben Sie noch nie einen Stein in der Hand gehabt? Der weiß es auch. Man kann es fühlen. Weshalb setzen die Menschen denn alles dran, es zu vergessen? Und wenn es ihnen gelingt durch Arbeit oder Saufen oder Herumrennen oder Liebe, guter Gott, Liebe, oder durch alles mögliche, dann nennen sie es Glück. Glück heißt vergessen, daß man lebt. Deshalb zieht es mich doch so hinunter, weil das, was da unten sitzt, auch in mir ist. Das Nichts ruft das Nichts. Wir kennen uns."

„Wer mag dir diesen Unsinn nur beigebracht haben?"

„Das braucht mir keiner beizubringen. Ich habe doch meine Augen und meine Ohren. Und meine Nase auch. Die Welt stinkt. Und das ist kein Unsinn."

„Zum Beispiel der Thymian hier."

„Wenn er verwest, stinkt er auch."

„Und wenn er blüht, duftet er."

„Meinethalben. Aber können Sie mir vielleicht einmal sagen, warum er erst blüht und dann stinkt? Jahr für Jahr. Können Sie mir bitte sagen, warum er überhaupt vorhanden ist? Warum ich vorhanden bin, warum das alles vorhanden ist? Können Sie mir bitte einmal sagen, warum es nicht beim Nichts geblieben ist? Können Sie mir bitte sagen, was das alles für einen Sinn hat? Ich habe nämlich noch keinen getroffen, der es mir hat sagen können. Wenn ein Gott die Welt gemacht hat, was ich bezweifle, was ist das denn für ein Gott? Warum hat er es nicht beim Nichts belassen? Bei dem guten Nichts. Warum?"

In diesem Augenblick ruft der Bus, der den Mann zum Gullfoß gebracht hat, seine Leute mit einem langgezogenen Hupen zurück. Er steht neben einem kleinen Haus am Anfang der Senke. Die Fahrt soll weitergehen in das Gebiet des Großen Geysir.

„Ja, ja", sagt der Mann nach dem Bus hin, „ich komme schon." Und zu dem Jungen: „Was machen wir jetzt? Wir können das Gespräch doch nicht so ohne weiteres abbrechen. Es geht doch um Sein oder Nichtsein. Auf keinen Fall lasse ich dich hier allein zurück."

„To be or not to be.“ Der Junge sieht den Mann mit einem bitteren Lächeln an.
„Really“, sagt der Mann, „that is the question. Paß auf! Ich gehe jetzt zum Bus und sage dort Bescheid, daß ich nicht mitfahre. Und wenn nachher der andere Bus, der die Rundreise in umgekehrter Richtung macht, vom Geysir herüberkommt, fahre ich mit dem nach Reykjavik zurück. Du bist mir wahrhaftig wichtiger als der Geysir.“
Der Junge hat noch immer das bittere Lächeln um den Mund. Er legt sich langsam zurück und schließt die Augen.
Im Aufstehen sagt der Mann: „Du mußt nicht immer nur in den Abgrund starren. Dreh dich doch einmal um! Außer der Chance, die der Gullfoß dir bietet, gibt es noch eine andere. Hast du die denn noch nicht bemerkt? Das Glimmen und Leuchten da hinten am Himmelsrand, zieht und lockt das denn nicht auch? Du?“
Der Junge richtet sich halb auf und blickt, auf seine Ellbogen gestützt, nach dem Langjölkull hinüber. Aber er sagt nichts.
„Die Klarheit des Gletscherlichts, die so klar ist, daß man meinen könnte, sie sei nicht von dieser Welt, zieht die denn nicht auch?“
Wieder ertönt das ungeduldige Hupen.
„Ich komme ja schon.“ Nach ein paar Schritten bleibt der Mann stehen. „Hör zu, Junge! Hör genau zu! In der Klarheit des Lichts ist ein viel tieferes Geheimnis verborgen als in der Finsternis. Und das ‚to be‘ ist viel merkwürdiger als das ‚not to be‘. Und das Leben ist viel großartiger als der Tod. Trotz allem. Hörst du: trotz allem. Das Leben, das Dasein, die Welt. Ich kenne kein größeres Wunder als die Tatsache, daß es das alles gibt: dich, mich, die Sonne, den Regen, den Duft des Thymians, das schwerelose Leuchten des Gletschers in der Ferne, alles. Das ist doch das Wunder aller Wunder. Sieh dir's an, sieh dir's gründlich an! Und wenn ich zurückkomme, reden wir weiter. So long, boy.“
Wie der Mann sich auf halbem Wege zum Bus noch einmal umdreht, sieht er, daß der Junge wieder im Thymian liegt. Er schüttelt den Kopf und beginnt zu laufen.
Inzwischen ist bei dem kleinen Haus ein zweiter Bus eingetroffen. Die Insassen machen sich sofort auf den Weg zum

Fall. In langgezogener Reihe klettern und rutschen sie auf dem übersprühten Pfad in die Senke hinunter. Der Mann befürchtet, es sei schon der Gegenbus, der ihn mit nach Reykjavik nehmen soll. Aber es stellt sich heraus, daß es ein isländischer ist, der zum Geysir will.

Nachdem der Mann mit seinem Fahrer das Nötige besprochen und seinen Mantel und sein Fernglas aus dem Bus geholt hat, macht er sich auf den Rückweg. Und da sieht er, daß die meisten Isländer den Pfad verlassen haben und quer durch die Senke auf die Schlucht zulaufen, in der die Wassermassen der Hvita nach ihrem Sturz in die Tiefe weiterstrudeln. „Was wollen sie denn da?" denkt der Mann. Und indem er es denkt, weiß er es schon, obwohl er sich dagegen wehrt, es zu wissen. Mit weichen Knien fängt er wieder an zu laufen. Noch lebt eine winzige Hoffnung in ihm, das Dunkle, das er dahinten sieht, sei nicht nur der Rucksack, sondern auch der Junge. Aber je näher er kommt, um so deutlicher erkennt er, daß außer dem Rucksack nichts mehr vorhanden ist, nichts.

Und dann hebt er das Blatt auf, das an einem Schnallendorn des Rucksacks flattert, und liest die Worte, die mit festen Druckbuchstaben daraufgeschrieben sind: *„. . . or not to be, that is no question."* Das ‚not' und das ‚no' sind unterstrichen. Das ‚no' sogar zweimal. Er setzt schon an, das Blatt zu zerreißen, bedenkt sich aber und steckt es in seine Rocktasche. Dann schrammt er den Abhang hinunter und läuft hinter den Isländern her. „Ich hätte nicht weggehen dürfen", sagt er im Laufen vor sich hin. „Eine entsetzliche Macht, die Finsternis. Ich hätte ihn nicht allein lassen dürfen. Was für eine entsetzliche Macht!"

Die Isländer laufen an der Schlucht entlang, bleiben stehen, zeigen hinunter und laufen weiter.

(1978)

Die kleine Birke

Nur drei Worte! Nein, du mußt nicht herhören! Ich will der kleinen Birke, die ich hier am Bahndamm getroffen habe, etwas sagen.
Es ist schon Abend geworden, manchmal rauscht ein Windstoß über die Felder, die schnurgeraden Gleise verlieren sich fern in der Dämmerung, das Bahnwärterhäuschen dahinten hat schon Licht. Aber der Himmel schwebt grün und rosa über dieser Erde. Und da schwimmen zwei Vögel in der grünen Klarheit. Vielleicht sind es zwei Habichte. Sie schwimmen in großen, langsamen Kreisen dahin, über den Bahndamm und weit, weit über die Wälder hin. Jedesmal, wenn sie sich nach Westen herumschwingen, glänzen ihre Brüste golden auf.
Ich blicke ihnen nach, wie sie immer weiter reisen.
Du, sage ich leise, siehst du die goldenen Vögel da oben, kleine Birke?
Das Getreide schlägt Wellen, der Wind fegt heran.
Da wirft die kleine Birke ihre Arme wild und krank in die Höhe den Vögeln nach und läßt sie wieder sinken. Und dann neigt sie sich ermattet gegen den Bahndamm.
Ich stelle mich ganz dicht neben sie und streichle ihr dünnes Stämmchen.
Kleine Birke, flüstere ich vor mich hin, wir beiden, kleine Birke ... Ich bin heute auch so traurig, weißt du ...
Und dann stehen wir eine Zeitlang mit gesenkten Häuptern nebeneinander und rühren uns nicht ... Und dann ist es soweit, daß ich wieder weiterschlurfen muß.
Ich schlurfe langsam weiter ...

(1928)

Verzweifelt und getrost

Nicht einer kann von den Erschaffnen allen,
nicht einer, Gottes je versichert sein.
Nur wenn sie immer wieder aus ihm fallen,
dann fallen sie in sein Gesetz hinein.

Denn die ihn haben, haben ihn mitnichten,
den fürchterlich geheimnisvollen Geist.
Doch die ihn tief in sich zugrunde richten,
vielleicht sind sie es, die er an sich reißt.

Die Qualen, die allnächtlichen, verbürgen,
daß er den Abgrund ihrer Seelen mißt.
Und reißt sie an sich, um sie zu erwürgen
mit einem Tode, der das Leben ist.

(1941)

Glauben

Wenn einer die drohende Richterhand,
die ausholt schon zum gewaltigen Schlag,
nicht über sich mehr zu ertragen vermag
und flieht bis an des Daseins Rand,

wenn einer die grausige Kluft erkennt,
die ihn von Gottes Göttlichkeit trennt,
und irrt am Absturz hin und her
und weiß nicht vorwärts noch rückwärts mehr,

wenn einer so wild und verzweifelt ist
an Leib und Leben, an Seele und Sinn,
daß er die Tiefe nicht mehr mißt,
und neigt das Angesicht über sie hin
und wirft sich plötzlich kopfüber hinein
und schreit und läßt nicht ab zu schrein
und überschlägt sich in sausender Fahrt
und stürzt und stürzt mit schreiendem Mund
und sieht nur das Nichts und sieht keinen Grund
und schreit nach Gott die Kehle sich wund:

dann glaubt er auf die richtige Art.

(1946)

Er

Wie du dich in Verzweiflungsächzen,
in Gram auch mühst und Liebeslechzen,
Ihn in dein totes Herz zu ziehn:
du kannst Ihn nicht mit deinen Gaben,
mit deiner Menscheninbrunst haben.
Nur wenn Er dich hat, hast du Ihn.

(1960)

III

Nur der Überwältigte
weiß um die
erschreckende und
süße Tiefe des Lebens

Brief vom 14. 10. 1977

[...] Wenn ich mich zu meinen ersten Büchern bekenne, dann bedeutet das nicht, daß die darin geäußerten Ansichten, Überzeugungen, Bekenntnisse noch heute meine Bekenntnisse, Überzeugungen und Ansichten sind, sondern daß ich das alles nicht verleugnen, nicht abstreiten, nicht herabstimmen will. So habe ich Mensch und Welt einmal gesehen und erlebt und bejaht, so verloren und verlottert (neben anderem) war ich einmal. Nicht nur so, aber auch so. Auch so und noch ein bißchen schlimmer. Sie fragen mit Recht: „Was soll das? Wozu? Zu welchem Ende?" Ach, ich habe damals (auch das gehört zur Verlottertheit) nicht nach dergleichen gefragt. Vielleicht darf ein Künstler, welcher Art er auch sei, *da*nach eben nicht fragen. Es besteht, soweit ich sehe, eine ziemliche Übereinstimmung darüber, daß der frühere MH künstlerisch weit besser war als der gegenwärtige. Und ich selbst kann dem kaum widersprechen, wenngleich ich meine, „daß Kunst nur da ernstzunehmende Kunst ist, wo sie über sich hinausweist". Aber ist über sich hinausweisende Kunst noch Kunst? Was ernst (im letzten Sinne) genommen werden will, kann nicht Kunst sein. Angesichts eines sich in entsetzlichen Qualen windenden Krebskranken hört die Kunst auf, da gibt es nur noch Mit-Leiden und Mit-gen-Himmel-Schreien im Gebet.

Wenn ich damals die wilde Süße des Nur-Lebens in all ihren Brechungen darzustellen versucht habe, dann doch nie um ihrer selbst willen. Immer stand das Gequältsein von der Sinnlosigkeit dieser schrecklichen Herrlichkeiten dahinter, das Fragen: „Wozu? Was soll das? Zu welchem Ende?" Wer das nicht zwischen den Zeilen liest, hat nicht richtig gelesen. Und später habe ich dann doch Antworten gegeben. Vorläufige Antworten, *der* Antwort vorauslaufende Antworten. *Die* Antwort, soweit das Menschlein MH sie geben kann, steht noch aus. Vielmehr: sie steht schon da, aber sie ist noch nicht meine Antwort geworden. „Ich glaube; hilf meinem Unglauben." Weiter bin ich noch nicht gekommen.

Auch in der Ehe. Ich meine, hinsichtlich der Ehe habe ich doch in Erzählungen und Gedichten immer mit deutlich zu machen versucht, wo ich stehe oder (Vorsicht, lieber MH!) stehen müßte. Ich schicke mit der gleichen Post mein neustes Buch „Der Mensch vor Gottes Angesicht, Rembrandtbilder – Deutungen" an Sie ab. Gleich in der ersten Bilddeutung von dem „Brautpaar" (früher unsinnigerweise die „Judenbraut" genannt) ist mit aller Deutlichkeit ausgesprochen, was ich aus diesem Bild über die Ehe herauszulesen glaube. Letztlich kann man aus einem Bilde nur das herauslesen, was irgendwo und irgendwie in einem selbst steckt.

[...] Um mich ist es nicht still geworden. Natürlich, die Gazetten reden nicht von mir. Wie sollten sie das auch? Ich bin schon froh, wenn sie nicht über mich herfallen. Aber sonst ist mehr als je die Rede von mir (entschuldigen Sie, daß ich das so geradeheraus sage!). Immer noch bin ich von September bis April fast jeden Abend in einer anderen Stadt zu Vorträgen und Lesungen und sonntags zum Gottesdienst. Demnächst muß ich freilich etwas zurückstecken, weil der Kreislauf dazu mahnt. Und die Bücher werden immer weiter gekauft. Nicht selten sind mehr als tausend Zuhörer im Saal. Darunter viele Jugendliche. Diese nehmen an Zahl sogar noch zu. Was will ich mehr? Ich will eher weniger ... [...]

Einer Siebzehnjährigen

Wer dich erblickt, vermag nicht mehr zu glauben,
daß alles Irdische vergänglich sei.
Du bist ein Menschenkind so hoher Gnade,
daß immer, wenn du eintrittst, dieses Schweigen
geschieht, in dem das Schicksal nicht und nicht
der Gang der Stunden mehr in Kraft ist. Nichts
ist mehr in Kraft als deine wehe Schönheit
und als dein Stehen, das dem Stehen gleicht
der Engel an den Kathedralentüren,
so wahr geschieht es und so voller Sendung.
Und alle um dich her sind nur wie Schatten.

Warum hat Gottes Hand dich so unsagbar
erschaffen, ach, warum mit dir die Hoffnung
uns Armen dargegeben, diesmal sei,
dies eine, atemlose, holde Mal,
dem Tod sein Anspruch nicht gewährt? Warum
hat er dich mit dem Schimmer jener Welt
so rein umweht? Verweile noch! Steh noch
ein wenig da in dem beglückenden
Geheimnis deines Seins! Warum hat er's
getan, der Rätselvolle? Denn auch du
wirst sinken eines Tags, wirst weinen und
dich schämen. Und die Welt wird dunkler sein.

(1953)

Das Trachtenfest in Passau

Diese Hüte, diese Hüte! In meinem ganzen Leben habe ich keine so verteufelten Hüte gesehen wie heute in Passau. Das kommt daher, daß die Menschen hier ein Trachtenfest miteinander feiern. Die Stadt dröhnt von lauter Völkerscharen aus den Gebirgen im Süden und aus dem Bayrischen Wald. Einige Männer haben Bärte von den Ohren bis auf die Brust herab und Filze auf dem Kopf so groß wie Wagenräder. Lauter Andreas Hofers. Andere gehen mit Flinten und spitzen Räuberhütchen umher, die mit roten Bändern umwickelt sind. Wieder andere haben flache Teller schief aufgesetzt und schreien juhu. Und die mit den umgekehrten Kaffeesieben aus grünem Samt und den weißen Federbüschen drauf, stammen aus dem Schlierseer Land, das weiß ich aus eigener Erfahrung. Welche tragen auch Edelweiß am Hut, das sie mit Gefahr für Leib und Leben überm Abgrund gepflückt haben, welche vollständige Hahnenschwänze, welche eine Art von Rasierpinseln und welche Troddeln aus Schweinezähnen, oder was das nun sein mag. Und die Frauensleute spazieren in roten Röcken durch die Straßen, alte und junge. Ihren Busen haben sie mit silbernen Ketten verschnürt und lauter Taler darangehängt. Wenn sie sich einmal schnell umdrehen, klingelt es so fein wie die Glöckchen eines Meßknaben, nur natürlich weltlicher. Dazu wehen Fahnen aus den Häusern heraus, die Kirchtürme läuten, und wer sich nicht in eine Volkstracht verkleiden will, zieht doch wenigstens seinen Sonntagsrock an. Es ist ein allgemeines Fest. Und was mich betrifft, so nehme ich ebenfalls nach geringen Kräften daran teil.

Wenn ich an einem Friseurladen vorbeigehe und mich in dem Spiegel betrachte, der da vielleicht im Schaufenster steht, so muß ich sagen: Alles was recht ist, aber auch ich bin heute mit vielerlei Schönheit geziert. In erster Linie habe ich auf der Innpromenade einen vergoldeten Kragenknopf gefunden. Damit verschließe ich nun mein Hemd vorn. Es sieht beinahe so aus, als hätte mir jemand einen kleinen Orden für den Hals gewidmet. An meine Mütze habe ich etwas Eichenlaub gesteckt, weil es ein Fest ist. Und aus meiner Brusttasche lasse ich ein Zipfelchen weißes Seidenpapier heraushängen. Vorausgesetzt, daß du es nicht geradezu anfassest, so mußt du denken, es wäre ein schneeweißes Taschentuch. Ich kann mich nicht erinnern, wann ich zuletzt so vornehm vor der Welt dagestanden habe. Wenn heute nicht diese Lustbarkeit stattfände, würde ich direkt Aufsehen erregen mit all dem Gold und der Seide. Ich finde mein Dasein so unbeschreiblich großartig.

An der Donau ziehen sie mit Klarinetten und Bumbertons entlang, am Inn wogen sie mit Festzügen und seidenen Bannern hin, lauter grüne Hüte mit weißen Federstrutzen. Und am Inn gibt es auch einen Platz mit Karussells und Luftschaukeln, mit Schießbuden und Bierzelten. Das glitzert und schwebt in der Sonne, die Karussells drehen sich mit ihren tausend Spiegeln herum, die Orgeln singen durcheinander, eine Wolke von Staub und Geschrei weht hoch. Rums päng! macht es beim starken Lukas. Am Eingang verkauft ein altes Weib gelbe und blaue Luftballons.

Aber zwischen dem Inn und der Donau steigt auch die ganze Stadt Passau mit ihren hellen Häuservierecken und ihren schmalen, verstaubten Pappelbäumen flimmernd empor. Die Gassen sind voller Getümmel, die Gewölbe voller Widerhall, zuoberst stehen das bischöfliche Palais und der düstere Dom, darumherum die anderen Kirchen und die langgestreckten Priesterseminare. Bimm baum . . . bimm baum . . . Der Himmel ist blau, und die Donau fließt dahinten in ihr düsteres Waldtal hinein.

Ich halte überall an, wo es etwas zu sehen gibt, ich pfeife die Marschmelodien mit, die von den Musikkapellen angestimmt werden. Auf dem Domplatz ist ein Gerüst errichtet, da tanzen sie Schuhplattler. Das Waldhorn hält die Melodie, und die Klarinetten hüpfen die Tonleiter auf und ab. Ich sitze eine Weile auf der Holztreppe und gucke zu, wie die Röcke fliegen und die roten Hände auf die Lederhosen klatschen, ich bummele dahin und dorthin, ich trete in die rosa erleuchtete Grotte von Lourdes ein, die in einer Kapelle untergebracht ist, und lese, was für Gebete und Hilferufe die armen Seelen an die gekalkte Wand geschrieben haben, zuletzt treibe ich mit der Menschenmenge wieder hinab zu den Karussells und

Luftschaukeln. O je, was ist das hier für eine Hitze! Die Männer schwitzen, trinken Bier und jodeln, die Frauen trinken Bier und lachen, die Burschen, die Mädel, alles trinkt Bier, sogar die Schulklassen, die von ihren Lehrern herumgeführt werden, schlängeln sich, wenn es Jungens sind, an die Schankstellen heran. Aber die kleinen Mädchen kaufen sich Salzbrezeln und Brauselimonade. Beim starken Lukas kracht es ununterbrochen, und der Hampelmann oben auf dem Meßbalken schlägt einen Purzelbaum nach dem anderen. Ich möchte auch einmal hauen, aber ich habe keinen verdammten Pfennig mehr in der Tasche. Und wenn ich mein Dasein auch großartig finde, so wäre es doch noch viel großartiger, wenn ich zufällig über ein kleines Vermögen verfügte, über einen Fünfziger vielleicht, über zwei Groschen meinethalben. Na, ein andermal!

Dudelu tschim tschim, dudelu tschim tschim ... Eine Messingmusik rauscht über den Platz, und die Leute in den Karussells singen aus vollem Halse mit: Wir sans ja die lustigen Holzhackersbuam ... Holz-hackers-buam, tjuchhu ...! Dann wogt alles wieder durcheinander. Plötzlich schwankt ein Kerl vor mich hin, hat schweißverklebte Haare, einen hohen Schädel und obendrauf einen winzigen Jägerhut. Er wischt sich mit der einen Hand seinen blonden Schnurrbart rechts und links zur Seite, mit der anderen hebt er einen Maßkrug hoch und begrüßt mich: Oans, zwei, drei ... gsuffa!

Schon recht, sage ich in meiner Armut, und nehme ihm, ehe er sich's versieht, sein Bier weg und saufe es aus. Es schäumt eiskalt in meinen hungrigen Magen hinab, ehe ich absetze, bin ich schon schwindlig. Prost! sage ich und gebe ihm den Krug zurück. Aber er steht knickebeinig da und wackelt mit dem Kopf und weiß von nichts. Seine Ohrringe schaukeln hin und her. Wie er den Krug wieder in der Hand hat, hält er ihn schräg von sich ab, legt den Kopf zurück und guckt hinein, dann grinst er mich aus seinen zusammengekniffenen Augen an und gibt seinem Hütchen von hinten ein Stubbs: Hab i dees gsagt oder hab i dees net gsagt?

Jawohl! antworte ich laut.

Viechskerle san ma allesamm, sag i. Hab i dees gsagt oder hab i dees net gsagt, hück?

Jawohl, dees hast du gsagt!
Alsdann haun ma an Lukas, balst an Schneid hast, sag i. Obs d'an Schneid hast? hab i gsagt.
Man los!
Was hab i gsagt? Speziell an Lukas, hab i gsagt!
Er schwingt seinen Maßkrug und torkelt auf den Lukas zu. Ich hinterher. Ich mache den Mund auf und lächele: Höhö! Und langsam werde ich von einer süßen Wonne erfüllt.
Aber der Viechskerl schiebt einen Jungen, der gerade am Hauen ist, weg und schmettert, bautz, den Maßkrug auf den Bolzen. Der Zeiger schießt in die Höhe, es gibt einen Knall, der Hampelmann oben wirbelt herum. Dann reißt der spezielle Viechskerl dem Jungen den Schlägel aus der Hand und hämmert dreimal hintereinander auf den Bolzen. Dreimal fegt der Zeiger hoch, dreimal kracht es, dreimal wirbelt der Hampelmann herum.
Ich weiß nicht, was mit mir los ist, aber das kommt wohl von dem ungewohnten Bier. Ho-up-sala! Die Karussells taumeln so bunt umher, die Kinder blasen auf ihren Trötchen, der Erdboden hebt sich und senkt sich. Päng, sagt der Lukas. So mag ich das leiden! Es riecht auch nach Bratwürsten. Das ist ein Leben, höhö! Jetzt bin ich an der Reihe. Was wollen denn die Leute hier alle? Ich spucke in die Hände. Paß auf, Viechskerl! sage ich und haue los. Rums, päng! ... Rums, päng! ... Rums, päng! So, das war das eine, jetzt geht's weiter! Paß auf, Viechskerl, mit einer Hand! Ich packe den Schlägel mit der rechten Hand: rums! So, jetzt mit der linken Hand: rums! Der Hampelmann kommt überhaupt nicht mehr zur Ruhe. Noch einmal mit der Linken: rums! Was gibt's noch? Was brauchen wir so einen langen Stiel? Draufgetreten, abgeknackst, so, nun den Hammerklotz wie ein Petschaft auf den Bolzen gestampft! Päng, sagt es oben. Nun mit der Linken! Päng! Nocheinmal! Päng! Nocheinmal! Päng! So sieht die Sache aus, wenn sich ein ordentlicher Kerl damit befaßt! Weiter, was gibt es sonst noch? Das ist ein Leben im Bayernland! Lacht nicht, ihr Ziegenböcke, ihr verfluchten Wildschweine.
Haha, lachen die Leute, die von allen Seiten zugucken.
Aber da greift der Viechskerl wieder ein. Er kommt mit zwei neuen Schlägeln daher, für jede Hand einen. Obacht, Soß!

schreit er. Rums! Rums! Und ich feuere auch von mir aus einen Hieb hinterher. Rums!
Schlawiner, sagt der Viechskerl, rums! Luder, sagt er, rums!
Saupanzen, sage ich, rums!
Saupreiß ölendiger, rums! Rammel gscherter, rums!
Abgesuckeltes Heringsgerippe, rums!
Der Mann, dem der Lukas gehört, hat gar keine Zeit mehr, neue Knallpatronen aufzulegen. Der Zeiger hüpft auf und nieder wie ein Veitstänzer.
I schlog dir's Kreiz ab, brüllt der Viechskerl, rums! Doher gehst, Mistbub, rums, spinneta!
Misthaufen, rums, bayrischer!
Haha, lachen die Leute. Und die Luftschaukeln orgeln dies Lied, und die Karussells orgeln das Lied. Aber wie der Viechskerl mit seinen Sprüchen fortfahren will, haut er daneben und rumpelt vornüber. Die Leute umarmen einander vor Lachen, ein altes Weib biegt seinen Kopf hintenüber und kreischt fassungslos zum Himmel empor. Und der Viechskerl haut wieder daneben und rumpelt beinahe den ganzen Lukas um. Da schmeißt er erst sein Jägerhütchen auf den Bolzen, paff! Dann spuckt er drauf, tschiff! Und dann bearbeitet er den Lukas mit seinen genagelten Schuhen: Hin muß er wern, sag i, Kotz Himmel Laudon, der Lumpenhund!
Ich ziehe ihn weg und trampele selbst auf den Bolzen. Aber leider springt der Zeiger kaum zwei Meter hoch, denn mein Stiefel hat es nicht ausgehalten. Der Hacken ist abgebrochen, das Schnürband ist durchgerissen. So habe ich denn verloren.
Der Viechskerl klappt sein Maul bis zu den Ohren auf und will sich totlachen. In diesem Augenblick tritt der Lukasmann in seiner Friedfertigkeit auf uns zu und steckt jedem zur Belohnung eine weiße Lilie mit goldenen Staubfäden ins Knopfloch. Noch eine Zierde! Ich bin von oben bis unten mit Pracht und Reichtum angetan. Nur mein Schnürband ist etwas zerbrochen. Und wie ich mich umdrehe, steht da eine ganze Mädchenklasse von vierzehn Jahren und lacht mich aus. Sie haben alle orangefarbene Mützen auf ihrem Haar und weiße Kleider an ihrem Leibe, die lieben Dingerchen. Ich krümme meine Finger rechts und links neben meinem Ge-

sicht wie Krallen vor, blecke die Zähne und tappe brüllend auf sie los, als wollte ich sie auffressen. Sie kreischen weg, nur die Lehrerin bleibt mit ihren dicken Beinen stehen. Da überreiche ich ihr für ihren Mut die weiße Lilie aus meinem Knopfloch. Der Schweiß fließt aus meinen Haaren. Aber sie faucht mich an: Schämen Sie sich, Mensch!
Jawohl, sage ich.
Und der Viechskerl muß alles bezahlen. Und wir ziehen weiter und bleiben irgendwo stehen und fressen Bratwürste und Steckerlfische.

Allmählich versinkt die Stadt in Dunkelheit und Schweigen. Der Mond steht verschleiert am Himmel und hat einen großen Hof, es muß schon Mitternacht sein. Die Leute kommen aus den Wirtshäusern und begeben sich nach Hause. Ein Verein nach dem anderen marschiert zum Bahnhof, unterwegs wird ein Lied angestimmt, aber die Männer können sich nicht mehr richtig auf die Melodie besinnen, nur die Frauensleute sind hoch und hell bei der Sache. Dann ist auch das vorbei, und die Straßen liegen verlassen da. Daß zuweilen ein Betrunkener daherstolpert, macht weiter nichts aus. Ich stolpere ebenfalls daher, aber ich bin nicht betrunken, ich bin nur müde. Sonst würde ich wohl in diesem Wirtsgarten noch etwas Platz nehmen. Da sitzt eine kleine Gesellschaft bei Lampenlicht unter den Kastanienbäumen. Ein alter Mann spielt Zither, die anderen lassen Rauchwolken aus ihren Pfeifen aufsteigen, und seitwärts wiegen sich zwei Pärchen in einem langsamen Ländler. Das geschieht alles so leise und zärtlich, als wäre heute gar kein Trachtenfest mit Geschrei und Geraufe gewesen. Und wenn der Zitherspieler sich ausruht, höre ich, wie die Donau am Ende der Gasse, die neben dem Wirtsgarten in die Tiefe führt, rauscht und strömt.
Aber ich bin müde, jaha . . . ich möchte nun schlafen. Falls ich nicht zufällig noch etwas Besseres auftreibe, will ich im Wartesaal des Bahnhofes übernachten. Ich trotte weiter, jaha.
Einmal kann ich zwischen zwei Häusern hindurchblicken, da flimmert jenseits der Donau in der dunstigen Mondnacht die Festung Oberhaus wie eine gespenstige Vision hoch oben auf dem Felsen. Nun weiter zum Bahnhof!

Der Bahnhof liegt ziemlich weit draußen. Je näher ich herankomme, um so mehr beleben sich die Straßen wieder. Der Zug nach Plattling und München ist noch nicht abgefahren. Gesang und Harmonikaspiel. Andere, die ihre Freundschaft zum Bahnhof begleitet haben, sind schon wieder auf dem Rückweg.
Aber die Ehrenpforte mit den weißblauen Fahnen und dem goldenen „Grüß Gott" steht ganz schief da. Gerade wie ich hindurchspaziere, erhebt sich auf dem Bahnhof ein großes Geschrei, Pfiffe schießen in die Nacht hinein, Instrumente spielen. Der Münchener Zug geht ab. Juhuu! macht eine heisere Stimme, dann verebbt der Lärm schnell. Ein Schwall Menschen quillt mir entgegen und wälzt sich in die Stadt. So, nun wird wohl endgültig Ruhe sein.
Ich schiebe mich mit den Händen in den Hosentaschen durch die Bahnhofstür und steuere auf den Wartesaal los. Gott soll mich bewahren, wen treffe ich da? Wer wimmelt da aufgeregt durcheinander? Wer tuschelt da und reißt die Augen auf und sieht sich erschrocken an? Die Mädchenklasse mit den orangefarbenen Mützen, die mich heute nachmittag beim starken Lukas so nett ausgelacht hat! Genau dieselbe Mädchenklasse, so wahr ich zwei Beine habe. Nur die dicke Lehrerin fehlt, und außerdem scheint es nicht die ganze Klasse zu sein, sondern nur . . . zwei, vier, sechs . . . es sind nur sieben Mädchen. Sie reden aufeinander ein und stöhnen, eine hält die Hand an den Mund und sagt nichts als: Oh! oh! oh! Eine gibt die Sache gänzlich auf und heult in ihr Taschentuch hinein. Weißgekleidete Mädchen mit bunten Strickjacken, junge Damen von vierzehn bis fünfzehn Jahren. Ich habe schon einmal gesagt, daß ich nicht betrunken bin, aber ich nehme meine Mütze ab und verneige mich und erlaube mir die Frage, ob ich den Damen vielleicht auf irgendeine Weise in ihrem anscheinenden Unglück behilflich sein könnte.
Naa, sagt die eine, die ihr schwarzes Haar wie ein Junge trägt und die viel zu kleine Mütze schief aufgesetzt hat, aus is, weil der Zug, wo wir mitwollten, bereits abgefahrt is.
Sakrament! antworte ich und finde sie alle miteinander einiger Liebe und Lustigkeit wert. Wo wollten die Damen denn hin?

Nachdem wir alle von Minchen san, mechten mir am liebsten wieder auf Minchen heim!
Morgen früh um neun Uhr achtundzwanzig, sage ich und zeige auf die Tafel mit den Abfahrtszeiten.
Die mit der Hand vor dem Mund läßt entsetzt ihre Augen hervorquellen und stöhnt von neuem schmerzliche Ohs aus ihrer Brust heraus.
Da brauchen Sie gar nicht weiter zu seufzen, mein Fräulein, wir haben doch in Passau Hotels genug, wo Sie unterkommen können.
O nein, oh, oh . . .
Dees schon, antwortet die Schwarzhaarige nachdenklich, aber die Fräuln Schottenhammel is halt abgefahrt mit den andern, bloß mir sechs ham an Zug verpaßt, mir sechs Unglückshasn.
Sieben, sage ich . . .
Da macht die Quelläugige aus irgendeinem Grunde wieder: Oh, oh!
Siebene?
Die Schwarzhaarige dreht sich ungläubig um und entdeckt hinter sich ein blasses Ding, das damit beschäftigt ist, seine beiden Füße so weit umzuknicken, bis die Schuhsohlen aneinanderliegen. Jessas, die Elis! Wo kommst denn du her, Elis?
Aber die blasse Elis sagt nur, ohne sich in ihrer Beschäftigung stören zu lassen: Geh, i bin doch schon immer dabei.
Nun drängt sich eine Blonde mit zwei langen Hängezöpfen vor: Was für ein Hotel können Sie uns denn empfehlen?
Ich schiebe mein Kinn in die Höhe, damit man meinen vergoldeten Kragenknopf sehen kann, ich drücke auch meine linke Brust mit dem seidenen Taschentuch etwas vor und schwafele aufs Geratewohl los: Vor allen Dingen natürlich den Weißen Elefanten. Da finden Sie gutes Essen, gute Betten, nicht teuer. Aber wenn sie lieber in den Blauen Stern wollen, ist mir's auch recht!
Ohuu! weint da die Quelläugige aus tiefstem Herzen auf, ohuu, und denn steigt Fräulein Schottenhammel in München aus dem Zug und denn fehlen wir siebene! Und denn . . . oou!
Und denn kriegt's ihrn damischen Herzkrampf wieder, die alt Hex! lacht die Schwarzhaarige. Hätt halt warten solln, bis mir alle drin gwesen san!

Mir san ja drin gwesen! Sie is dreimal an die Wägen hingesaust, ob mir alle drin warn. Alsdann is sie eingeschlieft, und dann san mir nochamal naus für Schokolad zu kaufen! Pfüat die Good, ab geht's. I sag's, wie's is!
Aber, net wahr, was denken jetzt meine Eltern, wann i net hoam komm, und morgen in der Früh komm i a noch net hoam!
Jessas, mei Öltern!
Und morgen in der Früh san ma wieder net dahoam!
Oh, mei Mutter!
Unser Hansl hat morgen Namenstag!
Mei Buckelsack liegt als noch im Zug!
Nichts als Aufregung und Tränen. Aber ich weiß Rat, ich erhebe meinen Arm und schwenke ihn hin und her: Einen Augenblick Ruhe! Pardon, meine Damen, wenn Sie erlauben, gehe ich jetzt zum Herrn Stationsvorsteher hinein und bitte ihn, nachdem ich ihm das ganze Unglück dargestellt habe, er möchte nach Plattling telefonieren und dem Fräulein Schottenhammel alles mögliche bestellen lassen, wenn der Zug da seinen Aufenthalt hat. Es werden ja immer ein paar orangene Mützen zum Fenster hinausgucken, was? Sonst muß eben einer mit der Klingel am Zug entlanglaufen und Schottenhammel schreien. Das gibt es.
Juuh! ruft die Schwarzhaarige. Was wollts denn mehr, Madeln! Dees gibt's!
Vielleicht gehen Sie mit, Fräulein. Ja, so! Haben Sie denn Geld genug alle miteinander für Schlafen und Bahnfahrt und so weiter?
Kurz und gut, es dauert keine Viertelstunde, da wandern wir wieder zur Stadt zurück, und die sieben Mädchen wimmeln um mich herum. Sie schwatzen und kichern. Eben schluchzten sie noch, nun kichern sie und stubbsen sich in den Rinnstein. Ich weiß noch nicht, was dies werden soll. Ich bin gar nicht mehr müde. Warte nur, es tanzt mir schon allerlei durch den Kopf. Aber die Schwarzhaarige geht an meiner Seite und führt das Wort:
Ein Glück, daß Sie grad in'n Bahnhof einspaziert san. Könnt leicht sein, daß mir jetzt noch umanand gackerten. Und dees mit an Stationsvorsteher hättn mir nimmer zsammbracht,

gelt, Theres! Ma tean uns a vielmals bedanken allesam, gelt, Theres!
Na ja, sage ich, nicht der Rede wert, und das hat noch Zeit. Und übrigens so mit jungen Damen nachts durch die Straßen zu ziehen, durch das dunstige Mondlicht, durch die Stille, wenn die Leute schon in ihren Betten schnarchen . . . die Laternen leuchten so trübe, da und dort schwebt ein Balkönchen mit Hängeblumen über einer Haustür, es taut und tropft, und die jungen Damen sind so jung, ihre Röcke sind so kurz, bald gehen sie im Dunkeln, bald weht etwas Helligkeit und Mondschein um sie her . . . ich finde das meinerseits ziemlich lustig. Ich finde es sogar ein bißchen gefährlich. Und das gnädige Fräulein?
Bilden's Ihnen fei nix ein, mei Liaber! Und Sprüch können's machen, Mariandjoseph! Sie san mir scho an ganz Gwisser! Gelt, Sie san net amal von hier?
Ganz und gar nicht. Ich weile nur zu meinem Vergnügen in Passau, ich ergehe mich gewissermaßen in der Sommerfrische, wie man so sagt.
Wo kommen's denn her, wann's erlaubt is, zu fragen?
Von da und dort! Ich reise viel.
Ah so, Sie reisn vüll!
Bergauf und bergunter, hüber und nüber.
Ah so! Und wo san's alles gwesen, eh daß Sie auf Passau gangen san?
In Hamburg, am Rhein . . .
Jessas, am Rhein, ruft die Theres hinter mir, da wohnt mei Onkel!
Am Rhein, in Lüneburg, im Allgäu, in Berlin, wo Sie wollen!
O mei, da gibt's was zu verzählen, gelt?
Jawohl, sage ich, in der einen und anderen Beziehung jawohl, und das Haus da vorn an der Ecke is schon der Weiße Elefant.
Wir trappeln einen Augenblick schweigend über das Pflaster, dann läßt sich unvermutet die blasse Elis vernehmen: Bitt schön, möchten's uns net gschwind amal so an klans Gschichterl verzähln? Weil wir dees so vüll gern hörn, so an Gschichterl aus dera Welt.
O ja! ruft die Theres.
Jaaa! stöhnt die Quelläugige.

Dommdiadei! freut sich die Schwarze.
Eine kleine Geschichte? Gut! Was für eine denn? Eine zum Lachen oder eine zum Weinen?
Die blasse Elis will eine zum Lachen haben.
Und die anderen Damen? frage ich.
Mir andern Damen a, sagt die Schwarzhaarige.
Recht eine gschpaßige, gelt!
Dann will ich Ihnen des Vögleins Abendlied im Grunewald erzählen. Es ist aber nur eine ganz winzige Geschichte. Warten Sie mal . . . na schön! Also ich war damals in Berlin und ging eines Abend im Grunewald umher. Was der Grunewald ist, wissen Sie doch?
I weiß nur: Im Grunewald, im Grunewald is Holzauktion.
Sehen Sie wohl, in demselben Grunewald war es!
Ah so!
Ich ging hinein und wanderte in der Einsamkeit umher. Die Sonne sank unter, und es war Abend. Da fing in einem Tannendickicht ein Vogel so wunderschön an zu schlagen, daß ich stehenblieb und mich gar nicht satt hören konnte. Ich trat auch an das Dickicht heran und guckte hinein und guckte empor, aber ich konnte das singende Tierchen nicht entdecken. Und wie ich da noch so stand und horchte, brach der Gesang plötzlich ab, es rauschte im Tann, ein schwarzhaariger Kerl trat hervor und verneigte sich vor mir.
Mahlzeit, Egsälänz, sagte er. Is nich Voggel, bin iich, was singt so scheen. Sollen Sie haben su kaufen kleines Flötä, swansig Fennig, swei Groschen, Egsälänz, bittä sähr!
Und da?
Und da war es nun des Vögleins Abendlied.
Wir stehen im Kreise und lachen uns alle an: Hahaha. Ich fasse mich an meine Nase, ich stecke die Hände in die Hosentaschen und schlenkere die Beine rechts und links in die Höhe. Sieben kleine Mädchen sind um mich versammelt. Wenn es nach mir ginge, nähme ich jede in den Arm und gäbe ihr einen Kuß. Vor allen Dingen der Schwarzhaarigen mit dem Jungensmund. Aber auch die blasse Elis ist nicht zu verachten. Und die Quelläugige küßt sicher noch wie ein Kind, knallend und etwas dumm. Die mit den blonden Hängezöpfen scheint allerdings etwas hausbacken zu sein. Dagegen

ist von der langen, schlaksigen Theres das eine und andere zu erwarten, sie hat so eine verwegene Unterlippe. Und was die beiden Stillen angeht, das magere Judenmädchen mit den großen, verschleierten Augen und das Pummelchen mit den Haarschnecken über den Ohren und der bronzenen Brosche auf dem violetten Kleid, so wollte ich, falls etwas daraus würde, schon sehen, wie ich da auf meine Kosten käme.
Kinder, sage ich, liebe Damen, tretet einmal etwas beiseite in das Gäßchen hier, wo die Laterne nicht so hinscheint. Sonst erleide ich noch das Schicksal, daß ein Schutzmann vorbeikommt und mich als Mädchenhändler verhaftet. Hierher!
Wir schieben uns ins Dunkel. Ich bin natürlich voll von verwegenen Wünschen. Jetzt muß es ausgesprochen werden, denke ich. Wenn ich nur wüßte, wie ich's ihnen beibringen soll!
Hm, meine verehrten Damen, ich werde jetzt eine Rede halten. Hm, eine Rede halten über Punkt eins, Punkt zwei, Punkt drei. Punkt eins: Geben Sie zu, daß ich ein lieber Mensch bin, außerdem ein Tugendbold und Christ, geben Sie das alles zu?
Dees scho!
Ja, ja!
Freili, an Trunkenbold!
Hihihi ...
Punkt zwei: Sie wollen jetzt in dies Hotel treten und Ihren Kummer verschlafen, nicht wahr?
Ja!
Punkt drei: Vergessen Sie nicht, vorher Ihre verschiedenen Angelegenheiten in Ordnung zu bringen. Ich habe Ihnen zum Beispiel anbei eine kleine Nota zu überreichen: Führung vom Bahnhof zum Weißen Elefanten, Nachttaxe, macht drei hm hm. Eine liebreizende Geschichte zu vier hm hm, macht Summa summarum sieben hm hm. Trinkgeld dankend abgelehnt. Meine Damen, ich bitte um sieben hm hm!
Sieben hm hm? Dees is uns nicht bekannt, was dees bedeitet, dees hm hm!
Sie müssen es nun raten! Sieben ...? Sieben ...? Na!
Busserln! ruft die Schwarzhaarige. Die andern schreien huuu, als hätten sie schon so etwas geahnt, und halten die Hände vors Gesicht. Nur die Quelläugige stöhnt wieder: Oh oh!

Potztausend, Busserln! antworte ich und schnickele mit den Fingern. Pst! Pst! Meine sehr verehrten Damen, was die Zahlungsweise anbelangt, so bin ich zu jedem Entgegenkommen bereit. Soll die Summe in eins verauslagt werden, so ist mir's recht, soll sie zu gleichen Teilen auf die Gesellschaft umgelegt werden, ist mir's abermals recht. Im letzten Falle käme auf jede Dame gerade ein . . . ein . . . wie sagen Sie?

Huhuu!

Jawohl, ein Huhuu!

Da ist es wieder die blasse Elis, die einen Vorschlag bereit hat: Im Falle, daß Sie uns vülleicht noch a Gschichterl verzähln möchten, nacha könntn mir ja über die Sach redn.

Kommt Zeit, kommt Rat, denkt sie wohl. Aber ich weiß etwas Besseres, ich weiß mit einem Male ganz genau, was ich eigentlich all die Zeit über gewollt habe. Andersherum! sage ich. Mit derjenigen von Ihnen, die mir das schönste . . . Huhuu zahlt, spaziere ich noch ein halbes Stündchen umher und erzähle ihr eine Geschichte nach der anderen, und eine immer fideler als die andere. Und somit: Bitte, meine Damen, zur Kasse!

Aber niemand rührt sich. Sie drängen sich zusammen, sie kichern sich was ins Ohr, sie gucken mich an und stoßen leise Schreie aus. Ich stehe ganz verlassen da. Nur die Schwarzhaarige hält sich zwischen mir und den anderen. Ein paar Sekunden lang sind wir alle ein bißchen verlegen.

Da beginnt ganz in unserer Nähe eine Kirchturmuhr langsam zu schlagen. Wie die ersten vier hohen Schläge durch die Luft klingen, rückt die Schwarzhaarige jedesmal einen Schritt näher zu mir heran, beim vierten Schlag ist sie dicht neben mir. Und wie die Uhr nun ihr tiefes Eins brummt, pressen sich blitzschnell zwei aufgeregte Mädchenlippen auf meinen Mund, ich spüre einen Biß, einen hastigen Druck, ein verlegenes Lachen, und ehe ich mich recht besinne, ist der erste Kuß schon vorbei. Niemand sagt ein Wort, es kommt mir vor, als hielten die Mädchen den Atem an. Die Schwarzhaarige tritt beiseite, nimmt die Mütze ab und schüttelt, indem sie den Kopf hintenüberwirft, ihr Haar zurecht.

Noch schwebt der Nachhall des Glockenschlages in der Luft, da steht schon die Hängezöpfige vor mir und hebt sich auf die

Zehen, ich neige mich herab, aber sie weicht mir aus und küßt mich kühl auf den linken Mundwinkel, man kann es eigentlich keinen Kuß nennen.
Nun wird die Quelläugige herangeschubst. Sie strahlt übers ganze Gesicht und macht nicht viel Umstände. Unschuldigere Lippen haben wohl noch nie meinen Mund berührt. Sie legt Wert darauf, daß es ordentlich schmatzt, und wie dies saugende Geräusch ertönt, platzt sie los, und plumpst vor Lachen auf die Erde.
Ich hebe sie auf, schaukele sie, obwohl sie zappelt und kreischt, wie ein Baby auf meinen Armen, und setze sie mitten unter den anderen ab. Da faßt mich das Judenmädchen von hinten an den Arm, ich wende meinen Kopf über die Schultern zurück und empfange so zwei aufeinandergepreßte trockene Lippen, zwischen denen im Augenblick des Kusses blitzschnell eine feuchte Zungenspitze hervorhuscht und die Nerven schwach erschrecken läßt. Ich greife unwillkürlich hinter mich, um sie festzuhalten, aber sie dreht sich leicht weg und zieht sich zurück.
Von der langen Theres habe ich mir mehr versprochen. Wenn sie nur nicht so heftig wäre! Sie faßt mich um den Kopf und drückt ihren Mund so fest auf meinen, daß unsere Zähne gegeneinanderstoßen. Ach Theres, so ein erster Kuß muß ganz anders sein!
Nun ist die blasse Elis an der Reihe. Sie steht da und wartet. Wie ich mich über sie beuge, legt sie ihre Arme, ohne mich zu berühren, um meinen Hals, und läßt sich, indem sie sacht in den Knien einknickt, nach hinten sinken. Ich fange sie auf, aber sie wiegt beinahe nichts, sie schwebt wie ein Duft in meinem Arm. Ihre Augen sind geschlossen. Wie ich sie an mich ziehe, schlägt in der Ferne wieder eine Uhr, und nun noch eine und noch eine. Ich horche einen Augenblick hin, die hohen und tiefen Glockentöne schwingen durcheinander, ich finde es so merkwürdig, daß gerade jetzt die Uhren über Passau zu läuten anfangen, und dann senke ich mich auf das stille Gesicht. Alle anderen haben mich geküßt. Aber diese bietet sich nur dar und wartet, bis ich ihren Mund finde. Kaum habe ich ihn berührt, da öffnen sich die Lippen wie von selbst, und eine unsägliche Weichheit empfängt mich. Es sind

nicht die Lippen mehr, die unter meinem Kusse beben, es ist die ganze traurige Trunkenheit des Weibes. Ich fühle ihre Mädchenbrüste an meiner Brust, ich fühle ihren kleinen Schoß, ihr Körper ist so unberührt, aber ihr Mund ist warm, ihre Lippen bewegen sich ein wenig. Und nun ist mein Leib nicht mehr da, ich selbst bin auch nicht mehr da, nur die Wärme der Lippen, diese leise sich regende Weichheit, diese namenlose Süße ist noch da ... Elis ... ich kann mich nicht wieder von ihr lösen. Da legt sie ihre Hände an meine Schläfen und drängt meinen Kopf sanft von sich weg. Ihre Augen sind immer noch geschlossen. Elis? frage ich leise. Sie schüttelt den Kopf und wendet sich ab.
Es ist mir so gleichgültig, was das Pummelchen noch mit mir macht. Die Uhren schlagen nicht mehr, mein Herz schlägt nicht mehr ... Lebe ich noch? Das Pummelchen knickst, ich nehme meine Mütze ab und flüstere: Gute Nacht, meine Damen ... Danke schön ... Gute Nacht! Dann drehe ich mich um und taumele weg. Die Schwarzhaarige ruft etwas hinter mir her. Ich weiß nicht ...
Ich gehe über die Donaubrücke. Es ist immer noch Nacht. Vor einer halben Stunde habe ich mit meinen Lippen den Mund eines Mädchens berührt. Es sollte nur ein Spiel sein. Und was wurde daraus? Mein Gott, was wurde daraus? Wo soll ich nun bleiben?
Ich gehe durch den Tunnel unter dem Festungsfelsen hindurch. Mit einem Male bin ich im Ilztal. Der Weg schimmert grau durch die Dunkelheit. Hier links komme ich wohl zur Festung hinauf. Ich steige durch lauwarme Schierlingswiesen höher und höher. Das Tal versinkt in Nebel und Mondlicht.
Nach einer Weile taste ich mich mit Händen und Füßen durch einen finsteren Torgang, dann kommt ein Hof, dann ein langes Gewölbe, dann wieder ein Hof von schwarzen Mauern umschlossen. Ich kann nur ein kleines Stück Himmel erblicken. Und hier ist schon wieder ein Torgang. Wie ich heraustrete, riecht es nach Bäumen. Ja, das sind Kastanien, da oben blinzeln auch zwei Sterne aus dem Himmelsdampf heraus. Ich taste mich weiter, vorbei an einem rot flammenden Fensterchen, vorbei an einem stampfenden Wachtposten, der sich aber weiter nicht um mich kümmert. Und wie ich

wieder ein wenig Helligkeit wahrnehme, bin ich im Freien, vor mir kündet sich eine Art von Bastion an, auf der gewaltige Lindenbäume stehen. Ich gehe hinauf, der Fels sinkt weg, und da unten liegt Passau zwischen den Flüssen.
Wie geheimnisvoll die Stadt in dieser Nacht aussieht!
Die elektrischen Lampen erhellen den Dunst, der darüberschwebt, bis hoch in die Luft hinein. Wenn an den Häuserfronten ein Lichtschein emporleuchtet, schimmern sie wie bleiches Glas, die Stadt ist so gläsern. In der Ferne verlieren sich, neben der Donau hin, die roten Laternen des Bahnhofs. Passau, ein silbriger Nebel, erfüllt mit leichtem Gebrause. Die Flüsse strömen unaufhörlich hindurch. Rundherum ist die Nacht, der Mond hebt sich aus Dampf und Gewölk heraus.
Und irgendwo da unten in dem silbrigen Nebel ruht nun die kleine Elis. Ich kann mir nicht helfen, ich sollte jetzt eigentlich ein Kerl sein, ich sollte einen großen Gedanken ersinnen hier über der gläsernen Stadt und in dieser Ewigkeit. Die Nacht ist so mit Ewigkeit und Dampf und verlorenem Licht erfüllt. Aber ich denke nur, wie die blasse Elis ihre Lippen so weich und traurig unter meinem Munde geöffnet hat und wie meine Knie geschwankt haben. Ich stehe nur so da und denke an ein Mädchen von fünfzehn Jahren ungefähr.

(1928)

Journey's end

Nicht älter als ich, vierundzwanzig Jahre oder fünfundzwanzig, und doch eine Ewigkeit älter in ihrem Schweigen, eine schweigende Frau. Sie steht neben mir an der Reling. Es ist eine diesige Nacht. Was soll daraus werden? Was soll um Gottes willen daraus werden? Ich kann kaum noch atmen. Wir sehen beide nach den Leuchtfeuern hinüber, die in unregelmäßigen Abständen am Horizont aufblinken, dort, wo die dänische Küste liegen muß, manche mit hellem Schein und manche so schwach, daß sie fast nicht mehr zu erkennen sind.

Ich habe schon ein paarmal zum Sprechen angesetzt, aber es ist beim Ansetzen geblieben. Dabei bin ich mir klar darüber, daß ich nie mehr Gelegenheit haben werde, mit ihr zu sprechen, wenn ich diese letzte Möglichkeit nicht wahrnehme. Morgen früh macht das Schiff an der Columbuskaje in Bremerhaven fest, und dann geht sie ihres Weges, und alles ist vorbei. Es ist vorbei.

Die Fahrgäste schlafen. Ein paar mögen noch in der Bar hocken, aber die übrigen schlafen. Mir unbegreiflich, wie man in der letzten Nacht auf See schlafen kann.

Ich brauchte mich nur ein bißchen nach rechts zu neigen, dann würde meine Schulter die ihre berühren, so nahe bin ich ihr. Während der ganzen Reise habe ich keinmal so nahe und so ungestört neben ihr gestanden wie jetzt. Vielleicht wartet sie ja darauf, daß ich etwas sage. Ich weiß es nicht. Wenn ich mit meinen vierundzwanzig Jahren auch schon dies und das erlebt habe, so wage ich doch nicht, es zu wissen. Über niemanden habe ich in den letzten Tagen und Nächten so viel nachgedacht wie über sie. Eigentlich mehr geträumt als gedacht. Ich kann nicht denken, wenn ich an sie denke. Und trotzdem ist sie mir fremd geblieben. Immer webt ja ein Hauch von Fremdheit und Unnahbarkeit um sie. Und in diesem Augenblick mehr als je. Aber mehr als je ist auch die Verzauberung da, die mir das Atmen so schwer macht. Ein großes, dunkles Mädchen in seiner Einsamkeit, eine verwunschene Frau, fremd, verwunschen und fern. Und doch so nah und doch so warm mit ein wenig Duft. Der Fahrtwind rührt an ihr Haar. Sie duftet. Sie blickt über die nächtliche See und ist für sich. Über ihrem dunkelbraunen Samtkleid liegt ein grauer Spitzenhänger, oder wie man das nennt. Wir tragen bereits unsere Landkleidung, weil die gepackten Koffer schon in den Gängen und im Treppenhaus stehen. „Journey's end" heißt es in den Logbüchern der englischen Segelschiffkapitäne. „Ende der Reise."

Nun gut.

Wenn ich es über mich gewänne, etwas zu sagen, würden es ja doch nicht die richtigen Worte werden. Das ist es. Wahrscheinlich habe ich noch nie in meinem Leben im richtigen Augenblick die richtigen Worte gewußt. Aber vielleicht könnte ich ihr wenigstens andeuten, in was für einer Verfassung ich bin. Nur andeuten. Ich könnte ja weiter nach den Feuern hinübersehen und etwas vor mich hinmurmeln, irgend etwas, als redete ich mit mir selbst. Manchmal tu ich das ja auch. Vielleicht würde sie anfangs gar nicht merken, daß ich sie meinte. „Die kleinen Feuer dahinten kommen mir wie Hilferufe vor", könnte ich zum Beispiel murmeln, „sie dringen kaum noch bis hierher mit ihrem schwachen Schein. Und in kurzer Zeit versinken sie. Ein paarmal rufen sie noch mit ihren erlöschenden Stimmen wie lebendige Wesen, und dann versinken sie." So könnte ich anfangen. Und wenn sie sich dann nicht rührte, könnte ich fortfahren: „Entschuldigen Sie, daß ich neben Ihnen stehe. Entschuldigen Sie bitte, daß ich mit dem Wind rede. Aber mit irgend jemandem muß ich doch reden. Manchmal habe ich Sie angesehen, heimlich. Und wenn Sie es bemerkten, war ich unglücklich, weil ich wußte, daß Sie nicht angesehen werden wollten. Bei den Mahlzeiten saß ich mit dem Rücken zu Ihnen. Aber ich konnte Sie in dem großen Spiegel an der Wand gegenüber erblicken. Und doch war ich, um die Wahrheit zu sagen, nicht nur unglücklich, wenn Sie meinen Blick bemerkten und anderwohin sahen, ich war auch unglücklich, wenn sie ihn nicht bemerkten. So verhielt es sich nun einmal. Aber an einem Abend haben Sie sich nicht abgewandt. Und da haben wir uns angesehen, Sie mich auch, obwohl wir uns nicht angesehen haben, ich meine, nicht direkt angesehen haben. Und das war so merkwürdig und verwirrend, als geschähe es in einer anderen Welt. Wegen des

Spiegels. Sie saßen hinter mir, und Ihr Gesicht schwebte vor mir. Sie lächelten sogar ein ganz kleines bißchen. Lächelten ist schon zu viel gesagt, es war nur eine kleine Aufhellung, die über Ihr Gesicht wehte. Ich wollte nach meinem Weinglas fassen, aber da hatten Sie sich schon wieder abgewandt. Dennoch rieselte das Glück durch mich hindurch.
Oder im Liefdefjord auf Spitzbergen, an der Nordküste, wissen Sie noch, wie aus dem Gewirr der Lerner-Inseln ein Boot zu uns herübertuckerte und uns an Steuerbordseite ein Stück begleitete. Alle Welt stand an Backbord und starrte nach der endlosen Wand des Monaco-Gletschers hinüber. Nur Sie hielten sich, wie es Ihre Art war, an der anderen Seite auf. Ich auch. Ihretwegen. In dem Boot hockten fünf verwegene Männer und sahen mit ihren bärtigen Gesichtern aus der Tiefe zu Ihnen hinauf, Pelztierjäger oder Mitglieder einer Expedition. Zwei hatten verwitterte Hüte auf, und drei trugen Pelzkappen mit hochgeklappten Ohrenschützern. Für sie war unser Schiff in der Weltverlorenheit des Liefdefjords eine aufregende Sache, viel aufregender als ein Abenteuer mit Eisbären. Der Liefdefjord wird von den Touristenschiffen nicht angelaufen, weil er meist bis weit in den Sommer hinein vom Eis blockiert ist. Aber in diesem Jahr nicht. Deshalb waren wir dort. Und nun erblickten die fünf auch noch ein Mädchen oder eine Frau, die sich über die Reling beugte und zu ihnen hinuntersah. Sie hockten da und konnten sich an Ihrer Schönheit nicht satt sehen. Mit einem Male stand der Schwarzbärtige auf, der neben dem Außenbordmotor saß, ergriff sein Gewehr und schoß dreimal in die Luft. Dann schwenkte er seinen Hut und rief mit rauher Stimme: ‚For the nice lady up there!' Alle standen auf, schwenkten ihre Kappen und Hüte und lachten zu Ihnen empor. Und dann dröhnte das Boot mit schäumender Bugwelle davon. Sie standen bewegungslos an der Reling und schauten hinter ihnen her. Als das Boot schon so weit weg war, daß man die Insassen kaum noch erkennen konnte, hoben Sie Ihre Arme und ließen die Hände über Ihrem Kopf zusammen- und wieder auseinandergehen. Und noch einmal. Und noch einmal. Vom Boot ertönten drei Abschiedsschüsse herüber. Dann verschwand es zwischen den blaugrauen Holmen. Sie können nicht wissen, was für

einen Ausdruck Ihr Gesicht hatte. Aber ich weiß es. Wahrscheinlich fühlten Sie etwa Ähnliches wie ich, eine wilde Sehnsucht nach der Gleichgültigkeit und Freiheit, in der die fünf Männer in der Wildnis am Rande der Welt ihr Wesen hatten. Gestern war es ihnen um das Erlegen einer Robbe gegangen, heute schossen sie Salut für eine fremde Frau, und morgen kämpfen sie mit dem Eis um ihr Überleben. Als Sie die Arme hoch über Ihren Kopf hoben und hinter ihnen her winkten, etwas zurückgelehnt, nahm es sich wie eine verlangende Umarmung aus. Aber sie galt nicht den Männern, sondern dem Leben, dem ungesicherten Leben von Stunde zu Stunde, dem Traum vom Leben, dem Boot, der Erwartung, der Jugend, der Ungeduld und alledem. Mein Gott, warum bin ich nicht hingegangen und habe mich neben Sie gestellt, so, wie ich jetzt neben Ihnen stehe? Ich hatte doch Ihr Gesicht gesehen, ich hatte doch alles verstanden. Es war doch der nie wiederkehrende Augenblick. Vorbei. Zu spät. Nie wieder.
Oder das mit dem Kindergrab bei Ny Alesund. Wahrscheinlich erinnern Sie sich nicht mehr daran. Ny Alesund, die Bergwerkssiedlung am Königsfjord, die aussieht wie ein Goldgräbercamp in Alaska. Seitdem die schlagenden Wetter die Grube, die weiter oben am Fuß des Bröggerfjells liegt, verwüstet haben, ist die Kohleförderung aufgegeben. Die barackenartigen Häuser stehen leer. Ich bin wohl eine Stunde oben am Grubeneingang in dem halbversunkenen Maschinenschuppen und zwischen den verbogenen Schienen, verrosteten Weichen, ineinander verkeilten Balken, Brettern und Kabeln umhergekrochen. Der Schacht geht nicht senkrecht in die Tiefe wie bei uns, sondern schräg in den Berg hinein. Aber er ist ersoffen. Die Gleise führen in schwarzes Wasser. Manchmal fällt ein Tropfen mit hartem Klick, manchmal knackt es im Gebälk. Sonst herrscht Totenstille. Eine unheimliche Stille. Ich machte, daß ich weiterkam. Von der großen Kohlenhalde aus, die seit der Explosion noch immer schwelte, erblickte ich Sie unten am Fjord. Ich erkannte Sie sofort. Sie standen auf der Strandebene neben einem mit weißen Pfosten eingefaßten Geviert. ‚Was mag es damit auf sich haben?' dachte ich. ‚Und was sucht sie da?' Sie gingen einige Schritte beiseite, bückten sich, kehrten nach dem Geviert zurück und

knieten dort nieder. Das wiederholte sich ein paarmal. Ich versuchte, über die Halde nach unten zu rutschen, merkte aber bald, daß es lebensgefährlich war. Die abschüssige Seite brannte innen noch, da und dort schien die Glut durch die obere Aschenschicht hindurch. Wenn ich einbrach, war ich verloren. Ich mußte zurück und um den brennenden Berg herumwandern. Als ich wieder nach unten sehen konnte, waren Sie schon auf dem Rückweg nach Ny Alesund. Aber ich wollte doch wissen, was es mit den weißen Pfosten auf sich hatte. Es stellte sich heraus, daß sie einen winzigen, halb mit Geröll bedeckten Friedhof umgrenzten, um den sich schon seit langem niemand mehr gekümmert hatte. Sie haben es ja auch gesehen. Die sechs Gräber waren fast eingeebnet. Regen, Schnee und Sturm hatten die Buchstaben auf den weißlichen Grabsteinen bis zur Unleserlichkeit abgeschliffen. Nur auf dem Stein am weitesten rechts konnte ich sie noch einigermaßen erkennen: ‚Elle Marie Bergh. Föd 31. 8. 18. Död 28. 12. 19. Tak for de tid, Du vas hos os. Velsignet dit minde.'
Ich verstand, daß die Eltern für die Zeit dankten, in der das Kind hatte bei ihnen sein dürfen, und daß sie sein Andenken segneten. Lange hatte sie nicht gedauert, die Zeit, knapp sechzehn Monate. Ich muß gestehen, daß mich die Inschrift bewegte. Auch Sie sind bewegt gewesen. Sie haben das Geröll von dem Hügelchen weggeräumt, einen Ring von Steinen darauf gelegt, eine Art Schale, und sie bis an den Rand mit purpurnen Steinbrechblüten gefüllt. So haben auch Sie das Andenken der kleinen Elle Marie gesegnet. Und ich stand da und sah es. Ihre Hand hatte jeden Blütenstengel berührt. Ich unterfing mich, einen an mich zu nehmen, nur einen einzigen, und aufs Schiff zu bringen. Die Stewardeß hat mir ein Medizingläschen geliehen. Darin steht er heute noch.
Lauter Kleinigkeiten, das eine wie das andere. Aber wer bestimmt denn, was groß ist und was klein, wichtig und unwichtig? Doch das Herz. Für mein Herz ist alles groß, was mit Ihnen zusammenhängt, eine Handbewegung, ein Schütteln des Kopfes, ein Lachen, eine Begegnung auf dem Fallreep, alles. Da fällt mir Ihr Lachen ein. Es war auf Island während der Fahrt von Akureyri zum Godafoß und zum Myvatn. Ich saß im Bus hinter Ihnen. Und wieder blieben Sie für sich,

ganz für sich, ob Sie nun die Landschaft betrachteten oder sich den Erklärungen des isländischen Führers zuwandten oder Ihren Anorak auszogen oder sonst etwas taten, immer. Damals habe ich Sie zum ersten Male lachen gehört. Bei manchen Auslassungen des Führers hatten Sie Mühe, Ihre Heiterkeit zurückzuhalten, um ihn nicht zu kränken. Er drückte sich aber auch gar zu lustig aus: ‚Dieses Gebäude ist ein Altertumsheimat für Fisserreileuten.' Oder: ‚Wir können unsre Familienbaum wegführen sweiunddreißig Generaschonen.' Und lauter solche Sachen: ‚Dies ist ein Rotdrosselwald. Nur kleine Baumen von Polarbirke. Die alten Leuten, sie finden es ssehr romantisch. Und die jungen, sie lieben es, weil sie können legen sich in Verborgenheit.' Ich sah, wie Ihre Schultern zuckten. Aber als er dann erzählte: ‚Den Erzbischof würde das Kopf abgesnitzelt', da gaben Sie es auf. Sie lehnten sich zurück und lachten empor. Nur leise natürlich. Wir übrigen lachten auch. Aber Sie lachten anders als wir, so leicht, so von innen heraus, nein, nicht von innen heraus oder doch, ich weiß nicht, so liebevoll. Ich hörte auf zu lachen und schämte mich. Der Haken oben an Ihrem Kleid war aufgegangen, und der Reißverschluß darunter hatte sich etwas geöffnet. Vielleicht war es geschehen, als Sie Ihren Anorak abstreiften. Über der Haut, die dort sichtbar wurde, lag ein Hauch von Flaum als Fortsetzung der Haare. Nein, nein, ich habe es nicht versucht. Nicht einmal mit den Fingerspitzen, sonst wüßten Sie es ja. Aber es war so wunderbar, es in Gedanken zu tun.
Sie brauchen nichts zu sagen. Ich höre schon auf. Verzeihen Sie, daß ich Sie angesehen habe. Sie waren so fremd und schön. Ich bin an Bord dieses Schiffes gekommen, um den großen Einsamkeiten der Arktis zu begegnen. Und nun ist mir dies widerfahren, dies, daß ich mich neben Ihnen über die Reling lehne und nach den Feuern der dänischen Küste hinübersehe. Neben Ihnen. Wie ruhig die See heute nacht ist! Auch die Bugwelle rauscht so ruhig vor sich hin. Es war eine Reise voller Herrlichkeiten. Dank, daß Sie dazugehörten! Gute Nacht! Und noch einmal Dank!"
So könnte ich zu ihr sprechen. Armselige Sätze, ausgedachte Sätze. Aber ich könnte ja zugeben, daß ich sie mir vorher

überlegt hätte. Das wäre noch nicht das Schlimmste. Wohl schlimm, aber doch nicht so schlimm wie das Schweigen. Schweigen ist das Allerschlimmste. Wie lange stehen wir nun schon so schweigend nebeneinander? Wie soll es denn weitergehen? Wenn ich nur wüßte, was sie jetzt hinter ihrer Stirn denkt. Weitergehen? Aber muß es denn weitergehen? Es ist ja tage- und wochenlang nicht weitergegangen. Irgendwann wendet sie sich ab und sucht ihre Kabine auf. So geht es weiter. Aber noch nicht. Sie steht noch neben mir.
Hinter uns erklingen Schritte. Ich drehe mich um. Der Bootsmann, der die Feuerwache hat, kommt das Deck entlang. Er sagt, ohne uns anzusehen, „Guten Abend!" und geht weiter. Ich sage „Danke" und „Gute Wache" und beuge mich wieder vor. Dabei berühre ich sie ein wenig. Aus Versehen, nur aus Versehen. Sie hat sich nicht nach dem Bootsmann umgedreht. Und wie ich sie berühre, läßt sie es geschehen und sieht weiter in die Nacht hinaus. Ich bleibe so bei ihr, so dicht, und sie bleibt bei mir. Ich hole Luft und lehne mich an sie, es ist wie eine Liebkosung, und sie bewegt sich immer noch nicht. Und nun soll es gehen, wie es will. Ihr Gesicht ist noch gesenkt. Aber wie ich sie langsam an mich ziehe, hebt sie es mir entgegen. Eine dunkle Weichheit empfängt mich. Ihr Mund gibt sich mit einer so innigen Verlorenheit hin, daß ich vor Schwindel und Traum nicht weiß, wo ich bleiben soll. Ihr Duft, ihre Wärme, das Aufweinen tief in ihrer Kehle. Etwas Todessüßes zieht und zieht durch mich hindurch. Jahrtausendelang. Aber irgendwann fühle ich, daß ihre Hände sich gegen meine Schläfen pressen und mich zurückdrängen. Sie löst sich von mir, legt den Arm vor ihre Augen und geht fort. Ein paar Sekunden bleibe ich wie erstarrt stehen, dann hole ich sie ein und fasse nach ihrem Arm. Aber sie reißt sich mit einem so heftigen Ruck los, daß ich zurücktaumele. Was hat das zu bedeuten? Ich weiß es nicht. Wie soll ich es denn auch wissen? So doch nicht, so kann die Liebe doch nicht sein. Oder ist gerade das die Liebe? Ich stehe da und sehe auf meine leeren Hände.
Am anderen Morgen suche ich sie auf dem ganzen Schiff, kann sie jedoch nirgends finden. Noch während des Anlegemanövers irre ich umher, über die Decks, durch die Kabinen-

gänge, durch die Gesellschaftsräume, treppauf, treppab, wieder und wieder. Die Leute müssen mich für verrückt halten. Vielleicht bin ich es ja auch. Aber sie bleibt verschwunden. Erst später in der Gepäckhalle, in der die Koffer jeweils unter den Anfangsbuchstaben der Fahrgastnamen aufgestapelt sind, entdecke ich sie. Es durchfährt mich wieder. Sie hat einen hellen Staubmantel über dem Arm und zeigt einem Träger die Gepäckstücke, die ihr gehören. Ich gehe an ihr vorbei und grüße. Sie dankt mit einem verwunderten Aufblick, als sei ich ein Fremder. Ich will es nicht glauben und richte es so ein, daß ich ihr, wie sie hinter dem lärmenden Karren des Trägers dem Ausgang zustrebt, noch einmal begegne. Aber sie beachtet mich nicht. Die Verzauberung ist erloschen. Bei ihr. Wir sind wieder an Land. Die Liebe kennt kein Erbarmen. Journey's end.

(1978)

Wollten Sie nicht was sagen?

Der Schatten einer großen Wolke glitt über das Wasser und verwandelte das silbrigblaue Geglitzer in ein stumpfes Grau, jetzt kam er den Ever Sand heraufgewandert, und jetzt flog er über Abel und Corinna hin. Die Wolke bedeckte den halben Himmel. Im Westen schimmerten, erst ungewiß, dann scharf und hell, zwei schräg gegeneinandergestellte Lichtbahnen aus ihr heraus und bewegten sich langsam fort. Als die erste die Muschelbank traf, die am Horizont auf dem schwarzen Schlick von Robben Nordsteert lag, leuchtete sie schneeweiß auf. Unten dunkles Wasser, oben dunkles Gewölk, dazwischen der gleißende Strich. Nach einigen Sekunden verblaßte er etwas, dann leuchtete er noch einmal ganz hell herüber, und dann war es vorbei. Die Bahn wurde schräger, löste sich von der Erde und verging im Dunst. Nun zog die zweite, die aus mehreren Strahlen bestand, über die Bank hin. Wieder das schneeige Aufleuchten, diesmal in vier oder fünf Wellen, wieder das Emporschweben und allmähliche Verlöschen.

Corinna saß auf einem Steinklotz neben Abel und hatte das rechte über das linke Bein geschlagen und die Hände davor gefaltet. Das Haar zappelte hinter ihrem Kopf durcheinander. Sie betrachtete die Verwandlungen des Lichtes, die da drüben so lautlos stattfanden. Von ferne dröhnte das Donnern der See herüber, die Windmassen heulten in verschiedenen Tönen durch das Gitterwerk des Turmes, die Muscheln knisperten dünn, aber das Licht kam und ging in völliger Lautlosigkeit. Jetzt sank ein matter Glanz vom Himmel herab, die Bank am Horizont begann zu schimmern. Es war kein Leuchten wie vorhin, nur ein leises Schimmern, das nach einer Weile ins Wasser hineinfloß, aufglitzerte und sich verbreiterte. Ein Glitzern und Schimmern tastete sich von Robben Nordsteert näher und näher an den Ever Sand heran.

Abel drehte seinen Kopf zur Seite, hob das Taschentuch von seiner Nase und zog prüfend die Luft ein. Dann tupfte er mit einer sauberen Stelle auf die Nasenlöcher und besah sich das Tuch. Da es keine Flecken mehr aufwies, richtete er sich auf.

Geht's wieder? fragte Corinna.

Er glaube, daß es vorbei sei. Nachdem er vorsichtig an der Nase herumgefühlt hatte, machte er die Oberlippe straff und kratzte das verkrustete Blut mit dem Nagel des kleinen Fingers ab. Sieht wohl wüst aus, was? meinte er und drehte sein Gesicht Corinna zu.
Ach woher. Bloß hier noch. Nein, weiter links. Das ist doch rechts. Ja da. Da sitzt noch was.
Er spuckte auf den Zipfel des Taschentuchs und wischte in seinem Gesicht herum. Muß direkt eine Ader geplatzt sein, weil es überhaupt nicht wieder aufhören wollte. Hoffentlich hält's nun dicht.
Sie können sich ja hier anlehnen, sagte Corinna und rückte mit ihren Beinen zur Seite. Seien Sie man vorsichtig, daß es nicht gleich wieder aufbricht.
Den zurückgelegten Kopf auf seinem Halse balancierend schob Abel sich an den Stein heran, auf dem Corinna saß.
Sie sagte, so sei es doch bequemer für ihn, nicht?
Ja, danke. Vielen Dank. Er lehnte sich an. Schön bequem so.
Sie sahen zwischen den langen Beinen des Leuchtturms hindurch auf das Wasser hinaus. Hinter Robben Nordsteert vermischten sich einige Rauchfahnen mit dem blaugrauen Dunst, der dort lag. Im Nordosten kam eine besonders dicke hinter dem Horizont herauf. Weiter vorn im Dwars Gat hoben sich zwei Segel wie kleine graue Türmchen vor dem Himmel ab.
Corinna schwieg, und Abel schwieg auch, aber seine Hände blieben nicht einen Augenblick ruhig. Bald versuchte er, wie weit seine Finger sich hintenüberbiegen ließen, bald schrieb er etwas in den Sand, bald schob er die Haut an seinen Nagelrändern zurück.
Die Wolke war mittlerweile fast ganz an der Sonne vorbeigetrieben. Der zerfetzte Rand begann zu glühen, die Sonne zeigte sich wie eine Scheibe hinter ihm, schien sich schnell seitwärts zu bewegen und stand mit einem Male wieder als wildes, unerträgliches Feuer in der winddurchsausten Bläue.
Wir sind ja allein, dachte Abel, wir sind ja ganz allein auf der Welt. Dann dachte er nur immerzu: jetzt ... jetzt ... jetzt. Aus seiner Brust wogte es herauf, Schmerz und Unruhe. Er

preßte die Fingerknöchel der rechten Hand in die Innenfläche der linken, er scheuerte mit den Unterarmen über seine Brust hin, er stützte, um das Gegeneinanderzittern der Zähne zu verhindern, die Faust unter sein Kinn. Jetzt war es so weit. Er mußte etwas sagen oder etwas tun. Oder etwas tun ... oder etwas tun ... Wenn er jetzt nicht den Mut fand, dann war überhaupt alles aus. Aber was sollte er denn anstellen? Er konnte ja keinen vernünftigen Gedanken mehr fassen, sein Kinn wackelte ja, die Hand, die er darunter hielt, wackelte auch, und wenn er hinten in seiner Kehle etwas hinunterschlucken wollte, dann ging es nicht. War es nicht schon genug, daß er zu Corinnas Füßen sitzen und bei ihr sein durfte? War es nicht schon genug und wundersam, daß sich diese graue und blaue Ferne ringsherum ausbreitete, daß es diesen großen Himmel mit den schweren, niedrig dahinschwimmenden Wolken gab, daß der Wind wie eine tiefe Musik an seinen Ohren vorbeisauste und daß Corinna dies alles auch erlebte? Sie auch. War das alles nicht schon herrlich und schön und herrlich genug? Er brauchte doch nichts mehr zu tun. Warum überließ er sich nicht all dem Glück? Die Augen zumachen, versinken, allein mit ihr sein, ihr nahe sein. Warum wollte er denn noch mehr?
Er scheuerte wieder mit den Armen über seine Brust und hustete in sich hinein. Nein, es war nicht genug. Wenn er nun zum Beispiel seinen Kopf einmal an ihr Knie lehnte, das links von ihr war, wenn er das nun einfach einmal täte? Es bedeutete ja ein Wagnis auf Tod und Leben, denn sie konnte ihn unter Umständen wegstoßen, und dann hatte er alles verloren. Trotzdem wollte er es versuchen. Ach, er mußte es versuchen. Ganz langsam schob er seine Schulter näher an ihr Knie heran, schloß die Augen und senkte den Kopf zur Seite ihr entgegen, noch ein bißchen mehr, noch ... ein bißchen ... mehr. Da zuckte er zusammen, seine Haare hatten ihr Knie berührt. Aber sie stieß ihn nicht zurück, sie zog das Knie auch nicht fort, sie bewegte sich nicht einmal. Tief ausatmend ließ er den Kopf ganz und gar gegen das Knie sinken, mochte geschehen, was wollte. Aber es geschah nur, daß Corinna sagte, ob er müde sei.
Nein, flüsterte er mit geschlossenen Augen.

Wie viel war dies schon! Aber es war immer noch nicht genug. Mehr, mehr! Jetzt gab es kein Aufhalten mehr. Weiter! Jetzt mußte er ihr auch alles sagen. Er öffnete die Augen ein wenig und blickte übers Wasser hin. Wenn die große Rauchfahne bei dem Segelschiff angekommen war, dann wollte er anfangen zu reden. Und wenn er es nicht täte, dann wäre er der erbärmlichste und schuftigste Feigling auf der Welt. Aber was? Was sollte er reden? Vielleicht zuerst was auf englisch, dann brauchte er sich nicht so zu schämen. Nur ... es klang womöglich albern, wenn er mit seinem Englisch anfinge. Unsinn, das war ja alles gleichgültig. Nur erst einmal anfangen, dann ... Schön, er wollte also einfach anfangen. Hatte er erst einmal „Fräulein Storm" gesagt, dann ... konnte er ja nicht wieder zurück, und dann würde er ... och, er würde ihr eben alles sagen ... Sowie die Rauchfahne ... ach du liebe Zeit, sie war ja schon längst am Segelschiff vorbei. Nun hatte es doch keinen Zweck mehr. Doch, er mußte jetzt auf der Stelle anfangen, sonst würde er nie mehr die geringste Achtung vor sich selbst haben können. Schuft! Schuft! ... Eins, zwei ...
Corinna zog ihren Fuß eine Kleinigkeit näher an den Stein heran, wodurch sich ihr Knie etwas hob, und sagte, ob Abel eigentlich schon früher einmal an der See gewesen sei.
Aber nur an der Ostsee.
Und an der Nordsee noch nicht?
Nein.
Was mögen Sie denn lieber, die Nordsee oder die Ostsee?
Ich glaube, die Nordsee. Aber ich kenne sie ja noch nicht so richtig. Und Sie?
Die Nordsee. Viel lieber.
Ich glaube, ich mag sie auch lieber.
Eine langgestreckte Wolke von der Form einer Tabakspfeife schob sich in das Stück Himmel hinein, das von den Beinen des Leuchtturms eingerahmt wurde. Als der Pfeifenkopf jenseits des einen Turmbeines erschien, räusperte Abel sich eine Weile und sagte: Fräulein Sto-horm ...?
Ja?
Er hob eine Muschel auf und schabte seinen Arm ab, dann warf er sie weg und knetete an seiner Nase herum, ohne daran zu denken, daß sie jeden Augenblick wieder bluten konnte.

Wollten Sie nicht was sagen? fragte Corinna.
D . . . och.
Was denn?
Fräulein Storm . . . och, eigentlich nichts Besonderes. Wenn man so den Rauch von den Schiffen dahinten sieht, wie er so heraufkommt, dann wird einem erst richtig klar, daß die Erde eine Kugel ist, nicht?
Ja, sagte Corinna. Und?
Fräulein Storm . . . Er seufzte leise in sich hinein.
Das Rotschwänzchen kam wieder angeflattert, hüpfte am Rande des Tümpels entlang und sagte: Tjieb tib tib . . . tjieb tib tib.
Fräulein Storm, warum sind Sie eigentlich nicht mit den anderen losgegangen?
Warum? Och, ich wollte Ihnen ein bißchen Gesellschaft leisten.
Hm. – Fräulein Storm . . .
Oder wären Sie lieber allein hiergeblieben?
Nein, gar nicht, auf keinen Fall. Ich . . . ich . . . Er hob wieder eine Muschel auf und bearbeitete seinen Arm damit. Ich freue mich nämlich ganz schrecklich, daß Sie bei mir geblieben sind.
Wissen Sie, sagte Corinna, wir passen ganz gut zueinander.
Meinen Sie das wirklich?
Ich glaube, Sie sind der einzige gewesen, der mir heut nacht richtig zugehört hat, ich glaube, Sie wissen so ungefähr, wie es in mir aussieht. Wenigstens . . .
Fräulein Storm . . . ach Fräulein Storm, wenn ich nun . . . Sie sagen, wir passen ganz gut zueinander, und wenn ich nun . . . hach ne. Er fuhr sich durch die Haare, zog seine Hände an seiner Brust herunter und schob sie hinten über die Hüften. Dabei berührte er die Mundharmonika, die in der aufgenähten Tasche steckte. In seiner Ratlosigkeit holte er sie heraus und bewegte sie schnell einmal an seinen Lippen vorbei: Du-do-da-diih.
O ja, rief Corinna.
Er wandte den Kopf nach ihr herum: Was?
Sie führte die Faust vor ihren Lippen hin und her und sang: Düh-dü-düd. Spielen Sie doch mal ein bißchen!

Ne, wissen Sie, jetzt lieber nicht.
Sie können es doch so wunderschön. Ich höre es so gern, wenn Sie auf Ihrer Mundharmonika spielen.
Gar nicht. Ich kann es gar nicht besonders.
Er solle sich bloß nicht so anstellen. Sie habe noch nie jemanden so wunderbar spielen gehört ... spielen hören ... spielen gehört wie ihn.
Dann sei sie eben nicht verwöhnt mit so etwas. Er könne wirklich keinen Staat machen mit seiner Musik.
Auf Staatmachen komme es auch nicht an, aber er mache es so anders als die Jungens sonst, die man so hörte, sie könne es nicht ausdrücken, woran es läge, er mache es eben ganz anders, und das höre sie eben gern. Aber wenn er nun durchaus nicht wolle ...
Was soll ich denn mal?
Das müssen Sie wissen. Irgendwas.
Ach Fräulein Storm ...
Los, los!
Da blies Abel ganz laut und verzweifelt in seine Harmonika hinein, unten, in der Mitte und oben, und irrte dann ein bißchen darauf herum. Ein schnelles Hin und Her ohne Sinn und Verstand. Zuletzt machte er: Schrumm schramm schromm, und brach ab. Corinna sagte, das sei aber nichts Rechtes gewesen. Oder war es doch was?
Anstatt zu antworten, pfiff Abel eine tiefe Melodie vor sich hin und versuchte, sie auf der Mundharmonika nachzuspielen, ganz links, wo die dunklen Töne herauskamen. Erst ging es nicht besonders, aber dann gelang es ihm. Es wurde eine langsame, sehnsüchtige Folge von sieben Tönen, die sich ein wenig erhoben und zögernd wieder versanken. Beinahe der Anfang eines Chorals.
Ich möchte bloß mal wissen, wie Sie das machen? fragte Corinna.
Ich blase einfach rein, sagte er und fing noch einmal an. Da er die Melodie nun konnte, wagte er es, während des Spieles seine Augen zu Corinna zu erheben.
Sie hörte genau zu: Aber Sie können doch nicht gleichzeitig tiefe und hohe Töne hervorbringen, und dazu noch so leise, die tiefen Töne laut und die hohen so leise und so verweht.

Da hörte er erst, daß neben der dunklen Melodie, die er mit seinem Munde hervorrief, noch andere zarte Stimmen aus dem Instrument herauswimmerten. Es war richtig ein Wimmern und Wispern und rührte natürlich von den Windstößen her, die durch die Löcher der rechten Seite pfiffen und die kleinen Metallzungen zum Schwingen brachten. Die Harmonika stellte hier gewissermaßen eine Windorgel dar.
Ne, das mache ich nicht, sagte Abel. Hören Sie mal! Er hob die Harmonika hoch und bewegte sie gegen den Wind und wieder zurück. Sie orgelte auf und verstummte und orgelte wieder auf. Und wenn er mit seinem Zeigefinger über die Öffnungen des Diskants wischte, dann klang es mal so, mal so.
Das sei aber lustig, meinte Corinna.
Das mache ich nicht, das macht der Wind.
Nun führte er die Harmonika von der Seite an seine Lippen und ließ ganz behutsam in die an- und abschwellenden Windklänge die tiefen Töne der linken Seite hineinsummen. Es gab eine vielstimmige und sehr weiche Harmonie. Als sie verschwebt war, hob er das Instrument wieder über den Kopf, als wollte er den Wind auffordern, schön hineinzublasen, und senkte es, wie es voll erklang, mit einer gleitenden Bewegung vor seinen Mund, um den breiten Klang abzuwandeln und in eine Melodie überzuleiten. Zuletzt verweilte er, während seine rechte Hand das kleine Ding fast ganz verdeckte, bei einem einzigen, dunkelbraunen Ton. Er hörte sich so traurig an, dieser eine Ton. Abel ließ ihn leiser und leiser werden. Das bin ich, dachte er, es tut mir richtig weh, es ist so dunkel, so golden. Komisch, irgendwas in meiner Brust tut mir so weh. Vor Schmerzen öffnete er die Lippen ein wenig mehr, ein zweiter Ton gesellte sich hinzu, ein dritter, es wurde ein warmer Hauch. Dann atmete er langsam höher und glitt plötzlich in den Diskant hinauf, wo sich wie von selbst eine süße Harmonie einstellte. Er konnte sich nicht von ihr trennen, sie war so süß und freundlich, aber dann riß er sich los und wagte sich noch einen halben Ton höher hinauf und zuletzt, während der Wind mit bebendem Brummen durch den Baß zog, abermals einen halben Ton höher. Das war das Äußerste, es war wie eine überselige Bedrängnis. Oh, Abel konnte nicht mehr. Er mußte einatmen, eine Disharmonie klagte auf, die

Melodie senkte sich der Tiefe zu, zögerte, versuchte sich noch einmal der hohen Seligkeit zu nähern und tauchte dann, da es doch nur ein wirres Aufweinen wurde, endgültig in die Dunkelheit hinab. Einen Augenblick erklang der einsame Goldton wieder, dann setzte Abel die Harmonika ab.
Wie können Sie das wunderbar! rief Corinna. Und nun sagen Sie noch mal, daß mit Ihrer Musik nichts los sei. Wie kriegen Sie das bloß so wunderbar heraus?
Weiß ich auch nicht.
So das Leise und daß mit einem Male alle Töne so neu sind, so . . . Machen Sie es doch noch einmal!
Abel wiederholte das melancholische Stückchen von Anfang an. Es wurde ein bißchen anders, aber er hatte das Gefühl, als klänge es jetzt noch wundersamer als vorhin. Er sank Corinna gleichsam zu Füßen und hob seine Hände auf und berührte sie zitternd. Wie gut, daß er seine Mundharmonika bei sich hatte! Er konnte ihr alles sagen und brauchte nicht nach Worten und Gedanken zu suchen. Alles. All seine Angst und Zärtlichkeit. Und dann tauchte er wieder in die Dunkelheit hinab, der Goldton klang wieder auf und verging.
Schön, sagte Corinna, wunderschön.
Hm . . . na ja . . . hm . . . eins hätte er ja gern mal gewußt.
Was denn?
Er hob das Instrument vor seine Augen und sah hindurch, als sei es ein Fernglas. Er hätte gern mal gewußt, ob es Corinna genau so gegangen sei wie ihm.
Wann?
So bei dieser Musik.
Ich habe an etwas gedacht, sagte Corinna.
Abel auch.
Niedrige Wolken, blaue Ferne, glitzerndes Wasser, durchjagt von schwarzen Windwellen. Sie blickten eine Weile schweigend darüber hin. Dann wiederholte Abel ein drittes Mal die Anbetung aus der Tiefe empor mit dem schluchzenden Versinken. Es kam ihm so vor, als geschähe alles ganz wirklich. Er streichelte Corinna, er legte seinen Arm um sie, er zog sie an seine Brust, er küßte sie, Glück, Schmerz, Lachen, Stillesein, Herzklopfen, alles war da. Fühlte sie es auch? Fühlte sie, wie

er sie jetzt umarmte, jetzt mit diesem zögernden Ton, und wie er sie jetzt küßte? Jetzt. Fühlte sie es auch?
Weißt du ... wissen Sie, sagte Corinna, woran ich denken muß, wenn Sie diese seltsame Musik machen?
Nein, sagte Abel. Er hielt die Harmonika unbeweglich vor seinem Munde und atmete nicht ein und nicht aus.
So war es auch, als wir über die Wolken hinflogen, so anders und schwebend und seltsam, so wie jetzt.
So, sagte Abel.
Wissen Sie, man merkte überhaupt nicht, daß der Ballon sich bewegte, es war so totenstill. Und dann sahen wir ja auch die Aureole. Der Schatten des Ballons lag wie ein grauer Hauch auf der Wolkenfläche. Die Wolken waren so duftig, so ungewiß, nicht wahr, und da lag nun dieser graue Hauch drauf, und um ihn herum schwebte eine ganz zarte Aureole in den Farben des Regenbogens. Können Sie sich das vorstellen, so weich alles?
Ja, sagte Abel.
Daran mußte ich eben denken.
Abel nickte langsam vor sich hin.
Und stellen Sie sich vor, mit einem Male machte es oben im Ballon tupp tupp. Erst die Stille und dann mit einem Male das Tupptupptupp. Es hörte sich so an, als ob die Netzflächen rissen. Mir blieb direkt das Herz stehen. Aber Hurry sagte, jetzt könne ich mal was Interessantes hören, die Hülle sei beim Einlassen des Gases nicht ganz glatt gewesen, es hätten sich kleine Falten unter den Netzmaschen festgeklemmt, die zögen sich jetzt, wo die Sonne das Gas ausdehne und die Hülle prall werde, eine nach der anderen heraus. Daher komme das Tupptupp. Hurry wußte mit den Ballonsachen tadellos Bescheid. Ach ja.
Abel rührte sich nicht.
Spielen Sie noch was, bitte!
Aber Abel rührte sich nicht. Er hatte die Harmonika noch immer vor seinem Munde und rührte sich nicht.
Wie lange brauchen wir eigentlich von hier bis Bremerhaven? fragte Corinna, ohne auf Abels Schweigen zu achten.
Er schüttelte den Kopf.
Ungefähr, meine ich?

Er zuckte mit den Schultern, wischte die Harmonika an seiner Brust ab und steckte sie, nachdem er sie auf seinem Handteller ausgeschlagen hatte, in die Tasche. Dann sah er wieder übers Wasser hin.
Corinna sagte, länger als eine Stunde würden sie ihrer Meinung nach doch nicht brauchen bei diesem Wind. Wieviel Uhr mag es jetzt wohl sein?

(1932)

Erntefest

Oben der Mond und unten der leise,
duftende Abendwind.
Zwischen den Eichen die Orgelweise,
wenn das Karussell seine Reise
lampenumhangen beginnt.

Aus dem Tanzzelt steigt es verworrn
wie ein dämmerndes Dampfen,
wenn sie unter den Kränzen aus Korn,
selig bedrängt von Baß und Horn,
einen Schottischen stampfen.

Schattentiefen zwischen den Schlehen,
kühl und ungewiß,
Flüsternde, die noch zögernd stehen,
Liebende, die schon untergehen
in der Finsternis.

(1941)

IV

Unser Schifflein soll nun schweben

Weisung

Unser Schifflein soll nun schweben
recht ins Grenzenlose eben,
in die Fernen und Gefahren,
also daß wir uns erheben
über das geringe Leben,
dem wir gestern dienstbar waren.

(1941)

Die Bremer Stadtmusikanten

Ein Esel, schwach und hochbetagt,
ein Hund von Atemnot geplagt,
ein Katzentier mit stumpfem Zahn
und ein dem Topf entwichner Hahn,
die trafen sich von ungefähr
und rieten hin und rieten her,
was sie wohl unternähmen,
daß sie zu Nahrung kämen.

Ich Esel kann die Laute schlagen:
Ja plonga plonga plomm.
Ich Hund will's mit der Pauke wagen:
Rabau rabau rabomm.
Ich Katze kann den Bogen führen:
Miau miau mihie.
Ich Hahn will mit Gesang mich rühren:
Kokürikürikie.

So kamen sie denn überein,
sie wollten Musikanten sein
und könnten's wohl auf Erden
zuerst in Bremen werden.

Ja plonga plonga plomm.
Rabau rabau rabomm.
Miau miau mihie.
Kokürikürikie.

Die Sonne sank, der Wind ging kalt.
Sie zogen durch den dunklen Wald.
Da fanden sie ein Räuberhaus.
Das Licht schien in die Nacht hinaus.
Der Esel, der durchs Fenster sah,
wußt anfangs nicht, wie ihm geschah:
Ihr Kinder und ihr Leute,
was winkt uns da für Beute!

Den Fuß er leis ans Fenster stellte,
ja plonga plonga plomm,
der Hund auf seinen Rücken schnellte,
rabau rabau rabomm,
und auf den Hund die Katze wieder,
miau miau mihie,
zuoberst ließ der Hahn sich nieder,
kokürikürikie.

Das Räubervolk zu Tische saß,
man schrie und lachte, trank und aß.
Und plötzlich brach durchs Fenster
der Sturm der Nachtgespenster:

> Ja plonga plonga plomm.
> Rabau rabau rabomm.
> Miau miau mihie.
> Kokürikürikie.

So gräßlich waren Bild und Ton,
daß die Kumpane jäh entflohn.
Statt ihrer schmausten nun die vier,
bezogen dann ihr Schlafquartier.
Ein Räuber doch mit schiefem Blick
schlich mitternachts ins Haus zurück,
um heimlich zu ergründen,
wie denn die Dinge stünden.

Mit eins war sein Gesicht zerrissen,
miau miau mihie,
sein linkes Bein mit eins zerbissen,
rabau rabau rabomm,
sein Leib getroffen von den Hufen,
ja plonga plonga plomm,
sein Herz erschreckt von wilden Rufen,
kokürikürikie.

Er lief und lief durchs Dickicht quer,
als käm der Teufel hinterher.
Da gab es bei den Tieren
ein großes Jubilieren:

Ja plonga plonga plomm.
Rabau rabau rabomm.
Miau miau mihie.
Kokürikürikie.

(1960)

Lampioon gibt eine Antwort

Nauheim ist eine großartige Stadt mit Parkanlagen und weißen Villen, mit heißen und kalten Springbrunnen, mit Wandelhallen und Tennisplätzen, mit Gepäckträgern und Equipagen, und an jeder Straßenecke gehen die Fußsteige ohne eine Stufe in den Fahrdamm über, damit die kranken Millionäre es beim Promenieren so bequem wie möglich haben. Hier möchte ich mich auch einmal acht Tage aufhalten, aber ich müßte einen Haufen Geld ausstreuen können, zwanzig, dreißig Mark mindestens.
Die Kurgäste, denen ich begegne, wissen gar nicht, wie fein sie heraus sind. Sie wandern alle so mißmutig herum und seufzen, als sei das, was sie treiben, die reine Arbeit und Affenschande. Damit ihnen ihre Herrlichkeit an Kleidung, Schlipsen und rasierten Wangen ein bißchen mehr zum Bewußtsein kommt, ich meine, damit sie den Unterschied merken, gehe ich in den Kurgarten und setze mich mit einer Kriminalzeitung, die ich gefunden habe, in ihre Mitte. Aber ich weiß nicht, was das für Muffelköpfe sind. Anstatt sich zu freuen, daß ihre Hosen nicht so verschrumpelt, ihre Ärmel nicht so durchgewetzt, ihre Stiefel nicht so auseinander-

geplatzt sind wie meine, vor allen Dingen die Stiefel, sie brauchen doch nur einmal meine Stiefel, soweit sie überhaupt noch vorhanden sind, ins Auge zu fassen, dann müssen sie doch zu der Überzeugung kommen, daß sie mit unermeßlichem Wohlstand gesegnet sind – anstatt sich darüber zu freuen, anstatt Gott zu loben, daß er ihnen dieses alles und außerdem noch einen soviel vornehmeren Duft verliehen hat als mir, gucken sie mich böse an und rümpfen ihre Nasen. Dann also nicht, denke ich, falte meine Zeitung zusammen und gebe es auf. Es war ja nur euretwegen, nicht meinetwegen!
Wenn die Leute von mir nichts annehmen wollen, so heißt das noch lange nicht, daß ich genau so hochmütig bin. Gesetzt den Fall, es träte jemand an mich heran und sagte: Verzeihung, ich sehe, Ihre Stiefel sind etwas altmodisch, würden Sie mir die Ehre erweisen, dies funkelnagelneue Paar, das ich Ihnen mit den besten Segenswünschen für Ihre fernere Laufbahn übergebe, gütigst in Empfang zu nehmen? Gesetzt den Fall, es machte mir jemand ein solches Angebot, dann würde ich für meine Person nicht die Nase rümpfen, darauf kannst du dich felsenfest verlassen. Felsenfest! Aber vorläufig besteht wenig Aussicht, daß ich von dergleichen Sympathiekundgebungen betroffen werde, obwohl ich sie so nötig hätte! Gerade in bezug auf meine Stiefel.
Im Gegenteil, als ich im Erdgeschoß eines Hauses klingele und mit harmlosen Worten anfrage, ob nicht irgendwo ein Paar alte Stiefel herumständen, die für mich noch gut genug wären, schlägt die Dame die Tür einfach zu und schiebt innen die Sicherheitskette vor. Im ersten Stock schenkt mir ein junges Dienstmädchen zehn Pfennige aus ihrem eigenen Portemonnaie. Im zweiten Stock blinzelt nur ein mißtrauisches Auge durch das Guckloch, aber die Tür bleibt geschlossen. Im nächsten Stock muß ich zweimal klingeln, ehe ein Herr von fünfzig Jahren mit einem blonden Bart und hoher, sommersprossiger Stirn die Tür aufreißt: Sie wünschen?
Ich sage mein Sprüchlein her, daß ich ein armer Reisender sei, der um einige geneigte Unterstützung in Form von ein oder zwei abgelegten Stiefeln bäte.
Der Herr schiebt erst seinen Kopf gegen mich vor, dann wendet er sich zur Wand und lacht bitterlich auf, wobei er seine

Hände faltet und mit der Innenfläche nach außen dreht, und dann legt er los: Was bilden Sie sich denn eigentlich ein, Sie Tagedieb! Was ist das denn für eine Unverschämtheit, dreimal zu klingeln wie ein Wahnsinniger! Was ...
Entschuldigen Sie, Herr Bertelsberg, aber ich habe nur zweimal ...
Woher kennen Sie mich?
Entschuldigen Sie, ich habe Ihren Namen auf dem Türschild gelesen.
Ich verbitte mir das! Ich verbitte mir ein für allemal, daß Sie meine Türschilder lesen! Klingelt der Kerl wie ein Wahnsinniger, liest der Kerl meine Türschilder, und dann steht er da und bettelt! Sie sollen sich was schämen! Das ist ja doch ... Zum Arbeiten haben Sie wohl keine Lust, was?
Nein, sage ich.
Jetzt machen Sie aber, daß Sie fortkommen! Da soll doch gleich das Donnerwetter ...! Wird auch noch frech! Fort, auf der Stelle, Sie frecher Patron! Wollen Sie sich wohl von meiner Tür wegscheren! Nein, das habe ich denn doch noch nicht erlebt! Ein junger Mensch, der lieber bettelt als arbeitet! Sie sind ja ein Bettler! Sagt Ihnen das nichts, ein Bettler? Schweigen Sie jetzt, Sie Abschaum! Sie gehören ja zu dem niedrigsten Pack auf Erden! Pfui Teufel, Sie ... Bettler!
Er gibt sich auf jede Weise Mühe, mich von meiner Widerwärtigkeit zu überzeugen. Aber weil er immer röter im Gesicht wird und immer lauter schreit, und weil ihm das Ganze offensichtlich mehr Anstrengung verursacht, als er vertragen kann, besonders die Aussprache des Wortes Bettler, wobei er die Augen zukneift und sich vor Ekel geradezu schüttelt, setze ich meine Mütze wieder auf und gehe leise die Treppe hinunter. Meine eigene Meinung über die Sache interessiert ihn wohl nicht.
Leider sind inzwischen zahlreiche Leute im Hause auf unsere Unterhaltung aufmerksam geworden. Vor jeder Tür stehen die Bewohner des betreffenden Stockwerkes, beugen sich übers Treppengeländer und drehen den Kopf nach oben. Und dieser väterliche Herr Bertelsberg hat sich in eine solche Raserei hineingeredet, daß er hinter mir herkommt und von Stufe zu Stufe neue Ermahnungen auf mich niederdonnert.

Für die Hausbewohner muß es ja ein unvergleichliches Schauspiel und Erlebnis sein, das sie so bald nicht wieder vergessen werden. Sogar die Großmutter, die im zweiten Zwischenstock auf dem Klosett weilt, zieht, wie sie uns herunterspektakeln hört, das Wasser und tritt, ihren Rock zurechtschüttelnd, heraus, um den Mörder zu sehen.

Den Mörder?

Jawohl! Herr Bertelsberg ist inzwischen bei Wegelagerer und Mörder angelangt. So, nun drückt er sich! ruft er. Nun schleicht er davon, der Feigling! Hiergeblieben! Sie sind ein Blutsauger an unserem Volke, wissen Sie das auch? Fünfundzwanzig Jahre alt und schon zu faul zum Arbeiten! So muß es kommen! Da sieht man, was für Kreaturen diese Regierung sich heranzieht. Bravo, bravo! Und er klatscht, indem er hinter mir her die Treppe herabsteigt, wie besessen in die Hände. So muß es kommen! Sehen Sie sich diesen Wegelagerer an, meine Herrschaften, das ist das Holz, aus dem Banditen und Mörder geschnitzt werden! Klingelt dreimal an meiner Tür! Dagegen hilft nur das Zuchthaus und das Fallbeil! Was hätte er wohl angestellt, wenn ich nicht zu Hause gewesen wäre! Oh, keine Angst, du entwischst mir nicht, mein Bürschchen! So etwas darf man doch nicht frei umherlaufen lassen! Polizei! Paß auf, wenn wir erst auf der Straße sind! So wahr ich Bertelsberg heiße, dies soll dein letzter Raubzug gewesen sein! Polizei, Polizei!

Er kann mich meinethalben benennen, wie er will, davon fällt mir kein Zahn aus dem Munde, außerdem habe ich eine friedfertige Natur. Aber wenn er nach der Polizei ruft, dann hört die Friedfertigkeit auf, dann muß ich ihm eben einmal die Wahrheit sagen. So drehe ich mich denn auf dem Treppenabsatz um und strecke, während die Großmutter vor Angst zur zweiten Etage hinaufklettert, Herrn Bertelsberg meine Hand entgegen: Vergönnen Sie mir auch einmal ein Wort!

Aber er randaliert weiter: Keine Silbe, keinen Buchstaben! Hinaus mit dir, du Lustmörder!

Da ruft eine fette Männerstimme von unten: Wieso denn? Lassen Sie ihn doch mal!

Ich habe meine Hand noch immer erhoben: Werter Herr Bertelsberg . . .

Nehmen Sie meinen ehrlichen Namen nicht in Ihr meineidiges Maul!
Geehrter Herr Vorredner, sage ich, ein Mann in Ihrem Alter sollte allmählich Vernunft annehmen. Sehen Sie mal, Sie müssen sich nicht so wichtig machen. Sehen Sie mal, und wenn Sie einen noch so ehrlichen Namen haben und wenn Sie ein noch so feines Jackett und noch so feine Stiefel aus gelbem Leder tragen und wenn Sie noch so laut brüllen, das hat alles nichts zu bedeuten. Ich habe nur ein meineidiges Maul, und mein einer Stiefel weist nur noch eine halbe Sohle auf, aber, werter Herr Bertelsberg, Sie sind fünfzig, und ich bin achtundzwanzig. Und das hat eine ganze Menge zu bedeuten. Sie sind ein alter Mann, und ich bin ein junger Kerl. Überlegen Sie sich mal, was das zu bedeuten hat! Weil ich ein junger Kerl bin, werde ich nämlich über Sie hin-weg-gehen! Das ist so gewiß wie das Amen in der Kirche. Die alten Männer müssen nun die Klappe halten, jetzt sind die jungen an der Reihe. Ob einer bettelt oder im Auto fährt, ist ganz gleich. Die Hauptsache ist heutzutage, daß einer jung ist. Und ich bin jung. Aber Sie, Sie sind alt und müssen nun ein bißchen beiseite treten. Und mit der Arbeit, verehrter Herr Bertelsberg, mit der Arbeit verhält es sich so: Die einen treiben sich erst einmal in der Welt umher mit Abenteuern und Liebe und Faulheit und Glück und Bettelei und allem möglichen, sie verprassen ihr Leben, solange sie noch jung sind und es noch verprassen können. Der Satan soll die Arbeit holen! Mit sechzig, siebzig Jahren, wenn man zu nichts anderem mehr taugt, kann man es ja schließlich auch einmal mit der Arbeit versuchen. Eher nicht. Das sind die einen. Und die anderen setzen sich mit sechs Jahren auf die Hosen und lernen und brummen und schuften, und mit vierzehn Jahren schuften sie immer noch und mit fünfundzwanzig immer noch und mit fünfunddreißig immer noch und mit fünfundvierzig immer noch, und wenn sie fünfundfünfzig alt sind, sagen sie vielleicht: So, nun wollen wir einmal anfangen, unser Leben zu genießen. Aber dann können sie's nicht mehr, erstens weil sie zu vertrocknet sind und zweitens weil ihr Leben schon vorbei ist. Das Leben findet hauptsächlich in der Jugend statt. Ich für meine Person gehöre zu den einen und Sie zu den anderen. Morgen, Herr Bertelsberg!

Damit gehe ich fort. Die Hausgehilfin im ersten Stock, die mir vorhin zehn Pfennige geschenkt hat, drückt den Busen heraus und nickt mir mit heimlichen Augen zu. Die anderen sagen keinen Ton. Auch Herr Bertelsberg nicht. Man hört nur meine langsamen Schritte auf der Treppe. Zuletzt preßt der Türschließer zischend die Haustür hinter mir zu.
So, sage ich zu mir selbst, das war das.

(1930)

In der Eisenbahn

Zum Schluß hat mir der Professor fünfzig Mark geschenkt. Summa summarum, sagte er.
Keine Ursache, entgegnete ich, guten Morgen!
Und so bin ich plötzlich in die Lage versetzt, mit der Eisenbahn zu fahren. Ich will versuchen, von Berlin nach Hannover zu kommen, und dann soll das Leinetal abgeweidet werden. Wenn ich die nötigen Mittel habe, verreise ich gern einmal mit der Eisenbahn. Man nimmt Platz und braucht sich um nichts mehr zu bekümmern. Wer Lust hat, guckt zum Fenster hinaus und sieht ununterbrochen etwas Neues. Natürlich ist es auch lohnend, sich an die anderen Reisenden heranzumachen. Dann erfährt man, was es alles für Merkwürdigkeiten auf dieser und jener Welt gibt. Will einem das Glück an diesem Tage wohl, so bekommt man unter Umständen eine vollständige Zigarre geschenkt. Nach ein paar Stunden ist man leider schon da. Wenn meine Fahrkarte von Berlin nach Hannover lautet, werde ich in Hannover hinausgeschmissen.
Ich kaufe mir also zur rechten Zeit im Bahnhof Zoo eine Fahrkarte, finde meinen Zug und steige ein. Es handelt sich um ein Abteil für „Reisende mit Traglasten". Der betreffende Wagen hängt ganz hinten am Zug.
Wir sitzen alle miteinander friedlich an den Wänden umher, wir Fahrgäste, und überlegen, was wir voneinander zu halten

haben. Außerdem warten wir darauf, daß der Zug abfährt. Aha, nun ist es soweit! Wir bewegen uns schon. Mit einem Male ruft draußen eine helle Stimme: Ach was, Unsinn! Eine Männerstimme donnert dagegen, die Tür zu unserem Abteil wird aufgerissen, und eine junge Dame springt atemlos zu uns herein. Da alle Plätze besetzt sind, wirft sie sich auf den nächsten besten Weidenkoffer, bläst die Backen auf und tupft sich mit einem aus dem Busen gezogenen Taschentuch den Schweiß von der Nase. Dann läuft sie plötzlich ans Fenster und winkt lachend und keuchend zum Bahnhof zurück. Und dann sinkt sie wieder auf den Weidenkoffer.
Es ist doch hoffentlich erlaubt? fragt sie erschöpft rundum die Bänke entlang.
Die Magd, deren Eigentum der Koffer ist, hat nichts dagegen.
Eine junge Dame mit weißseidenem Jumper und schwarzseidenem Bubenkopf, eine Fremde in der dritten Klasse. Wäre die zweite Klasse zufällig hinten gewesen, dann säße sie wohl nicht unter uns. Mit einem Male verzieht sie ihr glühendes Gesicht und fängt an zu weinen. Nein, sie weint nicht, sie lacht ja! Erst tut sie es zaghaft in ihr Schnupftuch hinein, dann legt sie sich zurück und lacht so laut und herzlich los, daß wir unwillkürlich alle mitgrinsen. Ein alter Mann, der sich in der Ecke schon zum Schlafen zurechtgesetzt hat, holt seinen Zwicker aus der Westentasche, klemmt ihn auf die Nase und hält vor lauter Verwunderung den Kopf ganz schief. Da kann ich es nicht unterlassen, meine Mütze abzuziehen und sie sozusagen im Namen aller Anwesenden zu fragen, ob sie uns nicht, so wie sie uns, die wir so gemütlich beisammensäßen, hier sähe, ein bißchen an ihrem Glück teilhaben lassen wollte?
O Gott, Sie müssen bitte entschuldigen, sagt sie und nimmt sich zusammen, daß ich mich so ungeniert aufführe, aber stellen Sie sich vor, mir ist auch etwas zu Witziges passiert. Ich mußte unbedingt diesen Zug kriegen, weil ... weil ... bim bam, ich wollte ihn eben rasend gern kriegen. Natürlich verschlafe ich die Zeit, natürlich fährt mir die Untergrund gerade vor der Nase weg, ich wieder nach oben, kein Auto weit und breit, man kennt das ja, nicht wahr?
Ich nicke mit dem Kopf.

Also fege ich wieder hinunter und in die nächste Untergrund hinein! Neben mir steht ein Herr mit einem schicken Embonpoint, und wie wir ...
Entschuldigen, gnädiges Fräulein, sage ich, daß ich gnädiges Fräulein unterbreche, womit steht er da?
Mit einem Bäuchlein.
Mit einem Bauch, ruft der Zwickermann, stören Sie doch das Fräulein jetzt nicht!
Aber das Fräulein lächelt mich an und erzählt weiter: Wie wir uns dem Zoo nähern, frage ich den bewußten Herrn nach der Uhr.
Zehn neunzehn, antwortet er, zweiundzwanzig fährt mein Zug ab!
Meiner auch, sage ich.
Haben Sie schon eine Fahrkarte? fragt er.
Nö, sage ich.
Ich auch nicht, sagt er, wir müssen gleich so durchrennen. Herrgott, wir kriegen ihn ja doch nicht mehr!
Verheerend! sage ich.
Die Untergrund hält, ich raus, er hinterher. Wir fegen treppauf, treppab. Wie wir an die Sperre kommen, ich vorneweg, er drei Meter hinter mir, schreie ich, um keine Sekunde aufgehalten zu werden, dem Knipsonkel entgegen: Hallo, mein Mann hat die Karten! und renne durch, renne diesen Fatzken von Stationsvorsteher, der mich nicht mehr einsteigen lassen will, übern Haufen, und voilà, da bin ich. Der dicke Herr mußte sich natürlich erst mit dem Knipser herumstreiten und ist nicht mitgekommen. Ich habe ihm aber auch so nett wie möglich zugewinkt. Er mag schön ... haha ... ich hätte ihn hören mögen! Er hat vor Wut seinen Schirm hinter dem Zug hergeworfen. Der Hut war ihm schon auf der Treppe weggekollert. Hahaha!
Wir lachen alle mit. Guck einer das Satansmädel an! Nur der Zwickermann blickt mit gesträubtem Schnurrbart vom einen zum anderen und ist nicht einverstanden. Einige wollen ihn belehren, aber er kann nicht umhin, moralische Bedenken zu haben. Wir reden hin und her. Doch er steckt seinen Zwicker in die Westentasche und verharrt auf seinem Standpunkt. Erst wie er sieht, mit was für einer tapsigen Seligkeit

die Verbrecherin in Spandau einem weißgekleideten Tennisspieler, der sie da erwartet, in die Arme sinkt, begreift er vielleicht, daß einem Fräulein mit schwarzen Seidenhaaren jedes Mittel recht sein darf, um an ein solches Ziel zu gelangen. –
Nachdem in Wustermark eine Menge Leute ausgestiegen sind, darunter auch der moralische Mann mit dem Zwicker, schiebt der Schaffner, unterstützt vom Zugführer, eine Dame in unser Abteil, die schon nach oberflächlicher Schätzung ihre zweieinhalb Zentner wiegt, wobei ich das Fett, das unter ihrem Kinn baumelt, gar nicht einmal mitrechnen will. Sie polstert ihren Platz mit einer vielfach zusammengelegten Reisedecke aus, stellt ein gelbes Kissen für ihren Rücken an die Wand und hängt ein zweites, das sie erst mit Luft aus ihrem gewaltigen Busen vollbläst, für ihren Kopf an den Haken des Gepäckbrettes. Dann senkt sie sich nieder, zieht ein Buch aus ihrer Handtasche und sitzt ganz ruhig da. –
Rathenow. Der Bahnsteig wimmelt von Arbeitern. Es wird voll bei uns. Pfeifenqualm, Gestank, Pest. Ich stelle mich ans Fenster und halte meine Hände in den Wind hinaus ... Großwudicke ... Schönhausen-Damm ... Schönhausen ...
Wie der Zug in Hamerten einläuft, steht neben dem Zaun, der den Bahnkörper von der Dorfstraße trennt, eine kleine Arbeiterfrau mit ihrem Kinde auf dem Arm. Sie späht suchend an den Wagen entlang, sie hebt sich auf die Zehen und wendet den Kopf nach links und rechts, bis sie ihren Mann im Gewimmel der Aussteigenden entdeckt hat. Da leuchten ihre Augen auf, sie winkt und sagt etwas zu dem Kinde auf ihrem Arm. Das fahle Haar hängt ihr ins Gesicht. Nun steht sie da, ruhend in Glück, und wartet, bis er sich durch die Sperre geschoben hat. Aber da merkt sie, daß er, ohne sich um sie zu kümmern, mit einigen Kollegen in entgegengesetzter Richtung davongeht. Die Menschen haben sich verlaufen, der Zug fährt weiter. Nur die Frau mit dem Kinde steht noch regungslos auf der Straße. Sie ist ganz erloschen. Ich sehe das alles von meinem Fenster aus mit an. Nun schiebt sich ein Schuppen zwischen mich und die Frau. Vorbei. Ich fahre woanders hin. Aber die Frau muß immer in Hamerten bleiben. Warum gibt es diesen Tag in ihrem Leben? Diesen und alle anderen? Ob sie jetzt noch immer auf derselben Stelle steht? –

Die Räder sagen: Kar-tuffel... Kar-tuffel...
In Vinzelberg steigt ächzend eine betagte Bauersfrau ein. Sie hat einen Henkelkorb am Arm und einen Schuhkarton mit durchlöchertem Deckel in der Hand. In dem Korb wohnt unter einem Tuch ein Huhn, oder genauer gesagt, eine Glucke, die in langgezogenen Tönen singt. Der Karton enthält ihre ängstlich piependen Kinder. Die Frau verbirgt den Korb und den Karton vorsichtig unter ihrer Bank, setzt sich hin, kreuzt die Arme vor der Brust und macht auf der Stelle ein Nickerchen. Dabei hängt der eine Zahn, den sie noch besitzt, aus der Ecke ihres Mundes über die Unterlippe heraus, und der Schlafsabbel läuft daran herunter. Ich stütze das Kinn auf meine Faust und sehe mir alles genau an. Ich fahre nicht oft mit der Eisenbahn.
Der Zug setzt seine Reise fort. Bald hält er, bald fährt er. Es ist ein Personenzug, der Fahrplan schreibt ihm seinen Weg vor.
Wie er vor Miesterhorst plötzlich bremst, schreckt die Bauersfrau hoch.
Is das Miesterhorst? fragt sie.
Ja, ja!
Du meine Jiete, sagt sie und nimmt den Korb und nimmt, während der Zug bereits hält, den Schuhkarton, um auszusteigen. Aber da fällt der Boden des Kartons, den die Küken inzwischen mit großen und kleinen Geschäften durchweicht haben, in Fetzen heraus, und die Tierchen hüpfen wie gelbe Bälle zwischen den Menschen und Bänken umher. Die Bauersfrau schimpft, wir haschen nach den Bällen, der Stationsvorsteher kommt und erklärt, der Zug müsse abfahren. Aber sechs Küken sind bereits wieder ergriffen und in den Sack getan, den die Frau aus ihrem Rock gebildet hat.
Es sind'r aber siebene gewesen, greint sie, putt putt putt... tüht tüht tüht!
Ja, wo steckt das siebente?
Wir greifen unter die Bänke, durchstöbern das Gepäck, sogar die dicke Dame erhebt sich und schüttelt ihre Kissen und Decken aus, vergebens, das Küken bleibt verschwunden.
Fertig! sagt der Stationsvorsteher, wirft die Tür zu und winkt mit seinem Tellerchen.
Es geht weiter. Wir unterhalten uns über das verlorene Küken. Die meisten neigen der Ansicht zu, es sei durch die Türe

hinausgewischt. Aber die dicke Dame sitzt wieder da und liest in ihrem Buch. Nach einiger Zeit kommt Öbisfelde in Sicht. Sie klappt ihre Lektüre zu, sammelt ihre Bequemlichkeiten ein, schüttelt die Decke aus ... Himmel, was liegt da auf der Bank, gerade dort, wo sie eben noch gesessen hat? Das Küken! Platt wie ein Pfannkuchen. Man könnte es höchstens noch als Lesezeichen benutzen. Aber da fängt die Dame an zu schreien, als ob sie geschlachtet werden sollte. Sie reißt die Augen auf, spreizt die Finger und zittert mit dem Fett unter ihrem Kinn. Sie beruhigt sich erst wieder etwas, als ich das Küken zum Fenster hinausgeworfen habe.
Die arme Frau! murmeln einige. Ich bedaure eigentlich das Küken mehr. Ach, im Grunde genommen sind sie wohl beide jämmerlich dran.
Vorsfelde ... Fallersleben ... Calberlah ...
In Isenbüttel-Gifhorn öffnet ein feiner Herr die Tür und steigt elastisch ein. Er trägt Kragen und Schlips, sein Haar ist gescheitelt, seine Nase spitz. Er schließt sofort alle Fenster auf der rechten Seite des Wagens und belehrt uns, daß sonst ein Durchzug entstünde, dessen Gefahr für Hals, Nase und Ohren eines jeden Menschen gar nicht abzuschätzen sei.
Auch muß man, so belehrt er uns weiter, auf die Ventilation an der Decke achten. Diese hier ist zum Exempel unbedingt zu schließen. Erlauben Sie, bitte! So! Noch eins: Wo befindet sich in diesem Abteil die Notbremse? Dort und dort, aha! Ich bin befriedigt.
Er breitet ein Taschentuch auf seinem Platz aus und setzt sich nieder. Dann betrachtet er nacheinander die Decke, die Wände, den Fußboden.
Sieh da, sagt er und hebt lächelnd etwas auf. Wer von den Herrschaften vermißt seinen Fahrtausweis?
Wir fassen in unsere Taschen, einer holt seinen Hut herunter, aber jedermann findet seine Karte.
Auf der Toilette weilt niemand? fragt der Herr.
Nein.
Sehr wohl, dann wollen wir das Dokument lieber vernichten, damit niemand in Versuchung kommt, es zu mißbräuchlichen Zwecken zu benutzen.

Er zerreißt die braune Pappe kreuz und quer und läßt sie zum Fenster hinauswehen.
Nicht lange danach schwingt sich der Schaffner von außen herein und bittet um die Fahrkarten, die er bereitwilligst von uns allen erhält. Nur der elastische Herr kann seine nicht auftreiben. Er hat sie wohl gerade in die weite Welt gestreut.
Du lieber Himmel, ich könnte tagelang in der Eisenbahn fahren!

(1928)

Sie gibt jemandem zu trinken

Auf seiner Wanderung über das vereiste Moor ist Andreas tüchtig durchgefroren. Deshalb möchte er gern einen wirksamen Schuß Rum in seinen Nachmittagstee haben. Aber wie er die Flasche aus dem Eckschrank holt, stutzt er und sieht Isabel an. „Wenn ich nicht wüßte, was ich weiß, könnte ich einen fürchterlichen Verdacht schöpfen."
Obwohl der Zucker sich längst aufgelöst hat, rührt Isabel unentwegt in ihrer Tasse herum. „Jaja, was Ehegatten so zu wissen glauben."
„Im Ernst, Isabel, das ist doch nicht die Rumflasche, die ich gekauft habe. Ich nehme immer Clipper-Rum. Diese Marke kenne ich überhaupt nicht."
Isabel führt gemächlich ihre Tasse zum Munde, trinkt ein Schlückchen und sagt, ohne die Tasse niederzusetzen: „Es gibt nämlich außer euch Männern auch noch andere Geschöpfe auf Gottes Erde, denen der Rum einen Auftrieb und eine Freude verleiht. Sie müssen nur erst einmal auf den Geschmack kommen."
„Du hast doch nicht . . .?"
Sie trinkt noch ein Schlückchen: „Doch, ich habe." Dann setzt sie die Tasse hin und wendet ihm das zur Seite geneigte Gesicht mit einer kleinen, herausfordernden Drehung zu.

Andreas lehnt sich in seinem Sessel zurück. „Aber die andere Flasche war doch noch gut dreiviertel voll, und in dieser fehlt auch schon wieder allerlei. Das kannst du doch nicht allein seit vorgestern . . .?"
„Heute. Alles heute."
„Isabel!"
„Nun mußt du mal hübsch zuhören. Es hat sich begeben, daß sie unten auf Hüneckes Hof die Eichen wegschaffen wollten, die sie gestern gefällt hatten. Mit einem Pferd. Bei zwei Stämmen ging es auch ganz gut. Aber den dritten ... Warum sitzest du denn so unbeweglich da? Schenk dir doch ein!"
„Ja", sagt Andreas und gießt, nachdem er das Schild noch einmal mit mißtrauischen Augen betrachtet hat, so viel Rum in seine Tasse, daß sie fast überläuft. „Aber den dritten?"
„Aber den dritten Stamm bekam das Pferd nicht heraus."
„Wo heraus?"
„Er war in den Teich gefallen. Und der Teich hat doch so steile Ufer."
„Eine alte Lehmkuhle", sagt Andreas. „Da haben sie früher Lehm gegraben."
„Ach so. Und das Pferd zog und zog. Und Hünecke brüllte, und der alte Monsees brüllte auch und knallte mit seiner Peitsche. Dadurch wurde ich ja erst auf den Tumult aufmerksam, durch das Geknalle und Geschrei. Ich stellte mich ans Fenster und sah zu. Und das Pferd tat ja auch, was es konnte, es nickte mit dem Kopf und legte sich vornüber und ruckte und zog. Aber die Hufeisen rutschten immer wieder auf dem gefrorenen Boden aus. Und schließlich wurde es ganz durchhin und sprang vorn hoch und schob sich zurück. Und je lauter Monsees mit der Peitsche knallte, um so mehr schob es sich zurück. Und mit einem Male fiel es auf die Seite und rutschte das Ufer hinunter und brach durchs Eis, mit seinen zappelnden Hinterbeinen, und da lag es bis an die Brust im Wasser. Vielleicht wäre es ja, wenn es sich nicht vorher schon so angestrengt hätte, wieder herausgekommen. Aber jetzt konnte es einfach nicht mehr. Es kratzte mit seinen Vorderhufen ein bißchen auf dem Ufer herum, es versuchte auch, sich aufzubäumen, aber seine Kraft war erschöpft. Und wenn Hünecke es am Zügel riß, warf es den Kopf zurück und wollte

nicht mehr. In ihrer Verzweiflung schlugen und traten sie es, daß ich nicht mehr hinsehen mochte. Aber sie erreichten nicht das geringste damit, obwohl sie die Zugketten ausgehakt hatten. Es lag nur da und rührte sich nicht. Ich dachte, es stürbe. Stell dir nur das eiskalte Wasser vor! Und es ging ihm doch bis hierher. Da kam mir deine Rumflasche in den Sinn, weil du ja auch immer, wenn du so richtig durchgekältet bist, heißen Rum trinkst."
„Genaugenommen", sagt Andreas, „Rum mit heißem Wasser und Zucker."
„Aber die Hauptsache ist doch der Rum."
„Allerdings."
„Siehst du. Und da habe ich die Rumflasche in einen Eimer geleert und etwas heißes Wasser dazugetan und Zucker. Und dann bin ich zu dem Pferd hinuntergelaufen. Hünecke meinte, ich sei wohl ganz von Gott verlassen, und Monsees wollte das Getränk erst einmal probieren. Aber ich habe mich weiter gar nicht um sie gekümmert und den Eimer dem Pferd gleich unters Maul gehalten. Zuerst tauchte es nur seine Lippen hinein, ohne zu trinken. Als ich jedoch den Eimer ein bißchen bewegte, daß der Rum hin und her schwabbte und so richtig duftete, fing es an zu schlürfen. Es war so ein gutes Pferd. Die Mähne hing ihm über die Augen. Und dann schlürfte und schlürfte es, bis es nichts mehr aus dem Eimer herausbekam. Den Rest hat Monsees ausgetrunken. Plötzlich klappte es die Oberlippe hoch, daß die großen, gelben Zähne sichtbar wurden, und warf sich erst so herüber und dann so herüber. Ich konnte gerade noch zurückspringen. Sein Leib zuckte und wogte, das Wasser rauschte, das Eis krachte, und so arbeitete es sich heraus. Und als es draußen war, sprang es immer noch wogend herum, bis Hünecke den nachschleifenden Zügel ergriff und es bändigte. Du kannst dir wohl denken, wie froh er war. Er brachte es gleich in den Stall und rieb es trocken und legte ihm zwei Decken über. Und dann hat er sich bei mir bedankt und mir diese Flasche Rum mitgegeben, damit ich, wie er sich ausdrückte, keinen Schaden nähme. Ja, so war es also."
Andreas faltet die Hände hinter seinem Nacken und schüttelt den Kopf gegen die Zimmerdecke: „Nun sag mir einer, nun

sag mir einer, was für ein Menschenkind du bist!" Dann läßt er die Arme sinken und fragt Isabel, ob Hünecke ihr denn eine angebrochene Flasche in die Hand gedrückt hätte.

„Nein, sie war funkelnagelneu. Aber weil das Pferd nach dem Trinken so gelacht hat mit seiner Oberlippe und mit seinen Zähnen, dachte ich, ob ich mir nicht auch einmal so etwas Fröhliches vergönnen sollte. Und das habe ich dann auch getan. Außerdem war ich mindestens ebenso durchgefroren wie du vorhin, weil ich in der Eile keinen Mantel angezogen hatte, als ich zu dem Pferd hinunterlief. – Du, es tut aber gut, so etwas."

Andreas faßt nach der Flasche und hält sie schräg. „Ja, das sehe ich."

(1953)

Er leiht sich eine Flinte

Zähneknirschend stürzt Andreas auf die Terrasse, auf der Isabel gerade Linsen ausliest, schlägt die rechte Faust mehrere Male in den linken Handteller und zischt, er könne in die Luft springen vor Ärger.

„Ach du liebe Zeit!" Isabel wischt einen Linsenhaufen von der Tischplatte in die Schale, die auf ihrem Schoß steht, und blickt unsicher auf. „Hoffentlich bin ich es nicht gewesen!" Wenn Andreas so wild zu ihr kommt, hat sie immer ein schlechtes Gewissen.

„Abgefressen!" ruft Andreas. „Alles! Ratzekahl!"

„Wie schrecklich!"

„Ja. Und das will ich dir sagen, jetzt ist es aus, jetzt schieße ich sie tot."

„Tu das nur! – Wen übrigens?"

„Ich leihe mir von Hans am Holte die Schrotflinte und schieße sie tot. Heute nacht. Oder vielmehr morgen früh. Das wäre ja noch schöner."

„Wäre es auch. – Und nun sag mir mal, von wem du sprichst!"

„Von den dreimal verdammten Wildkaninchen!"

„Was hast du denn nun wieder gegen die kleinen, niedlichen Wildkaninchen mit den kleinen, niedlichen Schwänzchen?"

„Ich habe gegen sie, daß sie nicht nur mit kleinen, niedlichen Schwänzchen, sondern auch mir großen, gierigen Satanszähnen versehen sind, am anderen Ende."

„Womit sollen sie denn sonst essen? Du mußt nicht immer gleich so ungerecht sein. Komm, setz dich auf den Stuhl da und hilf mir ein bißchen! Und daß du dich nicht unterstehst, den Wildkaninchen etwas zu tun!"

Andreas setzt sich an den Tisch und tupft mit seinen beiden Zeigefingern in dem Linsenhaufen herum, den Isabel ihm zuteilt. „Ungerecht? Ist es vielleicht gerecht, daß sie von meinen schönen Stauden nichts übriggelassen haben? Alles abgefressen, alle Triebe! Dafür habe ich mir nun so viel Mühe gegeben, mit Dünger und Kompost und Torfmull. Jede Staude hatte den Winter überstanden, ohne Schaden zu leiden. Über-

all schossen die Triebe gesund und kräftig hervor. Und nun in einer Nacht weg! Vollständig weg!" Andreas haut auf den Tisch, daß die Linsen in die Höhe springen. „Bis auf den Wurzelansatz weg."
„Nein, das dürfen sie nicht", sagt Isabel und fegt die Linsen mit ihrer Handkante wieder zusammen.
„Vielleicht belehrst du sie mal, diese Mörder und Banditen! Es hat keinen Zweck mehr, daß ich noch im Garten arbeite. Ich komme mir ja geradezu komisch vor. Natürlich tu ich ihnen was. Ich schieße sie mausetot, alle miteinander!"
„Kannst du es nicht erst einmal im guten mit ihnen versuchen? Ich meine mit Maschendraht oder so."
„Habe ich doch schon. Ich habe an der ganze Hecke entlang Maschendraht gezogen und ihn sogar einen halben Meter tief in die Erde gegraben. Der Satan mag wissen, wie sie da durchkommen. Wahrscheinlich können sie zaubern. Aber morgen früh stehe ich um fünf Uhr auf und bringe sie um!"
„Du, ich stehe auch auf."
„Das wird die Kaninchen nicht retten."
„Wollen mal sehen." –
In der ersten Morgendämmerung des nächsten Tages legt Andreas, angetan mit einem Trainingsanzug, die geladene Flinte auf die Fensterbank der Bibliothek, öffnet den linken Flügel einen Spalt breit und läßt sich auf einem Stuhl nieder, den er mit dem Fuß heranzieht. Es dauert nicht lange, da gleitet Isabel mit schlafverhangenem Gesicht gleichfalls herein. Sie hat sich einen Bademantel um die Schultern gelegt und duftet leise nach sich selbst.
„Sind schon welche dagewesen?"
Andreas schüttelt den Kopf und späht nach der Hecke hinüber, die den Garten gegen den Sandweg abgrenzt.
„Hoffentlich kommen sie nicht!" flüstert Isabel.
„Die kommen schon."
„Aber es sind ja gar keine Stauden zum Essen mehr da."
„Doch. Den Rittersporn und den Goldrausch vor der Mauer mit dem Pfirsichspalier haben sie bislang noch verschont. Es wird aber nicht mehr lange dauern. Ruhig mal!"
Sie neigen sich gegen die Scheibe und sehen hinaus. Aber draußen regt sich nichts. Es ist die Stunde der Wesenlosigkeit.

Das Wachstum stockt, der Wind schläft noch, die Eichen und Föhren stehen wie benommen da, ein bleiernes Schweigen liegt über der Welt.
In der Tiefe der Hecke webt noch ein wenig Dunkelheit. Schwarz spreizen die Pfirsichbäumchen ihr Gezweig vor der fahlen Stützmauer. Die sprießenden Rittersporn- und Goldrauschstauden sehen wie flache, hellgrüne Hügelchen aus. Neben dem Beet senkt sich der Garten in zwei Rasenterrassen zum Föhrenwald hinab.
„Es war nichts", sagt Andreas und setzt sich wieder auf seinem Stuhl zurecht.
Nach einer Weile streicht Isabel mit dem Zeigefinger über die Flinte. „Ein abscheuliches Ding!"
„Vorsicht! Sie ist geladen."
„Wo denn? Ich meine, wo sitzt die Kugel denn und das Pulver?"
„Bitte leise! – Kaninchen werden nicht mit der Kugel, sondern mit Schrot geschossen. Die Patrone steckt an dieser Stelle. Wenn ich den Abzug hier unten zurückziehe, geht der Schuß los. Die meisten Flinten haben zwei Läufe, damit man gleich zweimal hintereinander schießen kann. Aber dies ist eine altmodische mit nur einem Lauf."
„Und wie macht man es, daß man trifft?"
Andreas klappt den Lauf herunter, nimmt die Patrone heraus und zeigt Isabel, wie man über Kimme und Korn visiert. „Angenommen, du wolltest den kleinen, trockenen Zweig an dem Föhrenstamm da drüben treffen, den unteren, der einen Knick hat, dann mußt du dein Auge, die Kimme, das Korn und den Zweig in eine Linie bringen und dann abdrücken."
„Laß mich mal!"
Die Mündung des Flintenlaufs beschreibt, wie Isabel zu zielen versucht, die seltsamsten Figuren. Wenn sie das Korn ins Auge faßt, sieht sie den Zweig nicht. Achtet sie auf den Zweig, dann verschwimmt das Korn. Und außerdem soll sie noch an die Kimme denken.
„Das ist ja schrecklich schwer, du."
„Knie dich mal auf den Fußboden und leg den Lauf auf die Fensterbank! Dann geht es leichter. Augenblick! Du mußt den Kolben nicht vor die Brust, sondern gegen die Schulter

setzen. So! Nein, noch mehr! Richtig gegen die Achsel. So, ja."

Aha, nun kommt Isabel dahinter! Sie meint, wenn sie jetzt abdrückte, würde es um den Zweig geschehen sein. „Ich habe alles gut in der Reihe. Nein, warte! Wo ist denn . . .? Ach so! Jetzt!" Sie reißt den Abzug zurück und sagt leise: „Bautz!" Dann blickt sie auf. „Wie viele Patronen hast du eigentlich bei dir?"

„Drei. Aber ich werde wohl nur einmal, höchstens zweimal zum Schuß kommen."

„Dann könntest du mir eigentlich eine abgeben. Ich möchte gern einmal richtig losballern, daß der Zweig in tausend Stücke fliegt."

„Mit dem Ballern ist es nicht getan, du mußt ihn auch treffen."

„Ich treffe ihn schon. Paß mal auf, wie ich ihn treffe!"

„Wenn ich mit den Kaninchen fertig bin, darfst du auch einmal."

„Au fein! Aber im Ernst, du."

„So ein Gewehr muß es doch in sich haben", sagt Andreas mit nachdenklichem Kopfschütteln. „Die reine Magie. Im Handumdrehen hat es aus einer Friedenstaube eine . . . Was ist das?" Er zieht den Kopf ein und legt seine Hand auf Isabels Arm. „Nicht bewegen!"

Im Fallaub und vertrockneten Gras der Hecke raschelt es. Ein Schatten huscht hinter dem Maschendraht hin, verhält und huscht weiter.

Ganz langsam streckt Andreas, ohne die Augen von dem Schatten zu lassen, seine Hand nach der Flinte aus, lädt sie wieder und schiebt den Lauf durch den Fensterspalt. Hinter ihm holt Isabel zitternd Atem.

Da richtet sich der Schatten auf, als wolle er an dem Maschendraht emporklettern. Und mit einem Male zappelt er in einer Masche und schlenkert und windet sich, bis er auf der anderen Seite herunterfällt. Und da ist es ein schwarzes Wildkaninchen. So rußschwarz, als sei es gerade durch ein Ofenrohr gekrochen. Nur die Ohren schimmern innen ein wenig heller.

„Hast du das gesehen?" haucht Andreas. „Dabei sind die Maschen nicht größer als so." Vor lauter Verblüffung bildet er

mit Daumen und Zeigefinger einen so kleinen Kreis, daß nicht einmal ein Sektkorken hineinpassen würde.
Aber Isabel hört nicht zu. Ihre Augen, die auf das Kaninchen starren, werden schmal und wild. Ihr Kinn drängt sich etwas vor, ihre Lippen öffnen sich.
Nachdem das Kaninchen sich aufgesetzt hat, kratzt es sich mit dem rechten Hinterlauf blitzschnell unten am Hals. Dann springt es in die Höhe, als habe eine Ameise es gebissen, wirft sich herum und huscht mit gesenkten Ohren auf den Rittersporn zu.
„Jetzt!" stößt Isabel flüsternd hervor. „Du! Los doch!"
„Was?" gibt Andreas flüsternd zurück.
„Schieß doch! Jetzt!"
„Du bist ja gut. Mal so und mal so." Andreas weiß beim besten Willen nicht, was er von Isabel halten soll.
„Mal so und mal so?" flüstert sie. „Du bist mal so und mal so. Du!"
Unterdessen ist das Kaninchen beim Rittersporn angekommen. Es entblößt die Vorderzähne und läßt die Nase auf und nieder schnuppern. Offenbar will es erst einmal den Duft genießen, den die hellgrünen Triebe ausströmen. Seine Ohren, die sich aufgestellt haben, wenden sich dahin und dorthin. Wie feststeht, daß nichts Verdächtiges zu hören ist, legt es den Kopf schräg und beginnt zu äsen.
Isabel sieht Andreas von der Seite an. Er scheint es aber nicht zu bemerken, sondern beobachtet unverwandt das schwarze Kaninchen auf dem Staudenbeet. Höchstens daß er, wie Isabel fortfährt, ihn anzusehen, ein bißchen blinzelt.
Das Kaninchen sitzt da und hat einen Rittersporntrieb wie eine Zigarette im Munde. Man könnte meinen, es rauchte und dächte über etwas nach. Wer kann sagen, was sich in seinem Kaninchenkopf ereignet?
Isabel hält es für richtig, Andreas vorsichtig anzustoßen.
Er zuckt mit den Schultern und zischelt, ob sie denn nicht sehe, daß es gerade esse. „Nun laß es doch erst einmal sein Dings da aufessen!"
Nunmehr schlürft das Kaninchen die Zigarette wie einen kleinen Spargel mit genüßlich mümmelnden Bissen ein. Der zarte Kopf der Delikatesse verschwindet allerdings zuletzt.

Dann folgt ein neuer Spargel und dann noch einer. Dies getan, hoppelt es beiseite, kuschelt sich wohlig auf den sandigen Boden und streckt die Vorderläufe steif nach vorn und die Hinterläufe nach hinten, so daß der Rücken sich durchbiegt und die Schwanzquaste nach oben weist. In dieser Lage schiebt es sich, bald die rechte, bald die linke Flanke an den Boden schmiegend, unter Zappeln und Schütteln näher an das Fenster heran. Wie es bei der Rasenkante angelangt ist, setzt es sich hin und duckt den Kopf ins Gras. Andreas kann die hellbraunen, etwas vorgewölbten Augen erkennen, die starr vor sich hin blicken.
Wieder gibt Isabel ihm einen Stups.
Aber Andreas empört sich dagegen, daß er es totschießen solle, während es ihn so traurig ansehe. Außerdem habe man nicht jeden Tag ein Wildkaninchen so nahe vor sich, dazu noch ein schwarzes. „Wenn du es nicht abwarten kannst, dann schieß doch selbst!"
Er rückt beiseite und überläßt Isabel die Flinte. Und sie, als handele es sich um die selbstverständlichste Sache der Welt, legt wahrhaftig an und zielt. Da muß Andreas ihr die Flinte natürlich wegnehmen. Sie ist imstande und bringt das ahnungslose Kaninchen ins Unglück. Isabel will die Mordwaffe jedoch nicht hergeben. Lautlos ringen die Hände um ihren Besitz. Der Lauf schwankt hin und her. Und plötzlich fährt die Schrotladung heraus. Poff!
Wie ein Strich rast das Kaninchen nach der Hecke, zuckt zur Seite, rast weiter, zuckt abermals zur Seite, springt gegen den Maschendraht, schlenkert eine Sekunde darin herum, fällt drüben hinunter und ist verschwunden.
„Wenn es so einen Schrecken gekriegt hat wie ich", sagt Isabel, „dann kommt es nicht wieder."
Andreas meint, solange die beiden letzten Stauden nicht abgeknabbert seien, gebe es keine Ruhe. „Aber jetzt weiß ich auch, was ich zu tun habe."
„Was denn?"
„Ich schneide ein richtiges Loch in den Maschendraht, damit es sich nicht mehr so abzuzappeln braucht. Sonst ist es ja die reine Tierquälerei."

(1957)

Ende der Reise

Ich höre, Sie kommen von Talcahuano,
Westküste Südamerika.
Was war denn, Herr Kapitän, das Schönste,
was auf der Reise geschah?
    Das war, als wir im Beiboot fischten.
    Da stand mein Schiff so groß vor der Kimm
    mit seinen fünfunddreißig Segeln
    und alle gut im Trimm.
    Das war das Schönste.

Sie kommen also von Talcahuano,
Westküste Südamerika.
Herr Steuermann, was war denn das Schönste,
was auf der Reise geschah?
    Das war der Regenbogen bei Vollmond
    querab von Straße Magellan.
    Er flimmerte von Rosa bis Lila
    zwischen den Kreuzmastrahn.
    Das war das Schönste.

Ich höre, Sie kommen von Talcahuano,
Westküste Südamerika.
Was war denn, Meister Blau, das Schönste,
was auf der Reise geschah?
    Das war, als nach achtundneunzig Tagen
    ein warmer Geruch mit einem Mal
    nach Bäumen und Erde herüberwehte
    vom Bio-Bio-Tal.
    Das war das Schönste.

Sie kommen also von Talcahuano,
Westküste Südamerika.
Was war denn, Herr Leichtmatrose, das Schönste,
was auf der Reise geschah?
    Das war, als mir das Indiomädchen
    in der Chiquita-mia-Bar
    den Fuchsienzweig zum Abschied schenkte
    aus ihrem blauen Haar.
    Das war das Schönste.

Ich höre, ihr kommt von Talcahuano,
Westküste Südamerika.
Was war denn, lütjer Geert, das Schönste,
was auf der Reise geschah?
    Das war das Lied, das der Alte manchmal
    auf seiner Okarina blies.
    Er blies es abends unter den Sternen.
    Ich weiß aber nicht, wie es hieß.
    Das war das Schönste.

(1960)

Der beste Fahrer von Edinburg

Nach Mitternacht schlendert der Mann, wie es seine Gewohnheit ist, noch ein paarmal um das Promenadendeck. Außer der Feuerwache, die ihren Rundgang macht, begegnet ihm keine Seele. Der Geruch der gewaschenen Decksplanken, der Persenninge über den Rettungsbooten und der da und dort frisch aufgetragenen Ölfarbe verschafft ihm wieder das Gefühl eines vollkommenen Glücks. Hier ist gut sein. Er liebt die eigenartige Stille, die durch das steigende und fallende Rauschen der Bugwelle und das gleichmäßige Summen der Entlüfter kaum beeinträchtigt wird. Er liebt die Sauberkeit und Geordnetheit der festgezurrten Gerätschaften und die stählerne Kraft, die in den Wänden, in der Reling und in den Davits zu spüren ist und eine Vorstellung von schwerem Wetter und über das Vorschiff hindonnernden und zergischtenden Seen hervorruft. Er liebt sogar die Zahlen an den Milchglaslampen unter der Decke und die mit ihnen übereinstimmenden am Bug der Rettungsboote. Er liebt alles. Nichts auf der Welt geht ihm über ein Schiff.

Nach sieben oder acht Runden steigt er an Backbordseite die eiserne Treppe zum Brückendeck hinauf. Die Nacht, die ihn dort umfängt, gleicht mehr einer diesigen Dämmerung. „Nun ja", denkt der Mann, „wir haben ja auch schon ganz schön nördliche Breite gemacht." Er beugt sich über die Schranke, die das Deck von der Brücke trennt, und späht nach der offenen Tür des Ruderhauses hinüber. Eine dunkle Gestalt kommt heraus.

„Guten Abend, vielmehr guten Morgen", sagt der Mann. „Wie weit nördlich stehen wir denn schon? Ach, das ist ja überhaupt Herr Stüvesandt. Steht Ihnen aber gut, der Bart."

Nun erkennt auch Jürgen Stüvesandt, der zweite Offizier, den Mann: „Sie, wieder an Bord? Das ist jetzt das . . . na, das wievielte Mal ist es wohl?"

„Das neunte", sagt der Mann.

„Aber sicher nicht das letzte. Wie geht's denn so?"

„Wie soll mir's gehen, wenn ich hier an Bord bin? Wunderbar. Und Ihnen?"

„Muscha, sagt der Bremer. Um vierundzwanzig Uhr haben wir übrigens bei 57,39 Nord und 1,32 Ost gestanden, querab von Kinnaird Head. Müßten eigentlich das Feuer noch sehen. Scheint aber eine Nebelbank vor der Küste zu liegen."
„Es sieht ja so aus, als wollten wir durch den Pentland Firth gehen."
„Wollen wir auch."
„Sonst sind wir aber immer außen herum gegangen."
„Weil wir die Orkneys angelaufen haben, Kirkwall und Scapa Flow." Ein Ausguckmann tritt an den Zweiten heran: „Gegenkommer, Herr Stüvesandt, zwei Strich Backbord."
„Danke. – Augenblick mal." Der Zweite geht zum Peilkompaß, peilt das rote Licht in der Ferne an und verschwindet im Ruderhaus. Wie er zurückkommt, hebt er die messingbeschlagene Sperrklappe auf und bittet den Mann auf die Brücke. „Oder sind Sie kojenreif?"
„Noch nicht."
Der Zweite richtet sein Glas auf das rote Licht: „Will wahrscheinlich nach Aberdeen. Wie war's denn in Edinburg gestern?" Er läßt das Glas sinken: „Müssen Sie doch allmählich in- und auswendig kennen."
„Das ist eine Stadt! Sage, Geschichte, Märchen, Traum und alles. Ich kann nie genug kriegen von Edinburg. Die Umgebung hat sich allerdings mächtig verändert, seit 1964 die neue, die Firth Road Bridge in Betrieb genommen ist."
„Da kann ich nicht mitreden. Ich bin hier erst zweimal an Land gewesen, 70 und 72."
„Früher führte die Straße zur Brücke noch durch eine richtige englische Parklandschaft."
„Englische? Lassen Sie das nur keinen Schotten hören!"
„Also schottische. Aber jetzt hat die Stadt allerlei davon verschlungen, wie das so geht. Schade."
„Wann waren Sie denn zum ersten Mal dort?"
„1938, als die Geschichte mit den beiden Taxen passierte, diese tolle Geschichte."
„Nie davon gehört."
„Sie ist damals ziemlich bekannt geworden. Auch durch die Presse. Aber das war ja lange vor Ihrer Zeit. Eine tolle Geschichte."

„Sollte mich nicht wundern, wenn Sie daran beteiligt gewesen wären."
„Das kann man wohl sagen, eine gewisse Barbara und ich."
„Für so eine Art von Geschichte bin ich immer zu haben. Besonders während der Hundewache. Oder ist sie zu heikelig wegen der gewissen Barbara?"
„Keineswegs. Sie war tagelang das Bordgespräch. Sie wissen ja, daß an Bord nichts verborgen bleibt. In diesem Fall schon deshalb nicht, weil Barbara bis Bremerhaven mit einer gebrochenen Nase herumlief. Wir hatten ja auch nichts zu verbergen, obwohl es sich beinah um eine Liebesgeschichte handelte. Aber nur beinah."
„Um so besser."
„Tja Barbara ..." Der Mann lehnt sich mit dem Rücken an die Reling des Brückennocks und lacht leise vor sich hin. „Barbara aus der Walzwerkstadt Peine. Ihr Lieblingswort war ‚nämlich', das sie wie ‚nämmlich' aussprach. Statt ‚Es regnet' sagte sie ‚Es regnet nämmlich'. Oder ‚Heute ist nämmlich Donnerstag'. Ich mochte das, und ich habe es ihr auch gesagt. Und sie hat mir ebenfalls dies und das gesagt. Es bestand eine ... wie soll ich's nennen? eine freimütige Sympathie zwischen uns. Bißchen mehr vielleicht. Aber auch wieder nicht zu viel. Gerade richtig so."
„Kenne ich", sagt der Zweite. Er lehnt sich gleichfalls an die Reling und hört zu.
Und der Mann erzählt: „Wir kamen damals von Island herunter. Edinburg war der letzte Hafen vor Bremerhaven. Die Geschichte fing an der Kreuzung von Princess Street und Waverley Bridge an."
„Also mitten in Edinburg."
„Mitten in Edinburg. Wir hätten dem jungen Verkehrsschutzmann gern noch länger zugesehen. Es war nämlich sehenswert, wie er, den Helmriemen über seinem rosigen Kinn, den unablässig ineinanderflutenden Verkehr im Fluß hielt. Seine weißen Handschuhe hoben sich leuchtend von der schwarzen, knapp geschnittenen Uniform ab, jetzt reckte er den rechten Daumen hoch und dämpfte mit dem nickenden obersten Glied die Wucht eines herandonnernden Lastwagens, während er mit der linken Hand eine ängstliche Rad-

fahrerin um seinen Rücken herumleitete, jetzt pfiff er durch die Zähne und teilte den Strom der Fahrzeuge mit seinen beiden Zeigefingern in zwei Hälften, wobei er der einen noch einen Schwung in der Richtung auf St. Andrew Street mitgab und im Rückschwung ein zögerndes Kabriolett heranholte, jetzt unterhielt er sich mit einem vorüberschlendernden Kollegen und befaßte sich gleichzeitig, ohne viel hinzusehen, mit einer Schar von Waisenkindern, oder was sie nun darstellen mochten, und einer zweistöckigen Straßenbahn, jetzt erhob er, da einige Verwirrung und Stockung drohte, seine rechte Hand, winkte mit allen fünf Fingern, die er nacheinander aufstellte, nach allen erdenklichen Himmelsrichtungen und fuhr sich überdies schnell unter der Nase hin, und da hatte er auch alles schon wieder geordnet und in Gang gebracht. Wir hätten ihm, wie gesagt, gern noch länger zugesehen, wenn unsere Zeit nur nicht so knapp bemessen gewesen wäre. Aber unser Schiff, die gute alte ‚Berlin', die unten vor Leith auf Reede lag, wollte in vier Stunden weiterdampfen. Eine hatten wir bereits vor den Schaufenstern und Zeitungsständen vertan. So blieben uns für die sonstige Stadt Edinburg mit ihren altertümlichen Gassen und Bauwerken, mit ihren Hügeln und seidigen Rasenhängen, die von zarten, silbrigen Regenschleiern überweht waren, nur noch drei. Wir gingen also zu dem Schutzmann hinüber und fragten ihn, was es, außer ihm selbst, noch Beachtenswertes in Edinburg gäbe. Er ermunterte uns, ohne seine schwingenden und lockenden Armbewegungen zu unterbrechen, das kirchturmhohe Walter-Scott-Denkmal zu besteigen, das sich wenige Schritte weiter wie ein riesiges gotisches Sakramentshäuschen aus einem Park erhob, die Gemäldegalerie, Holyrood Palace, in dem Maria Stuart gewohnt habe, und Edinburgh Castle, wo die schottische Krone gezeigt würde, zu besuchen, außerdem natürlich, wenn wir es noch schafften, nach der berühmten Firth-of-Forth-Bridge hinunterzufahren. Wir bedankten uns, zogen uns zurück und beratschlagten, was wir tun sollten. Ich sagte, ich hielte es im Hinblick auf die wenige Zeit für das beste, wenn wir uns in das Programm teilten und nachher einander Bericht erstatteten. Auf diese Weise gewännen wir das Doppelte und Dreifache an Stoff, Abenteuer, Spannung und . . . und . . .

‚Und?' fragte Barbara und ließ ihre Zungenspitze schnell über die Oberlippe spielen.
‚Und mancherlei Annehmlichkeit des Lebens. Lassen Sie uns einmal überlegen, wie wir am ehesten damit klarkommen. Die Gemäldegalerie ...'
‚Können wir uns nämmlich schenken', fiel Barbara ein.
‚Können wir uns, wie ich beinahe zu bemerken Gelegenheit gehabt hätte, schenken. Das Denkmal ...'
‚Ebenfalls.'
‚Das Denkmal ebenfalls, obwohl ich es im allgemeinen liebe, eine Stadt von oben zu betrachten.'
‚Sie dürfen diese Stadt nämmlich noch genug von oben betrachten, da Sie ja Edinburgh Castle besuchen werden. Das liegt nämmlich hoch genug. Ich selbst will mich um Holyrood Palace bemühen. An der Firth-of-Forth-Bridge treffen wir dann wieder zusammen und fahren gemeinsam nach Leith zurück. Leider werde ich beim Austausch der Abenteuer den kürzeren ziehen, weil meine Berichte nämmlich viel poetischer sein werden als Ihre. So long, dear! Wo bekommt man denn hier ein Taxi?'
‚Keine Ahnung. Wenden wir uns ein weiteres Mal vertrauensvoll an die Polizei!'
‚Taxi? Da drüben, Sir.'
‚Wo?' sagte Barbara.
‚Gerade vor Ihnen, Ma'm, am Park.'
‚Das da?' Sie blinzelte.
‚Jawohl, Ma'm, der beste Fahrer von Edinburg.'
Da Barbara nicht sicher war, ob der Schutzmann es im Spaß oder im Ernst meinte, sah sie ihm auf alle Fälle, ehe sie weiterging, mit einem Lächeln, das dies und das bedeuten konnte, in die Augen. Ich zog sie schnell mit mir fort.
Aber je näher wir dem Auto kamen, an das wir verwiesen waren, um so entschiedener weigerte Barbara sich, es zu benutzen, ja es überhaupt als ein Auto anzuerkennen. Es scheine sich, sagte sie, nachdem sie die Zunge wiederum über die Oberlippe hatte huschen lassen, es scheine sich nämmlich um jenen Wagen zu handeln, den schon der Prophet Elia wegen völliger Unähnlichkeit abgelehnt habe. ‚Historisch bedeutsam, aber nichts für mich.'

Das Auto gehörte in der Tat zu den seltsamsten Gebilden technischer Kunstfertigkeit, die ich je erblickt hatte. Außer den hölzernen Rädern und den dünnen Reifen war ungefähr alles eckig an ihm: der Kühler, die Motorhaube, die Kotflügel, das Verdeck, dies besonders, die Wände, die Fenster, alles. In der Mitte erinnerte es an ein uraltes Coupé. Hinten war eine Art von viereckigem Zelt angefügt, in das der Fahrgast vermittels der Coupétür kriechen konnte, und vorn ein von dünnen Eisenstäben getragener Baldachin, ein altmodisches Lusttempelchen gewissermaßen, das, nach drei Seiten offen, den Fahrer nur dann vor Wind und Regen schützte, wenn sie senkrecht von oben einfielen, was bekanntlich so gut wie nie der Fall ist.
Den Fahrer selbst anlangend, so trug er einen steifen, runden Hut, einen steifen, vorn etwas auseinandergebogenen Kragen mit einem schwarzen Schlips, einen dunkelgrauen, verknitterten Anzug und eine Brille. Er war vielleicht fünfzig Jahre alt. Wenn er mir anderswo begegnet wäre, hätte ich ihn für einen gewissenhaften Bankboten oder kleinen Beamten gehalten. Die Gewissenhaftigkeit konnte man ihm jedenfalls nicht absprechen, denn so wunderlich sein Gefährt auch erbaut sein mochte, an der Pflege hatte es ihm nicht gefehlt. Die Scheiben waren bis in die Ecken spiegelblank, der Lack glänzte, das Verdeck war zwar geflickt, aber nirgends zerrissen, die Radspeichen sahen trotz des regnerischen Wetters wie poliert aus, die Messinglampen, der Trichter der Hupe, das geschwungene Sprachrohr, das vom Wageninneren zum Fahrer hinführte, die ringförmigen Türgriffe, der Kühlerrahmen, alles blinkte nur so von Putz und Sauberkeit. Ich mußte unwillkürlich an alte Kutschwagen mit silbernen Beschlägen und an kupferne Lokomotiven aus den Frühtagen des Eisenbahnwesens denken, wie sie sich, unberührt vom Schmutz der Welt, in den Verkehrsmuseen darstellen.
Leider hatte Barbara nicht die mindeste Empfindung für dergleichen, sondern fing einfach an zu lachen. Haha, dies Zelt sei nämmlich zu komisch. Und das Sprachrohr erst. Wie eine verbogene Posaune. Haha. Ich unterstünde mich doch nicht etwa, ihr eine Fahrt in diesem Gartenhäuschen zuzumuten?
‚Gott sieht aufs Herz', sagte ich. ‚Und der Kenner auf den Motor.'

‚Kommt ja gar nicht in die Tüte. So eine Haarschneidemaschine.' Barbara hielt es mit den Modeworten und freimütigen Redensarten, die sich übrigens in ihrem Munde ausnahmen, als wären sie eigens für den jeweiligen Fall aus dem Nichts erfunden.

Als Barbara nicht aufhörte, sich über den Wagen zu erheitern, erging sich der Fahrer, der zuerst nur mißbilligend zu uns herübergeblickt hatte, in ärgerlichen Worten über die Dummheit gewisser ausländischer Narren, die sich nicht schämten, ihre verdammte ausländische Dummheit auch noch öffentlich zur Schau zu stellen.

‚Was fällt dem Mann ein?' rief Barbara.

Zum Glück rauschte, ehe es zu Weiterungen kam, ein zweites Taxi mit leisem, metallischem Schwirren heran und bremste hinter dem ersten: eine neuzeitliche Limousine, schwarz lackiert, mit schimmernden Verchromungen und kühnen Linien, die Barbara sogleich für sich beanspruchte. Ich öffnete die Tür und flüsterte ihr zu, als sie einstieg, wenn es auch mancherlei Nettes in Edinburg gäbe, das Netteste sei doch, daß ich sie in einer Stunde am Firth of Forth wiederträfe. Sie blinzelte mich von der Seite an und wischte ein übermütiges Lächeln ihrer Lippen mit der Zungenspitze weg.

‚Holyrood Palace', sagte ich zu dem Fahrer, den ein blondes Schnurrbärtchen zierte, schloß die Tür und trat zurück. Die Limousine schoß davon, Barbara steckte ihre kleine Nase zum Fenster heraus und winkte mir zu. Ich winkte wieder und begab mich dann zu dem altmodischen Auto. Unwillig den Kopf schüttelnd, um den Fahrer mit dem steifen Hut zu besänftigen, sagte ich, Jugend habe keine Tugend, und nun wolle ich zunächst einmal aufs Schloß hinauf.

‚Haben Sie gehört', knurrte der Fahrer, während er vorn an der Anlaßkurbel drehte, ‚daß schon wieder ein Ventil bei ihm hängt?'

‚Nein. – Bei wem?'

‚Bei Geordie Ray, der eben mit der Dame davongehoppelt ist.'

‚Nun . . . gehoppelt? Alles was recht ist, aber . . .'

‚Das kommt von der verdammten neumodischen Art! Taugt nicht viel, das Neue. Der neue Wagen nicht und der neue Mann auch nicht. – Zum Schloß. Schon gut.'

Er drückte den Hebel des Zählwerks hinunter, das mit seinen vielen Schrauben, Klappen, Schläuchen, Fensterchen und Gelenken eine Sehenswürdigkeit für sich bildete, fuhr an, schaltete, hupte pö-hüt und lenkte den Wagen links in die Princess Street hinein.
Hatte mich schon das Anfahren überrascht, weil es so leicht und schmiegsam erfolgt war, wie es sich im allgemeinen nur mit einem Achtzylinder bewerkstelligen läßt, so merkte ich vollends bei diesem ersten Einbiegen, durch das ich herumgeschwungen wurde, als säße ich in einem Flugzeug, an wen ich geraten war: an den besten Fahrer weit und breit. Der Schutzmann hatte nicht gescherzt. An den besten Fahrer und, wie mir zu meiner Verwunderung klar wurde, auch an einen der besten Wagen. So etwas von einer Federung gab es heutzutage nicht mehr und ein so angenehmes Schnurren des Motors ebenfalls kaum. Ich glaubte förmlich, herauszuhören, wie behaglich der Motor sich in seinem Öl und in seiner Sauberkeit fühlte. Da lehnte ich mich denn zurück und gab mich der Federung und der Kunst des Fahrers hin. Der Wagen wiegte sich wie ein weiches Wild durch den Verkehr in der Princess Street. Wenn ich nicht die geringste Möglichkeit mehr sah, voranzukommen, fand der Fahrer doch noch eine Lücke, durch die er mit leichter Beschleunigung hindurchschlüpfen konnte, ehe sie sich endgültig versperrte. Obwohl er immer wieder bremsen, schalten, Gas geben und abermals bremsen mußte, glitt eine Bewegung so fließend in die andere über, daß ich die Veränderung kaum bemerkte. Es war eine wahre Lust und Himmelswonne, in diesem Wagen dahinzuschweben. Ich würde Barbara aber schön auslachen. Sie hatte sich aber schön täuschen lassen.
Fürs erste schloß ich die Augen und dachte an Barbara. Barbara kühl und zurückhaltend, begabt mit mancherlei Mutterwitz und mit einer spielerischen Zungenspitze, voller Vorliebe für freimütige Redensarten und für das Wörtchen ‚nämmlich', unternehmungslustig und zuversichtlich im Getümmel dieser Welt und doch im Innersten ein wenig ängstlich vor dem eigenen Mut. Barbara . . .
Als ich wieder aufwachte, flogen draußen Bäume vorbei, eine Säulenfassade, weiße Dampffetzen, die aus einer Schlucht

herauswolkten, wieder Bäume ... die Straße machte einen Bogen, rechter Hand stieg der Schloßfelsen schattenhaft empor, und wenn ich mich gegen die Scheibe beugte, konnte ich auch die Feste oben sehen. Ein hellgrauer Schimmer sickerte an dem Gemäuer herab.

Nicht lange danach hielt der Wagen auf der Esplanade neben dem Reiterstandbild von Sir Douglas Haig. Ich ging über die Zugbrücke ins Schloß und sah mir alles an: die schottischen Wachtposten in ihren bunten Uniformen, die unentwegt auf und ab schritten, die Kapelle der heiligen Margarete, die große, eiserne Kanone namens Mons Meg, das Zimmerchen, in dem Maria Stuart ihrem Sohn Jacob das Leben geschenkt hatte, die funkelnde Königskrone mit den übrigen Insignien in einer Vitrine, die Waffensammlung in der Banketthalle und das kirchenartige Ehrenmal, in dem die Namen aller im Weltkrieg gefallenen Soldaten der zwölf schottischen Regimenter, in dicken Büchern zusammengefaßt, auslagen. Ich blickte auch von der Fore-Wall-Batterie über die Dächer der Stadt in die verhangene Ferne. Die Stadt hieß Edinburg und das Land ringsherum Schottland. Ich sah ferne Schatten und grünliche Hügel mit einem Silberton darüber und Regen und stumpfes Geblinke und Rauch und nebelumwehte Kirchtürme und Kuppeln und undeutliche Flaggen. Ich sah einen Traum in Grau und Silber. Schade, daß Barbara nicht bei mir war.

Nach einiger Zeit kehrte ich zu meinem Auto zurück.

Der Fahrer hatte die Brille auf die Stirn geschoben und wischte mit einem Lappen an der Scheibe herum, die das Coupé nach vorn abschloß. Ich sagte ihm einige anerkennende Worte über sein Gefährt und fügte hinzu, wenn ich wieder einmal nach Edinburg käme, wüßte ich, an wen ich mich hinsichtlich eines Wagens zu wenden habe. Er nahm das Lob mit der größten Selbstverständlichkeit hin. Ein Gentleman, sagte er, lege das Alte erst dann beiseite, wenn er etwas wirklich Besseres gefunden habe. Das Neue sei aber zumeist nicht besser als das Alte, sondern nur anders, oft genug auch noch schlechter. Anders und schlechter. ‚Die Gentlemen steigen in meinen Wagen, die übrigen in den von Geordie Ray. – Wohin, Sir?'

‚Zur Brücke. Aber wissen Sie was, ich setze mich ein bißchen neben Sie, dann können wir uns besser unterhalten. – Wie weit ist es eigentlich noch bis zur Brücke?'
‚Ungefähr acht Meilen.'
‚Und ich dachte, die Brücke läge unmittelbar vor der Stadt.'
‚Nein, acht Meilen nordwärts.'
Acht Meilen, das waren mehr als zwölf Kilometer, wenn meine Rechenkunst mich nicht trog. Was für ein Unsinn, daß wir jeder, Barbara und ich, in einem anderen Wagen dem gleichen Ziel zueilten! Wir hätten irgendeinen Treffpunkt in der Stadt vereinbaren und dann zusammen einen Wagen nehmen sollen. Das kam davon, daß wir, bei so mangelhaften erdkundlichen Kenntnissen, es nicht für nötig gehalten hatten, uns nach der Lage der Brücke zu erkundigen. Was für ein kostspieliger Unsinn außerdem! Ich wußte nicht, wie es um Barbaras Börse bestellt war, meiner hätte jedenfalls, freiheraus gesagt, eine schonsame Behandlung ganz wohl angestanden. Aber nun war es zu spät. Mochte die Sache denn ihren Lauf nehmen.
Die Unterhaltung mit dem Fahrer, die ich, nachdem ich meine Enttäuschung heruntergeschluckt und mir vorgesetzt hatte, nächstes Mal klüger zu sein, wieder aufnahm, bewegte sich in anderen Bahnen, als ich gehofft hatte. Es gab nämlich – ‚nämmlich', wie Barbara gesagt haben würde –, es gab nämlich für meinen Mann nichts anderes auf der Erde als seinen Wagen, den er über alles liebte, und Geordie Ray, den er über alles haßte. Sein Wagen war sein Glaube, sein Paradies und seine Hölle, seine Welt eben. Ich erfuhr, wie der Kauf des Wagens zustande gekommen war, ich erfuhr seine wichtigsten Unfälle, seine Ruhmestaten, seinen zeitweiligen Verfall und neuen Aufstieg, ich erfuhr die begeisterten Aussprüche, die unzählige hochgestellte Persönlichkeiten über ihn getan hatten, ich wurde sogar gewürdigt, um die eine und andere seiner kleinen Schwächen zu wissen. So traten zum Beispiel die kritischen Eigenschwingungen bei einer Geschwindigkeit von einunddreißig Meilen auf, gerade bei jener Geschwindigkeit also, die der Fahrer, weil sie im Straßenverkehr die gegebene war und weil sie außerdem, wie sich herausgestellt hatte, den wenigsten Brennstoff beanspruchte, am liebsten immer wieder gewählt hätte. Und nun durfte er's nicht. Es

wäre besser gewesen, wenn die Schwingungen sich schon bei neunundzwanzig oder erst wieder bei dreiunddreißig Meilen gezeigt hätten. Aber damit mußte man sich abfinden. Oder vielmehr, man mußte aus der Not eine Tugend machen und eben immer ein wenig schneller fahren als die anderen. Vielleicht war das mit den Schwingungen gar nicht so dumm. Vielleicht verbarg sich in dieser Verpflichtung zu höherer Geschwindigkeit, die der Wagen seinem Fahrer auferlegte, gerade das Geheimnis seines Erfolges und Ansehens. Dann konnte man aber kaum noch von einer Schwäche reden. Ähnlich verhielt es sich übrigens mit seinen anderen ‚Schwächen'. Wer sich lange und liebevoll genug mit ihnen befaßte, kam schließlich dahinter, daß es sich in Wahrheit gar nicht um Schwächen, sondern um heimliche Vorzüge handelte. Der Wagen war eben, man mochte ihn betrachten, wo und wie man wollte, ein Wunder von einem Wagen.

In Geordie dagegen und Geordies Limousine verkörperte sich das verdammte und verhaßte Neue. Aber wie jeder Haß, so schien auch dieser nicht eindeutigen Ursprungs zu sein. Vielleicht war sogar, wie es sich für einen aufrichtigen Haß gehört, etwas uneingestandene Liebe und Bewunderung mit im Spiel. Wäre Geordies Wagen nur neu und schlecht gewesen, dann hätte der Haß sich wohl kaum zu dieser beängstigenden Fülle und Gewalt anstauen können. Wie ich denn auch im Verlauf der Unterredung zu spüren glaubte, daß der Fahrer in der Tiefe seines Herzens den anderen Wagen doch für besser als seinen eigenen hielt und daß er sich vor dem Zeitpunkt fürchtete, an dem Geordie, dieser vorläufige Windhund, merken würde, was alles bei eigener Aufmerksamkeit und Sorgfalt aus der Limousine herauszuholen wäre.

Inzwischen hatten wir die Innenstadt und die eintönigen Reihen der Vorortsiedlungen hinter uns gelassen und folgten der wundervollen Straße, die durch eine im Regendunst vergehende Landschaft mit Hecken, Weizenfeldern, verfallenen Wallmauern, hohen Baumgruppen und Wiesen, auf denen schwarzes Vieh stand, in vielen Windungen zum Firth of Forth führte . . .

Während wir noch so miteinander sprachen, brauste plötzlich unter triumphierendem Hupengetön ein dunkler Schatten an

uns vorbei, preschte, Steinchen und Schmutz hinter sich wegschleudernd, wieder in die Mitte der Straße, legte sich in die nächste Kurve und verschwand hinter einem Waldstück.
Der Fahrer stieß einen Fluch aus und trat auf den Gashebel.
‚Geordie?' fragte ich.
Er nickte und sah, aufrecht über dem niedrigen Lenkrad sitzend, durch seine Brille geradeaus.
Wenn es wirklich Geordies Wagen war, hätte Barbara, fand ich, ruhig einmal aus dem Rückfensterchen gucken und mir ein wenig Freundlichkeit zeigen können. Statt dessen ... Aber was gab es denn jetzt? Wollte der Fahrer es etwa mit Geordie aufnehmen? Wollte er tatsächlich versuchen, ihn einzuholen? Wenn ich von seiner Geschicklichkeit auch eine hohe Meinung hatte, dies Unterfangen schien mir doch herzlich wenig Aussicht auf Erfolg zu bieten. Vorläufig gelang es ihm allerdings, die ohnehin nicht geringe Geschwindigkeit noch um ein Beträchtliches zu steigern. Die Karosserie bebte, ein heißer Atem kam vom Motor her, es roch nach verbranntem Öl, die Karosserie bebte noch stärker, der ganze Wagen bebte. Selbstverständlich wurden alle Kurven geschnitten, und selbstverständlich ging der Zeiger des Geschwindigkeitsmessers auch in den Kurven nicht einen Strich zurück.
Es dauerte nicht lange, da sichteten wir Geordies Limousine wieder. Abermals eine Kurve. Noch mehr Gas! Noch mehr! Der Wagen dröhnte und schütterte, aber wir schoben uns näher an Geordie heran, immer näher. Und jetzt ... jetzt hatten wir ihn. Und jetzt schoben wir uns wahrhaftig an ihm vorbei. Ich winkte Barbara zu. Sie tat nicht dergleichen. Sie drückte die bewegliche Scheibe, die das Wageninnere vom Fahrersitz trennte, beiseite und beugte sich gegen Geordie. Er sprach über seine Schulter mit ihr, sie nickte und zeigte, ohne sich um mich zu kümmern, mit ihrer Hand nach vorn. Und dann machte Geordie Ernst. Achtzig Pferdekräfte gegen vierundzwanzig. Wir hatten keine Chance. Im Gewimmel der Stadt, wo Fahrkunst und blitzschnelle Entschlossenheit ausschlaggebend sein konnten, wäre es anders gewesen, aber hier draußen auf der freien Landstraße hatten wir keine Chance. In einer halben Minute war Geordie neben uns und vor uns, wie er wollte. Er machte sich sogar einen Spaß daraus,

uns ein paar Meter Vorsprung gewinnen zu lassen und uns sogleich wieder einzuholen, uns noch einmal vorzulassen und uns abermals einzuholen. Er spielte mit uns wie die Katze mit der Maus. Und wir konnten uns nicht dagegen wehren. Und Barbara sah jedesmal, wenn die Limousine neben uns lag, zu mir herüber und verzog keine Miene. Nur ihre Zunge zeigte sich für wenige Sekunden. Ich wußte aber nicht, ob sie mir geradezu die Zunge zeigte, oder ob sie nur, wie es ihre Art war, ihre Lippen betastete.
Nun, das mochte sich so oder so verhalten, sie sah trotzdem reizend aus, reizend selbst in ihrer Frechheit und Überheblichkeit. Ich hätte sie gern bei mir gehabt, aus verschiedenen Gründen. Warum hatte ich sie eigentlich nicht bei mir? Warum hielten wir nicht an und machten unseren Fehler wieder gut und stiegen in denselben Wagen? Tod und Teufel, warum eigentlich nicht?
Als Barbara wieder einmal neben mir auftauchte, bemühte ich mich, ihr meine Gedanken durch Zeichen zu übermitteln. Aber sie verstand mich nicht. Sie schüttelte den Kopf und wehrte mit der Hand ab. Oder verstand sie mich ganz genau, diese Hexe, und hielt es mit Geordie und wollte ihren Triumph recht auskosten? Das hätte ich aber ziemlich albern gefunden.
Der Fahrer neben mir knirschte vor Wut mit den Zähnen über die Verhöhnung, die Geordie ihm antat. Er behielt die äußerste Geschwindigkeit unverändert bei und blickte nicht nach rechts und nicht nach links.
Ich spürte, daß auch in mir sich ein immer stärkerer Unwille gegen diesen so mühelos triumphierenden Burschen in dem anderen Wagen, ja sogar gegen Barbara erhob, die, anstatt seine Ungezogenheit zu dämpfen, offensichtlich noch Öl ins Feuer goß. Wenn die beiden uns überholen und sich im Glück des Siegers gefallen wollten, dann sollten sie es meinethalben tun. Aber bitte in einem Zuge. Das Verfahren, das sie jetzt beliebten, war schändlich und unwürdig.
‚Pfui, Barbara!' rief ich, so laut ich konnte, durch das Geräusch und Gerassel zu ihr hinüber.
Sie legte hinter der Scheibe zwei Finger an ihr Ohrläppchen, machte die Stirn kraus und beugte sich fragend vor.

Das ‚Pfui' hatte so böse geklungen, daß ich ordentlich über mich selbst erschrak. Ich nahm mich zusammen und fragte mich, was denn, zum Henker auch, mit mir los sei? Hatte diese kleine Wettfahrt mich schon vollständig verwirrt? Genügte die bloße Tatsache, daß Barbara in jenem und ich in diesem Wagen saß, schon, um uns, die wir doch einander sonst nicht gleichgültig waren, in einen Gegensatz zu bringen? War die Frage, ob Barbaras Wagen oder meiner schneller lief, nicht die gleichgültigste Frage unter dem Himmel? Waren wir schon keine selbständigen Menschen mehr, sondern nur noch so etwas wie Bestandteile unserer Wagen? Ach, nicht einmal unserer, sondern nur zweier fremder Wagen, deren wir uns für eine kurze Weile zu bedienen gedachten. Wer herrschte denn hier, und wer diente?

Wenn es sich aber schon mit uns so verhielt, so jammervoll und verwünscht, wie mochte es dann erst um die beiden Fahrer bestellt sein, die doch mit ihren Wagen auf Gedeih und Verderb, ja fast auf Tod und Leben verbunden waren? Ich sah mit einem Male die Reihe der Tage und Wochen und Jahre vor mir, in denen sie sich bekämpft hatten. Jeder Fahrgast, jeder Wink eines Verkehrsschutzmanns, jede Vorfahrt, jede Begegnung, jedes Nebeneinander, jedes Hintereinander, jede Stunde und Viertelstunde war doch ein Anlaß zu Empfindungen gewesen, die sich in ihnen hundertmal heftiger erhoben hatten als meine gegenwärtigen in mir. Und der nächste Stich hatte sich immer in die noch blutende Wunde gebohrt, die der vorhergehende aufgerissen hatte, immer wieder und immer wieder. Ich stellte mir vor, wie der eine des Abends seiner Frau erzählte, daß er heute dem andern aber gezeigt habe, was Fahren sei, und wie der andere bei sich zu Hause mürrisch hinter dem Tisch saß und kein Wort sprach. Und am nächsten Abend war es vielleicht umgekehrt. Ich bedachte das mehr und mehr sich verzehrende Leben dieser beiden, den vergifteten Alltag, die zusammengebissenen Zähne, den mühsam zur Schau getragenen Gleichmut, die von Mißgunst zerfressenen Herzen. Wer hat die Schuld, fragte ich mich, die menschliche Natur oder die Natur der Dinge? Aber waren die Dinge denn nicht von den Menschen erschaffen? Und nun? Hatten die erschaffenen Dinge die Herrschaft über ihre

Schöpfer gewonnen? Jawohl, jawohl. Und wie hier, so ging es überall zu. Die Menschen, die sich frei deuchten, waren von den Dingen geknechtet. Geknechtet und gegeneinander gehetzt. Bald ganz offensichtlich, bald versteckter und heimtückischer. Die Menschen, die Völker, die ganze Welt lag in der Knechtschaft und Feindschaft der erschaffenen Dinge. Ich begriff den Haß, der sich jetzt in den Augen und in den Mundwinkeln des Fahrers neben mir zeigte, den langsam und unablässig heranwachsenden Haß, die wildeste Art von Haß, die aus der Ohnmacht sich herleitet.
Von Zeit zu Zeit schob der Fahrer sein Kinn vor und schluckte. Es war, als wenn er ersticken müßte. Hätte er jetzt eine Pistole zur Hand gehabt, so wäre Geordie, glaube ich, nicht mit dem Leben davongekommen.
Diese Wettfahrt war ja in jeder Weise sinnlos. Ich wollte nichts mehr davon wissen. Sie mußte ein Ende haben.
‚Gas weg!' rief ich dem Fahrer zu. ‚Lassen Sie den Jungen doch rennen, wohin er will!'
Er schüttelte den Kopf.
Ich sagte, er solle anhalten. ‚Anhalten, bitte!'
Aber der Teufel war einmal los. Außer dem Geräusch seines Motors und außer der Landstraße vor sich hörte und sah der Fahrer in seiner haßerfüllten Besessenheit nichts mehr.
Da wandte ich mich denn von neuem an Barbara, die wieder einmal neben uns auftauchte. Ich gab ihr durch Winke und Gebärden zu verstehen, sie möge, Herrgott noch einmal, Geordie veranlassen, diesen Wahnsinn aufzugeben und endgültig vorauszufahren.
Sie zuckte nachlässig mit den Schultern.
Ich bedeutete ihr, das Fenster herunterzudrehen.
Während sie die Kurbel bewegte, blieb ihr Wagen etwas zurück. Ich beugte mich zur Seite, um ihr das Nötige zuzurufen.
Da brach das Verhängnis herein.
Eine Sirene sang auf, ein helles Ungeheuer jagte um die Biegung, die wir gerade ansteuerten, mein Fahrer riß unsern Wagen so plötzlich herum, daß ich um ein Haar hinausgefallen wäre. Das helle Ungeheuer flog an uns vorbei, die Reifen der blockierten Räder wetzten schreiend über den Asphalt,

ein dumpfer Schlag dröhnte hinter uns auf, Geklirr, ein gellender Schrei, noch ein Schlag, wieder Geklirr, da hatte der Fahrer unseren Wagen endlich zum Stehen gebracht. Wir stürzten hinaus und liefen zurück. Der helle Wagen war auf eine Wiese neben der Straße gerollt, hatte aber, soweit ich sehen konnte, keine nennenswerte Beschädigung erlitten.
Geordies Limousine lag umgestürzt auf der anderen Seite der Straße und rauchte. Barbara war schon halb draußen. Sie kroch mit zappelnden Bewegungen durch das zerbrochene Fenster, warf sich auf die Erde und wälzte sich hin und her, rauchend auch sie. Ich riß meinen Mantel herunter, wickelte sie darin ein und schlug blindlings mit meinen Händen darauf herum, um das Geschwele zu ersticken.
Als ich die Hülle wieder abhob, starrte mir ein blutbeschmiertes, verzerrtes Gesicht entgegen.
‚Mein Kopf! O je, mein Kopf!'
‚Wo?' sagte ich. ‚Was ist? Wo?'
‚Ich weiß nicht. Überall. Die Nase. Wer schreit da denn so?'
Es war Geordie, der noch immer, mit dem Kopf nach unten, in der umgestürzten und zusammengedrückten Limousine steckte. Er hing in der verrücktesten Stellung zwischen der Steuersäule und dem Sitz, die sich gegeneinandergeschoben hatten. Mein Fahrer versuchte, die Limousine anzuheben. Ich lief hin und griff mit zu. Aber sie war viel zu schwer. Da schnalzte eine fette Flamme hoch und trieb uns zurück. Geordie schrie auf und ruckte und zuckte. Der Fahrer ging noch einmal gegen den Qualm und die Flamme an, taumelte, schlug die Hände vors Gesicht und tappte zurück.
‚Holt mich raus!' schrie Geordie. ‚Seid ihr denn verrückt, ihr feigen Hunde! Holt mich doch raus! Holt mich rauuuus! Holt mich rauuuus! Holt mich . . . aaahuu!'
Er konnte sich nicht freimachen, und wir konnten nicht mehr an ihn heran. Die Flammen schnalzten und knackten. Der Lack warf sich in Blasen hoch, schmolz und verdampfte. Das brennende Benzin kroch über die Straße, kroch ins Gras, das Gras brannte, wir konnten nicht heran. Und Geordie brüllte wie ein Tier.
Der Fahrer stand da, fluchte und wischte, ohne zu wissen, was er tat, immerzu mit den Armen über sein Gesicht und über

seine Brust. Und Geordie brüllte heiser und langgezogen wie ein Tier.
Da rannte der Fahrer nach seinem Wagen, warf sich hinein, ließ den Motor aufbrausen, wendete und kam auf uns zu. Und dann rasselte er mit all dem blitzblanken Messing, mit der goldenen Hupe, mit den prachtvollen Lampen, den spiegelnden Scheiben und dem polierten Kühler gegen die umgestürzte Limousine und drückte sie über den Straßenrand, daß sie, sich aufrichtend und auf die andere Seite sinkend, den Hang hinunterrutschte. Schon während des Fallens hatte Geordie sich losgerissen. Ich sprang die Böschung hinunter und trat die Scheibensplitter mit meinem Absatz weg. Der Fahrer, der inzwischen seinen Wagen blitzschnell zurückgesetzt hatte, kam hinterher und half mir, Geordie vollends zu befreien. Wir zerrten ihn heraus wie einen Hafersack. Seine Jacke schwelte, seine Beine brannten. Aber wir wurden schnell damit fertig. Er wälzte sich auf den Bauch und wimmerte. Seine Schenkel zuckten wie im Krampf. Ich sagte, Barbara und Geordie müßten so schnell wie möglich ins Krankenhaus.
‚Um mich braucht sich keiner mehr zu kümmern', sagte Barbara. ‚Ich gehe wieder an Bord. Ich habe mir nämmlich nur das Nasenbein gebrochen, das wird der Schiffsarzt schon wieder hinkriegen. Bleiben Sie mir bloß mit dem Krankenhaus vom Leibe.'
Ich sagte, ich wolle schnell nachsehen, was mit dem hellen Wagen los sei.
In dem hellen Wagen saß eine ältere Dame, die einen blauen Regenmantel anhatte. Sie saß stocksteif hinter dem Lenkrad, schluckte und konnte kaum sprechen. ‚Sie haben schuld', stammelte sie, ‚Sie haben schuld . . .'
‚Darüber können wir gleich noch reden. Sind Sie verletzt?'
‚Sie haben schuld, Sie durften nicht nebeneinander . . .' Sie schüttelte den Kopf, legte das Kinn auf die Brust und schüttelte sich, als hätte sie einen Bissen im Munde, den sie nicht hinunterbekommen konnte.
‚Da drüben liegen zwei Verwundete. Eine junge Dame und ein Mann. Der Mann hat schwere Brandverletzungen und muß schleunigst ins Krankenhaus gebracht werden. Würden Sie uns bitte helfen?'

‚Ich verstehe nichts davon. Ja natürlich. Aber ich verstehe nichts . . .'
‚Würden Sie uns Ihren Wagen zur Verfügung stellen? Der Mann muß schleunigst ins Krankenhaus gebracht werden.'
‚Ja natürlich. Ich habe aber keine Schuld . . .'
‚Nein, nein. Fahren Sie bitte Ihren Wagen auf die Straße.'
Ich lief zu Geordie zurück. Mein Fahrer bemühte sich, die abgeknickten Kotflügel seines Wagens, deren Ränder gegen die Reifen gedrückt waren, wieder zurechtzubiegen. Das Fahrzeug hatte an allen Ecken und Enden Schaden gelitten. Die große Vorderscheibe war zerbrochen, die Haube hochgebeult, der Kühler verschoben, die Bedachung gerissen. Aber der Motor lief noch.
‚Die Dame will Geordie ins nächste Krankenhaus bringen.'
‚Nein', sagte der Fahrer, ‚das mache ich. Fassen Sie mit an.'
‚In Ihrem Wagen? Fährt er denn noch?'
‚Fassen Sie mit an.'
Wir hoben Geordie durch die Coupétür und betteten ihn, so gut es ging, auf dem Lederpolster unter dem Zeltdach. Es war eine elende Sache. Wo wir ihn auch anfaßten, tat es ihm weh.
‚Ouuu . . . ouuuh . . . ouuu . . .', sagte er, ‚wartet doch noch einen Augenblick . . . ouu . . .!'
Die Dame stand draußen und beteuerte, daß sie keine Schuld hätte.
‚Jawohl, Ma'm', sagte der Fahrer, als er sich hinter sein Lenkrad setzte, ‚da können Sie ganz beruhigt sein. Das beste ist, Sie kommen auch zum Krankenhaus. Nehmen Sie diese Leute mit und kommen Sie auch zum Krankenhaus. Und was die Schuld betrifft, da dürfen Sie ganz beruhigt sein.' Er schaltete den Gang ein, rief ‚Achtung Geordie!' und fuhr langsam an. Die Vorderräder wackelten, der Kühler leckte.
Barbara meinte, wenn nicht alles so traurig sei, könne sie nämmlich direkt lachen über das zerknautschte Auto. ‚Na, ist ja nicht weiter schade darum, war ja sowieso nichts mehr wert. Buuh, mein Kopf. Sie haben nicht zufällig noch ein Taschentuch übrig? Danke! Nun sehen Sie bloß mal, wie jämmerlich das Ding dahinschleicht.'
Ein Motorradfahrer schwang sich um die Biegung, bremste, als er den brennenden Wagen sah, spreizte die Beine ab und hielt.

Barbara wollte wissen, weshalb sie eigentlich vorhin die Scheibe herunterdrehen sollte.
‚Das erkläre ich Ihnen nachher.'
‚Wie haben Sie denn das fertiggekriegt?' fragte der Motorradfahrer. ‚Den Donnerschlag auch. Das sieht ja böse aus. Was Ernstes passiert?'
Die Dame lenkte ihren Wagen rückwärts auf die Straße.
‚Nein, nichts Besonderes', sagte ich.
‚Kann ich was helfen?'
‚Nein, danke vielmals. Alles in Ordnung.'
Natürlich war durchaus nicht alles in Ordnung. Es gab noch eine Menge Scherereien. Auch mit Barbara und mir. Aber das ist, um mich Ihres Ausdrucks zu bedienen, zu heikelig, als daß ich mich darüber verbreiten möchte. – Hören Sie eigentlich noch zu?"
Der Mann lehnt seine Schulter gegen den Zweiten, der regungslos neben ihm steht.
„Wort für Wort. Und Geordie, ist er mit dem Leben davongekommen?"
„Ist er. Mit dem Leben und mit fünfhundert Pfund. Das waren damals immerhin etwa achttausend Deutsche Mark."
„Und Ihr Fahrer?"
„Ebenfalls fünfhundert."
„Woher wissen Sie?"
„1966 bin ich noch einmal mit ihm gefahren."
„Aber doch nicht in der alten Mühle?"
„In der alten Mühle."
„Junge, Junge, diese Engländer!"
„Schotten, Herr Stüvesandt."

(1935/1978)

Die Drossel

Die Drossel war der Seligkeiten
so voll und übervoll,
daß ihr das Lied im Niedergleiten
schon aus der Kehle quoll.

Kirschblüten stoben immer wieder
über den Weg und Hang.
Sie schüttelte nur ihr Gefieder
und sang und sang.

(1975)

V

Die Liebe, die unfaßbar ist

Liebe

Wenn wir uns nicht mehr haben und uns sehnen,
dann ist's, als hätten wir uns endlich ganz.
Doch wenn wir uns beseligt aneinander dehnen,
verdunkelt sich das Glück, verblaßt der Glanz.

Die Ferne ist es nicht und nicht die Nähe.
Ach, immer lebt das Innigste allein.
Laß uns, wie gut es auch, wie schlimm es um uns stehe,
laß uns barmherzig zueinander sein!

(1938)

Er ist ratlos

Weil der Maiabend so warm ist, lassen Andreas und Isabel sich noch ein halbes Stündchen auf der Bank nieder, die unter dem vorspringenden Hausdach steht. Vor ihnen schimmert ein blühender Apfelbaum durch die diesige Dämmerung. Er hat seine rosa Kelche erst heute morgen geöffnet. Der Dufthauch, der dann und wann herüberweht, ist noch frisch und süß. Von den beiden hochragenden Birnbäumen weiter hinten, deren schneeige Pracht sich dem Ende zuneigt, taumeln schon, mehr zu ahnen als zu sehen, einige Blütenblätter herab.

Anfangs flüstern die beiden Eheleute noch ein wenig miteinander, dann schweigen sie. Aus dem verhüllten Himmel sickert es wie Nebel herab. Isabel schiebt ihre Hand unter den Arm von Andreas und lehnt sich an ihn. Wie das Sickern dichter wird, entsteht im Apfelbaum ein zartes Getupfe und Getropfe. Es regnet.

„Mag ich gern", sagt Isabel. „Du auch?"

Andreas meint, er habe nie verstehen können, warum die meisten Menschen unwillig seien, wenn es regne. So das weiche Geräusch, die Verschleierung, das gebrochene Licht, der neue Duft, das alles habe doch einen wundersamen Zauber. Regnen und segnen gehöre für ihn zusammen, und gewiß nicht nur des Reimes wegen. Wenn es auf diese gelinde Weise regne, fühle er besonders eindringlich, wie tief er die Welt liebe.

„Gehöre ich auch zur Welt?" fragt Isabel, indem sie sich noch enger an ihn drängt. Als Antwort schiebt Andreas seine Hand auf die ihre und umfaßt sie mit den Fingern. Isabel läßt einen hohen, singenden Ton durch die Nase hören, der bedeutet, daß sie die Antwort verstanden habe und glücklich sei. Ihre kleine Hand kuschelt sich in die große, die sich über sie gewölbt hat.

Wie gut ist dies, denkt Andreas, diese Stunde des Beieinanderseins, dies Wunder des Vertrauens! Ein Menschenkind gibt sich, obwohl es meine Fragwürdigkeiten und Dunkelheiten kennt, bedenkenlos in meine Obhut. Obwohl? Vielleicht muß

es ja weil heißen. Weil Isabel weiß, wie sehr ich der Nachsicht, der Hilfe, des Verzeihens, der Liebe bedarf, vertraut sie sich mir an. Kann man einem anderen inniger helfen als durch Vertrauen? Wenn irgend etwas auf dieser Erde mich über mich selbst hinausgetragen, mich bewegt, mich immer wieder aus den Entmutigungen gerettet hat, dann ist es dies Vertrauen gewesen. Mißtrauen drückt zu Boden, Vertrauen richtet auf. Weil Isabel sich geborgen weiß bei mir, weiß auch ich mich geborgen bei ihr. Wie sehr gehören wir doch zusammen, wir zwei, für Zeit und Ewigkeit!
Mit wohligem Seufzen löst Isabel sich von ihm, hebt die Füße, nachdem sie etwas zur Seite gerückt ist, auf die Bank, legt den Kopf auf die Knie von Andreas und streckt sich aus. Ihre Schultern suchen noch einige Male dahin und dorthin, dann rührt sie sich nicht mehr. Andreas beugt sich über sie: „Bist du müde?" Sie schüttelt den Kopf und schmiegt sich fester in seinen Schoß.
Nun hat es sich richtig eingeregnet. Ein stiller, lauer Mairegen fällt. Die Dunkelheit ist von einem gleichmäßigen Rauschen erfüllt, das vom hellen Gluckern der Dachrinne übertönt wird. Aber der Duft der Apfelblüten hat sich noch verstärkt. Ein kühler Vanillehauch durchdringt den Regenschleier.
Andreas lehnt sich zurück und sieht in die Nacht hinein. Wie ist das mit der Zusammengehörigkeit zweier Menschen, denkt er, und mit dem Geborgensein? Gilt es wirklich für Zeit und Ewigkeit? Für die Zeit wohl. Aber auch für die Ewigkeit? Für die Ewigkeit Gottes, vor die ein jeder Mensch doch in völliger Einsamkeit gefordert wird? „Ich habe dich bei deinem Namen gerufen", heißt es, „du bist mein." Es gibt kein Ausweichen, es besteht auch kein Zweifel, wem die Aufforderung gilt, der Name ertönt. Gott kennt und meint und ruft den einzelnen als einzelnen. Und niemand kann den Aufgerufenen begleiten, wenn er vor den Ewigen hintritt. So wird Isabel bei ihrem Namen gerufen und ich bei meinem. Vor Gott sein bedeutet, von allem, auch von dem liebsten und vertrautesten Menschen, getrennt sein; bedeutet, auf sich selbst gestellt sein; bedeutet, rings vom Nichts umgeben sein. Es gibt keine mutterseeleneinsamere Einsamkeit als das Stehen vor Gott.

Unwillkürlich beugt Andreas sich wieder über Isabel und hebt sie langsam mit seinen Knien noch ein bißchen näher an sein Herz. Ihre Augen sind geschlossen, ihr Atem geht ruhig, der Schlaf hat sie überkommen. Wenn ihr Gesicht auch nur ungewiß durch die Dunkelheit dämmert, so kann er doch erkennen, wie schön es sich in seinem Frieden ausnimmt. Er weiß nichts auf der Welt, was ihm so teuer ist wie dies schlafende Angesicht auf seinem Schoß. Unverwandt betrachtet er Isabels Mund und Augen. Und die Gedanken hören nicht auf, durch ihn hindurchzuwandern. Eine große Bangigkeit preßt ihm die Brust zusammen. Wie ist es denn? denkt er. Da steht nun ein Mensch in seiner Einsamkeit vor Gott. Isabel zum Beispiel. Und Gott hat seine Erwägungen und Ratschlüsse über sie. Und dann kann es doch sein, daß er sie erwählt, während er mich zuvor verworfen hat. Oder, da seine Entscheidungen unfaßbar sind, daß er Isabel verwirft, während er mich erwählt hat, zuvor. Und dann? Was dann? Dann – Gott möge mir verzeihen –, dann will auch ich verworfen sein. Ich will das gleiche auf mich nehmen, das über Isabel befunden ist, es sei, was es sei. Ich will? Ich? Aber hier hat mein Wille ja nichts mehr zu wollen. Gegen diese Entscheidungen gibt es keinen Einspruch. Auch nicht den Einspruch eines liebenden, eines verzweifelten Herzens. Gottes Herrschergewalt ist frei, unbegrenzt, ungebrochen, voller Geheimnis. „Du bist mein", sagt er, „vorbehaltlos mein. Wenn die Zeit aufgehoben sein wird und die Welt und der Tod auch, dann wirst du begreifen, was es bedeutet, mein zu sein. Jetzt vermagst du es nicht."
So verhält es sich wohl. Ich vermag es nicht. In meiner Liebe zu Isabel vermag ich die Liebe Gottes nicht zu fassen. In meiner Liebe zu Isabel lehne ich mich auf gegen Gottes Wahrspruch. In meiner Liebe zu Isabel . . .
Da bewegt sich der Kopf auf seinem Schoß, der Mund öffnet sich und beginnt zu stöhnen. Angstvoll und immer angstvoller. Andreas umfaßt die Schlafende behutsam: „Was denn?" fragt er leise. „Was denn?" Sogleich geht das Stöhnen in ein schnelles, erschöpftes Atmen über, das sich allmählich beruhigt. Isabel öffnet die Augen und blickt verwundert um sich.
„Was ist denn?" fragt Andreas noch einmal. „Du?"

Sie schluckt: „Ich habe so schrecklich geträumt. Hach je . . .! Ein Glück, daß du bei mir bist! Hach je!"
„Nun ist es ja vorbei!"
Isabel schluckt abermals: „Ja. Hach ja. Ich muß erst einmal richtig aufwachen."
„Was hast du denn geträumt?"
Sie besinnt sich. „Wie es anfing, weiß ich nicht mehr. Ich weiß nur noch, daß ich in einen Zug steigen wollte, in dem du schon saßest. Aber du hattest keine Ahnung, daß ich draußen auf dem Bahnsteig stand, du saßest in einem hell erleuchteten Abteil und unterhieltest dich mit jemandem, den ich nicht sehen konnte. Und da fuhr der Zug auch schon ab. Ich lief nebenher und wollte einsteigen. Aber ich konnte es nicht, weil der Zug schon so schnell fuhr. Und so lief ich auf dem Bahnsteig neben den Wagen her, die lautlos an mir vorbeiglitten. Und ich wußte, wenn ich die Tür des letzten Wagens nicht erwischte, dann war es aus, dann sahen wir uns nie wieder, du und ich. Ich lief und lief, aber ich kam nicht mit, wie sehr ich mich auch anstrengte. Meine Beine waren zu schwer. So geht es einem ja immer, wenn man träumt. Und mit einem Male war der Bahnsteig zu Ende. Ich sprang blindlings hinunter und lief neben den Schienen her. Der Wagen befand sich jetzt so hoch über mir, daß ich das Trittbrett nicht erreichen konnte. Er schwebte an mir vorbei und verschwand zu meinem eisigen Entsetzen in der Nacht. Du glaubst nicht, wie wild und verzweifelt das Entsetzen war, das mich durchdrang. Das Herz blieb mir stehen vor Entsetzen. – Ein Glück, daß du noch bei mir bist! Ach, was für ein Glück! Du darfst mich nie, nie, nie verlassen, Andreas! Hörst du?"
Sie legt ihre Arme um seinen Hals und zieht ihn zu sich herunter. Ihre Gesichter reiben sich aneinander, eins fühlt mit der Schläfe das klopfende Blut an der Schläfe des andern, ihre Atemzüge vermischen sich.
Andreas blinzelt mit ratlosen Augen in die Finsternis, die voller Duft und Regenrauschen ist. Liebe Isabel, denkt er, liebe, arme Isabel! Wenn Gott sich doch über uns erbarmen wollte!

(1957)

Der Tod und die Ehefrau

Was dir das Seligste zu sein bedeuchte,
war nur ein Tasten an verschlossenen Türen.
Ich öffne sie, um dich in das Geleuchte
der Liebe, die unfaßbar ist, zu führen.

(1951)

Concertino

Noch überkommt sie's nicht. Die Violinen
erproben wogend ihren Einklang nur.
Die Gamben summen. Und die Silberspur
des Cembalos verliert sich unter ihnen.

Doch dann, als dächten sie an einen Schwur,
beschattet eine Strenge ihre Mienen
und eine Inbrunst, der Gefahr zu dienen,
die sie im Dunkel wissen der Mensur.

Und sie verschließen sich. Die Bogen steigen,
verharren und entgleiten. Und im Schweigen
entsteht das überselige, das Lied,

das weich sie aus den Instrumenten ziehen
und mit so todessüßen Harmonien,
daß es nicht sein kann. Aber es geschieht.

(1946)

Heimkehr

Du mußt mir glauben, daß mir all die Welt
so fremd ist und so fern.
Die Städte mit den Lichtern, Pferd und Zelt,
ich mag sie nicht mehr gern.

Sie sind wie Tand und Nichts in meinem Sinn.
Ich habe nicht gewußt,
daß ich so ganz bei dir zu Hause bin,
an deiner lieben Brust

und in der Stille, die du um dich hast
beim Lächeln des Verzeihns
und ganz in diesem allzu scheuen fast
Erbeben deines Seins,

wenn du, indem du mir ins Auge siehst,
mit hilflosem Entschluß
den Arm hebst und mich atmend niederziehst
in deinen Duft und Kuß.

(1938)

Ganz weit weg . . .

Es wehte und regnete. Links von mir schimmerten die hellen Fensterreihen des Farger Kraftwerks durch die Nacht. Die von Nässe glänzende Straße, die auf einem niedrigen Geestrücken den Lauf der Unterweser begleitete, machte einen Bogen nach rechts. Kleine Häuser in neuzeitlicher Bauart wechselten mit alten, reetgedeckten Bauernhöfen ab. Der dorfartige Vorort, Rekum genannt, war der nördlichste Zipfel von Bremen. Dahinter begann schon die Marsch. Jetzt mußte das Schild bald auftauchen, von dem Torsten gesprochen hatte.

Bei dem Regen war Silke wohl mit dem Bus gefahren. Sonst nahm sie das Rad. Meiner Schätzung nach hatte ich schon an die zwanzig Kilometer zurückgelegt. Hin und her waren es immerhin vierzig Kilometer. Eine beachtliche Strecke für eine Radfahrerin. Aber die Entfernung schien ihr nichts auszumachen. „Ich mußte mich mächtig anstrengen, wenn ich ihr auf den Fersen bleiben wollte", hatte Torsten am Telefon gesagt. „Andererseits durfte ich ihr auch nicht zu nahe kommen, damit sie mich nicht bemerkte." Auf diese Weise hatte er herausgefunden, in welcher Bar sie neuerdings Zuflucht suchte. Da er nicht ahnen konnte, wie es in ihr aussah, belegte er ihre nächtlichen Unternehmungen allerdings mit einem härteren Ausdruck. Ich war ihm von Herzen dankbar für den Spürsinn, den er entwickelt, und für die Mühe, die er auf sich genommen hatte. Ohne ihn wäre ich noch lange im Dunkeln umhergeirrt.

Ihren Zufluchtsort wußte ich also. Das war aber auch alles. Ich hatte mir in jeder Nacht, die seit unserem Gespräch im Wagen vergangen war, den Kopf zermartert, um herauszufinden, wie ich ihr helfen könne. Was fängt man mit einem Menschenkind an, das sich in seiner Verzweiflung gegen jeden Zuspruch verschließt? Ich hatte alles mögliche in Erwägung gezogen, war aber bei weiterem Nachdenken immer wieder zu der Überzeugung gelangt, daß ich damit keinen Erfolg haben werde. Auch jetzt, während ich auf dem Weg zu ihr war, tappten meine Gedanken von einer Ratlosigkeit in die andere. Ich würde mich an einen Tisch in ihrer Nähe setzen

und sie im Auge behalten. Nein, lieber nicht in ihrer Nähe. Wer wußte, was sie anstellte, wenn sie mich erblickte. Ich würde sie aus irgendeiner Ecke heraus beobachten, ich würde für sie dasein, wenn sie mich brauchte, ich würde . . . Ja, was würde ich sonst noch tun können? Mir fiel nichts weiter ein. Und selbst das Wenige war noch zweifelhaft. Warum sollte sie mich brauchen? Mich oder irgend jemanden sonst? Sie wollte doch, daß es ihr schlimm erginge. Je schlimmer, desto besser. Eine bedrückende Lage. Da leuchtete links an einer Kreuzung das Schild auf: Zu den Gaststätten „Monsoon Bar" und „Petroleumlampe". Ein roter Pfeil wies in die Richtung der Straße, die zur Weser hinunterführte. Ich folgte der Weisung. „Monsoon Bar", das war der Name, den Torsten mir genannt hatte.
Nach kurzer Fahrt sah ich zwischen Bäumen das von Arbeitssonnen erhellte Deck eines Tankers, der an der Ölpier lag. Als ich auf den kleinen Parkplatz vor der „Monsoon Bar" einbog, konnte ich sogar den angestrahlten Namen über der Brücke lesen: „Savannah River". Weiter stromabwärts flimmerten die roten, grünen und weißen Lichter eines Baggers durch die Regennacht. Von den Tankern, die hier festmachten, um ihr Öl in die Bunker der Vereinigten Tanklager- und Transportmittel-Gesellschaft zu pumpen, lebten die beiden Gaststätten. Die Reise nach Bremen-Stadt war vielen Besatzungsmitgliedern zu umständlich. Was sie suchten, fanden sie ebensogut in der „Monsoon Bar" oder in der „Petroleumlampe".
Gerade glitt eine Taxe heran und hielt vor dem Eingang der Bar. Zwei weibliche Wesen, über deren Lebensauffassung keine Unklarheit bestehen konnte, trippelten die Bruchsteinstufen hinauf. „Margot bezahlt", sagte die eine, als sie die Tür aufzog. Durch den Ledervorhang hinter der Tür drang Geschwätz und Gelächter nach draußen.
Gleich darauf streckte Margot ein Bein aus dem Wagen heraus. „Igitte, was regnet das!"
„Besser Tag und Nacht Regen, als immer so ein nasses Wetter", meinte der Fahrer. „Fröhlichen Fischfang!" Er wendete und fuhr davon. Margot blieb vor der überdachten Tür stehen, öffnete den hellen Mantel und zog ihr Kleid zurecht. Dabei warf sie einen abschätzenden Blick auf meinen Wagen. Dann verschwand auch sie in der Bar.

Ich fragte mich, wann ich am unauffälligsten eintreten könne, jetzt gleich, während sich die Aufmerksamkeit den drei Mädchen zuwandte, oder ein paar Minuten später. Mir lag daran, nicht sofort von Silke gesehen zu werden. War sie überhaupt da? In einem Winkel meines Herzens wünschte ich, sie möge heute zu Hause geblieben sein oder die „Libuscha-Bar" aufgesucht haben. Aber was wäre damit gewonnen gewesen? Ich hätte nur an einem anderen Abend noch einmal hierherkommen müssen. Die Entscheidung würde hier draußen fallen. Das stand fest. Und wenn sie fallen sollte, dann lieber heute als morgen. Ich stieg aus. Der Regen schlug mir ins Gesicht. Neben der Tür war ein Messingschild angebracht: Besitzer Alfons Fedden. Was für ein Bild wird sich mir bieten, dachte ich, wenn ich den Ledervorhang zur Seite schiebe? Ach ja.

Hinter mir erklangen Schritte. Ich drehte mich um. Ein Mann in einem wehenden Regenmantel mit einer hellen Sportmütze auf dem Kopf lief auf die Bar zu. Als er die Treppe heraufkam, sah ich, daß er unter dem Mantel, der vorn offenstand, einen zerknitterten Anzug aus dünnem gelblichem Stoff trug. Sein braunes Gesicht war nahezu quadratisch mit einem auffallend niedrigen Dreieck als Kinn darunter. Unsicher lächelnd ging er um mich herum und öffnete die Tür. Ich schloß mich ihm an.

Eine graue Schleierdekoration dämpfte das Licht der roten, grünen und blauen Birnen zu einer verführerischen Dämmerung, an die das Auge sich erst gewöhnen mußte. Ehe ich den Raum noch recht überblickt hatte, wurde ich schon angerufen. Der Barkeeper, der in einer holzgetäfelten Nische seines Amtes waltete, zeigte mit ausgestreckter Hand auf mich, als habe er mich erwartet, und rief mit heiserer Stimme: „Dieser Herr wird's euch sagen, Jungens. Wenn ich den Herrn bitten dürfte, hierher bitte! Macht mal einen Platz frei, Jungens! So."

Ich war auf alles mögliche vorbereitet, aber nicht darauf, daß Silke ein Abendkleid aus schwarzem Samt tragen würde, das die Schultern und einen Teil der kleinen Brüste frei ließ. Wenn sie sich bewegte, spielte ein roter Schimmer über das Schwarz. Sie saß auf einem Barhocker und lehnte sich an

einen hinter ihr stehenden Mann vom Ausmaß eines Kleiderschranks. Ein Mädchen und doch kein Mädchen mehr, bekleidet und doch merkwürdig nackt. Viel nackter als damals im Bikini. Der Anblick verwirrte mich so, daß ich der heiseren Einladung ohne weiteres nachkam. Ich überquerte, während die Gespräche an den Tischen verstummten und alle Augen sich auf mich richteten, die runde Tanzfläche und stellte mich an die Bar, vor der sich ein Dutzend Männer versammelt hatten, Weiße und Farbige. Silke war die einzige Frau unter ihnen. Da sie mich nicht beachtete, unterließ ich es, sie zu begrüßen. Allmählich kam ich auch wieder zu mir. Was der Keeper allerdings, der mit seinem runden Gesicht und den wenigen blonden Haaren nicht eben keepermäßig aussah, von mir wollte, begriff ich noch immer nicht. Es war übrigens, wie ich bald merkte, Herr Fedden selbst.
Auf dem Bartisch stand zwischen allerlei Gläsern ein eleganter Damenschuh mit schlankem Hacken. Silkes Schuh.
„Die Jungens verlangen von mir", krächzte Herr Fedden, „daß ich einen Tiger hineingieße." Er schob den Schuh zu mir her. „Aus allen Flaschen hier. Ich bitte um Ihr Urteil, mein Herr. Frei von der Leber weg."
„Einen drei Meter langen, gestreiften Dschungeltiger", sagte der Schrank in einem etwas mühsamen Tonfall. Sein Kinn liebkoste Silkes Kopf.
„Ruhig, Jungens! Das Wort dieses Herrn soll gelten. Ich unterwerfe mich seinem Urteil. Ein Experte. Sehe ich auf den ersten Blick. Was kann ich außerdem für Sie tun?"
„Geben Sie mir bitte einen Whisky pur."
Herr Fedden schlug seine rechte Faust in den linken Handteller: „Als ob ich es nicht gewußt hätte! Pur, that's all right, Sir. Ich kenne doch die Welt. Bin zehn Jahre beim Lloyd als Koch gefahren. Und immer auf Musikschiffen. First rate. Sie können haben: Scotch, Canadian, Bourbon."
„Scotch", sagte ich.
„Natürlich Scotch. Scotch straight. – Was ist los?"
Die unscheinbare Frau, die neben ihm die Bestellungen der platinblonden Serviererin entgegennahm und ausführte, hatte ihn etwas gefragt. Er antwortete ihr, schenkte ein und redete weiter: „Die Sache ist schon gelaufen, Jungens. Der Herr

trinkt Whisky pur, da ist die Sache schon gelaufen. Für meine Persönlichkeit wenigstens. Ich kenne doch die Welt. – Cheerio, mein Herr! Zur Gesundheit!"
„Was hilft einem Mann die ganze Welt", lachte der Kleiderschrank, „wenn seine Frau Witwe ist. Du mit deiner ganzen Welt! Mix uns den Tiger, Don Alfonso!" Er war auf eine gutmütige Weise betrunken.
Ich sagte „Zum Wohl!" und hob mein Glas erst Herrn Fedden und dann der übrigen Gesellschaft entgegen. Einige faßten nach ihren Gläsern und murmelten etwas vor sich hin. Silkes himbeerroter Mund blies die Haare, die über ihr Gesicht hingen, zur Seite. Ihre Augen waren geschlossen. Ihr Glas blieb als einziges stehen.
„Jetzt kommt die Frage", sagte Herr Fedden. „Was für ein Getränk gehört in einen solchen Schuh? Ein Tiger oder . . .?"
Der Schrank beugte sich über Silke vor und schob ihn zur Seite: „Mußt nicht so viel reden, Alfonso. Die Sache ist die, daß uns für diese Lady das Beste gerade gut genug ist, wenn ich mich mal so ausdrücken soll. Gerade das Beste. Spreche ich verständlich?"
„Aber das Beste . . .", versuchte Herr Fedden ihn zu unterbrechen.
Der Schrank ließ sich jedoch nicht beirren: „Aus jeder Giftflasche einen Schuß in diesen Schuh. Aus jeder Giftflasche. A tiger, wie der Engländer sagt. Ich spreche so, daß jeder meine Worte verstehen kann." Er wandte sich an mich: „Oder nicht?"
„Wort für Wort verständlich", sagte ich.
„Siehst du, Don Alfonso, dieser junge Mann versteht mich Wort für Wort. Hat sich einen Schlips umgebunden und alles und versteht mich Wort für Wort. Du kannst mittrinken, junger Mann. Aus dem Schuh. Oder erstmal gleich: was willst du haben? Mein Gast. Franz Quantes Gast, wenn ich mich mal so ausdrücken soll. Was willst du haben, junger Mann?"
Der Himmel mochte wissen, warum er mich „junger Mann" nannte. Meiner Schätzung nach zählte er vier oder fünf Jahre weniger als ich. Ich zeigte auf mein Glas, das noch halb voll war, fügte aber gleich hinzu, die Nacht sei ja noch lang.

„Richtig", sagte der Schrank mit erhobenem Zeigefinger, als verkünde er eine große Neuigkeit. „Sehr richtig. Bis an den Morgen."
Herr Fedden nahm die Schultern zurück und streckte den Bauch vor: „Das Meiste ist nicht das Beste, Bootsmann. Darum haben wir keine Verständigung. Du sagst, das Meiste ist das Beste. Und ich sage, das Beste ist das Beste. So. Und jetzt soll der Herr sein Wort in die Waage werfen. Was für ein Getränk gehört Ihrer freien Meinung zufolge in den Schuh, den Sie hier vor sich sehen? Freie Meinung für jedermann."
„Champagner", sagte ich.
Mit ausgebreiteten Armen und verklärtem Gesicht ging Herr Fedden an der Reihe seiner Gäste entlang: „Mein Reden." Seine Stimme stieg an und wurde zu einer Art von fistelndem Gesang: „Mein Reden. Schampanjer, Sekt! Mein Reden!" Dann sank sie wieder ab: „Klarer Fall, klarer Schiedsspruch. Alles weitere überflüssig."
„Wollen mal die Lady fragen", sagte der Schrank über Silke hinweg. Er legte sein Kinn wieder auf ihren Kopf und bewegte es hin und her. „Wünscht die Lady, daß wir einen Tiger aus dem Schuh trinken, einen drei Meter langen, weiß und rot gestreiften Dschungeltiger, oder Sekt?"
Silke antwortete nicht.
„Sag mal was, Lady!" Das Kinn unterstützte die Frage mit kleinen Stößen auf Silkes Haar. „Tiger oder Sekt?"
Sie zog die Luft hörbar ein, wölbte die Lippen vor und atmete aus: „Sekt." Auch sie war betrunken.
„Also los!" sagte der Schrank. „Und für die Lady ein Glas. Come on!"
Während Herr Fedden eine Pommery öffnete und den Inhalt in den Schuh schäumen ließ, begann die Music Box zu dröhnen. Sofort füllte sich die Tanzfläche mit zuckenden und schlenkernden Paaren. Eins der Mädchen brachte seine Beine besonders wirkungsvoll zur Geltung. Wenn ich nicht irrte, war es Margot.
Es schien nicht ganz einfach zu sein, mit einem Trinkschuh umzugehen. Als der Schrank ihn erhob, um mit Silke anzustoßen, schwappte der Sekt über und floß in seinen Ärmel. Und mit dem Schlürfen erging es ihm nicht besser. „Süßes

Labberzeug", sagte er beim Zurückreichen des Schuhs. „Da muß ein toter Friseur durchgeschwommen sein, wenn ich mich mal so ausdrücken soll. Wäre eine Strafe, es geschenkt zu kriegen. – Und jetzt der junge Mann."

„Bitte nicht so voll", sagte ich zu Herrn Fedden. „Danke!" Dann hielt ich den Schuh in der Hand. Silkes Schuh. Er hatte etwas von ihrem Wesen angenommen. Meine Finger fühlten es. Ich brachte ihn in die Nähe ihres Glases, wobei ich mich bemühte, nichts zu verschütten, und verbeugte mich. Ihre Augen sahen mich gleichgültig an. Ebenso gleichgültig war die Bewegung, mit der sie versuchte, mir ihren Sekt ins Gesicht zu schütten. Sie traf aber nur den Arm, den ich erhoben hatte. Ich leerte den Schuh, als sei nichts geschehen, verbeugte mich abermals und gab ihn Herrn Fedden zurück.

„Müssen sich nichts bei denken", sagte der Schrank. „Ladys sind nun mal so." Er wischte mit seinem Ärmel an mir herum.

„Ich betrachte es als eine Auszeichnung", sagte ich. Etwas Besseres fiel mir nicht ein. Und genau genommen war es ja auch eine Auszeichnung. „Danke, es genügt schon." Was wir im Wagen miteinander gesprochen hatten, wirkte fort in ihr. Die gar zu gleichgültige Gleichgültigkeit sollte etwas verbergen. Vor mir und vor niemandem sonst.

Herr Fedden schwenkte die Flasche, goß ein und redete dahin und dorthin. Einer nach dem andern trank Silke zu. Sie stieß mit allen an, mit Weißen, Braunen und Schwarzen. Eine zweite Flasche wurde geöffnet und eine dritte. Der Schuh war ein richtiger Schuh und nicht eins von diesen sandalenartigen Gebilden. Wenn Herr Fedden die Höhlung viermal gefüllt hatte, mußte er nach einer neuen Flasche greifen.

In der Music Box schüttelte jemand silberne Löffel in einer Schachtel und weinte dazu. Die Tanzenden schwangen die Beine nach vorn und nach hinten, rissen sich an den Händen und Haaren und waren guter Dinge.

Erst jetzt bemerkte ich an der Schmalseite des Bartisches den Mann, der vorhin, als ich vor der Tür stand, mit diesem verlegenen Lächeln an mir vorbeigeglitten war. Er hatte die Arme dicht nebeneinander auf den Tisch gestützt und das Kinn in die Schale gelegt, die von seinen beiden Händen gebildet wurde. So starrte er in angstvoller Verzückung auf Silke. Er schien zu befürchten, die Erscheinung, die ihn so überwältigte, könne sich im nächsten Augenblick verflüchtigen. Die hohlen Backen und die halb entblößten Zähne verstärkten den Ausdruck der Angst noch. Einmal warf er einen kurzen Blick auf den Schuh, der sich ihm näherte, verlor sich dann aber gleich wieder an Silkes Gesicht wie ein Beter, der nichts mehr von sich weiß. Ich nannte ihn den „Bolivianer", aufs Geratewohl, wie man Menschen, die einem begegnen, sozusagen für den eigenen Gebrauch mit irgendeinem Namen belegt. Daß er aus Südamerika stammte, schien mir aber ziemlich sicher zu sein.

Als er mit dem Trinken an der Reihe war, mußte Herr Fedden ihn erst ein paarmal anstoßen, ehe er um sich blickte und nach dem Schuh faßte. Aber da richtete sich der Schrank zu seiner ganzen Größe auf: „Was will Elias denn hier? Mach eine Fliege, Mensch! Absumsen! Husch!" Er wischte mit der Hand über den Tisch.

Auf dem Gesicht des Bolivianers zeigte sich das Lächeln, das ich schon kannte. Er rührte sich nicht. Vorsichtig nahm ihm Herr Fedden den Schuh aus der Hand und stellte ihn neben sich.

„Du hast wohl einen Knick im Gehör", rief der Schrank. „Hier säuft das Deck. Maschine abhauen! Alle Maschinenscheiche abhauen!"

Aber der Bolivianer, oder was für ein Landsmann er nun sein mochte, rührte sich noch immer nicht. Er hatte sich gleichfalls aufgerichtet und hielt sich an der Barstange fest. Vergebens bemühte sich sein Nebenmann, ein grauhaariger Neger, ihn wegzudrängen.

Mit angehobenen Schultern und nach vorn gedrückten Ellbogen ging der Schrank auf ihn zu: „Glaub ja nicht, wen du vor dir hast, mein Junge!" Im nächsten Augenblick flog der Bolivianer mit dem Rücken voran unter die Tanzenden, riß im Rutschen zwei Paare mit sich und krachte gegen ein Tischbein. Ich erwartete, daß jetzt die übliche Schlägerei zwischen Matrosen und Maschinisten losbrechen werde. Aber niemand kam dem Gestürzten zu Hilfe. Man schob ihn beiseite und fuhr fort zu schlenkern und zu zucken. Offenbar

machte man hier von solchen Zwischenfällen weiter kein Aufhebens. Es dauerte denn auch nicht lange, da zog sich der Bolivianer an einem Stuhl hoch und setzte sich darauf. Die Hände fühlten an seinem Körper herum. Er will feststellen, ob er sich etwas gebrochen hat, dachte ich. Herr Fedden wußte es jedoch besser. „Geh hin", sagte er zu der unscheinbaren Frau, „und luchs ihm das Messer ab! Sonst gibt's hier noch Verdruß."
Und betreffs diesem Elias, fügte der Schrank hinzu, könne sie einen Gin mitnehmen, sogar einen doppelten, mit hochachtungsvoller Begrüßung von Franz Quante, wenn er sich mal so ausdrücken solle.
Die Frau stellte das Ginglas vor den Bolivianer auf den Tisch und wischte ihm, während sie mit ihm redete, das Blut ab, das von seinem Ohr über den Hals lief. Dann strich sie die schlotterige Jacke glatt, rückte die Gürtelschnalle zur Mitte und klopfte den Staub von den Hosenbeinen ab.
„Er hat nichts bei sich", sagte sie, als sie zurückkam.
Herr Fedden wollte es ihm auch geraten haben. Manche Leute brauchten nur zur Tür hereinzukommen, dann gehe es schon los mit dem Verdruß. Der da drüben gehöre auch dazu.
„Er hat nichts bei sich", wiederholte die Frau. Sie legte ein Besteck auf einen Teller mit Bockwurst und Kartoffelsalat und schob ihn der Platinblonden hin. „Von jetzt an ist Kartoffelsalat gestrichen. Gibt nur noch Brötchen."
Neben der Music Box stand ein alter Mann mit einer Stummelpfeife im Munde. Als ich an das magisch erleuchtete Gehäuse aus Chrom und Glas herantrat, nickte er mir zu wie einem alten Bekannten und hob, weiternickend, die Rechte mit einer fahrigen Bewegung an seine Augenbraue. Ich nickte ihm gleichfalls zu und beugte mich gegen die vielkantige Walze vor, auf der in mehreren Reihen die Titel der zur Verfügung stehenden Schallplatten in Schreibmaschinenschrift verzeichnet waren. Der Alte zeigte lallend auf den Schlitz für den Geldeinwurf. Ich steckte zwanzig Pfennige hinein und drückte auf der Doppeltastatur, die am Fuß der vorderen Scheibe zum Gebrauch einlud, das B und die 5 hinunter. Sogleich erklang der Blues „Chattanooga Moon", den ich gemeint hatte. Mit einer zärtlichen Neigung brachte der Alte sein Gesicht in die Nähe der Melodie und begleitete sie

mit seinem Lallen. Während die Platte lief, studierte ich die englischen Hinweise, die da und dort angebracht waren. Wenn ich auch nicht aus allen klug wurde, so verstand ich doch so viel, daß man für zwanzig Pfennige eine, für ein Fünfzigpfennigstück drei und für ein Markstück sechs Platten hintereinander in Gang setzen konnte.

Der Blues verwehte. Ich warf eine Mark in den Schlitz und wählte sechs Tänze aus, deren Namen etwas Langsames versprachen: „Chattanooga Moon" ein zweites Mal, ferner „Midnight Wind" und „Old mighty River". Die andern habe ich vergessen. Dann kehrte ich an den Bartisch zurück und fragte den Schrank mit einer angedeuteten Verbeugung, ob er mir erlaube, mit seiner Dame zu tanzen. Er sah mich halb verwundert, halb mißtrauisch an, als wisse er nicht recht, ob ich es ernst meine mit meiner Förmlichkeit oder ob ich ihn zum besten haben wolle, gab dann aber, da ich seinem Blick standhielt, mit einer großmütigen Geste seine Zustimmung. Mehr noch: er faßte Silke bei den Schultern, drehte sie herum und schob sie mir entgegen. Meine Befürchtung, sie werde sich mir unter irgendeinem Vorwand entziehen, erwies sich als grundlos. Der Schrank befahl, und sie gehorchte. Ehe sie meinen Arm nahm, zog sie ihren zweiten Schuh aus und stellte ihn auf den Tisch: „Für den Tiger." Ich sah, daß sie keine Strümpfe trug. Ihre Stimme war belegt.

Der Tiger sei meine Sache, sagte ich zu Herrn Fedden und führte Silke davon. Hinter uns bestand der Schrank darauf, der Tiger müsse mit Worcestershire Sauce, Ketchup, Pfeffer und Paprika „gehottet" werden. Das mochten sie halten, wie sie wollten.

„Chattanooga Moon" schien nicht beliebt zu sein. Außer uns ergingen sich nur noch vier Paare mit schleifenden Schritten auf der Tanzfläche, darunter Margot mit einem zierlichen Mischling, an dessen linkem Ohrläppchen ein kleiner Goldschmuck glänzte.

Zuerst lag Silke so schwer in meinem Arm, daß ich allen Ernstes glaubte, sie schlafe. Ihre Augen waren wieder geschlossen, ihr Kopf sank zur Seite, und ihre Füße schleppten sich hinter dem Takt her. Von ihren entblößten Schultern, die ein ganz klein wenig feucht waren, und von dem ungeordneten Haar stieg ein dunkler, fraulicher Duft auf, der meine Gedanken schwindelig machte. Nur eine Sekunde den Mund auf diese Haut legen, nur eine Sekunde! Wahrscheinlich würde Silke es nicht einmal merken. Aber wenn sie es merkte, konnte alles aus sein. Ich nahm sie noch ein wenig näher an mich heran und trug sie, gleitend und langsam mich drehend, durch die Figuren des Tanzes. Meine Hand fühlte das schmiegsame Leben ihres Körpers, meine Augen betrachteten das Mädchengesicht, das sich der Müdigkeit überließ, die gramvolle Stelle zwischen den Brauen, die leicht geschwollenen Lippen, die sich einen Augenblick aufeinanderlegten und sich dann wieder öffneten, das aufsässige Kinn.

Als die Trompete zum dritten Male die sinkende Passage aufnahm, deren Schwermut das Kennzeichen dieses Tanzes war, beugte ich mich über Silke und fragte sie, ob sie mich höre. Sie antwortete nicht und gab auch sonst durch nichts zu erkennen, daß meine Worte zu ihr gedrungen seien. Aber sie schlief nicht. Ich merkte es daran, daß sie anfing, sich hinzugeben. Nicht mir, sondern den Rhythmen des Blues, die über uns verfügten. Sie wurde leichter, ihre Bewegungen näherten sich den meinen, ich brauchte sie nicht mehr zu tragen, wir waren ein tanzendes Paar.

„Warum kann es nicht immer so zwischen uns sein", sagte ich leise zu ihr, „so selbstverständlich, ohne alle Fragen und Quälereien? Ich habe bis zu dieser Stunde nicht gewußt, daß ein Tanz etwas so Wunderbares ist. Wir hören die Melodie, sie hat die Macht, wir überlassen ihr unseren Leib und unsere Seele. Fühlen Sie, wie gut es tut, die Eigenwilligkeit in einen anderen Willen hineinzugeben, das Geheimnis zu verehren, zu gehorchen und im Gehorchen so merkwürdig frei zu werden? Wir gehorchen der Trompete und gleiten dennoch in einer seligen Freiheit dahin. Das ist etwas Merkwürdiges. Ich habe mich neulich nicht richtig ausgedrückt, als wir in meinem Wagen saßen. Wahrscheinlich drücke ich mich auch jetzt nicht richtig aus. Das schadet nichts. Ich meinte etwas Ähnliches wie diese Trompete und diesen Gehorsam und diese Erbarmung. In der Musik ist eine große Erbarmung. Auch das habe ich nicht gewußt. Aber es verhält sich so. – Hören Sie eigentlich, was ich sage? Silke?"

In ihrem Gesicht war eine kaum merkliche Veränderung vorgegangen. Sie schien darauf zu warten, daß ich weiterspräche. Ich fragte etwas lauter: „Hören Sie mich?" Da schluckte sie und atmete einige Male und dann flüsterte sie wie unter einem dichten Schleier: „Ganz . . . weit . . . weg . . ."
Die Trompete erhob sich, hielt den hohen Ton eine Weile und verstummte. „Chattanooga Moon" war zu Ende.
Wir standen vor dem Tisch, an dem der Bolivianer saß. Er hatte seinen Stuhl zur Tanzfläche hin gedreht und starrte Silke noch verzehrender an als zuvor. Alles an ihm verzehrte sich, die Augen, der Mund, die Hände, die Brust. Neben ihm saß ein Mädchen und verspeiste eine Bockwurst. Sie zeigte mit dem Messer auf ihn, lachte mich an und machte eine abfällige Gebärde.
Unter behutsamem Wiegen im Takt des verklungenen „Chattanooga Moon" entfernte ich Silke mehr und mehr von diesem Tisch. Der Schrank prostete mit dem Schuh zu uns herüber. Ich nickte ihm zu. Da setzte die Musik wieder ein. Meine Vermutung erwies sich als richtig, auch „Midnight Wind" war ein Blues. Über einem tiefen, gleichbleibenden Gitarrengewoge, in das eine Mandoline glimmende Glassplitter warf, deutete eine Mundharmonika mit zerrissenen Stößen eine Art von Melodie an, die sich aber alsbald im Vagen verlor. Eine samtene Negerstimme wiederholte, von einer höheren begleitet, die Melodie. Ich verstand die Worte nicht, die sie sangen. Dann stiegen die Mundharmonikastöße abermals aus der Nacht empor und übertönten die beiden Stimmen, die eine Weile summten, bis die Harmonika ermattete und die Stimmen von neuem die Führung übernahmen. So ging es fort.
Silkes Bewegungen hatten etwas Nachtwandlerisches. Sie hielt ihre Augen noch immer geschlossen, wenn auch nur ganz leicht. Sonst wäre es mir wohl nicht möglich gewesen, so mit ihr zu sprechen, wie ich es tat. Immerhin ließ ich fast die Hälfte der Tanzzeit verstreichen, ehe ich das Gesicht, das sich mir wie im Traum darbot, wieder anredete:
„Sich der Musik anvertrauen", sagte ich mit halber Stimme, „das ist es. Aber auch dem Menschen, ich mich Ihnen und Sie sich mir, das auch. Wir halten uns, wir tragen uns, wir er-

tragen uns, weil wir Vertrauen zueinander haben. Hätten wir das nicht, dann käme kein Tanz zustande. Das Fremde fügt sich dem Fremden. Und so wird es ein Glück. Widerstrebende können nicht miteinander tanzen. Es ist ein Mitnehmen und Sichmitnehmenlassen. Ich bin froh, Silke, daß ich mit Ihnen tanzen darf. Ich habe Sie lieb. Das wissen Sie doch. Bitte denken Sie nicht, ich sei betrunken. Ich möchte, daß wir uns immer mitnehmen in diesem doppelten Vertrauen. So wie jetzt. Immer. Sie und ich, wir beide. Bitte sagen Sie nichts. Ich will auch nichts mehr sagen. Schweigend miteinander tanzen, das ist das Schönste. Und wenn ... Nicht, Silke! Bitte nicht!"
Schon bei meinen letzten Sätzen hatte ich gefühlt, daß ihr Körper seine Weichheit verlor und sich von mir zu lösen trachtete. Und jetzt wand sie sich förmlich in meinen Armen. Ihre Augen, die sich geöffnet hatten, sahen mich finster und gequält an. Ich faßte fester zu, aber sie stemmte sich gegen meine Brust und bog sich von mir weg. Wenn ich den Gästen kein Schauspiel bieten wollte, mußte ich sie loslassen. Sie trat einen Schritt zurück und stand mit vorgestrecktem Kopf und abwehrenden Händen da. Ihr Mund sagte einen Wirrwarr von verschreckten Worten vor sich hin.
Da brach der Blues ab.
Als ich mich nicht von der Stelle rührte, drehte sie sich um und ging auf die Bar zu. Aber ehe sie dort ankam, schaltete das Spielwerk der Music Box die dritte Platte ein. Diesmal hatte ich mich geirrt. „Old mighty River" war kein Blues, sondern einer von den hastigen Tänzen, deren Bezeichnungen mir nicht geläufig sind. Zuerst rasselte es nur in stampfenden Rhythmen, dann gesellte sich eine Trommel hinzu und dann ein verwehter Chor im Hintergrund, und schließlich haspelte eine Gitarre mit deutlichem Gezupfe eine hin und her springende Melodie herunter.
Silke horchte auf, machte noch einmal kehrt und bahnte sich durch das Geschwinge und Gekreise auf der Tanzfläche einen Weg nach dem Tisch des Bolivianers. Seine leidenschaftlichen Augen, die sie während der ganzen Zeit nicht losgelassen hatten, zuckten vor Erregung. Er sprang auf und bot ihr seinen Stuhl an, obwohl die anderen Plätze unbesetzt waren, wenigstens im Augenblick. Aber sie schüttelte den Kopf und zeigte

auf sich und dann auf ihn und wiederum auf sich und auf ihn. In seiner Begierde, sie zu verstehen, wandte er ihr unter beständigem Reden und Fragen seine flatternden Handflächen zu. Sie stützte sich auf seine Schulter und stieg auf den Stuhl und vom Stuhl auf den Tisch. Zum dritten Male zeigte sie auf sich und auf ihn. Und jetzt schien er zu begreifen, was sie beabsichtigte. Er legte den Oberkörper zurück, streckte ihr die Hände entgegen und lachte wie ein Irrer. Nachdem sie den leeren Teller und das Besteck beiseite geschoben hatte, begann sie zu tanzen. Man merkte ihr an, daß es ihr erster Versuch war. Es sollte sicher eine aufreizende Schaustellung werden. Aber nach einigen Verschiebungen der Hüften, wie sie Filmschauspielerinnen zu vollführen pflegen, wenn sie das Laster darstellen wollen, nach ein paar Drehungen und Beinschwüngen gegen den Bolivianer hin, wobei sie den Rock bis übers Knie heraufzog, war sie schon am Ende ihrer Kunst. Sie begnügte sich damit, die gleichen Schritte zu machen wie die Mädchen auf der Tanzfläche. Eine ziemlich armselige Darbietung. Für den Bolivianer bedeutete sie jedoch ein Wunder über allen Wundern. Sie galt ja ihm, ihm ganz allein. Er schlug die Hände zusammen, entblößte seine Zähne und ließ seinen Kopf von links nach rechts und von rechts nach links fallen. Und als die Rasseln aufschwirrten und der Chor anschwoll, streifte er seine Jacke ab und breitete sie unter Silkes Füße. Dann klatschte und lachte und redete er weiter. Auf dem losen Stoff wurden ihre Schritte unsicher. Sie rutschte und kam aus dem Takt. Aber sie gab nicht auf. Während ich noch überlegte, ob ich nicht zu ihr hingehen und sie unter irgendeinem Vorwand vom Tisch herunterlocken sollte, begegneten sich unsere Augen. Sie muß das Mitleid erkannt haben, das mich erfüllte. Erkannt haben und wieder nicht erkannt haben. Es war ja nicht das demütigende, sondern das liebende Mitleid, das sich eins weiß mit dem andern, das Miterleiden. Aber das erkannte sie nicht. In ihrem Blick glomm etwas von dem Irrsal eines Tieres auf, das sich umstellt sieht und keinen Ausweg mehr weiß. Ihr Mund fauchte gegen die Haare, die ihr Gesicht bedeckten, ihre Stirn senkte sich, ihre Hände faßten unter den Achseln nach hinten und rissen mit einer wilden Anstrengung das Kleid auseinander. Vernichtung,

nichts als Vernichtung. Unwiderruflich. Es hörte sich an, als schrie der Samt auf. Vielleicht schrie auch irgendwo eine Frauenstimme mit. Dann stieg sie nackt und braun aus dem Samt heraus, der zu ihren Füßen lag, und fegte ihn mit einem Tritt vom Tisch herunter. Außer einem Schlüpferchen aus durchsichtigen Spitzen trug sie nichts mehr auf dem Leibe. Sie hatte ihr Leben zerrissen, ihr Herz, sich selbst.
Ich war mit drei Sätzen bei ihr: „Kommen Sie herunter, Silke! Sofort!"
Sie stieß mich zurück. Gleichzeitig umklammerte der Bolivianer mich von hinten und schleuderte mich mit einer Drehung seines Körpers gegen einen Stuhl, der mich zu Fall brachte. Über mir erhob sich ein Gejohle und Gelächter. Die Gäste, die sich gegenseitig nach Silkes Tisch hinschupsten, traten auf meine Hände. Ich hatte große Mühe, wieder hochzukommen. Der Schrank saß auf einem Barhocker und lachte aus vollem Halse.
Die rechte Schulter und den Ellbogen vorstemmend zerkeilte ich das Gewühl, bis ich den Tisch wieder erreicht hatte. Silke wehrte sich mit Fußstößen gegen mich. Und die Umstehenden halfen ihr, indem sie mich zurückzerrten. Neues Gelächter. Ich wurde zornig. Aber je mehr ich mich erregte, um so weniger gelang es mir, an Silke heranzukommen. Die heiße Dumpfheit in meiner Brust verwandelte sich in eine Flamme der Wut. Der Bolivianer bekam es als erster zu spüren. Als er mich wieder von hinten umschlang, brach ich seine Arme los und schlug ihn, herumfahrend, mit der Faust zwischen die Augen, daß er hintenübertaumelte. „Verdammter Dummkopf!" Dann versuchte ich, auf den Tisch zu klettern. Die Sache sollte ein Ende haben, so oder so. Sowie ich jedoch ein Bein hob, wurde mir das andere weggezogen. Gut, dann mußte ich eben den Tisch umkippen. So oder so. Ich schob meine Arme unter die Tischplatte, um sie mit einem Ruck hochzuwuchten. Da schrie Silke entsetzt auf und sprang, immer noch schreiend, über mich hinweg in die Tiefe. Es war mehr ein Sturz als ein Sprung. Ihre Füße streiften meinen Kopf. Ich warf mich herum und über sie, um sie nicht entkommen zu lassen. Aber sie sank stöhnend und schlürfend an mir herunter, krümmte sich am Boden und

drückte ihre Hand gegen den Leib. Zwischen den Fingern sickerte etwas Blut hervor. Sie war blindlings in den Messerstich des Bolivianers hineingesprungen, der meinem Rücken gegolten hatte. Die Wunde befand sich auf der linken Seite dicht unter dem Rippenbogen.

Mit einem tierischen Geheul stürzte der Bolivianer neben Silke auf die Knie und küßte die Luft über ihrer Hand. Wie sich später herausstellte, hatte er die Klinge des Tischmessers in eine Dielenritze gesteckt und schräg abgebrochen. Dadurch war sie zu einer grausigen Waffe geworden. Ich drängte ihn zurück. Aber er rutschte wieder heran.

„Schafft den Mann weg", sagte ich aufblickend. „Herr Quante, bitte!"

Der Schrank schleifte den immer lauter Heulenden in eine Ecke.

„Ein Handtuch! Eine Decke! Schnell, bitte! Und an einen Arzt telefonieren! Bitte schnell!"

„Arzt tut nicht nötig", sagte Herr Fedden. „Der Unfallwagen ist schneller da als der Arzt. Bis der in seine Klamotten gestiegen ist, liegt die Deern schon längst im Blumenthaler Krankenhaus."

„Rufen Sie trotzdem einen Arzt an!"

„Wie Sie wollen. – Was habe ich gesagt? Der Kerl bringt mir einen Verdruß ins Haus, habe ich gesagt. Und so ist es auch gekommen. Kann gar nicht sagen, wie ich mich auf die Polizei freue."

„Telefonieren Sie doch endlich!"

„Ist schon geschehen", sagte die unscheinbare Frau.

Silke war bewußtlos. Ihr Gesicht sah fahl und verfallen aus. Auf der Stirn und auf der Oberlippe stand kalter Schweiß. Vorsichtig hob ich die Hand von der Wunde ab. Sie blutete nicht mehr, wenigstens nicht nach außen. Was für Organe lagen in dieser Gegend? Die Milz und wohl auch der Magen. Aber ich war meiner Sache nicht sicher. Warum hatte sie das getan? Für mich? Mein Gott, für mich!

Jemand schlug vor, Silke in ein anderes Zimmer zu schaffen.

„Nein, so wenig wie möglich bewegen."

Ich überlegte, soweit ich überhaupt einer wirklichen Überlegung fähig war, ob es besser sei, auf den Unfallwagen zu

warten, der eine schonende Überführung verbürgte, oder sie sofort in meinem verhältnismäßig engen Wagen ins Krankenhaus zu bringen, wodurch zwar Zeit gewonnen, aber auch die Gefahr einer inneren Verblutung erhöht würde. Schließlich entschied ich mich für den Unfallwagen.
Es kam ja auch darauf an, in welcher Richtung der Stich geführt worden war. Wenn der Bolivianer von unten nach oben gestoßen hatte, was ich annahm, dann konnte die Lunge und womöglich das Herz getroffen sein. Für mich. Aber er hatte doch kein Messer bei sich gehabt. Ach, das war ja alles gleich, wenn Silke nur nicht starb. Für mich.
Margot legte ein rot und weiß kariertes Handtuch auf die Wunde. Die unscheinbare Frau hielt eine Wolldecke bereit.
„Kinder und Leute", sagte Margot beim Zudecken, „ihr habt ein Gemüt wie ein Schlachterhund. Tut mir den einzigen Gefallen und steht hier nicht so herum! Es gibt nichts mehr zu sehen."
Unter Gemurmel und Gebrumm lichtete sich der Kreis.
„Der Kerl brauchte bloß zur Tür hereinzukommen", sagte Herr Fedden, „da wußte ich schon, daß er einen Verdruß ins Haus bringen würde mit Polizei und allem. Aber ich habe nichts gesehen. Tut mir leid, meine Herren. Konnte ich ja auch gar nicht von der Bar aus. Tut mir leid."
„Wenn wir nun ihren Kopf ein bißchen anhöben", sagte Margot, „daß sie es bequemer hat. Oh, was ist das?"
Aus Silkes Mund quoll blutiger Schaum. Nicht viel. Ich holte mein Taschentuch hervor und tupfte ihn weg. Dann kam mehr. Das Taschentuch reichte nicht aus.
„Ich gehe schon", sagte Magot.
Meine Finger suchten Silkes Puls, konnten ihn aber nicht finden. Da nicht und da nicht und da auch nicht. Der Atem stockte mir. Aber dann spürte ich ein dünnes, schnelles Fließen. Ich brachte meinen Mund an ihr Ohr und fragte sie, ob sie mich höre. – Keine Antwort. – „Sil-ke?" – Nichts. – „Sil-ke?" Mit einem Male sah ich, daß ihre Augen offen standen, ganz groß sogar. Schnell richtete ich mich auf und beugte mich über sie. Sie wollten etwas, es zitterte eine Frage in ihnen, aber ich begriff nicht, was sie meinten.
Margot kam mit dem zweiten Handtuch und mit einem Sofakissen. Ich wehrte ab: „Einen Augenblick."

Wenn ich nur gewußt hätte, was die Augen wollten. „Es wird alles wieder gut", sagte ich zu ihnen. Nein, das war es nicht, sie verlangten nach etwas anderem. Ich sah es. „Hast du Schmerzen? Sollen wir ein Kissen unter deinen Kopf schieben?"

Da stieß sie ein paar verhauchte Silben hervor: „Rich-tig ... gemach ... ich ...?" Wieder quoll der rote Schaum aus ihrem Munde. Die fragenden Augen kümmerten sich nicht darum.

Margot wischte erst das Blut weg und dann mit einer anderen Stelle des Handtuchs den Schweiß.

„Ja", sagte ich langsam und mit deutlichen Nickbewegungen zu dem Zitternden in ihren Augen, „du hast es richtig gemacht. – Schrecklich richtig. – So richtig, wie Menschen es überhaupt machen können. – Ich danke dir."

Das war es. Die Augen schlossen sich. Natürlich hätte ich ihr noch etwas Besseres sagen müssen. Etwas für Zeit und Ewigkeit. Aber ich glaubte, dies sei das Wichtigste. Ich sah die Augen und den Schweiß auf der Stirn, und da sagte ich, sie habe es richtig gemacht.

„Was bedeutet der Schaum?" fragte Margot.

„Daß der Stich in die Lunge gegangen ist."

„Ist das schlimm?"

Ich stand auf und sagte, daß ich versuchen wolle, den Arzt zu erreichen, der sie operieren werde.

Es kostete einige Mühe und Geduld, bis es soweit war, daß die ruhige Stimme des Blumenthaler Chirurgen im Hörer ertönte. Mein Name bedeutete ihm nichts ... Was ärztliche Kunst irgend vermöge, werde geschehen. Er stellte eine Reihe von sachlichen Fragen, die ich sachlich beantwortete.

„Sieht nicht gut aus", sagte er.

„Also hoffnungslos?"

„Nicht ganz. Bitte sorgen Sie dafür, daß jede Vorsicht bei der Überführung beobachtet wird."

„Jede."

Als ich zurückkam, zog der Schrank mich beiseite. „Das mit der Lady genügt vollkommen", sagte er.

„Wie meinen Sie das?"

„Braucht ja nicht noch einer fertig gemacht zu werden."

„Ich verstehe immer noch nicht."

„War ein unglücklicher Zufall. Sie ist ihm doch richtig ins Messer reingesprungen, wenn ich mich mal so ausdrücken soll. Keine Rede davon, daß er ihr was tun wollte."
„Ihr nicht, aber mir."
„Das kann ich nicht beweisen, und das können Sie nicht beweisen. Er hatte das Messer in der Hand, und da ist sie ihm reingesprungen. Eine Verkettung von unglücklichen Umständen. Mehr kann keiner von uns behaupten. Sie nicht und wir alle nicht. Böse Absicht hat nicht vorgelegen, wenn ich mich mal so ausdrücken soll."
„So."
„Wir sind uns alle einig, daß keine böse Absicht vorgelegen hat. Und Sie konnten ja nichts sehen, weil es hinter Ihrem Rücken passiert ist. Das Unglück mit der Lady genügt vollkommen. Nur daß Sie im Bilde sind betreffs unserer gemeinschaftlichen Aussage. Sie sind also im Bilde."
„Danke."
Ich ging zu Silke und kniete neben ihr nieder. Auf der einen Seite kniete Margot, auf der andern ich. Margot sah mich an und zog die Stirn in Falten. In Silkes Gesicht waren graue Schatten entstanden, um den Mund, unter den Augen und an den Schläfen.
Ich stützte mich über sie: „Bleib bei uns, Silke!" sagte ich leise und eindringlich. „Gib nicht auf! – Hörst du mich? – Du? – Hörst du mich?"
Ein Zucken flog über ihre Lippen. Und dann kam wieder das Hauchen: „Ganz . . . weit . . . weg . . ."
„Und wenn der Arzt dir hilft, mußt du mithelfen. – Bleib bei mir! – Bitte!"
„Weit . . . weg . . ." Ihre Stimme bestand nur noch aus Tonlosigkeit.
In der Ferne erklang ein Martinshorn. Es näherte sich schnell.
„Nicht ganz hoffnungslos", hatte der Arzt gesagt.

(1963)

Sie bringt Andreas auf einen Gedanken

Sie sitzen am Fenster, Isabel und Andreas, und haben ein unbeschwertes Gespräch miteinander. Die Apfelsinen, die Isabel zurechtmacht, verbreiten einen angenehmen Duft. Draußen schneit es. Und langsam beginnt die winterliche Welt dämmerig zu werden.

Andreas erzählt von dem neuen Buch, das er vorhin zu Ende gelesen hat. Wie Isabel eine Frage stellt, geht er zu dem Bort an der Wand gegenüber und zieht das Buch heraus, um ihr mit den Sätzen des Verfassers zu antworten. Er blättert ein bißchen darin herum und blickt dann auf. Isabels Kopf, der zu drei Vierteln dem Schneetreiben draußen zugewandt ist, hebt sich dunkel von der gedämpften Helligkeit des Fensters ab. Von ihrem Gesicht ist so gut wie nichts zu sehen. Aber der Umriß des verlorenen Profils, diese klare, weich gezogene Linie, die unter dem Haar beginnt, an der Schläfe etwas einsinkt, sich über dem Wangenjoch wieder hebt, dann diese rührende Bucht gegen den Mund hin bildet und sich schließlich voller Anmut zum Kinn rundet, dieser unbegreiflich leise Ablauf bietet sich ihm so deutlich und bewegend dar, daß er mit dem Buch in der Hand stehenbleibt und kaum zu atmen wagt. Was ist das, denkt er, während ein schmerzliches Rieseln durch seine Brust zieht, wie kann es geschehen, daß eine Linie mich so überwältigt? Ist es der holde Rhythmus, ist es die Vollkommenheit der Führung, ist es die Beseeltheit? Aber was bedeutet das: Beseeltheit? Wie kann eine Linie, eine bloße Linie, beseelt sein? Oder kommt es daher, daß sich mir in diesem Profil die Schöpfung einen Augenblick lang so darstellt, wie Gott sie aus seinen heiligen Händen entlassen hat: rein, ohne Dämonie, selig in sich? Ist es eine Gnade, daß ich einmal in meinem Leben die süße Unschuld dieser Linie wahrnehmen darf? Ist das die Gnade der Liebe?

Da dreht Isabel sich um und sagt, wie sie ihn so unbeweglich dastehen sieht: „Ja?" Sie sagt es mit einem kleinen fragenden Erstaunen. Aber Andreas geht schweigend zu seinem Stuhl, setzt sich hin und fängt an zu lesen.

(1953)

Fremdheit

Habe mich im Morgengrau
über dein Gesicht geneigt,
das sich matt und ungenau
auf dem Kissen zeigt.

Wo mag, die so tief verstummt,
wo mag deine Seele sein?
Ach, da schläfst du traumvermummt,
mein und doch nicht mein.

Bist du's denn, wenn du bei Tag
weich dich durch die Stunden trägst,
dich beim späten Glockenschlag
lächelnd zu mir legst?

Oder bist du jetzt erst du,
da du dich vor mir verhüllst
und in deiner dunklen Ruh
dunkel dich erfüllst?

Auf dem willenlosen Mund
irren Worte wie Gestöhn.
Und nun schweigst du wieder und
bist so fremd und schön.

Ob mein Blick auf dein Gesicht
noch so lange niedersieht,
das Geheimste sieht er nicht,
das in dir geschieht.

(1941)

Geheimnis

Ich glaube, daß es auf der Erde
so Trauriges nicht wieder gibt
wie diese zögernde Gebärde,
mit der du gestern mich geliebt,

als du im Sternenlicht der Nacht
dich willenlos und ohne Grund
zu mir herüberbeugtest sacht
und niedersahst auf meinen Mund.

Halb schlief ich noch, halb war ich wach,
ein Traumbild wob noch irgendwo.
Ich kannte dich erst nach und nach,
dein Haar veränderte dich so.

Und du bemerktest nicht das Zittern,
das über meine Lider ging,
den Blick nicht hinter Wimpergittern,
der stumm an deinem Antlitz hing.

Nachdenklich hobst du deine Hand,
um unbeweglichen Gesichts
und niedersehend unverwandt
den Mund zu streicheln und sonst nichts.

Ich glaube, daß es auf der Erde
so Trauriges nicht wieder gibt
wie diese zögernde Gebärde,
mit der du meinen Mund geliebt.

(1938)

Die Braut

Vergiß den arbeitsschweren Tag, du Lieber!
Er ist vorbei, du bist ja hier!
Vergiß ihn, blicke nicht so fremd an mir vorüber!
Nimm mich in deine Arme und sei gut zu mir!

Ich lebe nur, wenn ich dich in der Nähe spüre
wie jetzt. Jetzt lebe ich. Und bin ich blaß,
so ist's vor Glück, weil ich dich an den Händen führe.
Ach, denke nicht, ich wollte wunder was!

Nur eine Zeitlang so am Fenster stehen,
das ist schon alles, was ich will,
und in die Niederung hinuntersehen,
auf der ein Hauch von Abend liegt und von April,

und dann vielleicht ein bißchen phantasieren
und schöne Dinge für den Sommer planen
und tiefer atmen, wenn die Eisenbahnen
sich rollend in der Nacht verlieren.

(1938)

Das Brautpaar

Für die Wirkung des Bildes, dieses altgoldenen, blaßroten, weißsilbernen und von einem Perlenschimmer überwehten Wunders, bleibt es belanglos, ob es sich bei dem dargestellten Paar um Isaak und Rebekka, um Boas und Ruth oder, wie man auch gemeint hat, um den Dichter Miguel de Barrios und seine Frau Abigael de Pino handelt. Bedeutsam ist einzig und allein, daß sich hier zwei Ergriffene einander zuwenden, für die der Augenblick zur Ewigkeit wird. Deshalb geht auch die Bezeichnung „Die Judenbraut", die das Bild früher trug, am eigentlichen vorbei. Nicht die Frau steht im Mittelpunkt, weder im Mittelpunkt der Komposition noch der Aussage, aber auch nicht der Mann, sondern ihr Beieinandersein, das, was sie verbindet, ihre Liebe. Es ist ein Liebesbild, eins der innigsten im Bereich der abendländischen Kunst, und damit ein Bild der höchsten Möglichkeit menschlicher Gemeinschaft.

Rembrandt war zeit seines Lebens ein Liebender und, weil er es war, zugleich ein Leidender. Die Liebe ist etwas merkwürdig Fremdes in der Welt, ein Mysterium. Nicht die Allerweltsliebe, die den Namen Liebe nicht verdient, sondern die andere, die unnennbare, mit der nur wenige begnadet, zu der nur wenige verdammt werden. In der Liebe liegen ja Begnadung und Verdammung sehr nahe beieinander. Diese Liebe überwältigt den Geistesmächtigen ebenso wie den Einfältigen, den Stolzen wie den Demütigen, den Wollenden wie den Widerstrebenden. Sie kümmert sich nicht um Schönheit oder Häßlichkeit, nicht um Würde oder Schande, nicht um Hoheit oder Niedrigkeit. Sie sucht sich unter den Menschen aus, wen es ihr beliebt. Ihr Bogen spannt sich vom Schauer der ersten Begegnung bis zum todessüchtigen Untergang in der letzten Erfüllung. Rembrandts Werk bezeugt, daß ihm das ganze Ausmaß dieser Liebe bekannt war. Nur jemand, der mit dem morgendlichen Glanz auch das nächtliche Grauen der Liebe erlebt und erlitten hat, ist imstande, ein so in sich ruhendes, friedevolles, atmendes Bild wie „Das Brautpaar" zu erschaffen.

Der Aufbau in Form eines oben abgerundeten Dreiecks betont die Zusammengehörigkeit der beiden Menschen auf das bestimmteste. Jenseits dieses Beieinanderseins ist die Welt verdunkelt. Der fast um einen Kopf größere Mann zieht die geliebte Frau in leichter Neigung mit seinem linken Arm, der ihre Schulter umfängt, zu sich her und legt neben ihr stehend seine Rechte auf ihr Herz, nicht besitzergreifend, sondern in behutsamer, ehrfurchtsvoller Besiegelung seines Versprechens. Die Intimität der Gebärde wird durch das Beschützende gemindert, das ihr innewohnt. Und die Frau schmiegt sich mit mädchenhaftem Zögern in das Herangezogenwerden hinein und bestätigt das leise Ja, das sie durch ihre Anschmiegung sagt, indem sie mit den Spitzen ihrer Finger die Hand des Mannes in traumhafter Zartheit noch ein wenig enger an ihr Herz führt. Auf dieser Bewegung beruht der einzigartige Zauber des Bildes. Das Unsichtbare wird sichtbar gemacht. Wenn Kunst einen Sinn hat, dann den, das Unsichtbare, das Unsagbare, das Unhörbare, sichtbar, sagbar, hörbar werden zu lassen, wie es hier geschieht.
Unter allen Frauen hat der Mann gerade diese und keine andere, und unter allen Männern hat die Frau gerade diesen und keinen anderen erwählt. Aber sie wissen nicht, warum sie es getan haben. Es gibt in dieser Sache kein Warum. Sie sind sich begegnet, haben sich angesehen und mit einem verwunderten Erschrecken gefühlt, daß alles schon entschieden war. Der wichtigste, der folgenschwerste Augenblick ihres Lebens war auch der unbegreiflichste und ist es geblieben bis zu dieser Stunde. So gilt denn das hier ehrfurchtsvolle und dort zarte Ja, das ihre Hände einander zusagen, auch dem immer gegenwärtigen Augenblick, der im verworrenen Getriebe der Welt und unter den Millionen von Menschen gerade sie beide zusammengeführt und das wundersame Gefühl in ihnen erweckt hat, als sei es vom Anfang der Zeit an so über sie beschlossen gewesen.
Aber das doppelte Ja besagt noch mehr. Es ist ein Ja, das dem andern in seiner Ganzheit gilt, es schließt nichts aus, nicht diese oder jene leibliche Unvollkommenheit, nicht diese oder jene schwierige Seite des Wesens, es ist ein vorbehaltloses Ja. Die Liebe kann gar nicht anders, als den andern jeweils so an-

zunehmen, wie er geht und steht. Sie nimmt sogar seine Zukunft mit an, seine Verzweiflungen, seine Krankheiten, sein Alter, seinen Tod. Sie liebt ohne jeden, auch ohne jeden zeitlichen Vorbehalt. Eben dadurch erhebt sie sich über die Liebelei und Verliebtheit. Nein, sie erhebt sich nicht darüber, sie unterscheidet sich von ihnen, sie ist etwas ganz und gar anderes. Liebende, die Vorbehalte machen, betrügen sich selbst über den Charakter ihres Gefühls. Und wer eine Ehe auf eine Liebe mit Vorbehalten gründet, beginnt sie mit einem Ehebruch.

Die Rechte des Mannes, die auf dem Herzen der Frau liegt, vollendet die umfassende Gebärde, mit der er sie zu sich nimmt, so ganz zu sich nimmt, wie diese Gebärde ganz ist. Es gibt nichts, was von ihr ausgeschlossen bliebe. Und wie die Hand nicht nur den Herzschlag, sondern auch die Weichheit der Brust sucht und findet, so gilt das Gelöbnis, dem sie Ausdruck verleiht, nicht nur dem seelischen, sondern auch dem leiblichen, dem sinnenhaften Zauber der Frau. Was wüßte er denn von den Regungen der Seele, wenn ihr Leib mit seinem Gehabe und seinen Bewegungen, wenn ihr Mund, ihre Augen, ihre Stirn, ihre Hände sie ihm nicht offenbarten? Und was wüßte er von ihrem Leib, wenn ihn die Seele nicht dazu bestimmte, dem anderen seine verschiedenartigen, seine verborgenen Schönheiten darzutun? Die Seele lieben, heißt zugleich den Leib lieben, und den Leib lieben, heißt zugleich die Seele lieben. Der eine ist ohne die andere nicht denkbar, und die andere nicht ohne den einen. Eine nur leibhafte Liebe wäre keine, aber eine nur seelische ebensowenig. Nicht von ungefähr verweilt die rechte Hand der Frau über ihrem Schoß. Dadurch erhält die scheue Geste, mit der die Finger ihrer Linken die Frage der Rechten des Mannes bejahen, erst ihre volle Bedeutung. Auch die Frau spürt, daß es jetzt um ihr ganzes Sein geht, um das Herz und um die Brüste, um die Seele und um den Schoß. Die auf dem Schoß ruhende Hand entspricht der umarmenden, und die gutheißende der suchenden. Sie werden geleitet und geformt von der aus der Unbekanntheit des Herzens aufsteigenden, Leib und Seele durchdringenden, in der Hingabe empfangenden und im Empfangen sich hingebenden Liebe. Wohl sinnen die Augen der Frau nach innen, dorthin, wo die Hand des Mannes ein zuvor noch nie erfahrenes Gefühl des Geborgen- und zugleich Verlorenseins erregt hat, dies nicht mehr Atmenkönnen, dies Staunen, diese merkwürdige Bedrängnis, die sich anschickt, in etwas unendlich Beseligendes umzuschlagen, aber das Sinnen verharrt nicht in sich selbst, es gibt der fragenden Hand eine Antwort, eine stumme, eine keusche und deshalb um so bewegendere Antwort durch die Fingerspitzen, die das Erbeben des Herzens weitersenden und so das Unsagbare sagen.

Und doch liegt über den beiden Menschen eine Verhaltenheit, ja eine Schwermut, die mit ihrem Glück nicht recht zusammenstimmen will. In den Augen des Mannes verdämmert hinter dem Ausdruck des liebevollen Umfangens eine Traurigkeit, die um eine unaufhebbare Gefährdung zu wissen scheint. Es ist aber nicht eigentlich ein Wissen, und es geht auch nicht um eine der von außen kommenden Bedrohungen, wie sie der Weltlauf mit sich bringt, es ist ein Innewohnendes, eine aus dunklen Tiefen aufsteigende Beklommenheit, eine heimliche Not, eine Ratlosigkeit. Und auch der in sich versunkene Blick der Frau läßt vermuten, daß sie etwas ahnt, vor dem ihr bange sein muß.

Alle Liebenden, die danach verlangen, mit dem geliebten Du bis zum letzten vereint zu sein und seine verhüllten Gedanken zu kennen und zu erkennen, sind davon betroffen, nicht nur diese beiden. Und je inständiger sie das völlige Einswerden ersehnen, weil sie es um ihrer Liebe willen ersehnen müssen, um so ratloser werden sie. Denn eben dies ersehnte Einswerden, ohne das sie nicht mehr leben zu können vermeinen, ist ihnen verwehrt. In allem Haben ist ein Nichthaben, in allem Wissen ein Nichtwissen, in aller Erfüllung eine Unerfülltheit enthalten. Im letzten, im allerletzten bleibt eins dem andern ein Rätsel, ein wunderbares, immer wieder verlockendes und erregendes, aber auch immer wieder bedrückendes und bis zur Verzweiflung quälendes Rätsel. Sie sind ja nicht als Menschen schlechthin, sondern als Mann und Frau erschaffen, so daß sie ihr Leben nur als Mann einerseits und als Frau andererseits führen können. Im Schöpfungsbericht heißt es denn auch ausdrücklich: „Und Gott schuf sie als Mann und Weib." Ihr Anderssein ist die Voraussetzung

für ihr Zueinanderdrängen mit den immer neuen und immer unfaßlicheren Seligkeiten und Überseligkeiten. Und es ist zugleich der Grund dafür, daß ihr Zueinander- und Ineinanderdrängen nie seine letzte Erfüllung finden kann. Sie bleiben trotz der hinüber und herüber flutenden Liebe und trotz aller Hingabebereitschaft, mag sie sich mehr als Eros oder mehr als Agape darstellen, in ihr Mann- und Frausein, und das heißt in ihre Fremdheit und Einsamkeit, gebannt. Und je eindringlicher sie ihr Zueinanderwollen bekunden, um so schmerzlicher wird ihnen seine Vergeblichkeit bewußt. Wenn sie sich in den Augenblicken ihrer bedingungslosen Hingabe oder ihres höchsten, alles Begreifen überschreitenden Aufschwungs noch so flehend und lechzend in die Augen sehen, sie können das Zarteste und Feinste, das Ureigene des andern, das da unten in der Rätseltiefe sein Wesen hat, nicht erkennen, es verharrt in seiner schweigenden Fremdheit.
Vielleicht gewahrt aber, wer das Bild wieder und wieder betrachtet, im Blick des Brautpaares noch etwas anderes, eine Andeutung nur, nur den Hauch einer Andeutung von etwas, das in einer noch tieferen Verborgenheit wohnt als die Trauer: eine Hoffnung, jene Hoffnung, die Paulus meint, wenn er schreibt: „Denn wir sind wohl gerettet, doch auf Hoffnung." Vielleicht erblicken auch die Liebenden einander in der noch unerlösten Welt nur wie durch einen Spiegel in einem dunklen Wort, dann aber, wenn die Hoffnung sich erfüllt hat, von Angesicht zu Angesicht, sie auch. Und vielleicht ist diese Hoffnung, die wohl auch Rembrandts Hoffnung war, insgeheim die Seele des Bildes.

(1976)

Dreimal über die Ehe

I.

Selbst in Zeiten, die sich nicht eben durch Ehrfurcht dem Göttlichen gegenüber auszeichneten, in Zeiten der Auflösung und Verflachung des Kultischen, in Zeiten des Lebensgenusses und der Leichtfertigkeit, selbst in den spätantikischen Zeiten, als etwa die sogenannte Aldobrandinische Hochzeit auf die Wandfläche eines römischen Prunkzimmers gemalt wurde, wagte der Künstler nicht, die Feier der Eheschließung ohne die Gegenwart des Göttlichen abzuschildern. Mag er bei der hoheitsvollen Gestalt, die er der verschleierten, bebenden Braut beigesellte, nun an Hera oder Aphrodite oder Peitho gedacht haben, eine Göttin mußte es jedenfalls sein, eine überirdische Macht, die sich gnädig und helfend der Furchtsamen zuneigte.

Und so wurde es zu allen Zeiten gehalten, bei allen Völkern, in allen Kulten, und so hält man es auch heute noch. Wo immer ein Mann und eine Frau sich zu einer Gemeinschaft zusammentun, die den Namen Ehe verdient, empfehlen sie sich ahnungsvoll einem höheren Walten. Denn sie wissen oder spüren doch wenigstens, daß in ihrer Einigung sich ein Geheimnis ereignet, dessen tiefster Sinn das Göttliche meint.

Eine Ehe ist ja offenbar nicht nur mehr, sie ist auch etwas durchaus anderes als die Liebe. Die Liebe kommt, ob wild oder leise, wie ein Naturgeschehen über den Menschen. Er ist ihr wehrlos ausgeliefert wie sonst dem Regen, dem Sonnenschein, dem Sturm, dem Erdbeben, der Krankheit, dem Tode. Vielleicht bringt er die Kraft auf, niemanden merken zu lassen, daß dies Unwiderstehliche sich seiner bemächtigt hat. Das ist aber auch alles, was er aus eigenem Willen vermag. Die Empfindung da innen in seiner Brust lebt und schwebt ja, die Not, die süße Unruhe, die Qual, ob er will oder nicht. Und wenn er sich auf den Kopf stellt, sie ist da, sie bleibt, sie richtet ihre Verheerungen in seiner Seele an, solange es ihr beliebt. Und wiederum, wenn es ihr beliebt, schwindet sie dahin, als wäre sie nie gewesen. Eine Naturgewalt, verdammenswert, wenn sie einen Widerstrebenden anfällt, verehrungswürdig, wenn sie zwei Willige zueinanderführt, erschreckend in ihrem Rasen, wunderbar in der Fülle ihrer Macht, unsagbar anmutig in ihren mannigfachen Spielen und Tänzen. Eine Naturgewalt, aber keine Ehe.

Die Ehe ist offenbar auch etwas anderes als eine Kameradschaft. Die Kameradschaft kümmert sich nicht um das Blut und nicht um das Geschlecht. Ein Mann kann einem Manne und kann einer Frau, eine Frau kann einer Frau und kann einem Manne ein Kamerad auf Tod und Leben sein. Eine Kameradschaft erhält erst dann ihre ganze Würde und Strenge, wenn sie im Dienst einer Sache steht, einer Forschungsreise etwa, eines Abenteuers, einer Schöpfung, eines Kampfes um dies und das. Der Kameraden dürfen ruhig mehr als zwei sein, wenngleich mit der steigenden Zahl auch die Schwierigkeiten wachsen. Eine Kameradschaft hat ihre Zeit oder kann doch ihre Zeit haben. Eine Kameradschaft ist eine Kameradschaft, auch wenn sie nur drei Tage dauert. Zu einer bestimmten Stunde geben sich die Kameraden die Hände, gehen auseinander, und alles ist gut. Eine Kameradschaft zwischen einem Mann und einer Frau ist etwas sehr Herrliches auf dieser Welt, aber sie ist keine Ehe.

Die Ehe hat aber auch nichts mit einem gemeinsamen Glück oder einer wechselseitigen Beglückung zu schaffen. Glückliche Ehen – das Wörtchen „glücklich" im landläufigen Sinne verstanden – sind verdächtige Ehen. Dies Glück wird durch irgend etwas Fragwürdiges, durch Gewöhnung und noch einmal durch Gewöhnung, durch Verzicht, durch Gleichgültigkeit, durch Abschleifen, durch Abstumpfen, durch Nachsicht, durch „Großzügigkeit" oder durch etwas noch Schlimmeres erkauft. Fast darf der Ausspruch gewagt werden: es gibt keine, es kann keine glücklichen Ehen geben. Glück und Ehe, Ehe und Glück schließen einander eher aus als ein. Wer eine Ehe versucht, um glücklich zu sein, weiß wahrhaftig nicht, was er tut, und der Lohn wird nicht ausbleiben. Wie denn überhaupt der Mensch, zumal der verheiratete, nicht auf der Welt ist, um dem Glück nachzujagen. Nicht das Glück, nicht der Friede ist der Sinn des Lebens, sondern jenes Schwert, das Christus den

Menschen brachte: die Antwort auf Gottes Entscheidung für den Menschen.

Nun gut. Was also ist die Ehe?

Offenbar hängt die Ehe mit dem zusammen, was die inbrünstigste Sehnsucht des Menschen seit jeher ausmacht, mit dem qualvollen Verlangen, über sein Ich hinauszudringen, sich mit einem andern, einem geliebten Ich zu einen, nicht im Rausch der Leidenschaft, nicht gezwungen von einer Naturgewalt, nicht nur einen seligen Augenblick lang, nicht um eines menschlichen Glückes, um einer Erhöhung der Individualität willen, sondern unbedingt um des Gegenteils willen von diesem allen. Nicht im Rausch mithin, sondern in der klarsten Nüchternheit, nicht gezwungen, sondern auf Grund eines freien Entschlusses, nicht einen Augenblick, sondern eine Ewigkeit, eine unbegreifliche, donnerwortige Ewigkeit lang, nicht um des Glückes, sondern um der Unrast, nicht um der Erhöhung, sondern um der Überwindung der Individualität willen.

Ganz zweifellos können Menschen, ein Mann und eine Frau, sich auch unter sehr viel harmloseren Umständen und zu sehr viel freundlicheren Zielen zusammentun. Und das kann eine wunderschöne Sache sein. Und dergleichen findet ja auch tagtäglich aller Ecken und Enden statt. Und es ist nicht das mindeste dagegen einzuwenden. Aber wenn von der eigentlichen Ehe und dem eigentlichen Sinn der Ehe gehandelt werden soll, dann läßt sich's nicht vermeiden, zu sagen, daß alles, was auf Sicherheit, Endlichkeit, Irdischkeit, Faßbarkeit, Glück und dergleichen aus ist, mit einer weiten und bestimmten Handbewegung weggewischt werden muß. Hier geht es um etwas Ernsthafteres.

Es geht um den Versuch, die Fesseln der Kreatürlichkeit abzustreifen, getrieben vom Drang der Innigkeit, den Bann des Gesondertseins zu brechen, verzaubert vom Weben und Glühen und Tosen der Liebe, den Aufschwung ins Übermenschliche und Überwirkliche zu erzwingen. Ein Versuch, der von vornherein zum Scheitern verurteilt ist und der doch immer wieder unternommen wird mit dem Mut und der Beharrlichkeit der Verzweiflung. Denn der Mensch ist eine Kreatur, in die der Wille zum Unmöglichen und Unendlichen gelegt wurde. Er allein kennt und wagt den unsinnigen und widerspruchsvollen Versuch des Kunstwerks, Geistiges mit Körperlichem, Unendliches mit Endlichem, Ewiges im Zeitlichen darzustellen. Und er allein wagt das ebenso unsinnige und widerspruchsvolle Unterfangen der Ehe, Geistiges im Körperlichen, Unendliches im Endlichen, Ewiges im Zeitlichen zu erleben, nein, zu leben, zu sein. Und wie denn ein jedes Kunstwerk, auch das größte, ein Versuch mit untauglichen Mitteln bleibt und bleiben muß, wie alle Bemühungen durch die Jahrhunderte und Jahrtausende hindurch, von der Erde aus und mit den Kräften dieser Erde das Überwirkliche in seiner ganzen Fremdheit zu beschwören, vergeblich gewesen sind, wie alle Bilder, alle Gedichte, alle Gesänge im Grunde nur Seufzer der hoffnungslos ringenden Menschheit waren, so auch alle Ehen, die bislang gelebt wurden. Alle. Aber wie die Menschheit nicht ablassen wird, durch die Jahrhunderte und Jahrtausende hindurch, die noch vor ihr liegen, immer wieder mit den Händen Bildwerke zu formen, immer wieder Wort tastend an Wort zu reihen zum Gedicht und immer wieder den Mund zum Gesang zu öffnen, so wird sie auch nicht aufhören, dem geheimnisvollen Drang zu folgen und sich vor dem unsichtbaren Antlitz der Gottheit ehelich gegeneinander zu neigen, maßloses Leid auf sich zu nehmen – wo wird wohl mehr und tiefer gelitten als in der Ehe? –, sich durch tägliches Mißlingen – nur Ehen, die täglich mißlingen und täglich neu begonnen werden, sind Ehen – nicht entmutigen zu lassen, wieder und wieder in das rätselvolle Dunkel zu starren, wieder und wieder trotz aller Bedingtheit – und was wäre wohl bedingter als der Mensch? – nach dem Unbedingten zu trachten, Gott zu suchen, um es denn endlich zu sagen. Ehe, das ist ein verzweifeltes Suchen nach Gott. Vielleicht das verzweifeltste. Glücklich jene, die nicht nur in Verzweiflung, sondern zuweilen auch in „getroster Verzweiflung" suchen können!

II

Wenn ein Schauspieler eine Gestalt darzustellen hat, die sich in nichts von ihm selbst unterscheidet, so daß er nur seinem eigenen Menschentum alle Freiheiten zu geben braucht, dann kann gewiß eine großartige oder anmutige oder erschütternde Gestalt auf der Bühne stehen, die den Zuschauer aufs tiefste packt, aber jedermann weiß, daß von einer künstlerischen Leistung im eigentlichen Sinne nicht gesprochen werden darf. Da oben bewegt sich ein Mensch, der lediglich das dartut, was ihm von Gott verliehen wurde, sein eigentliches Wesen nämlich, und nichts sonst. Ob dies Wesen an sich nun erstaunlich oder belanglos, ob seine Wirkung im Zusammenspiel mit andern eindringlich oder matt ist, gehört nicht hierher. Hier wird nur nach der künstlerischen Leistung gefragt. Und eine künstlerische Leistung ist nicht vorhanden. Was dieser „Schauspieler" bietet, „gilt" nicht.

So kann auch die Liebe etwas Großartiges oder Anmutiges oder Erschütterndes sein. Sie darf jedoch nie als schöpferische Leistung, ja überhaupt nicht als Leistung angesehen werden. Denn der liebende Mensch läßt sich ja nur durchfluten, beseligen, tragen von einer Macht, die ihn ohne sein Zutun überwältigt hat. Nicht er ist es, der die Liebe erschaffen oder auch nur in seinem Herzen gewollt hat. Ihr ganzes Dasein ist Gnade, nicht anders als eine ebenmäßige Gestalt oder eine schöne Stimme oder irgendeine andere Begabung, die gleichfalls gnadenvolle Geschenke darstellen. In der Liebe begabt Gott den Menschen mit etwas, was immer es auch sei. Sie kann, wenn man so will, als eine Leistung Gottes angesehen werden. Aber in der Ehe, die ja vom Menschen gewollt und vermittels einer Entscheidung verwirklicht wird, in der Ehe, die durch ihn und aus ihm ihr Leben hat, in der Ehe schenkt der Mensch Gott etwas, was immer es auch sei. Die Ehe kann, wenn es Gott so gefällt, als eine Leistung des Menschen angesehen werden.

Weder ist die Liebe geringer als die Ehe, noch die Ehe geringer als die Liebe. Beide sind etwas durch und durch Unbegreifliches und Wunderbares. Und die eine waltet immer noch ein bißchen unbegreiflicher und wunderbarer als die andere. Nur eben die menschliche Leistung ist in der Liebe geringer als in der Ehe, wie denn die göttliche Leistung, wenn man das sagen darf, in der Ehe geringer ist als in der Liebe.

III

Wenn zwei Menschen eine Ehe miteinander haben, eine wirkliche Ehe, dann findet etwas statt, was aller Logik und Vernunft zu widersprechen scheint. Indem sie sich begegnen, wird ein Neues aus ihnen, ein sehr Merkwürdiges, das mehr ist und anders als eine bloße Zusammenfügung von zwei Individualitäten. Wie in einem Kunstwerk so ist auch in der Ehe unbegreiflicherweise die Ganzheit mehr als die Summe der Teile. Eine Kameradschaft, eine Freundschaft, eine Liebe wird die Partner hochherziger, reicher, wissender, glücklicher, stärker machen, aber der Bund wird doch in jedem Augenblick nicht mehr darstellen, als eben die von der Klammer der Liebe oder der Freundschaft umschlossene und zusammengehaltene Summe von zwei Einzelwesen.

In der Ehe dagegen und, wie es scheint, nur in der Ehe geschieht etwas von Grund auf anderes. In ihr kommen zwei Menschen überein, nicht auf eine Mehrung des eigenen Glücks, der eigenen Macht, des eigenen Wissens, der eigenen Seligkeit bedacht zu sein, sondern von sich abzusehen, nichts mehr für sich zu behalten, auch den Stolz nicht, auch die Würde nicht, auch das Ichgefühl nicht, gar nichts, und sich dem andern vollständig preiszugeben, leiblich, seelisch und geistig. Sie versuchen, mit den armen, endlichen und unvollkommenen Zeichen und Formen der Erdenwirklichkeit etwas Überwirkliches, Unendliches und Ewiges darzuleben. Eine Ehe ist erst dann eine Ehe, im eigentlichen Sinne des Wortes, wenn sie zu einer Einübung, zu einem irdischen Abbild der menschlichen Hingabe an Gott wird. In der Ehe versuchen sich zwei Menschen gleichsam in dem, was der schwerste und tiefste Sinn des Daseins ist, im Sterben, im gänzlichen Hinsterben und im Wiedergeborenwerden. Aber nicht nur theoretisch-schwärmerisch, sondern wirklich, leibhaft und verbindlich.

(1941/1950)

Vertrauen

Dein Hilferuf mit einem Mal,
als du heut nacht verwirrten Haars
empor dich warfst aus Traum und Qual,
mein Name war's! Mein Name war's!

Noch stockt mein Herz, wenn ich's bedenke,
vor Liebe und erschrocknem Glück.
Schenk dich in meine Hand! Ich schenke
mich ganz in deine Hand zurück.

(1938)

Trost

Mündlich und handschriftlich
überliefert um 1928:

Ich möchte eine alte Kirche sein,
voll Weihrauch, Dunkelheit und Kerzenschein.

Wenn du dann diese trüben Stunden hast,
gehst du herein zu mir mit deiner Last.

Du neigst dich tief, die große Tür fällt zu.
Nun sind wir ganz alleine, ich und du.

Ich streichle dich mit meiner Dämmerung
und segne dich mit leisem Ampelschwung.

Und wagst du nicht, allein zu Gott zu dringen,
will ich als Orgel ferne mit dir singen.

Dann summt die Wölbung, und die Kerzenflammen
fließen so golden über uns zusammen.

Die kleinen Engelknaben wehn herzu
und flöten still und lullen dich zur Ruh.

Ich möchte eine alte Kirche sein,
voll Weihrauch, Dunkelheit und Kerzenschein.

Wenn du dann diese trüben Stunden hast,
gehst du herein zu mir mit deiner Last.

Überarbeitete Fassung
von 1957:

Ich möchte eine alte Kirche sein
voll Weihrauch, Dunkelheit und Kerzenschein.

Wenn du dann diese trüben Stunden hast,
gehst du herein zu mir mit deiner Last.

Du senkst den Kopf, die große Tür fällt zu.
Nun sind wir ganz alleine, ich und du.

Ich streichle dich mit Dämmerung und Rauch,
ich segne dich mit meiner Ampel auch.

Ich fange mit der Orgel an zu singen . . .
Nicht weinen, nicht die Hände heimlich ringen!

Hier hinten, wo die beiden Kerzen sind,
komm, setz dich hin, du liebes Menschenkind!

Glück . . . Unglück . . . alles ist von Schmerzen schwer.
Sei still, versinke, denk an gar nichts mehr!

In den Gewölben summt's, die Kerzenflammen
schimmern so lautlos hinter dir zusammen.

Vom Orgelfuß die Engel sehn dir zu
und flöten still und lullen dich zur Ruh.

Ich möchte eine alte Kirche sein
voll Weihrauch, Dunkelheit und Kerzenschein.

Wenn du dann diese trüben Stunden hast,
gehst du herein zu mir mit deiner Last.

Brief vom 23. 1. 1959

[. . .] Das mit den zwei Fassungen des „Liebeslieds" ist „eine alte Geschichte". Meine Familie ist einhellig derselben Ansicht wie Sie. Und nicht nur in diesem Fall. Immer, wenn ich etwas „verbessere" – und das tu ich dauernd –, erhebt sich ein großes Wehgeschrei: „Zuerst war es viiiiel schöner!" Ich wage gar nicht, Ihren Brief meiner Frau zu zeigen, sonst wird ihr Triumph über mich unermeßlich.
Also beide Fassungen des „Liebeslieds" stammen von mir. „Ihre" ist die ursprüngliche, „meine" die spätere. Hauptsächlich habe ich, theologisch, an den Zeilen „Und wagst du nicht, allein zu Gott zu dringen, will ich als Orgel ferne mit dir singen" Anstoß genommen. Der Mensch kann nicht zu Gott dringen, weder allein noch mit Orgelbegleitung. Immer ist's Gott (Subjekt), der dem Menschen (Objekt) begegnet. Mit einem Wort: das Gedicht war mir zu katholisch. Und dann auch noch der Weihrauch . . . die Ampel . . . Nein, es konnte nicht so bleiben. Als ich „Ihre" Fassung noch einmal überlas, mußte ich freilich feststellen, daß sie dichterischer ist als die spätere. Aber das Ästhetische hat bei mir zurückzutreten. Erst kommt die Wahrheit. Ich weiß, daß es dazu mancherlei zu sagen gäbe. Vielleicht sitzen wir einander in absehbarer Zeit einmal gegenüber und haben ein gutes Gespräch miteinander. [. . .]

VI

Im Ungesagten das Unsagbare sagen

Aus Wolkenschleiern sinken Flocken nieder

Aus Wolkenschleiern
sinken Flocken nieder.
Und dennoch schlägt
in meinem Garten
leise die Nachtigall.

Otomo No Yakamochi

Wenn jemand dich fragen sollte,
worin die Seele unsres Inselreichs
sich offenbare, sag ihm:
Im Hauch der wilden Kirschblüten
zur Stunde des Sonnenaufgangs.

Motoori Norinaga

Wer hat die Liebe
denn Liebe genannt?
Ihr wahrer Name ist Tod.
Denn wen die Liebe überkommt,
den überkommt der Tod.

Unbekannter Dichter

Was für ein Märchenbild,
die Weide im Frühlingsmorgen!
Auf den seidenen Fäden ihrer Zweige
hat sie den rinnenden Tau
zu Perlenketten gereiht.

Unbekannter Dichter

(1951)

Tonbandaufzeichnung vom 24. 9. 1959

Das richtige Maß zwischen dem, was gesagt werden muß, und dem, was eigentlich nicht mehr gesagt werden darf, zu kennen, ist die eigentliche Schwierigkeit jeder künstlerischen Hervorbringung. Die Japaner haben diese Art der Gedichte zur Meisterschaft ausgebildet. Sie haben fast ihre gesamte lyrische Dichtung von den Anfängen bis auf den heutigen Tag nur in der Form von Kurzgedichten geschaffen, zumeist Fünfzeiler oder Dreizeiler, die unter sehr strengen formalen und inhaltlichen Gesetzen stehen. Aber in diesen drei Zeilen mußte etwas in der Seele des Lesenden oder Hörenden angerührt werden. In Japan werden die Gedichte in einer etwas psalmodierenden Sprache gesungen – in altmodischer Melodik, die im Hörenden zu Ende schwingen muß. Es ist nur ein Impuls, der ausgeübt wird, und darin liegt die höchste Kunst.
Ich will ein Beispiel sagen, aus dem Sie zugleich die Schwierigkeit der Übersetzung ersehen mögen. Ein besonders schönes unter den Gedichten – übrigens von einer Frau, wie ja überhaupt sehr viele japanische Gedichte von Frauen sind – heißt, wenn man es wortwörtlich übersetzt: „Von der Winde (gemeint ist die Zaunwinde, die Gartenwinde) des Zieh-

eimers beraubt, geschenktes Wasser." Das ist das ganze Gedicht, und damit können Sie gar nichts anfangen. Gemeint ist: Die junge Frau kommt morgens zu ihrem Ziehbrunnen, um Wasser zu schöpfen, und sieht, daß sich während der Nacht oder während der letzten Zeit eine Winde um den Zieheimer und die Kette geschlungen hat. Und dies Bild, das sich ihr darbietet, findet sie so schön – wie der Japaner immer eine große Ehrfurcht hat, wenn sich ein Zusammenhang zwischen naturhaftem Geschehen (Blühen der Winde) und einem Gebild aus Menschenhand (Ziehbrunnen) ergibt –, daß sie es nicht zerstören mag – das müßte sie doch, wenn sie den Eimer hinunterlassen würde, um Wasser zu schöpfen – und nun lieber zum Nachbarn geht, um sich von ihm Wasser schenken zu lassen.

Von der Winde
des Zieheimers beraubt
geschenktes Wasser.

Man kann das etwas deutlicher übersetzen, aber es muß auch in drei Zeilen geschehen und nicht mit vielen Worten, wie ich sie eben gebraucht habe, sondern nur so, daß man gerade eine Andeutung gibt:

Eine blühende Winde
hat sich um meinen Brunneneimer gerankt.
Ich schöpfe das Wasser beim Nachbarn.

Es handelt sich also um einen äußerlichen Vorgang, der seine Hintergründigkeit aufweist; und diese wenigen Worte bewirken, was jedes Kunstwerk bewirken soll: es verführt die Aufnehmenden zur eigenen künstlerischen Arbeit. Und das tun Gedichte, die so weit verbessert sind, daß sie beinahe schon alles sagen, nicht.
Damit wird von einem Dichter, einem wirklichen Dichter – und wer darf sich einen Dichter nennen! –, im Grunde eine Unmöglichkeit verlangt: das Unsagbare auszusagen. Hier liegt, auf eine knappe Formel gebracht, die Verzweiflung eines jeden Dichters. Er müßte ununterbrochen Wunder tun.

Ich darf es vielleicht wieder an einem Beispiel klarmachen: Sie gehen in einer Vollmondnacht über eine Hügellandschaft. Das Mondlicht flimmert und schwebt darauf. Es ist ein tiefes, schönes, großes Erlebnis. Und am anderen Morgen wollen Sie einem Freund oder einer Freundin erzählen, wie das gestern abend war. Sie fangen an und merken: alles, was ich sage, kommt ja in gar keiner Weise dem nahe, was ich wirklich gestern abend gesehen und gefühlt habe, und je mehr ich eigentlich rede, um so weniger kann ich das mitteilen. Und Sie merken dann, daß Wörter eigentlich wirklich töten, daß diese zarte, leise, glitzernde, silbrige Stimmung totgemacht wird, wenn man redet. Es gibt einen Zweizeiler von Schiller – Schiller hat ja unglaublich Tiefes und vieles gewußt, was man in der Schule gar nicht lernt –, der heißt: „*Spricht* die Seele, dann spricht, ach, die *Seele* nicht mehr." Darin besteht die Schwierigkeit, diese Mondnacht mit Worten zu schildern. Und nun geht nicht ein normaler Mensch durch diese Mondnacht, sondern ein Dichter, zum Beispiel Shakespeare, und der sagt dann nicht viele Wörter, sondern nur ein paar; sie stehen im „Kaufmann von Venedig": „Wie süß das Mondlicht auf den Hügeln schläft." Und da ist das Wunder geschehen. Da ist in ein paar Wörtern der ganze Zauber einer Mondnacht eingefangen. „Wie süß das Mondlicht auf den Hügeln schläft." Das ist Dichtung!

Wie der Dichter das macht, weiß er, Gott sei Dank, selber nicht. Das ist nämlich das, was der alte Fontane, der auch von diesen Dingen etwas verstand, die Gnade genannt hat. Man wacht vielleicht nachts auf, und es fällt einem etwas ein für das Werk, an dem man arbeitet, und man hat wie üblich ein Papier vor sich liegen und einen Bleistift und schreibt es aufs Geratewohl auf, nur um es nicht zu vergessen ... Morgen soll es dann in die richtige Form gebracht werden. Und am andern Morgen müht man sich und versucht und versucht – und es ist immer noch nicht *das*! Und dann sieht man sich die Zeilen wieder an, die man in der Nacht nur so dahingeworfen hat, nur als Erinnerungsstütze, und ... Das ist es ja überhaupt, das ist es ja! Mühelos ist es einem geschenkt worden durch Gnade. Das ist das Schlimme und das Schöne, daß man, auch wenn man das Handwerkliche beherrscht und beherrschen muß, das Eigentliche nicht aus eigener Kraft erreichen kann, sondern warten muß, Geduld haben muß, bis es einem geschenkt wird – und vielleicht wird es einem gar nicht geschenkt, aber wenn, dann eben durch Gnade.

Der Kirschbaum, den im Herbst der Blitz zerriß

Der Kirschbaum, den im Herbst der Blitz zerriß –
jetzt ist er über und über
von Blüten verschleiert.

Enomoto Kikaku

O süßes Mondlicht! –
Wenn ich wiedergeboren werde,
will ich ein Föhrenwipfel sein.

Buson

Willst du reißen, Lebensfaden,
so reiße!
Ich kann die wilde Sehnsucht,
wenn ich noch länger lebe,
nicht vor den Menschen mehr verbergen.

Prinzessin Shokushi

Ob Wolken langsam durch den Abend ziehen
oder ob der Himmel klar ist:
immer schwebt im Frühling
ein weicher Schleier aus Licht
vor dem Mond.

Unbekannter Dichter

In jedem Frühling, wenn der Hauch
der Goldorangenblüten mich umweht,
ist mir, als spürte ich
den Duft des Kleides wieder,
das die Geliebte trug in meiner Jugend.

Ariwara No Narihira

Wie das Meer von Ago
mit seinen Wellen
wieder und wieder und immer wieder
gegen die Felsenküste wogt,
so ohne Ende ist auch meine Liebe.

Unbekannter Dichter

Dort beugt sich ein Mann
beglückt über eine Blume.
Was will er denn aber mit dem großen Schwert?

Mukai Kyorei

Regungslos mit umgehängtem Mantel
blickt ein alter Mönch
zu den blühenden Kirschzweigen auf.

Shido

Wohin weht euch der Herbstwind,
willenlose Ahornblätter?
Wohin?
Wer kann es sagen?
Bald weht auch mich der Wind davon.

Unbekannter Dichter

Seit ich Nacht für Nacht
auf seine Schritte warte,
weiß ich erst,
wie viele Geräusche
in der Stille geschehen.

Toyotama Tsuno

Viele Gedichte klingen wahr.
Aber die tiefste Wahrheit lebt in denen,
die einfach sind wie Kinderworte.

Mutsuhito

Im Ungesagten
das Unsagbare
sagen.

Toyotama Tsuno

(1951/1964)

VII

Alle Dichtungen
und Kunstwerke
sind
Überwirklichkeiten

Rudolf Alexander Schröder
oder
Über die Kontinuität

Soll heute eine dichterische, bildnerische oder musikalische Leistung das allgemeine Interesse auf sich ziehen, dann muß sie vor allem eine Eigenschaft aufweisen, die im Grunde mit Kunst nichts oder so gut wie nichts zu tun hat: sie muß zeitnah, sie muß modern sein. Das Modernsein ist zu einem Kennzeichen der künstlerischen Qualität geworden. Dabei liegt es doch auf der Hand, daß ein modernes Werk gut, daß es aber auch schlecht sein kann. Wer dem bloßen Modernsein, dem Neusein, dem noch nie Dagewesenen als solchem einen künstlerischen Wert beimißt, weiß nicht, was er tut.
Nichts gegen das Neue in der Kunst. Es ist so erfreulich wie nötig, daß junge Künstler ihre Lust am Experimentieren haben, daß sie nach neuen Ausdrucksmöglichkeiten suchen, daß sie sich als Vorhut in unbetretene Bereiche der Geisteswelt wagen. Und es ist besonders erfreulich, wenn die kühnen Versuche zu Kunstwerken gedeihen, zu befremdenden unter Umständen, zu erschreckenden, ja zu entsetzenerregenden, aber doch zu Kunstwerken. Darauf kommt es an. Auf die Kunst im Kunstwerk. Was auch immer ein Werk zu einem Kunstwerk macht, die bloße Modernität ist es nicht und kann es nicht sein. Ein modernes Werk wird, sowie es vollendet ist, mit Notwendigkeit von Stunde zu Stunde weniger modern. Wäre Modernität ein künstlerischer Wert, dann verlöre ein modernes Kunstwerk mit dem Fortgang der Zeit unausgesetzt an Qualität. Der künstlerische Rang wäre dann

eine Funktion der Zeit. Jeder weiß, daß es sich nicht so verhält. Die Kunst im Kunstwerk hat Dauer. „Alle Dichtung", sagt Schröder, „ist ihrem höchsten Begriff nach – unabhängig von der Gunst und Ungunst der Zeitläufe, von allen Trübungen des historischen oder des mythischen Bewußtseins –, alle Dichtung ist eine ewige Funktion des Menschengeistes, so ewig wie seine Religion, seine Wissenschaft, seine Rechtsetzung und seine Politik." An diesem Satz wird der Unfug des heute so leidenschaftlich und so angstvoll betriebenen Kults der Modernität sichtbar. Leidenschaftlich und angstvoll betrieben von denen, die Kunst hervorzubringen, und vielleicht noch leidenschaftlicher und angstvoller von denen, die Kunst aufzunehmen meinen. In Schröders „Deutschen Oden" stehen die Strophen:

Wer sind die Buben, welche gespreizt am Markt,
Neumodisch prangend, Backen gebläht, sich frech
Der schnellen Meisterschaft berühmen,
So die Minute zerbläst und auswirft?

Und weiter:

Doch ihr, unzüchtig, immer dem andern feil,
Habt selber euch aus eigenem Recht gelöst,
Habt nicht zum Stehn die Fußbreit Erde,
Nicht überm Haupt das Dach gerettet.

Die herben Worte richten sich gewiß nicht gegen das Neue überhaupt und nicht gegen die Modernen insgesamt, sondern nur gegen die Setzung des Modernen als absoluten Wert, gegen die hektische Jagd nach dem Neuen und Schockierenden und nach dem noch Neueren und noch Schockierenderen und gegen jene, die sich lediglich um ihrer Modernität willen als Künstler gebärden.

Folgt ihr nur äugelnd immer dem Tageswink,
Der Wolkenwirrsal über den Himmel führt;
Und leichtes Spielzeug schwanker Stunden,
Tauschet's und werfet's enttäuscht zu Boden.

Die Bewertung eines Kunstwerks nach dem Grad seiner Modernität hat zur Folge, daß der künstlerische Wert der nichtmodernen Werke in Frage gestellt oder einfach geleugnet wird. Und es sind nicht nur junge und unerfahrene Künstler, die im Überschwang ihres Vorwärtsdrängens und ihrer Entdeckerfreude die Werke etwa von Carossa, Bergengruen, Hesse, Schneider, Borchardt, Schaper, Schröder mit einer Handbewegung abtun, von Stifter, Gotthelf, Hebbel, Storm, Conrad Ferdinand Meyer, Fontane und noch früher Geborenen gar nicht zu reden, auch gesetzte Männer, auch Professoren der Literaturwissenschaft machen sich anheischig, die Belanglosigkeit dieser Dichter zu beweisen. Wer in der Tradition steht, wie sie unbedenklich behaupten – ob zu Recht oder zu Unrecht, wird sich noch herausstellen –, wer in dem steht, was sie Tradition nennen, zählt für sie eben deswegen als Künstler nicht mehr.
Zu den besterhaltenen Farbscheiben der Kathedrale von Chartres gehören die fünf Spitzbogenfenster im Giebel des südlichen Querschiffes. Die Komposition zur Rechten und zur Linken des zentralen Marienbildes stellt die vier großen Propheten Jesaja, Jeremia, Hesekiel und Daniel dar sowie die vier Evangelisten Matthäus, Markus, Lukas und Johannes. Das Merkwürdige und Bedeutsame ist aber, daß die Evangelisten auf den Schultern der Propheten sitzen. Damit soll die Verbundenheit des Neuen Testaments mit dem Alten Testament deutlich gemacht werden. Das Neue Testament ist zwar etwas Neues, etwas, wenn man so will, Modernes, aber es ist als das Neue doch nur möglich, verständnisvoll und sinnvoll, weil es das Alte gibt und weil es sich vom Alten getragen weiß. Etwas Ähnliches gilt im weltlich-humanen Bereich der Kunst. Der Künstler, der sich, „immer dem Tageswink folgend", vom Überkommenen löst, der nicht mehr willens oder nicht mehr imstande ist, sich die Widerfahrnisse der Vergangenheit, ihre Daseinsfülle, ihre gedanklich erloteten Tiefen anzueignen und zu verarbeiten, hat „nicht zum Stehn die Fußbreit Erde gerettet". Er klammert sich dann notgedrungen an die flüchtige Stunde, die ihm doch nur Flüchtiges gewährt. Er kennt dann nichts anderes als das eigene, ruhelos schweifende Ich, das doch nur noch des Leidens an

seiner Verlorenheit und Unerfülltheit fähig ist. Er hat, weil er sein Anrecht auf die von ihm verachtete Vergangenheit fahrenläßt, auch keinen Anspruch an die Zukunft. Er begreift und ergreift die Lebensflutungen nicht, weder ihren Zauber noch ihr Grauen, weder ihre Treue noch ihre Gefahr, weder ihre Würde noch ihre Wildheit. Er weiß auch nichts vom uralten und ewig neuen Sinn und Wert aller Kunst, der darin besteht, daß der Künstler um Lebens oder Sterbens willen gehalten ist, dem Chaos einen Kosmos, dem Zerrissenen und Zerwühlten eine Ordnung abzugewinnen.

„Maß des Gesangs ist Odem und Ordnung der Welt." Er ist ja selbst, der Bildungslose, ein Zerrissener und Zerwühlter, ist ja selbst, und mit Lust, ein Chaos. Und so trägt er denn sein Leiden, seine Zukunftslosigkeit, seine Sinn-Entleertheit, seine Lebensferne – die Schilderung von Scheußlichkeiten bedeutet noch keine Lebensnähe –, seine Verworrenheit, sein „Wolkenwirrsal", all den, wie Schröder es nennt, „unverdaulichen und unvergärbaren Bodensatz menschlicher Seelengeschichte" in die Welt hinein und bezeichnet es als Kunst, als künstlerischen Nonkonformismus, als Protest, als Revolte. Wogegen revoltiert er? Gegen alles. Bei Licht besehen, auch gegen sich selbst. Und nicht zuletzt gegen jene Kunst, die durch Begriffe wie Maß, Melos, Symbol gekennzeichnet ist. Durch Begriffe also, die für ihn mit dem Odium des Rückschrittlichen, Veralteten, ja Spießbürgerlichen und vor allem des „Traditionellen" belastet sind. In einer leidenschaftlichen Darstellung dieser dem Maß, Melos und Sinnbild verpflichteten Kunst sagt Schröder:

Da, wo der Mensch mit seinen Hoffnungen und Entwürfen doch zuletzt an fremdem Widerstande scheitern oder an der Unzulänglichkeit der eigenen Kräfte verzagen muß, läßt sie ihn wie in einem Zauberspiegel das schöpferische Nachbild einer Welt erblicken, die besitzt, was der seinen versagt bleiben muß: Harmonie, Ausgleich, Dauer. [. . .] In dieser erhabenen Vorstellung von ihrem Wesen und Wert liegen auch alle Ämter und Würden beschlossen, die ihr zukommen, alle Pflichten, deren sie sich zu unterziehen hat, alle Verzichte und Abweisungen, die ihr obliegen. Wohl wird sie aus allen

Brunnen des Lebens schöpfen, des Gräßlichsten sich nicht erwehren, das scheinbar Gleichgültige, ja das Widerwärtige selbst mit Liebe umfassen, um der Symbole höheren Lebens willen, die auch in dem Verwerflichsten noch den Adel seines Ursprungs erkennen lassen. Wohl darf sie die schneidenden Waffen des Zorns und der Verhöhnung führen, darf selbst des Unanständigen als ihres Stoffes sich bemächtigen; aber nichts, das in sie eingeflossen, wird anders wieder zutage treten als durch die Kraft ihrer weltgestaltenden Impulse geläutert und geordnet.

An diesen Sätzen ist zunächst einmal die Ehrfurcht erstaunlich und ergreifend, mit der Schröder von den Ämtern und Würden der Kunst spricht. Erstaunlich ist auch die Weite des Rahmens, den Schröder der Kunst gewährt. Er umfaßt selbst das Gräßliche, Verwerfliche, Widerwärtige und Unanständige. Und das will so gar nicht zum Rückschrittlichen, Veralteten und Verbürgerlichten passen, das dieser Kunst mit Vorliebe unterstellt wird. Eine besondere Aufmerksamkeit verdienen aber Wendungen wie schöpferisches Nachbild, Symbol höheren Lebens, Waffen des Zorns, weltgestaltende Kraft, mit Liebe umfassen, sich bemächtigen, läutern, ordnen. In allem macht sich, hier weniger, dort mehr, ein Tätigsein, ein Verwandeln, ein Beleben, kurzum ein willentliches Schöpfertum geltend. Und das stimmt wiederum nicht zu der Vorstellung, die man gemeinhin vom Traditionellen hat. Da scheint etwas absichtlich oder aus Leichtfertigkeit, aus Schnellfertigkeit durcheinandergebracht zu sein. Vielleicht zielt ja, wer Schröders Kunstauffassung als traditionell bezeichnet, wie es immer wieder geschieht, am Kern der Sache vorbei. Vielleicht stellt eine traditionelle Kunst einen ähnlichen Widerspruch dar wie eine moderne Kunst. Vielleicht darf ein Werk, sofern und soweit es traditionell ist, ebensowenig als ein Kunstwerk bezeichnet werden wie ein Werk, dessen Charakteristikum seine Modernität ist.
Traditionell – was besagt das Wort denn eigentlich? Es leitet sich vom lateinischen tradere her, was soviel bedeutet wie weiterreichen, überliefern, anvertrauen. Man mag die Sache drehen und wenden, wie man will, aus diesem Weiterreichen,

aus diesem tradere läßt sich nicht mehr herauslesen als das bloße Weiterreichen. Es steckt auch nicht die leiseste Andeutung darin, daß mit dem Weiterreichen eine Verwandlung im Sinne einer Entwicklung oder Neugestaltung verbunden ist. Das Weitergereichte bleibt, was es war und wie es war. Das Tradieren ist also ein unschöpferischer Vorgang. Auf diese Weise kann aber nie ein Kunstwerk zustande kommen. Wo immer von Kunst gesprochen wird, da meint man ein Erzeugnis des produktiven Menschengeistes. Trifft es zu, daß Dichtung das Sagen einer Unsagbarkeit ist, sei es des Menscheninnern, sei es der Welt, dann kann ein solches Sagen, das sich jenseits aller Logik und alles Begreifens vollzieht, nicht durch bloßes Weiterreichen, sondern nur durch Tätigwerden des Schöpfergeistes geschehen. Wirklichkeiten lassen sich weitergeben. Überwirklichkeiten – alle Dichtungen und Kunstwerke sind Überwirklichkeiten – müssen immer neu erschaffen werden. Wie ja auch die geheimnisvolle Erschütterung und Erhebung, die sich beim Erleben eines Kunstwerks einstellt, ihren Ursprung vornehmlich im aktiven Teilnehmen am Schöpfungsvorgang hat. Genaugenommen ist ein bis aufs letzte vollendetes Kunstwerk ein unvollkommenes Kunstwerk, denn es läßt der schaffenden Mitarbeit des Aufnehmenden keinen Raum mehr. So sehr ist jedes wahre Kunstwerk von schöpferischen Kräften und Anregungen durchwaltet, daß es auch den passiven Menschengeist und die betrachtende Phantasie zu schöpferischer Mitwirkung hinreißt. Ein Kunstwerk sich zu eigen machen, heißt immer, an seiner Vollendung mitarbeiten.

Davon weiß die Tradition nichts. Sie kann auch nichts davon wissen. Ihr fehlt ja die unmittelbare Beziehung zum Leben, zum Wagnis, zum Geist. Tradition ist geistlos. Ohne den Geistesfunken, der den Menschen zum Ebenbild des Schöpfergottes macht, zu einem Wesen, das auf Gottes Bild hin erschaffen ist, läßt sich kein Stoff, welcher Art er auch sei, in eine höhere Gestalt oder Bestimmung überführen. Schöpfertum ist ohne Geist nicht denkbar, Geist nicht ohne Schöpfertum.

Sie weiß aber auch, die Tradition, nichts von den unendlichen Darstellungsmöglichkeiten, über die der Geist verfügt. Selbst

da, wo er die überkommenen Kunstregeln in ihrer ganzen Strenge gelten läßt, bricht er innerhalb dieser Schranken mit einem unbegreiflichen Lebensreichtum auf. Was für ein Unterschied besteht doch zwischen einem Sonett von Petrarca und einem von Baudelaire, von Camoes und von d'Annuncio, von Opitz und von Schiller, von Bürger und von George, von Rilke und von Schröder! So viele Sonette, so viele Andersheiten. Noch aus den bescheidenen fünf Jamben eines Blankverses macht der Geist von Dichter zu Dichter etwas Grundverschiedenes. Bei Shakespeare sind sie gesättigt von Prunk und Schicksalträchtigkeit. Bei Goethe schweben sie in zeitloser Gelassenheit. Bei Kleist stürmen sie in Trotz und Raserei dahin.
Aber unerachtet alles Reichtums und aller Freiheit verströmt sich der Schöpfergeist nie ins Unverbindliche und nie ins Ungefähre. Er ist und bleibt der Kunst verpflichtet. Und die Kunst ist ewig die gleiche. Ihre Formen verändern sich, ihr Wesen nicht. Was vor mehr als viertausend Jahren im chaldäischen Ur als Kunst angesehen, wenn auch wahrscheinlich nicht so genannt wurde, gilt auch heute noch als Kunst, sogar als unübertroffene. Schröder drückt das folgendermaßen aus:

Wie wir jeden Neugeborenen nur daran als Menschen erkennen, daß er die Wesenszüge der alten Menschheit trägt, wie jede entschiedene Abweichung von diesen einer unnachprüfbaren Erfahrung als Norm eingeprägten Wesenszügen uns mit Staunen, Mitleid und Schrecken erfüllt, so erkennen wir auch jedes Gebilde der Kunst oder der Dichtung als solches nur daran, daß es die Wesenszüge der alten Kunst, der alten Dichtung an sich trägt.

Wenn ein nur dem „Tageswink" gehorchendes Werk ebensowenig ein Kunstwerk sein kann wie ein nur auf die Tradition vertrauendes, und wenn die schöpferische Weiterführung und Erhöhung, das Goethesche „Umschaffen das Geschaffne, damit sich's nicht zum Starren waffne", geradeso zu einem Kunstwerk gehört wie seine Teilhabe an den ewigen, unveränderlichen Gesetzen, was für ein Phänomen wird dann dem allen gerecht? Läßt es sich mit einem Wort erfassen? Wie heißt das Zauberwort? Es heißt Kontinuität. Kein schönes Wort, zugegeben, und ein fremdes obendrein. Aber die deutschen Wörter „ununterbrochener Zusammenhang" oder „Stetigkeit", die sich ebenfalls anbieten, haben nicht genug Fülle. Auch geht ihnen die Dynamik, das Vorandrängende der Kontinuität, ab. Wenn aber ein Fremdwort einen Sachverhalt, für den es keinen entsprechenden deutschen Ausdruck gibt, klar und bündig erfaßt und eine langwierige Umschreibung überflüssig macht, dann hat es damit seine Daseinsberechtigung bewiesen. Es ist übrigens bezeichnend, daß die deutsche Sprache kein gleichwertiges Wort für Kontinuität kennt. Der Deutsche und nun gar der deutsche Künstler setzt offensichtlich seinen Stolz darein, so an seine Arbeit heranzugehen, als habe sich vor ihm noch niemand mit dergleichen versucht. Er fängt am liebsten ganz von vorn an. Erscheinungen wie der Sturm und Drang, die Romantik, wenigstens die literarische, das junge Deutschland, der Expressionismus haben sich denn auch in unserem Vaterland unter nachdrücklicher Betonung ihrer Einzigartigkeit und ihres umstürzlerischen Wesens in Szene gesetzt. Der französische Künstler vergißt dagegen nie, woher er kommt. Es ist für ihn selbstverständlich, daß er, mag er sich auch noch so begeistert dem Neuen zuwenden, ein Glied einer kontinuierlichen Entwicklung ist, und er denkt nicht daran, das als einen Makel anzusehen. Im Gegenteil, er bekennt sich dankbar dazu. Warum sollte er es auch nicht tun? Die Kontinuität ist es doch, die ihm die Möglichkeit gibt, von der Position aus, die andere erreicht haben, seinerseits mit unverbrauchter Kraft ins Neuland vorzustoßen.

Will man wissen, was für ein Los den Künstler trifft, der die Kontinuität mißachtet, dann braucht man nur einmal die Bewegungen der letzten hundert Jahre zu überschauen. Sie sind alle mit dem Anspruch aufgetreten, in ihnen und nur in ihnen verkörpere sich die wahre und allein gültige Kunst: der Impressionismus, der Naturalismus, die Neuromantik, der Fauvismus, der Dadaismus, der Futurismus, der Expressionismus, der Kubismus, die neue Sachlichkeit, der Surrealismus, der Existentialismus, die Kunst des Absurden. Unzählige Künstler haben jeweils auf ihre zum Teil überaus geistreichen Theorien, Programme, Manifeste, Aufrufe, Thesen, Proklamationen und Prophezeiungen geschworen und dementsprechend die Welt zu zerstören und zu erneuern getrachtet. Aber geblieben sind nur die wenigen, die zwar in ihren Werken der Zeit ihren Tribut entrichtet, die aber, ob sie es wollten oder nicht, die Kontinuität der uralten und immer jungen Kunst gewahrt haben. „Damit sie ein lebendiges Ganze bleibe", sagt Schröder, „muß unsere Welt immer beides sein, Welt des Gedenkens und der Treue, Welt der Voraussicht und der Vorsorge. Das alte ‚nihil fit ex nihilo', ‚aus nichts wird nichts', behält auch in diesem Zusammenhang Recht und Geltung." Oder noch eindringlicher:

[. . .] und immer im Busen treu
Verwahrt er Altes, und das Erbe
Mehrt er, der Frühern gedenk und Spätern.

Wenn man einmal die Zeitschriften, Zeitungen, Anthologien und Gedichtbände lediglich der expressionistischen Jahre durchblättert, dann überkommt einen ein Erschrecken und eine Beklemmung. Was für eine Schau der Vergeblichkeit und Vergänglichkeit! Voller Hoffnung in fiebernden Hirnen entstanden, gedruckt, gelesen, gepriesen, hochgepriesen – und schon nach wenigen Jahren tot, hoffnungslos tot. Diese Werke haben den Vorrat gemehrt, aber nicht das Erbe. Wo Verächter des Erbes Literaturgeschichte machen wollen, da wird es eine Geschichte der Mißverständnisse, der Holzwege, der Rückfälle in die Barbarei. Warum haben sich, um nur drei Namen aus jenen Tagen zu nennen, Bert Brecht, Franz Kafka und Gottfried Benn durchzusetzen und nicht nur durchzusetzen, sondern auch in Wirkung auf das Zukünftige schon zu setzen vermocht, jeder auf seine Weise? Weil sie begriffen hatten, woher sie kamen gemäß dem Vierzeiler von Goethe: „Wer nicht von dreitausend Jahren / sich weiß Rechenschaft zu geben, / bleibt im Dunkel unerfahren, / muß von Tag zu Tage leben." Sie blieben nicht im Dunkel, und sie lebten auch nicht von Tag zu Tage, weil sie Künstler waren. Und sie waren Künstler unter anderem deshalb, weil sie sich Rechenschaft zu geben wußten von der Jahrtausende alten Kontinuität der Kunst, auch ihrer Kunst.

Es ist also eine Art von Taschenspielertrick, wenn allen nichtmodernen Werken ein Schildchen mit der Aufschrift „Traditionell" angeheftet und damit der künstlerische Wert abgesprochen wird. Denn ebensowenig wie alle nichttraditionellen Werke ohne weiteres zu den modernen zählen, gehören alle nichtmodernen ohne weiteres zu den traditionellen. Zwischen der Starrheit und Unfruchtbarkeit der Tradition und der Primitivität und Kindischheit der Gegenwartsanbetung erstreckt sich das weite Reich der lebendigen Kunst. In ihm gibt es auch Werke, die verheimlichte Bereiche des menschlichen Seins erschließen und Tabus brechen, und Werke, die sich assoziativer Elemente und Strukturen als neuer Aussagemittel bedienen und mit bisher überhörten Unter-, Ober- und Zwischentönen arbeiten. Wie denn auch die geistige Strenge, der Wahrheitsdurst und die Opferbereitschaft nicht übersehen werden dürfen, die hinter manchen der modern anmutenden Gebilde stehen. Wo immer diese Eigenschaften am Wirken sind, da geht es um mehr als um Modernität.

In der Rede, die Rudolf Alexander Schröder beim Empfang des Lessingpreises gehalten hat, erinnert er daran, daß die ursprüngliche Bedeutung des Wortes „Lesen" nicht die des Lesens in einem Buch, sondern des Erntens war. Das Lesen im Buch ist eine jüngere Ableitung. Wenn wir von einer Beerenlese oder von einer Spätlese sprechen, dann meinen wir damit eine Beerenernte und eine späte Ernte. Das Lesen eines Gedichts ist beides, ein Buchstabieren und ein Ernten. Und die Ernte erweist sich wiederum als ein Doppeltes. Der Leser erntet, was der Dichter gesät hat, und er erntet die Aussaat von Jahrhunderten oder Jahrtausenden. Aber indem ein Gedicht das Ende eines langen, von immer neuem Leben durchpulsten Zusammenhangs, eben einer Kontinuität, ist, stellt es zugleich einen Anfang dar. Indem es erntet, sät es aus, indem es erbt, mehrt es das Erbe. Es schwebt in einer Besonderheit, und es gibt sich hin an ein Ganzes. Es schaut in die Vergangenheit und es schaut ins Kommende.

Wer in unserer Zeit auf der Suche nach einem dichterischen Gesamtwerk ist, das die Janusköpfigkeit, die doppelte Kontinuität der Kunst beispielhaft offenbar macht, der wird früher oder später auf die fünfbändige Ausgabe von Schröders Werken stoßen. Manch einem mag auch der Auswahlband „Fülle des Lebens" genügen. Er enthält sogar Stücke, die in den fünf Bänden fehlen, zum Beispiel einige der Scherzgedichte, die Schröder im geselligen Kreis mit verschmitzter Anmut vorzutragen wußte.

Am nachhaltigsten beeindruckt wohl die Kontinuität der Schröderschen Sprache. Er bewahrt einen geradezu unfaßlichen Reichtum an Wörtern im Schatzhaus seines Gedächtnisses auf, darunter an solchen, die den meisten Lesern kaum noch vertraut sind. Unter seinen Händen gewinnen sie jedoch, ohne ihr Altertum aufzugeben, eine neue Gegenwärtigkeit. Aus ihrer Zweidimensionalität wird eine dreifache, weil die Tiefendimension der Wortgeschichte hinzukommt. Sie senken gleichsam, diese Wörter, unsichtbare Wurzeln in die Gründe und Schlüfte des Ursprungs, sie sind keine Abgeschlossenheit und Gerundetheiten, sondern Gebilde, die aus dem Zusammenhang mit der Vergangenheit leben. Mit der Vergangenheit, aber auch mit der Zukunft. Jemand, der über ein so sicheres Wissen vom Werden und Gewordensein der Sprache verfügt wie Schröder, darf es unternehmen, zu weissagen und den Gang der Wortgeschichte voranzutreiben, indem er Wörter formt, die Zukünftiges vorwegnehmen. So ist diese Sprache trotz ihrer Klarheit, Dichte und Gehämmertheit voller Atem, voller Bewegung. Sie gleicht einem Baum, dessen lebentragender Säftestrom aus dem Erdreich bis in den Wipfel emporsteigt. Wenn die Blätter sich regen, raunen in ihrem Rauschen die Stimme der Tiefe und die Stimme des Äthers mit.

Eine weitere Kontinuität ergibt sich aus Schröders Vertrautheit mit der Weltliteratur, insbesondere mit der antiken Epik und Lyrik, als deren sorgenden und liebenden Sachwalter er sich von Anfang an betrachtet hat. In den Homer-, Vergil- und Horaz-Übertragungen schlägt sein Herz. Um es mit den schönen Worten von Carl Jakob Burckhardt zu sagen: „Die gesamte Welt der Griechen war die seine. Es war, als habe er die ungeheure römische Reichstragödie in drei Akten erlebt, die leisesten Herztöne des römischen Menschen hat er vernommen, keiner wußte mehr als er über Vergil, [. . .] wenige mehr über die spiegelnde Welterkenntnis des Horaz." Deshalb lag ihm soviel daran, die Deutschen am Glanz und an der Weisheit dieser Gesänge, die das abendländische Wesen mitgeprägt haben, an dieser Humanitas, so unmittelbar wie irgend möglich teilnehmen zu lassen. Unablässig bemühte er sich, im Bereich der deutschen Sprache antike Wortstämme aufzuspüren, die mithelfen sollten, den Raum der Zeit und der Begriffsgeschichte aufzuheben und die Kontinuität sichtbar und fühlbar zu machen. Welche Schwierigkeiten dabei überwunden werden mußten, sei an einem nicht völlig geglückten Versuch dargetan. Er hat lange nach einem Wort Ausschau gehalten, das dem griechischen „Naus", also „Schiff", entspräche. Das Schiffswesen spielt ja in der Ilias und in der Odyssee eine nicht eben geringe Rolle. Und so war er richtig glücklich, als er auf das oberdeutsche Wort „Naue" stieß, das über das lateinische „Navis" mit „Naus" aufs engste verwandt ist. Wir kennen es alle aus dem Anfang von „Wilhelm Tell": „Mach hurtig, Jenni. Zieh die Naue ein." Die Naue meint aber nicht mehr ein seetüchtiges Schiff, sondern nur noch einen Nachen. Und diesen Größenschwund in der Bedeutung hat auch Schröder nicht rückgängig machen können. Unser Gefühl wehrt sich gegen den „Holm archaischer Nauen" am Strand von Troja. Jedesmal, wenn in der Übertragung von der „Naue" oder den „Nauen" die Rede ist, stutzt man und kommt aus dem Lesetakt. Das Wort, das die Kontinuität vertiefen sollte, unterbricht sie. Aber gerade dadurch wird die Aufmerksamkeit für die Fülle des Wohlgeratenen geschärft. An den Schröderschen Übertragungen von Homer, Vergil und Horaz, die insofern wirkliche Übertragungen sind, als in ihnen ein den Originalen ebenbürtiges Dichtertum aufleuchtet, an diesen Nachdichtungen kommt niemand mehr vorbei. Auch nicht an den tiefsinnigen Essays über den ganzen Fragenkomplex, denen man unter anderem entnehmen kann, was für ein gerüttelt Maß von Arbeit, denkerischer und philologischer, in den Übertragungen steckt.

Von Homer, Vergil und Horaz, von antiker Gesittung und Freiheit, spannt sich der einbeziehende Bogen bis hin zu Shakespeare, Pope, Molière, Racine, Voltaire und Valéry. Er spannt sich buchstäblich. Denn es geht nicht um bloßes

Weiterreichen, sondern um ein verwandelndes Besitzergreifen und Vorandrängen durch die Kraft, durch die Dynamis, durch die Dynamik eines bevollmächtigten Geistes. Aus den Werken der Niederländer und Vlamen – Gerten Gossaert, Joost van den Vondel, Karel van de Woestijne, Prudens van Duyse, Guido Gezelle und Dirk Rafelz Camphuyzen – sind, während Schröder sie übersetzte, pralle Wörter und erdfeste Wendungen in seine Sprache eingedrungen und haben ihre Sinnenhaftigkeit und Weltfreude verstärkt. Stefan George hat etwas Ähnliches erfahren, wenn auch unter anderem Vorzeichen. Nicht weniger als zwölf Aufsätze, zum Teil von beträchlichem Umfang, geben Zeugnis von der bewundernden Ergriffenheit, mit der Schröder sich wieder und wieder der Gestalt und dem Werk Goethes genaht hat. Noch tiefere Ehrfurcht atmen seine Abhandlungen über Schillers Ruhm und Schillers Gedichte, deren Erlesenheit, Härte und Wagemut, deren Transparenz, Firnenlicht und eisiger Idealität er nichts Vergleichbares in deutscher Zunge an die Seite zu stellen weiß. Daneben klingt das über Jean Paul, Hölderlin, Clemens Brentano und Annette von Droste-Hülshoff Gesagte fast zurückhaltend. Nichtsdestoweniger gehören auch ihre Werke zu seinem Besitz.

Es gibt ein Gedicht von Schröder, ein Wunder von einem Gedicht, in dem alles bislang Ausgeführte Gestalt angenommen hat:

In ein Schweizer Stammbuch

Selig Land, das droben die Stirn im silbernen Äther
Leuchtend kühlt und den Fuß netzet im spiegelnden Blau!
Rinnend und träufelnd vom Wasser, vom heiligen, alle die Täler,
Alle Gipfel zumal, daß in den Schrunden der Wald
Nicht verlechze, die Trift auf Fels und Lehne hinansteigt
Und ihr folge dein Volk, Jäger und Bauer und Hirt. –
Bis an die Grenze der Odmenden haucht mit Blumen dein Frühling;
Drunten im glühenden Tal keltert Autumnus den Wein.
Aber ein anderer Kranz, ein ewig dauernder, blüht dir:
Freiheit! – Wer sie verlor, weiß und gedenkt es und schweigt.

Jedem von uns ist sogleich deutlich, daß die Verse in der Zeit des Dritten Reiches geschrieben sein müssen, als aus Deutschland die Freiheit verschwunden war. Dennoch gelten sie nicht nur für die damaligen Tage, sondern immer, solange Menschen mit Menschen umgehen. Das Maß des Gedichtes ist das Distichon, diese schmiegsame Zwillingseinheit von Hexameter und Pentameter. Der Dichter verwendet sie in voller Beherrschung aller Feinheiten der Zäsur, des Rubato, der inneren Rhythmik: „Selig Land, / das droben die Stirn / im silbernen Äther / Leuchtend kühlt und den Fuß / netzet im spiegelnden Blau!" Das ist Antike: eine klare und entschiedene Gliederung. Deutlich der Anfang, deutlich das Ende. Alles der Klarheit und Entschiedenheit des Bildes entsprechend. Dagegen: „Bis an die Grenze der Odmenden haucht mit Blumen dein Frühling ..." Ein sehr deutscher Vers. Kein spürbarer Einschnitt, nur die Andeutung einer Struktur, in der Hauptsache ein Drängen, weiter und immer weiter, wie der Blumenhauch des Frühlings. So nimmt ein Dichter das Versmaß in seinen Dienst. Das Versmaß und die Wörter. Wie jung sind die alten mit einem Male durch die Reihung geworden, in der sie stehen: Schrunden, verlechzen, Trift, Lehne, Odmenden! Und nicht der Herbst keltert den Wein, sondern Autumnus. Wo in der Schweiz die Rebe gedeiht, ist romanischer Boden, hat Autumnus sein Wesen. Ein paar Verse nur insgesamt, aber was für ein geläutertes, von Morgenfeuchte durchwehtes, blühendes Bild steigt auf! Ja wirklich: selig Land! Und da ist noch etwas Bewegendes. Ein Deutscher, der unter der Tyrannei leidet, schreibt ein Gedicht in das Stammbuch eines freien schweizerischen Hauses. Er verhehlt seine Not nicht. Aber er drängt sie dem Gastgeber auch nicht auf. „Freiheit! – Wer sie verlor, weiß und gedenkt es und schweigt." In der Fremde kein richtendes Wort über sein eigenes unseliges Land. Das ist Geistesadel, das ist Schröder, und das ist Kontinuität, das auch. Nämlich die des Mannessinnes, dem von alters her Pflicht und Opfer vertraut sind.

Was wäre nicht noch alles über unser Thema zu sagen! Allein die Art und Weise, wie Schröder die wenig geachteten und beachteten Formen der Barocklyrik ins Heute herüberholt und den spielenden Einfällen seiner Phantasie zugeordnet hat, verdiente einen Vortrag für sich. Desgleichen die Verbundenheit seiner Kirchenlieder mit den alten und ihr Geöffnetsein zum Neuen hin. Aber das muß andern Geistern und andern Stunden überlassen bleiben. Heute gilt es, noch des Merkwürdigsten und Größten in Schröders Dasein mit Behutsamkeit zu gedenken. Um die Mitte seines Lebens ist ihm etwas zugestoßen, wovon er nur zu ganz wenigen Menschen gesprochen hat. Und auch dann nur sehr verhalten. „Das Unsagbare geschah mir, als ich in meiner Anfechtbarkeit und Schwäche plötzlich bis auf den Grund begriff, was Sünde ist und was Erlösung bedeutet." Mit Sünde meinte er nicht die Verfehlungen des Alltags, auch die schlimmsten nicht, sondern das Leben in der Gier und im Grauen der Erdenangst, die Ursünde des Gesondertseins, des Abgetrenntseins von dem, der über allem Herr ist. Ein unüberhörbarer Anruf erreichte ihn. Und er antwortete, wie es seine Art war, klar und ohne Umschweife. Er gehorchte. Als Mensch und als Dichter. Der Mensch diente der Gemeinde in gefahrenvollen Zeitläufen. Der Dichter machte sich daran, die durch bloßes Weiterreichen und durch Gewöhnung, die durch Tradition entleerten, wenn nicht erstorbenen christlichen Vokabeln mit neuem Leben zu füllen. Nicht als ein theologischer Neuerer – er brach keine Verbindungen ab, er stellte nichts auf den Kopf –, sondern als ein Mann der Kontinuität. Was er vorfand, nahm er in einem innigen, in einem, das Wort in seiner tiefsinnigsten Bedeutung verstanden, kindlichen Glauben an, wie er einem Menschen nur aus unverdienter Liebe oder, was dasselbe ist, aus Gnade geschenkt wird. Unter der erneuernden Macht seines Dichtertums erfuhren die toten, zu Theologie gewordenen Begriffe so etwas wie eine Wiedergeburt, für ihn und für andere. Sie verwandelten sich in furchtlose und Furchtlosigkeit bringende, in gläubige und Glauben weckende Verse. Aber das Unterfangen blieb nicht ohne Rückwirkung: wie das Dichtertum die Wörter erneuerte, so erneuerten die Wörter das Dichtertum. War Schröder früher ein beredter Dichter, so steigerte er nun seine Aussage zu einer kaum noch zu überbietenden Verdichtung und Knappheit. Der Satz, der für die Materie gilt, trifft auch für den Geist zu: Je dichter, um so gewichtiger. Die Verse der späteren Jahre, die geistlichen wie die weltlichen, sind, die weltlichen vielleicht noch mehr als die geistlichen, sofern dieser Unterschied überhaupt von Belang ist, schwer von Gedankenfracht. Das geht nicht ohne Herbheit und Härte ab. Was Schröder in früherer Zeit einmal prophetisch ausgerufen hat, hier bewahrheitet es sich: „Ihr wißt, nicht die Süße rettet die Frucht, der Kern muß sich beweisen." Der Kern, das Innerste, das Dichteste, das Eine, das nottut, läßt sich aber nicht unmittelbar sagen. Es entzieht sich dem direkten Zugriff und kann nur im Widerspruch ausgesprochen werden. In der Rückschau des Alters erkannte Schröder, daß sich das Eigentliche seines Lebens zwischen Spruch und Widerspruch, nein, im Spruch und Widerspruch, ereignet hatte. Die Frage, wie das zu verstehen sei, soll er selbst beantworten und damit das letzte Wort haben, wie es sich geziemt:

„Alter, wenn sich's sagen läßt,
Sag, wie war dein Lebenslauf?"
– Der mich freigab, hielt mich fest,
Der mich drückte, half mir auf;

Machte mich durch Altern neu,
Machte mich durch Wachstum klein,
Stieß mich aus und blieb mir treu,
Gab die Welt, und nichts ward mein,

Hielt Gericht und sprach mich quitt,
Eh' mein Frevel noch begann.
Was ich ward, und was ich litt,
Rätsel: deute sich's, wer kann.

(1968)

Brief vom 6. 8. 1965

[. . .] Von dem Fischer-Band „Deutschland erzählt" hat der Herausgeber (er ist Literarhistoriker an der Universität Bonn) mich ausdrücklich ausgeschlossen. Der Verlag ist unglücklich über diese Anthologie, kann aber nichts daran ändern [. . .]

Wir haben in Bremen einen Regisseur am Goethe-Theater (!), der die dafür geeigneten Stücke zu solchen Schweinereien umarbeitet, wie sie in der verkommensten Dirnengesellschaft nicht üblich sind (laut Kritik). Aber ganz Bremen rennt hin. Sehen Sie, das ist es. Die Leute entrüsten sich und rennen begierig hin. Es ist modern. Und jedermann hat Angst, nicht modern zu sein. Und die Kirche macht mit, aus Angst, Gott könnte seine Partie verlieren, wenn sie nicht mit „modernen" Mitteln für ihn einträte. So stehen die Dinge. Vielmehr, so liegen sie, nämlich im Dreck. Daß sie schon immer dort gelegen haben, nur auf eine etwas andere Weise, will nichts besagen. Als Christus im Fleische auf Erden war, sah es in Rom gerade so aus wie heute in Bremen, Bonn, Marburg oder Konstanz. Aber eben deshalb ist das Wort ja Fleisch geworden, eben deshalb hat Christus sich ans Kreuz hängen lassen, und eben deshalb ist er auferstanden. Ich selbst kann nicht den ersten Stein [. . .] werfen, ich ganz gewiß nicht. Und so bitte und bete ich denn zitternden Herzens, daß Er auch mich meinen möge, wenn er sagt, er sei um der verlorenen Schafe willen gekommen. [. . .]

Über Romantik will ich gern mit jedermann reden, der danach Verlangen hat. Aber wir müssen uns dann erst einmal darüber verständigen, was unter Romantik begriffen werden soll. Sicher nicht das, was Lieschen Müller darunter versteht. Aber vielleicht auch nicht der philosophische Begriff. Sprengt nicht jede große Kunst die begrifflichen Grenzen? War Rembrandt ein Barockkünstler? Hölderlin ein Romantiker? Ja und nein. Und mehr nein als ja. Aber davon zu seiner Zeit mehr.

Eine entscheidende Frage wird sein, ob man Kunst und Eschatologie in einem Atem nennen kann. Ist nicht die Absicht eines jeden Kunstwerks darauf gerichtet, für sich gültig, fertig, abgeschlossen, vollendet zu sein? Wie verträgt sich das mit Eschatologie? Dabei macht es keinen Unterschied, ob es sich um Kunstwerke mit „geschlossener Form" (Klassik) oder mit „offener Form" (Romantik) handelt. Gegenüber jeder Eschatologie ist auch die offenste Form, sofern es sich um ein Kunstwerk handelt, geschlossen.

Wir *können* die Spannung zwischen unerlöst und erlöst, sündig und gerechtfertigt, ungläubig und gläubig gar nicht aufgeben, sie ist *die* Form unseres Lebens in dieser Welt. Wir *müssen* sie ertragen, ob wir wollen oder nicht. Daher ja auch unser dialektisches Reden. Gott ist nicht dialektisch, ganz bestimmt nicht. Aber *wir* sind in die dialektische Spannung gestellt. Gottes Wahrheit ist eine einzige heile Wahrheit, aber unsere Wahrheit ist zerrissen. [. . .]

Erich Ponto

Am 12. Januar 1937 wurde meine dramatische Ballade „Lilofee" mit der Musik von Ludwig Roselius zugleich in Darmstadt, Dresden, Kassel, Meiningen und Münster uraufgeführt. Dreißig andere Bühnen hatten das Stück für die nächste Spielzeit angenommen. Damals fand ich weiter nichts dabei. Heute würde ich im gleichen Fall anders darüber denken. Das hängt damit zusammen, daß manches, wovon man in der Jugend die Fülle hat, im Alter Mangelware wird.

Wir beschlossen, Ludwig Roselius und ich, uns die Dresdener Uraufführung anzusehen. Dort hatte Erich Ponto die Rolle des Smolk von Brake übernommen, dieser elementarischen Spukgestalt, die das Verlockende der Wassertiefe verkörperte. Und das gab den Ausschlag.

Rudolf Schröder, der Direktor des Staatlichen Schauspielhauses, holte uns vom Hotel ab und brachte uns durch den Hintereingang seines Theaters in die Intendantenloge. Als wir über die Bühne gingen, trat eine Frau auf uns zu und bespützte unter Toi-toi-toi-Gemurmel unsere Rockaufschläge mit etwas Feuchtigkeit. Das bringe Glück, fügte sie beim Anblick meines betroffenen Gesichtes flüsternd hinzu, sie sei die Souffleuse. „Aha", sagte ich, „vielen Dank!" Roselius verzog keine Miene, er war von den Aufführungen seiner Opern her an dergleichen gewohnt, wie er sich auch weiterhin den Anforderungen einer Uraufführung durchaus gewachsen zeigte. Ich merkte das schon an der sicheren Art, mit der er sich in der Loge niederließ und ruhigen Blickes das bunte und glitzernde Gewirr im Zuschauerraum musterte, während mich der Gedanke, mein in jugendlicher Unbekümmertheit nur so hingeworfenes Stück müsse die erwartungsvollen Zuschauer enttäuschen, so bedrückte, daß ich mich in die hinterste Logenecke zurückzog. Erst als es dunkel geworden war, wagte ich mich an die Brüstung vor. Der angestrahlte Vorhang teilte sich ein wenig, und hervor trat Erich Ponto als Smolk von Brake, angetan mit einem bäuerlichen Abendmahlsrock und den dazu gehörenden Hosen. Unter dem altmodischen Zylinder hingen ihm ein paar Haarsträhnen in das düstere

Gesicht. Nachdem er sich seine Viola d'amore unter den Arm geklemmt hatte, machte er eine schwerfällige Verbeugung und begann:
„Der Saal hat sich verdunkelt, Musik erklingt, der Widerschein des Rampenlichts fliegt am Vorhang empor, ein schauspielerische Person tritt vor Sie hin. Sie atmen auf, Damen und Herren, endlich scheint das Stück ja anfangen zu wollen ..."
Mich überlief's. Und je länger der Mann vor dem Vorhang sprach, um so durchdringender wurde das Erschauern. Stammten diese Sätze wirklich von mir? Sie bekamen in seinem Munde etwas Fremdes, Gespenstisches, Beunruhigendes und doch wieder merkwürdig Einlullendes. Wenn es so weitergeht, dachte ich, wird es ein wunderbarer Abend, nicht meines Stückes, sondern Pontos wegen, ein Abend, wie Smolk es ausdrückte, voller Gelächter, Traurigkeit, Gesang und Traum. Und als dann die unirdischen Streicherklänge aus dem Orchester aufstiegen und Herr Smolk mit seiner Ballade von der versunkenen Brigg „Standhaftigkeit", deren Kartenhaus mit den Vorhängen aus Tang und Gras sein Königsgelaß sei, halb sprechend, halb singend in sie einfiel, da dachten es die Menschen, die in der Nacht des Zuschauerraums den Atem anhielten, ebenfalls. Aber Herr Smolk fuhr fort zu singen:

„Und manchmal auf meinem Instrument
ich spiele mir etwas vor.
Mein Haupt viel Weisheit und Lieder kennt,
sie klingen durchs Wasser empor.

Und wer das Wasser erklingen hört,
das Tier steht still in der Nacht,
der Mensch in Bangigkeit sich verzehrt,
der Baum rauscht auf so sacht.

Ich weiß ein Mädchen freundlich und blaß,
kommt oft ans Ufer zu mir.
Ich wollte, sie käme in mein Gelaß,
ich wollte, sie schliefe hier."

Und dann vollzog sich unaufhaltsam das Geschick der schönen, jungen Lilofee, die sich in ihrer Lebensscheu und in ihrem Verlangen nach den von goldenen Lichtern durchwehten Dämmerungen der Wassertiefe dem violaspielenden Herrn Smolk von Brake in der Stube ihrer Mutter anverlobt und unmittelbar danach in der Begegnung mit dem ungetreuen-getreuen Seemann Friedolin vom Blitzschlag der Liebe getroffen wird, ihre Seligkeit und ihren Jammer erfährt und schließlich erkennen muß:

„Er hat wohl recht, wenn er uns sagt,
daß keine Tat alleine bleibt,
daß eins das andre weitertreibt,
ob auch der Mensch aufweint und klagt."

Wie vortrefflich die anderen Schauspieler ihre Sache auch machten, immer wieder war es Erich Ponto, er vor allem, der durch sein beschwörendes Spiel das Geschehen in die Welt hinter den Dingen hob. Unheimlich die Selbstverständlichkeit, mit der er als Spukwesen unter den Menschen umherging, mit ihnen sprach und doch keinen Zweifel an der Unwirklichkeit seiner Wirklichkeit ließ. Die Macht seiner Ausstrahlung war so groß, daß sie auch dann wirkte, wenn er nichts sagte und sich nicht bewegte. Sein bloßes Dasein schlug jeden in seinen Bann. Waren bei meinem Text noch Zweifel möglich, ob es glaubhaft sei, daß sich ein so schönes, junges Menschenkind mit einem aberalten Wassermann einlassen werde, so konnten solche Bedenken angesichts dieses Smolks überhaupt nicht aufkommen. Wie hätte die arme Lilofee in ihrer Verzweiflung einer so überwältigenden Dämonie zu widerstehen vermocht? Alles, was Herr Smolk, dieser pontosche Smolk, sagte und tat, war von einer hintergründigen Ruhe und Schicksalhaftigkeit, der gegenüber sich weder das Mädchen Lilofee noch sonst jemand behaupten konnte. Man hatte mir erzählt, daß Ponto durch eine Beschädigung seiner Wirbelsäule gezwungen sei, eine Art Stützkorsett aus stählernen Spangen zu tragen. Offensichtlich war es dem unaufhörlichen Kampf mit dieser Behinderung zu danken, daß jede seiner Bewegungen etwas Notwendiges, Gesammeltes und deshalb Zwingendes hatte. Ein Künstler sieht sich ja immer erst dann zu einer äußersten Leistung genötigt, wenn ihm das Material, mit dem er arbeitet, Widerstand entgegensetzt, je stärker, um so besser. Das „Material" eines Schauspielers ist sein Leib mit allem, was dazugehört. Es genügt nicht, daß er eine Rolle lebt, er muß sie auch leiben. Die schweigende Macht des Wassers, das rätselhaft Ziehende, das Erlösung Verheißende, das in der tödlichen Bedrohung lebt – Ponto wußte darum und verwandelte sein Wissen in leibhafte Gestalt. Die Wellen des Grauens und der Bewunderung, die mich durchschauerten, hörten nicht auf. Ich bereute es wahrhaftig nicht, nach Dresden gekommen zu sein.

Als sich der Vorhang nach dem letzten Bild zum ersten Mal schloß, holte Schröder den Komponisten und mich auf die Bühne. Ich stolperte ins Rampenlicht hinaus und verneigte mich beim Auseinandergleiten des Vorhangs in der Richtung, aus der das Beifallsgerassel heraufdrang. Die Scheinwerfer blendeten mich so, daß ich nicht sehen konnte, deshalb verneigte ich mich noch, als der Vorhang sich längst wieder geschlossen hatte. „Fräcke weg!" rief Schröder, der die Vorhang-Regie führte. „Lilofee raus!" Mit den „Fräcken" meinte er Roselius und mich, obwohl wir keine trugen. „Smolk raus!" Ein Beifallssturm erhob sich unten. „Alles raus, was Beine hat!" – „Der Neger allein!" Freundliches Gelächter im Zuschauerraum. „Lilofee und die Mutter! Wo ist Frau David? Los, Kinder!" – „Der Dichter allein!" – „Der Komponist allein!" – Unaufhörlich öffnete und schloß sich der Vorhang. „Kulle und Rosa!" – „Caddy allein!" – „Alle Seeleute!"

Ich wartete darauf, daß ich mit Smolk, der in der jenseitigen Kulisse stand, aufgerufen würde, weil ich ihm gern vor aller Welt gedankt hätte. Aber das geschah nicht. Und als ich endlich die Sache selbst in die Hand nahm und bei geschlossenem Vorhang zu ihm hinüberlief, um ihn auf die Bühne zu ziehen, war es schon zu spät, der Vorhang öffnete sich nicht mehr. Aus der Nähe sah Pontos dunkelgrün geschminktes Gesicht mit den hängenden Haarsträhnen wahrhaft zum Fürchten aus. Ich schüttelte ihm und den andern, einschließlich der spützenden Souffleuse, die Hand. Die Angespanntheit wich, eine freudige Gelöstheit breitete sich aus. Noch einmal er-

hob Schröder seine Stimme: „Wir treffen uns nachher im ‚Bellevue'." Ich wollte mich wieder Ponto zuwenden, aber er war schon verschwunden.
Als ich mich der festlich gestimmten Runde zugesellte, die sich im Hotel „Bellevue" zusammengefunden hatte, schien Ponto noch nicht anwesend zu sein. Ich ließ meine Augen vergeblich umherschweifen. So setzte ich mich denn neben einen blassen, etwas zusammengesunkenen Herrn, in dem ich einen Angestellten der Verwaltung vermutete. Er rückte bereitwillig zur Seite, räusperte sich und schwieg. Da auch mir nicht eben zum Reden zumute war, saßen wir, während um uns herum erzählt und gelacht wurde, eine Weile wortlos nebeneinander. Jedesmal, wenn die Tür sich öffnete, hoffte ich, der Eintretende werde Ponto sein. Es war jedoch nie der Fall. Als mein Nachbar sich wieder einmal anschickte, sein Glas zum Munde zu führen, hielt er auf halbem Wege inne, sah mich von der Seite an und sagte leise: „Wenn die Betreffenden im Zuschauerraum in der Lage wären, zu begreifen, was es eigentlich mit Ihrem Stück auf sich hat, dann würden Sie heute nacht noch abgeholt und wir auch."
„Wie meinen Sie das?"
Er dämpfte seine Stimme noch mehr: „Wir leben immerhin im Jahre 1937. Und da dürfte ein Ausspruch wie ‚Je mehr ein Mensch sich im Unrecht fühlt, um so geschwinder ist er mit der Gewalt bei der Hand' den Gewaltsüchtigen etwas merkwürdig in den Ohren klingen. Gar nicht zu reden von den Versen:

‚Willst du dich wirklich so wild gebärden?
Ich glaube, mit Gewalt und Macht
ist noch kein kleinstes Ding auf Erden
zu einem guten Ende gebracht.'

Ihr Stück stellt durch seine ganze, durch . . . ja, durch seine ganze Art einen Protest des Geistes gegen den Ungeist dar, der die Stunde regiert. Zum Wohl!"
„Ich muß Ihnen aber gestehen – zum Wohl! –, daß ich es nicht in dieser Absicht geschrieben habe. Überhaupt nicht. Ich habe überhaupt nichts damit beabsichtigt."

„Trotzdem verhält es sich so." Er richtete sich auf, atmete aus und sank wieder in sich zusammen. „Absicht ... nun ja, die Absicht ist des Künstlers schwächster Teil. Es kommt weniger auf die Absicht des Künstlers als auf die Absicht oder richtiger auf den Willen des Kunstwerks an. In dem Kunstwerk lebt tatsächlich, während es entsteht, so etwas wie ein traumwandlerischer Wille, der über den Willen des Künstlers hinausgeht. Die Griechen haben das in der Sage vom Pygmalion ausgedrückt. Das Kunstwerk wächst dem Künstler, ohne daß er es merkt, über den Kopf. Infolgedessen weiß das fertige Kunstwerk – ich lasse es dahingestellt sein, ob ein Kunstwerk jemals fertig ist – weiß das fertige Kunstwerk mehr als sein Schöpfer. Das ist eine so merkwürdige Sache, daß man meinen könnte, es habe noch ein ... ein anderer seine Finger dazwischen. Jedenfalls verdient nur jemand, dessen Wollen und Wissen vom Wollen und Wissen seines Werkes übertroffen wird, den Namen eines Künstlers. Die andern sind und bleiben die Handwerker. Nichts gegen die Handwerker. Aber wir sprechen ja vom Künstler. Unter den Künstlern müßte eigentlich der Schauspieler am ehesten etwas vom Wollen und Wissen des Kunstwerkes ahnen, weil er ja nicht nur erschaffender Künstler, sondern auch erschaffenes Kunstwerk, weil er Schöpfer und Geschöpf in einer, in seiner Person ist. Aber lassen wir das! Ich glaube jedenfalls, und davon sind wir ja ausgegangen, daß jedes so beschaffene, so erschaffene Kunstwerk teilhat an der Wahrheit und deshalb durch sein bloßes Vorhandensein im Kampf steht gegen alle Lüge und Schändung in der Welt."

Damit dürfte er aber, wandte ich ein, einem Künstler nicht kommen. Denn wenn er, der Künstler, anfinge, über diese schwierige Bewandtnis nachzudenken, laufe er Gefahr, den letzten Rest von Unschuld zu verlieren, der ihm allenfalls noch geblieben sei. Und dann bringe er überhaupt nichts mehr zustande.

Er ließ sich mit seiner Antwort Zeit. Als er wieder begann, sprach er mehr zu dem Glas, mit dem er spielte, als zu mir: „Ich halte viel vom Nachdenken. Aber an diese Sache komme ich mit dem Nachdenken nicht heran. Sie hat ihr wunderliches Wesen in Tiefen und Dunkelheiten, in die das Licht des

Denkens nicht hinabreicht. Nähme man einmal alles zusammen, was die klügsten Menschen, auch die Künstler selbst, über Kunst und Kunstwerke geschrieben haben, und stellte dem ein einziges Kunstwerk, ein Bild, ein Gedicht, ein Musikstück, gegenüber, dann würde die Unzulänglichkeit des Gedachten und Geschriebenen erschreckend offenbar werden. Denn das Kunstwerk hat, was das Gedachte nicht hat und auch nicht haben kann und auch, weil es ja das Gedachte ist, nicht haben will, das Kunstwerk hat das Geheimnis." Er blickte auf: „Oder wissen Sie ein besseres Wort dafür?"

„Und doch", sagte ich, „geht es nicht ohne das Denken und das Wissen und das Können, das aus dem Wissen kommt. Ein dramatisches Werk etwa muß weithin gewußt werden."

„Bestreite ich nicht. Das heißt, zur Not geht es auch ohne das. Wie dem auch sei" – er hielt mir sein Glas entgegen und sah mich voll an –, „ich trinke auf das Geheimnis der ‚Lilofee'."

Unsere Gläser berührten sich.

Ich sagte, vielleicht hieße das Geheimnis der „Lilofee" ganz einfach Erich Ponto.

Er warf den Kopf ein bißchen zurück und ließ ein kleines Lachen durch die Nase hören. Dann trank er sein Glas leer.

„Unzählige Male", sagte ich, „hat er den Text mit seinem Wort und seiner Gebärde überhöht, nein, nicht überhöht, hat er ihn vollendet, erfüllt, zu dem gemacht, was er sein wollte, aber nicht war."

„Wann?"

„Ach, immer wieder."

„Zum Beispiel?"

„Zum Beispiel im letzten Bild, wenn er mit Lilofee, die sich für ihn und nicht für Friedolin entschieden hat, sich für ihn hat entscheiden müssen, weil ihr Kindchen unten nach ihr weint, wenn er mit ihr an dem geschlagenen und vernichteten Friedolin vorübergeht, läßt er sie los und verneigt sich langsam und tief vor ihm. Ich wußte sofort: ja, das ist es, diese Verneigung gibt dem Augenblick erst seinen großen Sinn: der Überwinder verneigt sich vor dem Überwundenen, so muß es sein. Aber ich habe sie nicht vorgeschrieben, diese Verneigung. Sie ist Pontos Werk."

Er lachte abermals durch die Nase: „Sie ist keineswegs Pontos Werk. Aber sie ist auch nicht Ihr Werk. Und trotzdem steht sie im Buch."
„Nein."
„Sehen Sie nur nach! Sie wissen es nicht mehr, weil Sie es nie gewußt haben. Aber das Werk hat es gewußt, das Werk war wissender als Sie. So habe ich es vorhin gemeint."
„Sind Sie sicher, daß die Anweisung im Buch steht?"
„Ziemlich."
„So etwas!" Ich lehnte mich auf meinem Stuhl zurück. „Jetzt bedaure ich es noch mehr, daß Herr Ponto nicht hier ist."
„Ponto?"
„Er könnte es uns genau sagen."
„Aber ich bin doch Ponto. Verzeihung, ich dachte, Sie wüßten es."
Ich starrte ihn an.
Seine Rechte macht eine ärgerliche Bewegung. „Natürlich hätte ich daran denken müssen, daß ich auf der Bühne anders aussehe als hier."
Ich raffte mich auf und erhob mein Glas: „Herr Ponto, Ihr Spiel hat mich . . ."
Er zog meinen Arm so heftig herunter, daß mein Wein überschwappte: „Verzeihung, aber lassen Sie uns von etwas anderem reden."
„Schade", sagte ich und wischte die Tropfen von meiner Jacke.

(1974)

Max Reinhardt

Als der alte Herr Fischer noch lebte, war es eine Lust, Autor seines Verlages zu sein. Eine Lust nicht nur in literarischer, sondern auch in genießerischer Hinsicht. Wann immer ein auswärtiger Autor nach Berlin kam, er war bei Tag und bei Nacht dem gastfreien Haus in der Erdener Straße willkommen. Im Mansardengeschoß erwartete ihn ein behagliches „Dichterstübchen" und in den unteren Räumen erlesene Tafel- und Geselligkeitsfreuden. Es erwarteten ihn aber auch die Eintrittskarten für die kulturellen Darbietungen, deren das Berlin der „goldenen" zwanziger Jahre nicht wenige und nicht geringe vorzuweisen hatte. Man brauchte am Frühstückstisch nur anzudeuten, welches Schauspiel, welchen Film, welche Oper oder welches Konzert man gern sehen oder hören wollte, dann lag die entsprechende Karte mittags neben dem Gedeck. Schöner konnte es gar nicht sein. Damals betrachteten sich die Verleger noch nicht als Manager, sondern als Freunde ihrer Autoren. Und trotzdem verdienten sie ihr Geld ...

Auf diese Weise saß ich eines Abends im Großen Schauspielhaus, in dem Riesenrundbau, den Hans Poelzig tropfsteinhöhlenartig aus dem ehemaligen Zirkus Schumann hatte entstehen lassen, auf einem Sessel, der mir sonst unerreichbar gewesen wäre. Das Ehepaar Fischer hatte eine Loge unmittelbar hinter der etwas tiefer gelegenen von Max Reinhardt genommen und mich eingeladen, mit von der Partie zu sein. Die Oper, der wir entgegensahen, „Hoffmanns Erzählungen", gehörte nicht gerade zu meinen Lieblingen. Aber in der Presse war schon seit Tagen von der Faszination der Reinhardtschen Inszenierung die Rede gewesen, insbesondere von den Überraschungen, deren man sich während des zweiten Aktes zu gewärtigen habe. Und so war ich der Einladung gefolgt und harrte der kommenden Dinge. Fischers stellten mich über die niedrige Logenbrüstung hinweg Max Reinhardt und seinem Bruder vor. Dem kleinen Bruder oblag es, die künstlerische Arbeit des großen finanziell zu sichern. Er hielt sich gern im Hintergrund, eine unauffällige und bescheidene Erscheinung. Wir wechselten ein paar Worte und setzten uns dann wieder. Alsbald erklang die Ouvertüre, und das Stück nahm auf der Rundbühne in der Tiefe des Zirkuskessels seinen Verlauf. Dem wohlwollenden Zwischenbeifall war anzumerken, daß die Spendenden sich nicht vor dem zweiten Akt zu verausgaben gedachten. Und nun hob dieser zweite Akt an, von dem es geheißen hatte, er werde, was die Regie anlange, der Höhepunkt des Abends sein. Das Orchester sandte die im Rudertakt sich wiegende Melodie der Barcarole in den weiten Raum, die sich wohlig an jedes Ohr schmiegte. Reinhardts Inszenierungseinfall bestand diesmal darin, daß er die venezianischen Häuser mit Giuliettas Palast und der zum Kanal hinunterführenden Freitreppe auf einer Drehbühne hatte erbauen und die Gondel, in der Hoffmann und seine Gefährten herangerudert wurden, außerhalb dieser Bühne hatte aufstellen lassen. Beim Ertönen der Barcarole begann die Mittelbühne sich langsam zu drehen, während das schwarze Schiffchen auf seinem Platz verblieb. Gemäß dem Gesetz der Relativität erblickten die Zuschauer aber das Umgekehrte: die Häuser schienen stillzustehen, indessen die Gondel an ihnen entlangglitt. Eine Illusion, die durch die im Rhythmus der Musik geschehenden Ruderbewegungen des Gondoliere am Heck noch verstärkt wurde. Die Verzauberung war vollkommen. Der Gesang des Chors, die Begleitung, das traumhafte Venedig und das weiche Dahinschweben der Gondola verbanden sich zu einer atemraubenden Phantasmagorie. Wie das Schiff mit dem zu einem Schnabel hochgezogenen Bug einer Brücke entgegenglitt, die sich in anmutiger Wölbung übers Wasser schwang, wurde die große Treppe sichtbar, auf der Giulietta mit ihrer Gesellschaft die Ankommenden erwartete. In Wirklichkeit drehte sich jedoch die Brücke, deren eines Ende fest mit der Mittelbühne verbunden war, auf die Gondel zu. Und da geschah es: Die Bühnenarbeiter hatten in der Hast des Umbaus die Gondel ein paar Zentimeter zu weit nach innen gerückt, so daß der Brückenbogen den ragenden Schnabel erfaßte und ihn, da die Maschinerie sich unaufhaltsam weiterdrehte, mitsamt der Gondel hochhob und die Insassen ins nicht vorhandene Wasser schüttete. Unter dem Krachen und Splittern des Holzes, dem Zerreißen der

Leinwand und dem Einstürzen der Brücke kam die Bewegung zum Stillstand. Der Gesang starb an seiner Sinnlosigkeit plötzlich dahin. Die Katastrophe war da. Im dunklen Rund des Hauses blieb es totenstill. Wenn die ins Wasser Gefallenen sich auch aufrafften und die Treppe erklommen, wenn der Chor auch, vom Orchester ermuntert, die Melodie wieder aufnahm und das Spiel wohl oder übel weiterging, der Zauber war gebrochen, die einzigartige Szene verpufft, die Arbeit von Monaten durch eine winzige Unachtsamkeit zunichte gemacht. Der Spott und die Schadenfreude würden nicht auf sich warten lassen.

Wie alle andern Zuschauer saß auch ich zunächst wie gelähmt da. Aber dann bewegte und erregte mich etwas anderes. Mein Blick fiel zufällig auf das Gesicht Max Reinhardts. Er kehrte mir sein Profil zu, so daß ich seine Züge erkennen konnte. Und die waren des Ansehens wert. Er hatte die Arme vor der Brust gekreuzt und rührte sich nicht. Auch in seinem Gesicht rührte sich nichts. Wenn in seinem Innern ein heftiger Zorn über die Nachlässigkeit der Bühnenarbeiter tobte, was wahrscheinlich war, dann ließ er ihn sich jedenfalls nicht anmerken, auch nicht durch das leiseste Zucken einer Wimper. Er wußte, daß die Zuschauer vor allen Dingen die Erinnerung an dies Unglück mit nach Hause nehmen und daß die Zeitungen kein Erbarmen mit ihm haben würden. Den Kleinen verzeiht die Welt, den Großen nicht. Er wußte, daß bei jeder der folgenden Aufführungen das Interesse in erster Hinsicht der Brücke und der Gondel gelten und daß es deshalb unmöglich sein würde, irgend jemanden aus der Realität in die Irrealität der Kunst zu entführen. Und er wußte, daß er mit sich selbst würde ins Gericht gehen müssen, weil er mit zu hohem Einsatz gespielt hatte. Aber sein Gesicht blieb unbewegt. Was nach dem Schluß der Vorstellung zwischen ihm und den Bühnenarbeitern verhandelt worden ist, entzieht sich meiner Kenntnis. Es gehört auch nicht hierher.

Natürlich ist auch mir die Erinnerung an die Katastrophe geblieben. Aber sie verblaßt neben der Erinnerung an das andere Erlebnis. Ich war Zeuge, wie ein Mann aus der Welt des Theaters, in der alle zu ihr Gehörenden dauernd an Leib und Seele überbeansprucht und überreizt sind, wie ein sensitiver, nervöser, ein in der spannungsgeladenen Atmosphäre einer Premiere doppelt sensitiver und nervöser Künstler sich inmitten einer Katastrophe in der Hand behielt. Niemand hätte es ihm verdacht, wenn er angesichts der umstürzenden Gondel und der zerkrachenden Brücke außer sich geraten wäre. Das ist ja das mindeste, was in solchem Fall beim Theater zu geschehen pflegt. Er tat es nicht. Und eben dadurch erwies er sich als einer der Großen. In der Regel vermeint ein Künstler – und nicht nur der Sänger oder Schauspieler –, er habe ein Anrecht darauf, sich gehenzulassen, hier und anderswo.

Nun verhält es sich zwar so, daß man außerordentliche Persönlichkeiten nur mit außerordentlichen Maßstäben messen darf, mit Maßstäben also, die außerhalb der üblichen Ordnungen liegen, und daß es unbillig wäre, von einem Künstler zu verlangen, er solle sich nur als Künstler und nicht auch als Mensch im Außerordentlichen bewegen, denn beides ist ja nicht voneinander zu trennen. Es fragt sich nur, wie das Außerordentliche sich denn äußert. Weil Mensch und Künstler eine Einheit bilden, bezeugt der außerordentliche Künstler seine Außerordentlichkeit unter anderem darin, daß er auch als Mensch Außerordentliches vollbringt. Zum Beispiel dann, wenn ein Unglück über ihn hereinbricht. Er läßt sich dann nicht in außerordentlichem Maße gehen, sondern nimmt sich in außerordentlichem Maße in Zucht. Sein Künstlertum wird dadurch nicht geringer. Im Gegenteil, es verstärkt sich noch. Die innere Spannung, ohne die er nicht der wäre, der er ist, weil ihre Qual die unerläßliche Voraussetzung für seine Leistung darstellt, gewinnt durch sein zuchtvolles Verhalten noch an Dynamik und Dramatik.

Ich habe Max Reinhardt oft bewundert, aber nie so tief wie an jenem Abend im Augenblick seiner Niederlage.

(1974)

Ein unbekannter Schauspieler

Als mein Freund, der Komponist Ludwig Roselius, und ich in Münster eine Morgenfeier zu bestreiten hatten, stellten wir fest, daß am Abend dieses Tages meine dramatische Ballade „Lilofee", deren Bühnenmusik von Ludwig Roselius stammte, in den Kammerspielen aufgeführt wurde. Es mag im Jahr 1938 gewesen sein. Wir beschlossen, uns die Vorstellung anzusehen. Daraus wurde ein in mehrfacher Hinsicht interessanter Abend. Das Haus, in dem die Kammerspiele ihre Stätte hatten, war früher der Sitz eines adligen Fräulein-Stiftes gewesen und nahm sich dementsprechend aus. Ein Kronleuchter aus venezianischem Kristall verlieh dem Saal oder besser dem Sälchen eine schwebende Heiterkeit. Die Bühne hatte insofern ihre Eigenart, als auf ihr, halbrechts, eine eiserne Säule stand, die ein vorsichtiges Bauamt aus statischen Gründen dort nachträglich gefordert hatte. Sie stand unverrückbar da und mußte in jedes Bühnenbild eingearbeitet werden, als Baumstamm, als Schiffsmast, als Tempelsäule, als Pfosten eines Himmelbettes oder als sonst etwas. An der anderen Schmalseite des Sälchens befand sich eine sogenannte Laube, in der an diesem Abend ein winziges Orchester musizierte. Es stellte sich heraus, daß Spielleiter, Bühnenbildner und Beleuchter aus der Not, wie es sich für Fachleute gehört, eine Tugend gemacht und einen beglückenden Rahmen für das Spiel geschaffen hatten. Das vierte Bild zum Beispiel, das eigentlich auf dem Vordeck der Viermastbark „Christine" vor sich gehen sollte, war wegen der Kleinheit der Bühne in das Mannschaftsquartier mit den Kojen verlegt worden, in dem die Säule die Rolle des Mastfußes übernahm. In dieser Zusammendrängung wurden auch die seemännischen Späße so dicht, daß Ludwig Roselius vor Lachen fast von seinem Sessel rutschte. Da die andern, die ernsten Bilder durch die räumliche Beschränkung ebenfalls an Dichte und damit an Tiefe gewannen, kam eine Aufführung zustande, die sich sehen lassen konnte. Hinterher luden die Schauspieler uns ein, noch ein paar Stunden mit ihnen in einer Kneipe zu verbringen, in der sie sich zu entspannen pflegten. Sie führte einen düsteren

Namen: „Zum geschlachteten Hund" oder so ähnlich. Im Verlauf des Abends setzte sich eine Schauspielerin und ein Schauspieler nach dem andern neben mich, um, wie sie vorgaben, meine Kritik zu hören. In Wirklichkeit lechzten sie nach nichts anderem als nach der Versicherung, daß ich noch nie eine so überragende Leistung wie die ihre gesehen hätte. Schauspieler brauchen das einfach. Ihre Kunst ist ja, während sie geschieht, hundert Zufällen preisgegeben, ist äußerst verletzlich, ist der flüchtigen Zeit verhaftet, ist mit dem letzten Wort dahin und verweht gleich einem Traum. Nur der Beifall verhilft ihr noch eine Weile zu so etwas wie Dauer, darum schlürfen sie ihn wie Champagner. Er ist ihr Lebenselixier. Kritik soll auch sein, natürlich, aber nur ein bißchen. Tausendmal wichtiger ist die Zustimmung, der Beifall, die Bewunderung. Sonst sind sie verloren. Ich sagte ihnen also, was ich anzumerken hatte, und hoffte, daß es so richtig war.

Ganz zuletzt nahm ein junger Mann neben mir Platz, der mir sogleich versicherte, er sei überglücklich, daß die Auffassung, die er von seiner Rolle habe, endlich einmal von berufener Seite beurteilt werden könne. Zwischen ihm und dem Spielleiter sei es nämlich zu einer Auseinandersetzung darüber gekommen. Nun solle ich als der Autor entscheiden, wer recht habe. Ich ging in Gedanken schnell die Personen des Stückes durch, um herauszufinden, von welcher Rolle die Rede war. Soweit ich wußte, hatte ich mich doch schon mit allen Darstellern unterhalten. Fragen mochte ich ihn nicht, weil ihn das sicher gekränkt hätte. Durch vorsichtiges Tasten fand ich schließlich heraus, daß er im zweiten Bild, dessen Schauplatz die nächtliche Hafenstraße von Brake ist, die folgende Rolle gespielt hatte: Ein Herr (geht vorüber). – Das war alles. Im ersten Augenblick fühlte ich mich versucht, in mich hineinzulächeln, aber dann fiel mir ein, daß er aus dieser Beiläufigkeit eine kleine Pantomime gemacht hatte. Er war bis zur Mitte der Straße geschlendert, hatte dort innegehalten und sich etwas überlegt, war dann zögernd zurückgegangen und unter einer Laterne stehen geblieben, wo er seine Uhr gezogen und noch einmal nachgedacht hatte, um dann, nachdem er die Straße mit entschlossenen Schritten überquert hatte, in der Nacht zu verschwinden.

Aus meinem innerlichen Lächeln wurde, je länger wir über die winzige Szene sprachen, eine aufrichtige Bewunderung. Ich merkte, daß ich hier eine Lehre erhielt, die ich so bald nicht vergessen würde. Ich habe sie auch bis heute nicht vergessen. Es mochte dahingestellt bleiben, ob sich das Spielchen in die Gesamtanlage des zweiten Bildes einfügte oder nicht, der junge Schauspieler hatte die Rolle jedenfalls trotz oder vielleicht auch gerade wegen ihrer Unbedeutendheit ernst genommen, er hatte sich eine Aufgabe daraus gemacht und sie auf seine Weise zu lösen versucht. Ein anderer hätte die Rolle vielleicht als eine Zumutung empfunden und gedacht, er sei sich eigentlich zu schade für so eine Bagatelle, aber wenn es denn sein müsse, dann gehe er eben vorüber. Nicht so mein Gesprächspartner. Er spürte offenbar, daß es in der Kunst wie im Leben darauf ankommt, auch an die beiläufigste Aufgabe, die einem gestellt wird, mit seinem ganzen Können heranzugehen, nichts mit der linken Hand zu erledigen, außer man ist Linkshänder, nichts, was zum Ganzen gehört, für gering zu halten. Wie sich denn die Größe und die Wahrheit eines Künstlertums darin erweisen, daß sie das Kleine wohl in seiner Rolle als Kleines belassen, es aber nicht als etwas Nebensächliches behandeln. An einem großen Kunstwerk trägt auch das Kleine zur Größe bei, hat auch das Kleine an der Größe teil.

Ich weiß nicht, was aus dem jungen Schauspieler geworden ist. Nicht einmal sein Name ist mir noch gegenwärtig. Seine Rolle war so gering, daß sie im Programmheft unerwähnt blieb. Aber das weiß ich, daß er eine Chance hatte, ein Bedeutender zu werden. Ob er sie genutzt hat, steht dahin.

(1973)

VIII

Wer sich einsetzt, setzt sich aus

Die eine und einzige Instanz

Eine Kirche, die ihr Heil darin sucht, daß sie von sich aus Aufgaben in Angriff nimmt, befindet sich auf dem falschen Wege. Sie ist dann schon keine Kirche mehr. Denn nicht der Mensch lenkt die Kirche, sondern der Heilige Geist, das heißt der Geist Jesu Christi. Es hat einmal einen Mann gegeben, der die jüdische Kirche durch sein Handeln vor Schaden bewahren wollte. Er war ein überzeugter Jude, ein hochbegabter Theologe und ein entschlossener Kämpfer für seine Kirche. So überzeugt und hochgebildet und entschlossen, daß er vor nichts zurückschreckte, nicht einmal davor, Menschen, die er für Feinde seiner Kirche hielt, in den Tod zu schicken. Er zweifelte keinen Augenblick daran, daß er sich damit einer wichtigen, wenn nicht überhaupt der wichtigsten Aufgabe unterzog, die es zu diesem Zeitpunkt gab. Aber mitten in seiner rastlosen und grausamen Tätigkeit streckte Christus ihn mit dem Blitz seiner Gegenwart zu Boden, schlug ihm alles aus der Hand, womit er glaubte kämpfen zu können und kämpfen zu müssen, und machte ihn zu seinem gefügigen Werkzeug. Aus einem Widersacher Christi, der mit Dräuen und Morden gegen die Jünger schnaubte, aus einem Herrn über Leben und Tod wurde ein Doulos Christou Jesou, ein Knecht, ein Leibeigener Jesu Christi. Aus einem Saulus wurde ein Paulus.

Unter der Herrschergewalt Christi kommt alles ganz anders, als der Mensch es sich vorstellt. Es gibt keinen menschlichen Plan, keine Aufgabe und keine Maßnahme, die imstande wäre, eine hinfällige Kirche zu neuem Leben zu erwecken. Das ist Sache des Heiligen Geistes. Wir Menschen können nur eins, wir können im Glauben Douloi Christou Jesou werden. Wenn wir das nicht tun, sondern meinen, wir seien imstande, mit unseren eigenen Kräften und Mitteln der Kirche aufzuhelfen, dann maßen wir uns an, neben Christus zu treten. Der Mensch, der versucht, sich an Christi Seite zu stellen, ist aber nicht mehr Christi, sondern eines anderen Knecht, des Diabolos, des Durcheinanderwerfers, des Verwirrers, des Teufels. Der Teufel erringt seine erstaunlichsten Erfolge immer dann, wenn es seiner Verschlagenheit gelingt, die sogenannten guten Eigenschaften des Menschen anzusprechen und sich dienstbar zu machen. Sein liebstes Kleidungsstück war und ist und wird auch in Zukunft sein das religiöse Mäntelchen. Und sein wirksamstes Versuchungsgeflüster war und ist und wird auch in Zukunft sein die Aufforderung an den Menschen, es Gott gleich zu tun, zu sein wie er. So geht es nicht. Wir können nur als Knechte Jesu Christi die Hilfe seines Heiligen Geistes für die Kirche erbitten. Wenn er will, aber nur dann, wird er, aber nur er, uns als seine Knechte, aber nur als seine Knechte, instand setzten, das für die Kirche zu tun, was nach seinen Gedanken, die nicht unsere Gedanken sind, für sie getan werden muß. Das „Veni creator spiritus!" kann gar nicht inständig genug gebetet werden. Es erklingt zwar in jedem Gottesdienst. Aber wie oft ist es nur ein konventioneller Anruf, hinter dem keine Überzeugungskraft, keine Notwendigkeit und keine Erwartung steht. Würde der Heilige Geist ernst genommen und die tatsächliche Lage der Kirche erkannt, dann hätten die Gebete einen anderen Wortlaut und einen anderen Ton. Sie wären dann ein Schrei aus tiefster Not und aus völliger Hilflosigkeit an die eine und einzige Instanz, bei der unser Anfang und unsere Hilfe ist.

(1966)

Brief vom 11. 8. 1963

[. . .] Ihren bitteren Worten über das stagnierende Christentum in Europa könnte ich nach dem Erlebnis des Kirchentages in Dortmund noch bitterere hinzufügen.
Gleich beim Eröffnungsgottesdienst auf dem Neuen Markt, an dem 40 000 Menschen teilnahmen, wurde die *Gemeinde* durch Absperrungen in drei *Klassen* geschieden: 1. die kirchliche und synodale Prominenz, für die Stühle (mit Namen) bereitstanden, vier Reihen. 2. die gehobeneren Gemeindeglieder, die auf Bretterbänken sitzen durften (ich zum Beispiel). Glücklicherweise hatte die Hitze das Harz aus den rohen Brettern getrieben, so daß man kleben blieb und seine Kleider ruinierte, das war die Strafe. 3. das übrige tausendfältige Volk. [. . .]
Dieser Auftakt war bezeichnend für das Ganze. So geht es nun wirklich nicht. Dabei waren die Menschen so guten Willens, so bereit zu hören, so entschlossen mitzugehen, wenn nur das richtige Wort gesagt worden wäre.
Die Bibelarbeiten sollen teilweise recht ordentlich gewesen sein. Ich selbst, der ich am ersten Abend die Gedenkrede auf R. A. Schröder in der mit 1500 Menschen überfüllten saunaartigen Nikolaikirche hielt und an drei weiteren Abenden Lesungen hatte, kann mich über die Zuhörer, besonders über die jungen, nicht beklagen. Sie erfaßten sofort jede Nuance und waren von einer geistigen und geistlichen Aufgeschlossenheit, wie ich sie mir nicht besser hätte wünschen können. Jeweils am nächsten Morgen ergaben sich, basierend auf der vorangegangenen Lesung, wunderbare, zum Teil erschütternde Gespräche.
Was den „Kleinen Stern" betrifft, über den Sie sich so ausführlich geäußert haben, so ist er genau so geschrieben worden, wie ich es von mir aus gewollt habe, ohne jede Rücksicht auf Publikum und Erfolg und „Ankommen". Dies wollte ich einmal sagen. Eigentlich sehr viel kürzer, aber so ein Stoff hat ja seine eigenen Gesetze, gegen die man nicht ankommt. Die Kritiken sind durchweg ablehnend, weil man das Buch für einen Angriff auf die Intellektuellen hält. („Wem der Schuh

paßt, der zieht ihn sich an.") Gegen das eigentliche „Anliegen" ist man blind. Wie denn die Kritik in Westdeutschland weithin nur gelten läßt, was zerstört und zersetzt. Mit den üblichen Ausnahmen natürlich. Aber auch die herablassendste, satirischste und ätzendste Kritik verhindert nicht, daß das Buch nach wie vor auf der Bestsellerliste zu finden ist. Woraus man sieht, daß die Kritiker nicht ernst genommen werden. Ich selbst bin ja auch durchaus für Narrenfreiheit. Die kirchlichen Zeitschriften hüllen sich, vorläufig wenigstens, in Schweigen. Dabei gäbe es doch wirklich allerlei an dem Buch auszusetzen. Ich könnte eine großartige Kritik schreiben, einen Donnerschlag nach dem andern, bis nichts mehr übrigbliebe. Nur eben jedesmal eine wirklich schwache Stelle treffend.

Meine gesamte Familie hat übrigens fast dieselben Einwendungen gemacht wie Sie.

Jetzt arbeite ich an einem Büchlein, das die Sternsagen erzählen soll. So viele Menschen wüßten gern, was es eigentlich mit dem Orion, dem Kepheus, dem Perseus usw. auf sich hat. Das wollen sie nun „auf eine dichterische Weise", wie der Verlag sich ausdrückt, erfahren. Und dann kommt endlich der „Worpsweder Kalender" an die Reihe, der schon seit Jahrzehnten geplant ist. Geschichten von Wolken, Tieren, Blumen, Kindern, Sternen, Bäumen und dergleichen, verteilt über den Ablauf eines Jahres. Nicht wahr, das behagt Ihnen schon besser. Aber auch in diesem Bereich gibt es harte Begebnisse, wenn etwa eine Wespe, die in ein Spinnennetz geraten ist, mit der Herrin dieses Netzes auf Tod und Leben kämpft. Die Natur ist eben auch nicht nur ein Andante.

Bei dem, was Sie über [Ihre Vorliebe für] das Andante schreiben, kann ich Ihnen nicht ganz folgen. Auch ich atme auf, wenn die unsagbare Süße und Seligkeit anhebt. Aber sie ist doch nur glaubhaft, weil der Komponist auch um das andere, um das Zerrissene und Grauenvolle weiß, nicht nur seines Herzens, sondern auch meines, sondern auch der Herzen aller Welt. Zu lesen oder zu hören oder zu sehen, daß ein anderer dasselbe oder etwas Ähnliches erleidet wie ich, bedeutet schon einen Trost. Geteiltes Leid ist tatsächlich halbes Leid. Was wäre das Alte Testament ohne die schrecklichen Stellen

da und dort? Eine Lüge. Ich glaube, es geht bei der ganzen Frage erst in siebter Hinsicht um ein ästhetisches Moment (Kontrastierung); in erster Linie geht es um die Wahrheit und Glaubwürdigkeit. Die Darstellung des Schönen wird nur glaubwürdig im tieferen Sinne, wenn auch das Grauenvolle seinen Platz erhält. Kunst will dem Menschen ja nicht zur Flucht in eine schöne Unwirklichkeit oder in eine unwirkliche Schönheit verhelfen, sie will ihm vielmehr den holden und wilden Zauber der Erscheinungen mitsamt der Menschenseele dartun, vielleicht auch die Rätselhaftigkeit und Unheimlichkeit der Schöpfung, der abgefallenen Schöpfung, wohlverstanden, und die unheilbare Schwermut, die in allem west. Da ist es mit dem „Andante" allein nicht getan.
Ich kann aber verstehen, daß jemand, der das hinter sich (und vor sich) hat, was Sie samt den Ihren hinter und vor sich haben, nicht auch noch in Büchern und Musikwerken vom Treiben der Dämonen bedrängt sein will. Nur dürfen Sie diese verständliche persönliche Sehnsucht nicht zum allgemeinen künstlerischen Prinzip erheben. [...]

Nachtwache

Wenn einer wachen muß, laß mich's denn sein.
Ich sehe in das Leid der Welt hinein
und in die Dunkelheit, die kommen will,
indessen lächelnd du den Kopf und still
an meine Schulter lehnst und nickst und ruhst
und ruhend deine Hand in meine tust.

Ich denke an das Irrsal und den Harm,
Gedanken denk ich, die du nie gedacht.
Du aber liegst getrost in meinem Arm
und atmest tief in meiner Hut und Wacht.

Schön ist der Traum, das Lächeln ist so schön,
das Atmen auch, das leise Schlafgestöhn,
die Neigung, das Vertrauen Hand in Hand,
der Liebe holdes, innigliches Band,
das Glück, des Glückes voller Augenblick,
schön ist des Lebens heimliche Musik.

Doch immer muß, sonst könnte nichts bestehn,
immer muß einer in das Leid hinein
und in das rätselvolle Dunkel sehn.
Einer muß wachen, so laß mich's denn sein.

(1938)

Nachtmusik

Die Bäume duften und schweigen.
Wir treten ins Mondlicht vor
und flöten und zimbeln und geigen
zu deinem Fenster empor.

Wir wollen dich nicht stören,
verborgenes Menschenkind,
du sollst uns nur so hören,
als wär es der nächtliche Wind.

Und einer aus unserer kleinen,
aufrichtigen Kumpanei
sieht oben dein Lämpchen scheinen
und atmet so ängstlich dabei.

Wir anderen beiden vollbringen
die rechte und schlechte Musik,
doch er läßt die Zimbel erklingen,
das Glitzern, die Sehnsucht, das Glück.

Bald stellt er sich auf die Zehen,
bald bückt er sich hinab.
Erhöre doch das Flehen
von seinem tupfenden Stab!

Wenn zwei sich einander ergeben
getreulichen Angesichts,
so süß ist nichts im Leben
und auch im Tode nichts.

Nun schlägt es von Sankt Marien
Glock acht, Glock neun, Glock zehn.
Wir müssen wohl weiterziehen.
Leb wohl und auf Wiedersehn!

So neigen wir uns und schwenken
den Hut und gehen davon.
Behalt uns in gutem Gedenken,
uns und das Dindin-dan-don!

(1938)

Kinder mit Papierlaternen

Sie haben Lichter, welche leise leben
im Innern des verhüllenden Papiers.
Ihr Gang ist wie ein feierliches Schweben,
sie sehn das Haus nicht, nicht den Baum daneben,
sie sehn das Licht nur, und das Licht ist ihrs.

So ziehen sie straßauf, straßab und tragen
den Schein durchs Dorf und durch den Abendwind
und lächeln, wenn sie einen Bogen schlagen,
und singen dann und wissen nicht zu sagen,
warum sie singen und so glücklich sind.

Nun schweben sie hinüber in die Heide.
Ein Mond, ein dunkelroter, geht voran,
dann kommen zwei ganz kleine, golden beide,
dann glimmt es bunt wie zaubrisches Geschmeide
und dann hellblau und wieder golden dann.

Und über ihnen steht in der geringen
und grauen Dämmerung der Große Bär.
Sie gehn am Armenhaus vorbei und schlingen
sich sacht zurück und gehn und gehn und singen
und möchten, daß es nie zu Ende wär.

(1946)

Brief an M. H. vom 14. 9. 1965

[. . .] Ihr Hörerkreis ist von Haus aus kein Theologenkonvent, in dankenswerter Weise immerhin in zunehmendem Maße ein „Kirchentag“, zumal er für die Fülle des Lebens aufgeschlossen bleibt, und je „weltlicher“ Sie sich als Christ entfalten, um so schöner ist es eigentlich. Ihr Proprium ist nun eben nicht die „Theologie“. Mir drängt sich immer wieder ein Vergleich auf: Wenn ein Schneider mit zunehmender Weisheit anfängt, Schuhe zu bauen, wird er es bestenfalls zu einem hochanständigen Schuh bringen, d. h. zu dem, was der Schuster seit Jahren zuwege bringt. Es wird das aber in keinem Fall ein geschneiderter Schuh, sondern ein geschusterter Schuh sein, und man wird nicht einmal „leider“ sagen.

Theologen gibt es wie Sand am Meer.

Wenn aber Sie zu einem Abend einladen würden, und Sie würden weiter nichts vorlesen als Ihre drei Gedichte „Nachtwache“, „Nachtmusik“ und „Kinder mit Papierlaternen“, dann könnten Sie nach diesen drei Gedichten die Hörer still nach Hause entlassen, und der Abend wäre mehr als abendfüllend gewesen. [. . .]

Brief vom 22. 9. 1965

[. . .] gewiß ist die Theologie nicht mein Proprium. Ich bin dazu gekommen wie die Magd zum Kind. Aber ich bin dazu gekommen. Und nun steht es einfach so, daß die Menschen mir, dem Laien, etwas abnehmen, was sie vom Theologen nicht hören wollen. Das ist eine merkwürdige Tatsache, für die man allerlei psychologische Gründe anführen könnte, ohne sie doch ganz aufzuhellen. Und so sehe ich da eine Aufgabe, der ich mich nicht entziehen will. Ich fahre aber fort, einige Dinge etwas schlechter als ein leidlicher Theologe zu sagen. Und die Menschen fahren fort, Mund und Nase aufzusperren und sie zu glauben. Es muß doch wohl der Heilige Geist am Werke sein, der ja die Freiheit hat, mit dem Gesagten zu verfahren, wie es ihm gefällt. [. . .]

Brief vom 30. 10. 1965

Lieber Bruder Hildebrandt, auch ich bin so mit betriebsamer Tätigkeit zugedeckt, wie Sie es von Ihrem Sohn Herbert schreiben: unfaßlich und nahezu anstößig. Als Beispiel dies Wochenende: Freitagmorgen Arbeitssitzung der Akademie der Wissenschaften in Mainz, am Nachmittag öffentliche Sitzung unter Anwesenheit von allem, was gut und teuer ist, Gedenkrede auf Werner Bergengruen von MH. Dann mit dem Zug nach Koblenz,Vortrag auf der Reformationsfeier der dortigen Evangelischen Gemeinde. Mit dem Zug zurück nach Mainz. Ankunft 2.07 Uhr. Anschließend Wäsche waschen (ich bin schon 14 Tage unterwegs, Nylonwäsche jeden Abend). Sonnabendmorgen weitere Arbeitssitzung der Akademie. Nach Schluß Fahrt nach Rheydt, Vortrag auf der Reformationsfeier. Zurück nach Köln. Sonntagmorgen Gottesdienst, Nachmittag nach Mühlheim (Ruhr), Vortrag zur Reformationsfeier, mit dem Wagen (nicht meinem, ich habe keinen) nach Barmen-Gemarke, Vortrag Reformationsfeier,

zurück nach Köln. Montag nach Krefeld, Vortrag . . . usw. Darf man so leben? Andererseits: darf man sich den Brüdern und Schwestern versagen, die nach einem rufen? Ich weiß wirklich nicht, wie ich mich entscheiden soll.
Es steht nun leider so, daß ich nur am 3. XI. zu Ihnen kommen kann, und zwar sowie ich im Stephanusstift fertig bin. Das wird, glaube ich, um die Mittagszeit sein. Wir hätten dann den Nachmittag und Abend zu unserer Verfügung. Das ist wenig oder viel, je nachdem, was wir daraus machen.
Zeit zum Ausruhen brauche ich nicht. Ich würde nur kribbelig werden. Allerdings müssen Sie bitte Nachsicht mit mir haben, denn meine „Form" wird nicht eben berauschend sein.
Martin ist in seinem neuen Amt, einem radikalen „Einmannbetrieb", so hoffnungslos überfordert, daß er nicht daran denken kann, mich zu begleiten. Die Kirche baut Gemeindezentren herrlicher als Salomonis Tempel, aber Geld für eine Kraft, die dem Pfarrer die unpfarrerliche Arbeit abnimmt, ist nicht vorhanden. Oh, diese Kirche! Nun, wem sage ich das! [. . .]

Brief vom 19. 12. 1965

[. . .] Wir freuen uns darauf, daß Martin mit seiner kleinen Frau am ersten oder zweiten Weihnachtstag bei uns sein wird. Dann soll wohl auch die Entscheidung fallen: Altona oder Bremerhaven. Wie ich den konservativen Martin kenne, wird der Anker wohl in Altona liegen bleiben.
Ich selbst will nach Weihnachten wieder produktiv (und nicht mehr reproduktiv) arbeiten. Ob es mir gelingt, wieder einmal ganz unbefangen zu erzählen, so einfach aus Freude am Erzählen? Man sollte meinen, wenn man schon so fragt, kann es mit der Unbefangenheit nicht weit her sein. Ich hoffe aber, daß mit der Arbeit auch eine gewisse Unschuld zurückkehrt.
Und dann werde ich ja auch Gottesdienste halten. Ich sehe förmlich, wie Sie die Augenbrauen hochziehen. Auch höre ich Ihren Einwand von den vielen Theologen und den

wenigen Dichtern. Aber ich meine, es gehöre einfach zu mir, daß ich mich nun auch nicht mehr gegen den letzten Schritt sträube und hin und wieder im schwarzen Anzug auf die Kanzel gehe. Zum Christsein gehört auch das Zeugnisablegen. Und wenn von mir diese Art des Bezeugens erwartet wird, dann sage ich nicht nein. Vielleicht bin ich ja eine große Niete. Ich halte es für durchaus möglich. Dann habe ich mich aber doch nicht gedrückt. Eins kann ich Ihnen versichern: ich nehme den Heiligen Geist ganz ernst. *Er* wird darüber entscheiden, was aus mir wird.

Ihre Predigt über Gottes „Arche" ist mir sehr nachgegangen. Wer die Arche verstanden hat, der hat mitgelernt für die Gemeinde. Man kann die Beiläufigkeiten nicht nachahmen, aber das Wesentliche gilt hüben wie drüben. Etwas unbehaglich wird mir zumute, wenn Sie davon sprechen, daß die Gemeinde nicht in der Welt zu Hause sei; das *könnte* mißverstanden werden im Sinne eines Gemeindegettos. Gott hat die *Welt* geliebt und liebt sie noch immer. Und die Gemeinde ist zwar nicht *von* der Welt, ganz und gar nicht, aber sie ist *für* die Welt. Sie ist von der Welt *ver*schieden, ganz und gar, aber nicht von der Welt *ge*schieden. Vorsicht in dieser Sache! [. . .]

Stürmische See

Ein körniger Schnee sauste in unregelmäßigen Stößen am Fenster des Abteils entlang, in dem wir zu viert saßen. Vier Männer im „Roland" zwischen Frankfurt und Gießen. Vielleicht trug das heftige Wetter dazu bei, daß im Handumdrehen ein Gespräch zustande kam. Es wandte sich nach einigem Hin und Her der diesjährigen Sommerreise zu. Jeder wußte bereits, wo er, allein oder mit den Seinen, Erholung suchen wollte. Namen von bekannten und unbekannten Orten fielen. Jeder pries sein Ziel mit beredten Worten. Man ließ einander gelten und dachte sich dies und das. Als aber mein Nebenmann, die Asche seiner Brasil abstreifend, mit westfälischer Entschiedenheit meinte, es könne einer sagen, was er wolle, ihn ziehe es immer wieder nach seiner Nordseeinsel, er liebe nämlich die See, das sei es nämlich, da beugte sich mein Gegenüber, ein untersetzter Fünfziger mit schwarzem, schon gelichtetem Haar und dunkelblauen Augen, ein wenig vor, faltete die Hände zwischen seinen Knien und sagte aufblickend: „Dann kennen Sie die See aber noch nicht richtig. Ich meine, wenn Sie von Liebe sprechen."
Der Westfale war immerhin auf Sylt, Norderney und Langeoog gewesen, Langeoog war übrigens die Insel, die es ihm schließlich angetan hatte, er hatte den Kanal mehrere Male überquert und hatte überdies an einer Mittelmeerreise teilgenommen, Dampfer „Steuben". So ganz unwissend war er also nicht.
Aber der Untersetzte schüttelte den Kopf: „Wer die See kennt, liebt sie nicht. Wer sie liebt, kennt sie nicht."
Wir fragten ihn, was das denn heiße: kennen?
„Das heißt ... Nun, ich würde niemals glauben, einen Menschen zu kennen, wenn ich nur in guten Tagen und unter angenehmen Umständen mit ihm verkehrt hätte. Um ihn wirklich zu kennen, müßte ich ihm einmal als Gegner in einer äußersten Entscheidung gegenübergestanden haben. Genau so verhält es sich mit der See. Nur der kennt die See, der die stürmische See kennt. Aber nicht als unbeteiligter Zuschauer vom sicherern Gipfel einer Düne aus, sondern als Gegner in

aller Unmittelbarkeit, sozusagen Auge in Auge. Wer sie so kennt, die See, der weiß, daß sie eine von den unheimlichen Gewalten der Erde ist, vielleicht sogar die unheimlichste, weil ihre Handlungen unergründlich und unvorhersehbar sind. Eine Gewalt, deren Wesen darin besteht, in gleichmütiger Raserei – ja, die See kann tatsächlich beides zugleich sein, rasend und gleichmütig – in gleichmütiger Raserei zu vernichten und zu töten. Eine Gewalt, die dem Menschen in unversöhnlicher Feindschaft gegenübersteht, von Anbeginn der Welt. Eine Gewalt, gegen deren donnernden Andrang sich noch keines Menschen Herz unerschüttert behauptet hat. Man kann so eine Gewalt nicht lieben."

„Sie hassen also die See? Sind Sie Seemann von Beruf?"

„Nein. Ich leite eine Druckerei in Bremen. Aber ich glaube, trotzdem etwas von der See zu verstehen. Hasse ich sie? Es hat Augenblicke gegeben, in denen ich sie gehaßt habe. Aber im allgemeinen nicht."

„Sondern? Man kann doch nur lieben oder hassen."

„Ich bin sehr für klare Gefühle. Aber in diesem Fall komme ich mit einem Entweder-Oder nicht zurecht. Vielleicht darf ich Ihnen anstelle einer Antwort einmal erzählen, was ich voriges Jahr in der Nacht vom 27. zum 28. September erlebt habe. Mit meinen ungewandten Worten, so gut ich's eben kann. Erwarten Sie aber bitte kein Abenteuer oder wunder was! Nur, um Ihnen die See vor Augen zu stellen, die kalte, ich möchte fast sagen, tückische Mordlust der See, die in jedem Brecher lauert."

Der Westfale hob ihm zustimmend die Zigarre entgegen und lehnte sich zurück. Obwohl der Untersetzte noch nicht viel gesprochen hatte, spürten wir schon, daß wir ihm gern zuhörten. Er hatte so etwas Sicheres, so etwas Wissendes in seiner Redeweise, das aber nicht, wie meist, mit Überheblichkeit, sondern mit Wärme und mit einer besonderen Art von männlichem Charme verbunden war. Eine Mischung, die man übrigens an der norddeutschen Küste des öfteren antrifft.

„Wir warfen am 27. September gegen sechzehn Uhr in Bremerhaven die Leinen los", begann er. „Ich habe eine Jacht, ketschgetakelt, hundertfünfzig Quadratmeter Segel. Ein

Glücksfall von einem Schiff. Heißt ‚Karimata', nach den Karimata-Inseln vor der Westküste von Borneo. Außer meiner Frau und mir waren noch an Bord ein Freund von uns, der das Schiff gut kannte, etwas jünger als ich, und unsere beiden Söhne, achtzehn und fünfzehn Jahre alt. Wir wollten durch den Limfjord ins Kattegatt segeln und uns dann ein bißchen in der Ostsee herumtreiben. Ich mag die alten verschlafenen Hafenstädte dort so gern auf Fünen und Seeland. Sie werden den Limfjord nicht kennen. Er beginnt bei Thyborön im Norden von Jütland, etwa auf halbem Wege nach Skagen, durchquert die ganze Halbinsel, wobei er sich manchmal zu herrlichen Seen ausweitet, und mündet bei Hals in die Aalborg-Bucht. In Bremerhaven war der Sturmball aufgezogen, das heißt, daß Windstärke sechs bis sieben herrschte. Zuerst hatten wir den Flutstrom gegen uns, machten aber gute Fahrt, weil der Wind aus Südwest kam und die Sände, Langlütjensand, Hohe Weg, Alte Mellum, die Gewalt der Seen brachen. Die ‚Karimata' lag noch verhältnismäßig ruhig. Wir segelten mit Vollzeug. Ich ging noch ein bißchen zur Koje, weil ich wußte, daß ich später an keinen Schlaf mehr würde denken können. Das Windsignal des Hohe-Weg-Leuchtturms zeigte an, daß es bei Helgoland aus Westsüdwest mit Windstärke neun bis zehn wehen würde. Der Freund und unser Ältester lösten sich am Ruder ab.
Gegen Mitternacht wachte ich auf und fühlte, daß die ‚Karimata' schwer stampfte. Meine Frau war seekrank und der Jüngste gleichfalls. Als ich an Deck kam, peilte das Rote-Sand-Feuer bereits achteraus. Dröhnende Wogenzüge wälzten sich unter den Sturmstößen heran. Der Gischt wurde von den Wellenkämmen weggerissen und in langen, zuckenden Bahnen übers Schiff geschleudert. Wir waren auf der offenen See. Mein Freund hatte Strecktaue spannen lassen, an denen man sich beim Arbeiten festhalten konnte. Ununterbrochen zischte das Flugwasser über uns hin. Wenn es in ein Segel prasselte, klang es wie ein Feuerstoß aus einer Maschinenpistole. Von Zeit zu Zeit nahmen wir auch grünes Wasser über, das von vorn nach achtern schoß und ins Cockpit pulschte. Wir mußten lenzen. Ich purrte den Jüngsten aus der Koje und ließ ihn die Lenzpumpe bedienen. Da half nun

nichts. Der Älteste stand am Ruder und steuerte nach dem Kompaß. Natürlich hatten wir alle unser Ölzeug an. Dann holten wir den Klüver und den Besan nieder, der Freund und ich. Je härter es weht, um so schwerer ist das zu bewerkstelligen. Klüver nennt man das vorderste Segel, dann kommt die Fock, beide vor dem Großmast, dann das Großsegel und zuletzt, am hinteren Mast, das Besansegel. Meist macht man bei wachsendem Wind den Fehler, die Segel zu lange stehen zu lassen. So war es auch jetzt die höchste Zeit. Wenn der Sturm schräg von achtern kommt, wie in unserem Fall, preßt er die Segel so gewaltsam gegen den Mast, Saling, Want und Stag, daß man sie einfach nicht mehr herunterkriegt. Man muß dann durch Kursänderung versuchen, das verklemmte Segel sozusagen abzuschütteln. Aber das gelingt auch nicht immer. Also rechtzeitig Segel wegnehmen. Wir schafften es gerade noch. Nach einer Viertelstunde des Kampfes mit dem schlagenden und knallenden Zeug hatten wir Klüver und Besan festgemacht. Nun stand nur noch das Großsegel und die Fock. Aber auch das war noch zu viel, obwohl die ‚Karimata' etwas untertakelt ist. Es war noch zu viel, und dennoch lachte mir das Herz im Leibe, wenn ich sah, mit was für weichen Bewegungen das Schiff den Bug in die schief heranbrausenden Wellenhänge setzte, wie es über die Kämme hinwegglitt, auf der anderen Seite in die Tiefe schoß, Wasser übernahm und sich triefend wieder aufrichtete. Die Wanten und Stage heulten hell über dem dunklen Rollen der See, das unaufhörlich aus der Nacht herübertönte. Wir mochten in den Böen gut und gern Windstärke zehn haben. Die Böen brachten jetzt auch Regen mit.

Inzwischen war der Älteste ebenfalls seekrank geworden. Aber er wollte nicht unter Deck. Wir mußten uns in kurzen Abständen am Ruder ablösen. Es erforderte eine ziemliche Anstrengung, das Rad zu halten, weil ein Stoß auf den anderen folgte. Nach einiger Zeit fiel das elektrische Licht aus. Irgendwo war Nässe in die Leitung eingedrungen und hatte Kurzschluß bewirkt. Wenn es ernst wird, halten die modernen Einrichtungen nicht stand. Das Alte, Einfache ist das einzig Wahre. Eine Petroleumlampe kennt keinen Kurzschluß. Die Positionslichter, grün an Steuerbord, rot an Backbord, brannten unerschüttert. Da gibt es bei mir nur Petroleumlampen.

Wir segelten also mit schwingenden, jaulenden, jankenden Wanten und Stagen durch die brüllende Finsternis. Kurs Nordnordwest. Das Ölzeug war naß und schwer. Die Müdigkeit kam, unangenehme Gefühle kamen, der Kopf arbeitete, die Gedanken beschäftigten sich mit dem Schiff und mit dem Material. Habe ich auch alles richtig gemacht? In so einer Sturmnacht kann der kleinste Fehler, die geringste Nachlässigkeit die bösesten Folgen haben. Sind alle Taue richtig belegt? Sitzen die Segeltuchkapuzen dicht genug auf den Skylights? Ist das Beiboot gut festgezurrt? Werden die Nähte der Segel halten? Ein Glück, daß ich in den hinteren Rand des Großsegels eine Stahlliek habe einnähen lassen. Was soll werden, wenn der Sturm noch zunimmt? Was, wenn es schlimmer wird mit der Seekrankheit? Vier Hände sind zu wenig für so ein Schiff. Einer muß am Ruder bleiben, der andere kann das Großsegel nicht allein bergen. Es haut, wenn es eingeholt werden soll, mit so furchtbaren Donnerschlägen um sich, daß ein einzelner nicht dagegen an kann. Wir müssen es stehen lassen auf Biegen und Brechen. Aber wie lange wird das noch gut gehen? Man überlegt und überlegt, und langsam kriecht etwas in einem hoch, das eine verfluchte Ähnlichkeit mit Angst hat. Nachts kommt einem ja sowieso alles unheimlicher vor. Es ist mehr los in der Luft, das Heulen und Rollen geht einem mehr auf die Nerven als bei Tage. Und immer wieder jagt so ein schwankendes Wassergebirge heran im Geisterlicht der Nacht und will das Schiff über Kopf gehen lassen. Und jedesmal denkt man: Mein Gott, das schaffen wir nicht mehr! Jetzt ist es soweit . . . jetzt . . . jetzt . . .! Nein, noch nicht. Aber da . . . die schwarze Bestie da mit dem bleichen Haargeflatter, wie sie hochschießt, noch höher, wie sie heranwütet . . . oh . . . oh! Und das Schiff taumelt, schlingert, stürzt in die Tiefe, zuckt zur Seite, bäumt sich auf und . . . jetzt! Nein, nein! Bäumt sich auf und hat's überwunden. Wahnsinn, ein so zartes Gebild diesen Urweltgewalten auszusetzen! Jede einzelne der taumelnden und sausenden Wogen hat die Kraft in sich, einen ausgewachsenen Fischdampfer zu zerschmettern. Wenn es einer von ihnen nur ein einziges Mal gelänge, wirklich zuzuschlagen, von oben herunter zuzuschlagen, wenn die Woge sich in einen Brecher

verwandelte, dann bliebe von der ‚Karimata' nichts übrig. Daher wohl auch das Würgen in der Kehle.
Ich wußte, daß ich es in dieser Nacht mit Mächten zu tun hatte, denen ich hundertmal und tausendmal unterlegen war. Ich wußte es nicht nur mit meinem Verstand, das hätte weiter nichts zu bedeuten gehabt, ich wußte es auch mit meinem ganzen Leibe, mit meiner Haut, mit meinem Blut, mit meinen Knochen. Und das war etwas anderes. Ich wußte, daß ich unterlegen war, und ich wußte, wiederum mit meinem ganzen Leibe, daß ich mich behaupten wollte, und daß ich mich behaupten würde, daß ich mich, den Kern meines Menschentums, meines Wesens auch dann behaupten würde, wenn ich unterliegen sollte. Machtvoller noch als die Angst war das unbeirrbare Gefühl des Triumphes. Und damit habe ich eigentlich Ihre Frage nach der Liebe und dem Haß schon beantwortet. Die aufgewühlte See, dies aus der Dunkelheit herantosende Schicksal, diese wandernden Gebirgszüge, diese gespenstig dämmernde Zerrissenheit – merkwürdigerweise herrscht ja selbst in der finstersten Nacht noch ein winziger Schimmer von Licht, heben sich die weißen Wogenkämme noch ungewiß von der Schwärze der Täler ab –, diese härter und härter werdenden Wasserwuchten, die jetzt den Bug des schräg liegenden Schiffes hochreißen und zur Seite werfen und jetzt sich unter das Heck stemmen, noch einmal und noch einmal, um den Klüverbaum in den Abgrund zu stoßen, diese flatternden Vorhänge aus Gischt, die vom niederstürzenden Schiff seitwärts hochgeschleudert werden, dieser sprühende Rauch, der im Schein der Backbordlampe rot aufglüht, dieser keinen Augenblick nachlassende, nach Vernichtung lechzende, gegen alle Not und alles Grauen völlig gefühllose Aufruhr, das alles preßt aus dem Menschen ein Letztes und Allerletztes an Wachheit und Entschlossenheit heraus. Jetzt darf einfach kein Fehler begangen werden. Jede Unachtsamkeit kann den Untergang bedeuten. Ich mußte zum Beispiel nach vorn, um das Klüversegel besser festzumachen, das loszuwehen drohte. Nachdem ich ein paar grobe Seen vorbeigelassen hatte, griff ich mich so schnell wie möglich an den Strecktauen entlang. Dabei übersah ich die Gefahr, die mir von der Fock drohte. Das Focksegel hat am

unteren Rand einen Baum, der durch Taue nach Backbord oder Steuerbord gezogen werden kann. Solange der Wind auf die Fock drückt, steht sie so steif wie ein Brett. Aber bei schwerem Seegang, wenn das Schiff sich über die Wogenberge windet und nach rechts und links auszubrechen versucht, kommt es vor, daß die Fock für Augenblicke durch das Großsegel abgedeckt wird. Dann zuckt der Baum mit furchtbarer Kraft hin und her. Ich hatte nicht daran gedacht. Er fuhr von hinten gegen meine Schulter und hätte mich über Bord geschlagen, wenn ich nicht im Fallen unwillkürlich nach der Schot gegriffen hätte. Ich lag an Deck. Über mir donnerte die Fock mit dem tobsüchtigen Baum. Die ‚Karimata' nahm zweimal Wasser über, das meine Benommenheit wegwischte, und fiel etwas ab. Da knallte es wie ein Kanonenschuß, und dann stand die Fock wieder prall, der Baum rührte sich nicht mehr, ich konnte weiterarbeiten. Wenn man sich sonst im Leben einmal versieht, nun, dann versieht man sich eben. Es kostet nicht gleich den Kopf, man lernt daraus, man macht es das nächste Mal besser. Aber auf See, in einer solchen Nacht, wird eine falsche Entscheidung, ein falscher Griff sofort und ohne Erbarmen auf das härteste bestraft. Der Sturm bringt den Menschen, zwingt den Menschen dazu, fehlerlos zu handeln. Darum haben die Bewegungen der Segelschiffmänner ja auch diese wunderbare Richtigkeit und Gültigkeit, diese Endgültigkeit, diese todernste Anmut, wenn ich eine solche Wendung einmal gebrauchen darf, diese sachliche Klarheit, diese fast tänzerische Gelöstheit, die einfach nicht anders sein kann. Die See nötigt dem Menschen körperliche und seelische Leistungen ab, die sich unentwegt an der Grenze des eben noch Menschenmöglichen bewegen, Leistungen, die er selbst für nicht leistbar gehalten hätte. Aber sie deckt auch jede Verborgenheit, jede Lüge, jede schwache Stelle im Charakter auf. Sie zeigt den Menschen sich selbst so, wie er sich bislang nicht kannte. Sie zeigt ihm seine Größe und seine Fragwürdigkeit. Sie zeigt ihm das Letzte, sie zeigt ihm seine eigene Nacktheit. Sie läßt ihn erkennen, was er in Wahrheit ist. Und wie er die Wahrheit erkennt, so erkennt er auch die Freiheit. Er kann sich gegenüber den herrisch brüllenden Mächten der See nur dann behaupten, wenn er ihnen untertan wird. Er muß ihr

Wesen, ihr Gesetz so tief erkennen, daß er ihre Gewaltherrschaft, indem er gehorcht, zu überwinden vermag. Schon der Mann, der das Schiff entworfen und gebaut hat, mußte um die Gesetze des Sturms und der sturmgepeitschten See wissen. Nur dann war er imstande, den Riß des Schiffes in einem geheimnisvollen Gehorsam so zu erschaffen, daß es in einer Nacht wie dieser durch Anschmiegung und Einschmiegung, unter einem sich an- und einschmiegenden Menschenwillen, dem rasenden Element seine Freiheit abzugewinnen vermag. Nicht im Trotz. Eine Sekunde des Trotzes, und das Ende wäre da. Nicht im Trotz, sondern im Gehorsam. Und wie das Schiff, so der Mensch. Er herrscht durch Einsicht und Gehorsam. Im Gehorsam liegt das Geheimnis der wahren Freiheit. Nur der ist frei, der durch Gehorsam siegt. Das lehrt die See. Und wer ihre Lehre nicht annimmt, den zerbricht sie.
Liebe oder Haß? Ich kann die See nicht lieben, die gleichmütige, brutale Mörderin, die so viele Menschenleben, schuldige und unschuldige, verschlungen hat. Aber ich kann sie auch nicht hassen, denn sie hat mir mein eigentliches Selbst offenbart, hat mich in einem kühnen Sinn zum Manne gemacht, hat mich in meinem tiefsten Wesen frei werden lassen. Woher sollte ich da das Recht zum Haß nehmen? Es ist schwer, das Gefühl, das ich ihr gegenüber habe, in Worten auszudrücken. Ich könnte mir denken, daß Jakob, als er mit dem Engel rang, etwas Ähnliches gefühlt hat. Verstehen Sie, was ich sagen will?"

Er sah uns mit seinem dunkelblauen Blick der Reihe nach an und senkte ihn dann auf seine Hände, die er zwischen seinen Knien mit einer behutsamen, waschenden Gebärde aneinanderrieb.

Durchaus, wir verstanden ihn durchaus. Seine Worte waren uns zu Herzen gegangen. Wirklich. Der Westfale sagte, er habe im Grunde etwas Ähnliches ausdrücken wollen, als er von seiner Liebe zur See gesprochen habe. Man könne es jedoch nicht Liebe nennen, er sähe es ein. Die See sei zu groß für die menschliche Liebe. „Aber, um Verzeihung, wie ging es denn nun weiter?"

Wir alle hätten gern erfahren, was aus der „Karimata" geworden sei, in dieser wilden Nacht.

„Ja, wie ging es weiter? Es ging so weiter, daß wir schließlich Helgoland als Nothafen angelaufen haben. Bei dem harten Wetter war es nicht ganz einfach, weil bei Helgoland diese gefährlichen Grundseen auftreten. Wenn der Meeresboden ansteigt, werden die großen Wellen, die von England her über die ganze Nordsee gerannt sind, unten gebremst und kippen vornüber. Das gibt dann die mörderischen Brecher. Bei Helgoland läuft außerdem noch ein starker Strom zwischen Düne und Insel nach Südwesten. Steht nun der Wind gegen den Strom, dann verstärkt sich die Gewalt der Brecher noch. Und das war in dieser Nacht gerade der Fall. Wir würden also, wenn wir den Helgoländer Hafen anlaufen wollten, in den Brechern manövrieren müssen. Mit Fock und Großsegel. Der Hilfsmotor nützt einem bei solchem Wetter nicht viel. Eine verdammte Sache. Ich wog die Aussichten gegeneinander ab: weitersegeln ins Ungewisse oder durch die Brecher in den Hafen? Das eine war so gewagt wie das andere. Wir schrien uns ein paar Sätze zu, mein Freund und ich, dann entschied ich mich für den Nothafen.
Das Helgoländer Feuer war schon eine gute Weile in Sicht. Wir standen westlich. Ich ging mehr auf östlichen Kurs. Erst Ostnordost, dann Nord zu Ost. Es kam darauf an, die Hog-Steen-Tonne zu finden. Dann hat man die zwei Feuer der Düne übereinander und kann auf die Einfahrt zuhalten. Großartig, wie die ‚Karimata' die Seen nahm, die jetzt platt von achtern heranfegten! Ein Schiff, sage ich Ihnen, Sie machen sich keine Vorstellung davon.
Nach und nach tauchten auch die Lichter von anderen Schiffen auf, von Fischerfahrzeugen, die gleichfalls unter Helgoland Schutz suchten. Belgier, Holländer, Dänen, Deutsche. Eins von den schweren hochbordigen belgischen, die mit einem starken Motor ausgerüstet sind, lief uns fast vor den Bug. Aber wir wußten wenigstens, daß wir auf dem richtigen Kurs lagen. Wir kamen hin. Das Manöver vor der Hafeneinfahrt in den Brechern, besonders das Niederholen des Großsegels vorm Winde mit den beiden seekranken Jungen, war eine Geschichte für sich. Wer kein Segler ist, kann nicht verstehen, um was es ging. Es hat keinen Zweck, daß ich Ihnen die Sache erzähle. Außerdem möchte ich mich jetzt

ganz gern in den Speisewagen verholen und eine Tasse Kaffee trinken, offen gestanden. Gegen drei Uhr morgens lagen wir gut vertäut hinter der Mole. Draußen donnerte die See. Der Fächerarm des Leuchtfeuers fuhr in gleichmäßigen Zwischenräumen über uns hin. Wir konnten aufatmen."

(1955)

Ein Segelschiff-Kapitän an seinen Sohn

Lieber Sohn, wenn Inspektor Nannen dir diesen Brief aushändigt, befindest du dich schon einige Stunden an Bord der „Wega" und hast das erste Unbehagen überstanden. Ich glaube zu wissen, wie einem unerfahrenen Jungen zumute ist, wenn er auf eine Viermastbark kommt, die eine Woche im Hafen gelegen hat. Ich weiß, daß du zunächst betroffen bist von dem Durcheinander, das an Deck herrscht, von den Aschenhaufen, von den Abfällen aus der Kombüse, von den zerbrochenen Kisten und von dem Schmutz. Ich weiß, daß du dich unter den unausgeschlafenen, mürrischen Männern beklommen genug fühlst. Ich weiß auch, daß dir das Herz bis zum Halse emporschlägt, wenn du zu der ungeheuren Höhe der Masten mit den Rahen und dem Gespinst des laufenden Gutes hinaufblickst und dir vorstellst, daß du demnächst dort oben dich bewegen und betätigen mußt. Laß dir gegen niemanden etwas merken, lieber Sohn, es wird bald anders. Der Schlepper kommt längsseits und führt euch die Weser hinunter der freien See entgegen. Dann sollst du einmal sehen, wie der Unrat im Handumdrehen verschwindet, wie die mürrischen Männer sich in ordentliche Seeleute verwandeln, wie aus der toten und verworrenen Riggung die lebende, atmende, leuchtende Ordnung der Segel wird, wie sich die „Wega" blank und frei den anlaufenden Wellen entgegendrängt! Wenn du dann nicht die Zähne zusammenbeißest vor Glück und

mit deinem ganzen Leibe und mit deiner ganzen Seele spürst, daß jetzt dein Leben überhaupt erst richtig anfängt, dann tust du besser, im nächsten Hafen von Bord zu gehen. Aber, lieber Sohn, du wirst es spüren. Auch das weiß ich.
In jeder der nächsten Wochen wirst du mehr lernen, als du sonst in einem ganzen Jahr gelernt hast. Lerne von allen und von allem, von den Männern, vom Schiff, vom Himmel, vom Wind, von den Gestirnen, von der See! Lerne mit deinem Kopf und mit deinen Gliedern! Manchmal können deine Glieder mehr als dein Kopf. Sie können gleichsam im Schlaf das Richtige tun, und das kann der Kopf nicht. Weiteres hierüber zu schreiben hat keinen Zweck. Es ist deine Sache. Da mußt du selbst zusehen.
Aber über etwas anderes will ich dir einige Worte mitteilen, so gut ich es vermag. Wenn ich zu meiner Zeit in ruhigen Nächten auf dem Hüttendeck hin und her ging, habe ich meine bestimmten Gedanken gehabt. Natürlich betrafen sie das Schiff. Mein Schiff und alle Schiffe. Einige von diesen Gedanken sollst du wissen. Ich glaube, auch sie gehören zu einer guten Seemannschaft. Jedenfalls wäre ich dankbar gewesen, wenn in meiner Jugend jemand mit mir über dergleichen gesprochen hätte. Es ist anzunehmen, daß auch mit dir niemand darüber spricht. Deshalb will ich es heute tun.
Lieber Sohn, halte deinem Schiff die Treue! Die See kennt kein Erbarmen, kein Recht und keine Erinnerung, sie kennt auch keine Treue. Aber mit einem Schiff ist es ein anderes Ding. Es nimmt die Hand wahr, die mit ihm umgeht. Du wirst es spüren, wenn du am Ruder stehst. Da ist ein dumpfer, gewaltiger Wille im Schiff, der bezwungen werden muß. Es fragt sich nur, wie du es machst. Wenn du Gewalt anwendest, antwortet das Schiff mit Gewalt. Wenn du klug bist, fügt es sich. Wenn du treu bist, ist es gleichfalls treu.
Es gibt gute Schiffe, und es gibt schlechte Schiffe. Halte nicht jedes, das dir fürs erste keine Schwierigkeiten macht, für ein gutes und erst recht nicht jedes, mit dem du nicht ohne weiteres klar kommst, für ein schlechtes. Vielleicht läßt das bequeme dich im Stich, wenn es einmal hart auf hart geht. Und vielleicht hast du das schwierige nur noch nicht tief genug in seinem Wesen erkannt. Laß nicht nach in deiner Be-

mühung, das letzte Geheimnis eines Schiffes zu erkunden! Viel tut ein nachdenklicher Verstand, mehr ein waches Gefühl, aber das meiste die Liebe, wie überall auf der Welt. Wer sein Schiff nicht liebt, weiß nichts von ihm.

Ein Schiff ist wie eine Frau. Nicht umsonst verleiht der Seemann jedem Schiff, auch wenn es einen männlichen Namen trägt, das weibliche Geschlecht. Ein Schiff will geliebt werden wie eine Frau. Am ehesten ergibt es sich einer weichen Hand, hinter der ein harter Wille steht. Lieber Sohn, denke nicht gering von der weichen Hand! Eine Trosse, die mit einem Ruck steif kommt, bricht. Läßt du es aber sinnig angehen, so hält sie. Und die Kraft ist beide Male die gleiche. Wenn du nur das Ziel nicht aus dem Auge verlierst, darfst du getrost wieder und wieder nachgeben. Einen Orkan vor Treibanker abreiten, ist besser, als das Schiff unter Wasser segeln. Und wenn du an Land gehst, vergiß bei den Frauen nicht, was du von den Schiffen gelernt hast. Und wenn du wieder an Bord kommst, erinnere dich zuweilen daran, wie du warst, als du deine Liebste bei dir hattest. Aber glaube nie, du wüßtest nun das Letzte! Schiffe und Frauen kann niemand durchschauen. Darum bedeuten sie ja für einen Mann eine immer sich erneuernde Verlockung.

Nun möchte ich einiges über die Schönheit der Schiffe niederschreiben. Von allen Dingen, die Menschenhände jemals gemacht haben, wollen mir die Schiffe bei weitem als die schönsten vorkommen. Ein Schiff ist aber nicht um seiner Schönheit, sondern ganz und gar um seiner Wahrheit und Zweckmäßigkeit willen erbaut. Und doch sieht es schön aus. Ein jedes auf seine Art. Eine Jacht hat ihre Schönheit, und eine Kuff hat ihre Schönheit. Das ist das eine. Wenn du die Schiffe, die dir auf den Weltmeeren und an den Küsten der Erdteile begegnen, mit den richtigen Augen betrachtest, wenn du dich auch einmal in einem Konstruktionsbüro über den Riß einer Brigg beugst und den wunderbaren Gang der Linien empfindest, den der Erbauer errechnet hat, oder wenn du hin und wieder vor den kleinen Läden stehen bleibst und dich an den Stichen der alten Schiffe erfreust, die da ausgelegt sind, so gewinnst du mit den Jahren die Erkenntnis, daß die letzten Entscheidungen beim Entwurf eines Schiffes nicht auf Grund von Berechnungen fallen, sondern aus einem Gefühl heraus, das sich unbewußt von der Schönheit leiten läßt. Ob die Deckslinie, die den Sprung überwindet, sich früher oder später senkt, ob die Masten so oder so verteilt sind, ob ihr Überfall stärker oder schwächer ist, ob die Segelflächen in diesem oder in einem etwas anderen Verhältnis zueinander stehen, also das Zarteste und Kühnste am Schiff, das, was seine Einzigartigkeit ausmacht, wird nicht von Tabellen und Formeln, sondern von einem unwägbaren Schönheitsempfinden bestimmt. War anfangs das Zweckmäßigste das Schönste, so stellt sich nun das Schönste auch als das Zweckmäßigste dar. Das ist das andere. Seit ich solches weiß, lebe ich ein gut Teil fröhlicher auf der Welt. Lieber Sohn, wie wohl muß der Mensch erschaffen sein, daß er in seinem Herzen das Wahre und Zweckmäßige auch für das Schöne hält und daß er sich das Schöne nicht ohne eine ihm innewohnende Wahrheit und Zweckmäßigkeit vorstellen kann! Manchmal denke ich, es rührt daher, weil alle drei unmittelbar aus des Schöpfers Hand kommen: die Wahrheit, die Schönheit und das Herz des Menschen.

Wenn ich die Riggung des Schiffes ansehe oder die Masten oder den Rumpf oder all die Vorrichtungen, die der Mannschaft die Arbeit erleichtern sollen, dann wird mir zugleich das unablässige Sinnen, das wagende Mühen und das große Leiden der Geschlechter deutlich, die ihr Bestes darangesetzt haben, um das Schiff vollkommen zu machen. Wie man keinen Gegenstand benutzen dürfte, ohne in Dankbarkeit derer zu gedenken, die ihn durch die Jahrhunderte hindurch bis auf den heutigen Tag immer tauglicher gemacht haben, so dürfte man erst recht nicht an Bord eines Segelschiffes leben, ohne sich denen verbunden zu fühlen, die in der Kunst des Segelschiffbaues etwas vollbracht haben, was vorher noch nicht da war. Lieber Sohn, man wird dann gar bescheiden in seinem Wesen. Denn was waren diese Männer, und was sind wir? Und sie haben uns alles geschenkt.

Beim Ruder steht der Kompaß. Da soll das Schiff in ein Wellental sinken und schlingernd wieder emporsteigen, da sollen die Verbände unter den stürzenden Brechern ächzen, da sollen die Segel in Fetzen davonwehen und die Spieren von oben

kommen, da soll der Tag zur Nacht werden: die Nordmarke der Kompaßrose bleibt verläßlich. Das ist eine gewaltige Sache. Der Seemann wäre verloren, wenn er sich nicht auf den Kompaß verlassen könnte. Ich habe nie aufgehört, wie alt ich auch geworden bin, die Kraft des Kompasses mit einer gewissen Scheu in meinem Gemüte zu verehren. Wie ich denn auch, lieber Sohn, immer die geheimnisvolle Macht geehrt habe, die im Gewoge der Welt barmherzig die gleiche ist, gestern, heute und in Ewigkeit. Du weißt, wen ich meine. Ihm sollst du anbefohlen sein.
Damit will ich schließen. Dein dich liebender Vater.

(1950)

Eine Regennacht

Der Junge stöhnte ein paarmal und drehte sich dann langsam um sich selbst. Es dauerte eine Weile, bis die Betäubung des Schlafes so weit von ihm gewichen war, daß er zu begreifen vermochte, wo er sich befand. Er stützte sich im Bett hoch und starrte durch die Finsternis der Kammer auf das dämmrige Viereck des offenstehenden Fensters. Sein Ohr vernahm das weiche Rauschen des Regens und dazwischen das Tuckern der Tropfen, die sich in unregelmäßigen Abständen vom oberen Fensterrand lösten und auf das Blech des Simses schlugen. Mit einem Male drang ein angstvolles Aufbellen durch den Regen, das in ein langgezogenes Heulen überging. Dem Jungen war so, als habe er das Bellen und Heulen schon im Schlaf gehört und sei dadurch aufgewacht. Als es von neuem begann, angstvoller noch als zuvor, glitt er aus dem Bett, tappte ans Fenster und sah auf den Strom hinunter. Die Jacke seines Schlafanzuges stand offen, seine Haut erschauerte in der Nachtkälte.
Wieder das kurze Gebell und das lange, jaulend hinsterbende Geheul. Und gleich darauf noch einmal und noch einmal. „Muß ein Hund sein", dachte er. „Was ist denn los mit ihm?

Ob ihn jemand in die Weser geworfen hat? Warum schwimmt er denn nicht an Land?"
Er bemühte sich, die Finsternis zu durchdringen, konnte aber außer einem verschwommenen Lichtstreifen, der jedesmal beim Aufblinken des Leuchtfeuers vom andern Ufer her über die strömende Wasserebene flog, nichts erkennen. Das Heulen wiederholte sich in immer kürzeren Abständen und klang immer verzweifelter. Es schien vom Anleger zu kommen. Der Junge faßte sich an den Nacken und wandte den Kopf nach rechts und nach links. Dabei öffnete er den Mund, als wolle er ein Stück aus der Luft herausbeißen.
Stromaufwärts, nach Bremen zu, wurden die Topplichter eines Frachters im Laubwerk der Schwarzpappeln sichtbar. Sie blinkerten, verschwanden und blinkerten von neuem. „Der muß es aber eilig haben", dachte der Junge, „daß er bei auflaufendem Wasser rausgeht. Oder läuft es noch nicht auf?"
Er tastete sich nach dem Hocker neben seinem Bett, auf dem der Wecker mit den Leuchtziffern stand. „Viertel nach zwei, dann läuft es schon auf, seit gut einer halben Stunde schon. Was hat der Hund bloß? Er liegt aber nicht im Wasser, sonst würde die Flut ihn doch mitnehmen. Kommt immer von derselben Stelle her, das Heulen. Ob ich mal hingehe? Aber bei so einem Wetter? Vielleicht ist sein Herr ja in den Fluß gefallen. Ist vielleicht betrunken gewesen, und der Hund steht am Ufer und heult hinter ihm her, streckt den Kopf vor und heult hinter ihm her. Menschenskind, ist ja nicht auszuhalten! Ich gehe mal runter. Irgend etwas stimmt da nicht."
Während er seine Hose über den Schlafanzug streifte und den Gürtel schloß, schob sich der schwarze Umriß des Frachters langsam in das Fensterviereck. Gedämpft glomm das grüne Seitenlicht durch den Regenschleier. Dann kam das Hecklicht, und dann war er vorbei. Gleich darauf toste die Sogwelle am Ufer entlang, brandete auf und verlor sich ebenso schnell, wie sie gekommen war. Das Tosen hatte das Geheul übertönt. Aber nun jammerte der Hund wieder mit schauerlicher Wildheit durch die Nacht. Der Junge band seine Schuhe zu, schlüpfte in den Anorak und zog die Kapuze über sein verwuscheltes Haar. Den vorderen Rand schlug er hoch. Dann stieg er auf die Fensterbrüstung und sprang in den Garten

hinab. Vorsichtig fühlte er sich mit seinen Füßen über die Schrittsteine des Rasenstreifens nach der schmalen Treppe hin, die im Zickzack den Steilhang hinabführte. Unten schwappte das Wasser, das sich noch nicht beruhigt hatte, gegen das Ufer. Da die andere Seite nicht zu erkennen war, sah es so aus, als verliere sich die Fläche im Unendlichen. Der Regen ließ etwas nach, aber die Nacht blieb so schwarz wie zuvor. Es roch nach Schlick und nassem Laub.

Als der Junge am Ufer entlangtrabte, fühlte er wieder die dumpfe Unheimlichkeit, die vom Schlürfen der unsichtbaren Wassermassen ausging. Das Heulen, das jetzt überhaupt nicht mehr aufhörte, verstärkte die Unheimlichkeit noch. Er blieb stehen und versuchte zu schätzen, wie weit der Hund entfernt sei. „Beim Anleger", dachte er im Weitergehen. „Habe ich doch gleich gesagt. Merkwürdig, daß sonst niemand aufgewacht ist. Die Eltern ja auch nicht. Pennen alle wie die Fledermäuse. Na schön."

Ein Brausen zog über den Strom, das Wasser klirrte, die Pappeln rauschten auf, und dann fuhr eine Regenbö über den Jungen hin. Der Hang senkte sich und gab die orangenen Straßenlaternen frei. Da war auch schon der Weg, der von der Straße zum Anleger führte. Der Junge ging auf dem Weg weiter. Stromaufwärts stand am anderen Ufer ein verwischter Schein, in dem von Zeit zu Zeit blaue Schweißlichter aufblitzten und erloschen. Soltmanns Werft arbeitete mit Nachtschicht. Jetzt schien der Hund zu merken, daß sich jemand näherte. Er winselte nur noch. Aber im nächsten Augenblick bellte er heiser auf, zweimal, dreimal, und heulte dann wieder los.

„Sei ruhig!" rief der Junge. Und für sich selbst fügte er hinzu: „Wo steckt er denn? – He, ist da wer?"

Keine Antwort. Der Hund röchelte, als drücke ihm jemand die Kehle zu. Gleichzeitig entstand ein Geplatsche und ein merkwürdiges Geklicke.

„Wäre gar nicht verkehrt", dachte der Junge, „wenn jetzt ein Schiff vorbeikäme, daß ich ein bißchen was sehen könnte. Womöglich hat ihn einer angekettet. Hoppla!" Er stieß gegen das Geländer der Anlegerbrücke. Der Anleger bestand aus einer Brücke, die auf stählernen Rundpfeilern ein gutes Stück auf die Weser hinausführte, und aus einer langen Plattform, deren eine Seite mit der Brücke durch ein Gelenk verbunden war, während die andere auf einem Schwimmer lag, so daß sie sich mit Ebbe und Flut senken und heben konnte. Der Junge tappte neben der Brücke den abfallenden Strand hinunter. Bei jedem Schritt war er darauf gefaßt, ins Wasser zu treten. Seine ausgestreckten Hände berührten einen Pfeiler nach dem andern. Jetzt hatte er das Geröchel und Geklicke und Geplatsche dicht vor sich. Gleich mußte der nächste Pfeiler kommen. Aber da tappte er ins Wasser. Er trat zurück und beugte sich vor, um zu erkennen, was in der Finsternis geschah. Als ein paar Wellen etwas höher schwappten und ihn noch weiter zurücktrieben, fing der Hund von neuem an zu bellen und zu heulen. In der Nähe klang es so herzzerreißend, daß der Junge, ohne sich um das Wasser zu kümmern, auf ihn loswatete.

„Ich komme ja schon. Nun sei doch ruhig! Mensch, sei ruhig!"

Aber der Hund wußte vor Angst nicht mehr, was er tat. Er warf sich dem Jungen entgegen, wurde jedoch zurückgerissen, fiel ins Wasser, heulte, warf sich abermals nach vorn und wurde abermals zurückgerissen. Der Junge faßte zu und erwischte einen struppigen Kopf mit schlaffen Ohren, der sich unter ersticktem Würgen hin und her wand und, zurückfahrend, bellte, heulte, bellte, alles durcheinander. Beim zweiten Zufassen geriet die Hand des Jungen an den Hals und an eine fest herumgezwängte Kette. Er folgte der Kette, die durch den Vorwärtsdrang des Hundes gestrafft war, bis an den Brückenpfeiler. „Ich bin ja da", sagte er. „Nun mal ruhig! Geh doch ein bißchen zurück, daß ich die Kette lockern kann, hier am Hals!" Aber der Hund wehrte sich, weil er nicht noch tiefer in das schwarze Wasser hineinwollte, das ihm sowieso schon bis über die Brust reichte. „Wo sitzt denn der Ring?" dachte der Junge. Die Kette mußte doch durch einen Ring gezogen sein. Wenn er den Ring hatte, konnte er die Schlinge erweitern. Aber er fand ihn nicht, vorn nicht und hinten auch nicht. Seine Hände suchten noch einmal rund um den Hals herum. Keine Spur von einem Ring. Oder doch, hier? Nein, die Kette war nicht durch einen Ring gezogen, sondern mit

einem zusammengedrehten Draht geschlossen. Aber mit einem so dicken und so scharf abgekniffenen Draht, daß keine Möglichkeit bestand, die Drehung mit den Fingern zu öffnen. Der Junge watete nach dem Pfeiler. Auch hier war die herumgeschlungene Kette mit Draht geschlossen.
„Was muß ich jetzt tun?" dachte er. „Mensch, sei still, ich kann doch nichts dafür! – Eine Kneifzange holen? Schön. Aber bis ich zurückkomme, ist er längst abgesoffen. Das Wasser steigt jetzt ziemlich schnell, gut zwei Meter noch. Hilft alles nichts, die Kneifzange muß her."
Er streifte die Pfoten des Hundes, die ihn umklammerten, von seinen Hüften ab und drehte sich um. Da traf ihn ein gleißender Lichtkegel von oben, verweilte einige Sekunden auf ihm, glitt auf den Hund und kehrte zu ihm zurück. Eine tiefe Männerstimme sagte: „Was gibt's hier denn?"
Der Junge wandte den Kopf weg und blinzelte, die Augen mit der erhobenen Hand abschirmend, ins Licht. „Haben Sie den Hund hier angekettet?"
Die Lampe erlosch. Gleich darauf sprang jemand mit wehendem Mantel von der Brücke herunter. Wieder stach der Scheinwerfer durch die Finsternis und ließ die Regenschnüre aufglitzern. Der Hund schniefte ein paarmal, als das Licht auf ihn fiel. Sein rotbraunes, nasses Fell lag glatt an. Auf der Brust hatte er einen schwarzen Fleck und auf dem Rücken auch, die Beine schienen gelb zu sein, soweit der Junge sie im Wasser erkennen konnte. Die dreieckigen Ohren fielen mit einem Knick nach vorn. Während das rechte halb über das dunkle Auge hing, machte das linke vergebliche Anstalten, sich aufzurichten. Von den Barthaaren am Kinn rann der Regen herunter. „Och", sagte der Junge, „so ein hübscher Hund! Und die Augen! Er weiß, daß ich ihm helfen will. Bleiben Sie bei ihm! Ich laufe nach Hause und hole ein Kneifzange. Oder haben Sie eine bei sich? Wer sind Sie denn? Ich kann ja nichts sehen."
„Hier ist die Polizei. Und wer bist du?"
Der Junge nannte seinen Namen.
„Und wo wohnst du?"
„Kreienkamp 17", sagte der Junge. „So ein hübscher Hund. Es hat ihn wer angekettet. Und dann mit Draht. Ich kriege ihn

nicht auf. Und Sie auch nicht. Ganz dicker Draht. Hier. Muß schnell eine Zange her, sonst säuft er ab."
Der Lichtkegel richtete sich auf den Hals des Hundes und wanderte über die Wasserfläche, die durch die dichten Einschläge der Regentropfen silbrig schimmerte, nach dem Brückenpfeiler. „Sieh dir das an", sagte der Polizist. „Eine ausgekochte Gemeinheit. Den wollte einer loswerden. Klar."
„Klar", sagte der Junge.
„Und da hat er sich nichts Besseres einfallen lassen", sagte der Polizist, „als diese Gemeinheit. Zu so was ist der Mensch nun Mensch geworden, man sollte es nicht glauben. Nein, mit den bloßen Fingern dreht den keiner auf. Solide Arbeit. Und du weißt nicht, wer das gemacht hat?"
„Ich habe ihn heulen gehört, und da bin ich aus dem Fenster geklettert. Und dann hierher. Jetzt muß ich aber los, sonst säuft er ab. Die Flut kommt schon mächtig auf. Haben Sie eine Ahnung, was für einer es ist? Ich meine, was für eine Rasse?"
„Lauf, was du kannst! Oder warte mal! Nimm mal die Lampe!"
Der Polizist drückte seine weiße Mütze, die mit einer durchsichtigen Regenhaut überzogen war, fester auf seinen Kopf, ergriff die Kette und versuchte, sie mit kräftigen Rucken vom Pfeiler loszureißen. Der Wind ließ den von Nässe glänzenden Mantel um das vorgestemmte Bein flattern. „Keinen Zweck. Ich dachte, ich könnte den Draht aufsprengen. Ist ein Airedaleterrier. Nicht ganz echt, aber immerhin. Lauf und hol die Zange!"
Sowie der Junge den Uferweg unter den Füßen hatte, rannte er aus Leibeskräften los. Der Regen wehte ihm ins Gesicht. „Wie mag einer das tun", dachte er, „einen Hund totmachen, der einen so aus seinen Augen ansieht! Und dann auch noch mit einer so gemeinen Hinterlist. Ein Glück, daß ich aufgewacht bin! Wenn ihn nur der Polizist nicht mitnimmt. Aber ich war zuerst da. Das kann er nicht abstreiten. Ob Vater wohl erlaubt, daß ich ihn behalte? Mutter schon eher. Aber mit Vater ist es so eine Sache. Er hat nicht viel im Sinn mit Hunden. Dabei ist es so ein hübscher Hund. Und soll totgemacht werden. Ein Mörder, ein richtiger Mörder. Vielleicht steht er irgendwo im

Dunkeln und sieht uns zu. Und dann schießt er. Kann man ja nicht wissen. Und das ist es ja, irgendwo im Dunkeln steht einer, und man weiß es nicht. Er denkt irgend etwas, und man weiß es nicht. Nur der Hund ist da, und alles andere weiß man nicht. Gut, daß der Polizist gekommen ist. Was hat er gesagt? Erdölterrier? Nie gehört. Terrier schon. Ich dachte, das wären so schwarzweiße. Wo steht der Werkzeugkasten? Entweder im Besenschrank oder im Keller. Oh, das wäre schlecht."

Stromabwärts kamen die Lichter eines großen Schiffes um die Biegung. Unwillkürlich fiel der Junge in Schritt und sah zurück. Die Sogwellen würden über den Hund wegbrausen, ganz hoch. Ein paarmal. Wenn er das nur aushielt! Schlecht, alles schlecht.

Beim Anleger flammte ein Lichtschein auf, erlosch und flammte von neuem auf. Der Junge fing wieder an zu laufen. Und da war auch schon das Tor in der Gartenhecke. Er hastete die steilen Treppenstufen so schnell hinauf, daß er, vornüberfallend, die Hände zu Hilfe nehmen mußte. Unter dem Fenster holte er Atem, sprang hoch und griff hinter den Rahmen. Die Schuhspitzen kratzten an den Klinkersteinen, die Linke haftete an einer Fuge, das rechte Knie schob sich übers Fensterbrett. Er wälzte sich weiter und stand in seiner Kammer. Nachdem er die nassen Schuhe abgestreift hatte, öffnete er langsam die Tür und schlich über den Vorplatz. Die Klinke der Küchentür knirschte zweimal, als er sie niederdrückte. Sofort ertönte im Elternschlafzimmer die Stimme des Vaters:

„Wer ist da?"

„Ich", sagte der Junge.

„Warum schläfst du denn nicht?"

„Da ist so ein Hund."

„Was für ein Hund?"

„Der heult immer so."

„Darum brauchst du doch nicht im Haus herumzulaufen und uns aufzuwecken."

„Wollte ich ja auch nicht."

Er hörte, wie die Mutter flüsterte, er habe wohl geträumt.

„Du hast wohl geträumt", sagte der Vater. „Mach, daß du ins Bett kommst!"

„Will nur einen Schluck Wasser trinken."
Hinter der Schlafzimmertür knarrte ein Bett. Dann war es still.
Der Junge knipste in der Küche das Licht an und drehte den Wasserhahn auf. Der Werkzeugkasten stand tatsächlich im Besenschrank. Er nahm die Kneifzange und die Kombinationszange heraus, schloß den Wasserhahn und ging mit deutlichen Schritten in seine Kammer. Gerade zog der große Frachter am Fenster vorbei, ziemlich schnell, da der auflaufende Flutstrom seine Geschwindigkeit fast verdoppelte, ein Holländer. Der Junge erkannte im Licht der Arbeitssonnen, die an Deck brannten, die beiden weißen Ringe um den schwarzen Schornstein. Das Anziehen der Schuhe, das Hinausklettern und das Hinunterlaufen über die steilen Treppen nahmen so viel Zeit in Anspruch, daß der Holländer schon einen beträchtlichen Vorsprung gewonnen hatte, als der Junge unten ankam. Auch die Sogwellen waren schon vorbeigebrandet. Und dann mußte er noch einmal zurück, weil er die beiden Zangen vergessen hatte. Er wäre so gern eher als der Holländer und vor allen Dingen eher als die Sogwellen bei dem Hund gewesen. Aber er schaffte es nicht, obgleich er lief, als gelte es sein Leben. Wieder leuchtete die Lampe am Anleger auf. Sie bewegte sich hin und her, blieb dann eine Weile ruhig und erlosch.
„Merkwürdig hoch", dachte der Junge. „Sieht so aus, als stünde der Polizist auf der Brücke. Und wo ist der Hund?"
Der Holländer mußte jetzt ungefähr in der Höhe des Anlegers sein. Gleich würde die erste Sogwelle über den Hund wegschwappen und dann die andern. Warum bellte er denn nicht mehr? Inzwischen war das Wasser ja weiter gestiegen, vielleicht schon so hoch, daß der Kopf des Hundes nicht mehr herausragte. Wenn er nur nicht zu spät kam. Es wollte ihm gar nicht gefallen, daß der Polizist sich nicht mehr unten aufhielt, beim Hund. Oder war alles schon vorbei? Vorhin hatte der Hund doch gebellt und geheult, als die Wellen auf ihn zukamen.
Ein Windstoß fuhr wie ein Seufzen über die Pappeln und ließ einen Schauer dicker Tropfen herunterprasseln. Sonst war kein Laut zu hören. Links glühte die orangene Dämmerung der Straßenbeleuchtung auf.

Da richtete sich das Gegleiße der Stablampe aus der Dunkelheit gegen den Jungen. „Langsam!" rief der Polizist durch den Regen. „Keine Gefahr mehr." Der Lichtschein wandte sich zur Seite und fiel auf den Hund, der auf der Brücke saß. Der Hund stand auf, schüttelte sich und setzte sich wieder hin. Trotz des Regens konnte der Junge es genau erkennen. Das war ja allerhand. Wie hatte er ihn losgekriegt? Er lief weiter.

„Wie haben Sie ihn denn losgekriegt?" fragte er, als er auf der Brücke ankam. „Ach so."

Der Polizist hatte das um den Brückenpfeiler gelegte Ende der Kette hochgeschoben, so hoch, daß er den Hund mit ausgetreckten Armen auf die Brücke hinaufheben konnte. „Die einfachste Sache der Welt", sagte er.

„Muß einem nur einfallen", sagte der Junge.

„Das schon."

„Mir ist es nicht eingefallen."

„Du wärst ja sowieso nicht lang genug gewesen. Gib mal die Zange her! Und dann leuchte mal!".

„Welche wollen Sie?"

Der Polizist nahm die Kombinationszange, kniete nieder und beugte sich, nachdem er seinen Kopf durch das Geländer geschoben hatte, über den vorstehenden Brückenrand, um die Kettenschlinge, die um den Pfeiler gelegt war, zu öffnen. Der Junge kniete neben ihm und streckte die Hand mit der Lampe weit aus, damit das Licht voll auf die Kette fiel. „Wär's nicht einfacher, Sie drehten die Halskette auf?"

„Nein, nein", sagte der Polizist unterm Arbeiten. „Jetzt wollen wir ... mehr hierher mit dem Licht ... jetzt wollen wir den Kerl auch erwischen, der sich dies saubere Stückchen ausgedacht hat. Der Hund soll uns zu ihm hinführen. Und dazu müssen wir ihn an der Kette haben. Ein verdammt dicker Draht. Halt die Kette gut fest, wenn es soweit ist!"

„Mensch, das ist eine Sache", sagte der Junge. „Ich darf doch mit?"

„Hast du die Kette?"

„Habe ich. Darf ich mit?"

„Immer los."

„Wird das bestraft, wenn einer so was mit einem Hund macht? Das ist doch ein Mörder. Eine Hundemörder."

„Kannst du aber glauben."
„Und Sie haben keine Angst?"
Der Polizist lachte nur. „Hast du denn Angst?"
„Bißchen."
„Brauchst du aber nicht."
„Habe ich aber."
„Ich bin doch da. Dafür bin ich doch da."
„Nee . . . ja . . . Dafür nicht. Ich meine, daß es so was gibt. Ich weiß auch nicht. So was . . . daß einer so was macht."
„Das ist nun mal so in der Welt. Mußt du alles lernen. Hach, die Zange faßt nicht." Der Polizist rutschte mehr nach vorn. „Irgendwann muß jeder Mensch das lernen."
„Ja", sagte der Junge. „Und wenn wir den Mann haben, darf ich den Hund dann behalten? Ich könnte ihn nämlich ganz gut gebrauchen."
„Wollen mal sehen, wie's läuft. Zieh ihn ein bißchen heran, daß Lose in die Kette kommt!"
Der Hund fing an zu knurren.
„Hören Sie sich das an! – Dabei wärst du längst abgesoffen, wenn wir dich nicht gefunden hätten. – Fallen Sie bloß nicht runter!"
„So", sagte der Polizist. „Aufgedreht ist er, ich muß ihn nur noch herausdröseln, den Draht. Halt mal eben die Zange!"
Der Junge ließ die Kette los und faßte nach der Zange, die der Polizist über seinem Kopf nach hinten schwang. In demselben Augenblick machte der Hund einen Satz nach vorn und schnappte zweimal nach der Hand des Jungen.
„Autsch!" Der Junge stieß ihn mit der Zange zurück, ließ sie fallen und warf sich über die Kette. Aber der Hund zerrte sie mit ein paar heftigen Bewegungen vom Pfeiler los und riß das Ende, an dem noch der krumme Draht hing, durch die nachgreifende Hand des Jungen, daß ein Blutstrom zwischen den Fingern hervorquoll. In langen Sätzen fegte er mit der hüpfenden und klirrenden Kette die Brücke entlang und verschwand in der Finsternis. Der Lichtkegel der Lampe, den der Junge hinter ihm her sandte, erreichte ihn nicht mehr.
Der Polizist stand auf: „So ein verrücktes Luder! Rennt in sein Unglück. Verrückt!"

„Ich konnte ihn nicht halten. Wirklich nicht. – Oh, dahinten! Er läuft in die Kapitän-Köster-Straße! Weg ist er. Haben Sie ihn gesehen?"
„Nichts mehr zu wollen. Vorläufig. Der sich das ausgedacht hat, stammt nicht von hier. Das ist mal sicher. Sonst wüßte ja jeder gleich, wohin der Hund gehört. Er muß von ziemlich weit weg sein. – Gib die Lampe her! Ich möchte mir deine Hand mal ansehen."
„Es ging zu schnell. Ich konnte ihn wirklich nicht halten."
„Ich ja auch nicht. Wir haben uns für nichts und wieder nichts so zugesaut."
„Ob er dachte, daß ich ihn mit der Zange schlagen wollte? Oder weshalb? So was aber auch!"
„Das ist Treue, mein Junge. – Ganz ordentlicher Ratscher. Tut's weh?"
„Nicht schlimm."
„Laß es nur richtig bluten!"
„Und ich dachte, er hätte verstanden, daß wir ihm helfen wollten. Wir wollten ihm doch helfen. Und dann beißt er mich."
„Für unsereinen ist das nichts Neues." Der Polizist knipste die Lampe aus. „Für unsereinen nicht."
Zwischen den Brückenbrettern gurgelte der Strom herauf. Rechts und links klingelten die Regentropfen aufs Wasser.
„Aber der Mann will ihn ja gar nicht haben. Oder meinen Sie, daß er sich doch freut, wenn er ihn morgen früh vor der Haustür findet oder heute nacht?"
„Kaum anzunehmen. – Warte nur, ich kriege schon heraus, wem er gehört! Das wollen wir doch mal sehen! Und dann soll er sich aber wundern."
„Und dann schenken Sie ihn mir. Wenn er ihm nur nicht schon heute nacht was tut. Was glauben Sie? Wenn es so einer ist."
„Hm. Na ja ... Sag mal, was ist eigentlich dein Vater?"
„Kranführer auf der Werft."
„Gut. Wollen mal losgehen. Ich bringe dich nach Hause. Hast du die Zangen?"
„Nein. Machen Sie bitte noch mal Licht." Der Junge hob die Zangen auf und folgte dem Polizisten. Bei jedem Schritt

quatschte das Wasser in seinen Schuhen. „Und dabei hat er mich mit so klugen Augen angesehen, als ob er mich auch leiden möchte. Ich ihn, und er mich. Warum er das wohl getan hat, der Mann? Und die Ohren waren auch so klug."

„Na ja", sagte der Polizist, „auf seine Weise. Er ist ja auch klug, aber eben auf seine Weise."

„Daß ein Hund mit so klugen Augen so was Verrücktes macht!"

„Er kann's nicht erkennen, Junge."

„Beißt um sich und rennt weg, wenn man ihm helfen will. Sind Hunde immer so?"

„Nicht nur Hunde."

Der Junge blieb stehen: „Schade."

„Trotzdem", sagte der Polizist. Er blieb gleichfalls stehen.

„Ich meine das mit dem Hund", sagte der Junge.

„Und ich das mit den Menschen. Komm!"

Sie gingen weiter. Der Regen hörte auf, setzte aber, als sie an die Straße kamen, mit voller Stärke wieder ein.

„Wir gehen vorn herum", sagte der Polizist. „Ich bin auf Streife."

Der Junge nickte und wischte mit dem Handrücken das Wasser von seinem Kinn. „Er hätte in meiner Kammer schlafen können, in so einer niedrigen Kiste."

„Es verlohnt sich trotzdem", sagte der Polizist.

(1966)

Karfreitagabend

Nikodemus und Joseph von Arimathia

Noch immer drang das Wort an ihre Ohren,
das er aus seiner Einsamkeit geschrien,
als Gott Gerichtstag hielt am Kreuz und ihn
zur Sünde machte, wie er's zugeschworen.

Es könne, dachten sie, in ihrem Leben
nichts Grauenvolleres, was es auch sei,
geschehen fernerhin als dieser Schrei,
und ihre Hände müßten ewig beben.

So bebend stiegen sie empor und zogen
die Nägel aus dem knirschenden Gebälk.
Da sank der Leichnam willenlos und welk
vornüber, und die Fliegenschwärme flogen.

Doch in dem Sinken war des Grauenvollen
noch mehr als in dem Todesschrei zuvor,
davon ihr Blut bis in das Herz gefror
und ihr Gehör verging in Donnerrollen.

Nichts war so tot wie dies Herniedergleiten.
Das Ende war's von Hoffnung, Trost und Licht.
Was sollte werden nun? Sie wußten's nicht.
Gott aber wußte es seit Ewigkeiten.

(1960)

Den Opfern der Bombennächte

Eures Lebens goldene Bahn
hat in Grauen geendet und Nacht,
weil wir alle zu viel getan,
weil wir alle zu wenig gedacht.

Heiligen Dunkels voll und bleibend ist das Geheimnis,
daß der Geopferte stumm über den Opferer siegt.

Einer war wie ihr im Schrecken mitten
dieser Phosphornächte und Alarme.
Einer hat die Hölle mitgelitten,
daß der Vater euer sich erbarme.

Einen haben auch die allergrößten
Feuerstürme nicht hinweggerissen.
Einer kann euch an sich ziehn und trösten,
wenn die Menschen keinen Trost mehr wissen.

(1960)

IX

Das Einst ist jetzt, das Dort ist hier

Die Zeit verweht
vor der Ewigkeit schier.
Das Einst ist jetzt, das Dort ist hier.

Wenn der moderne Mensch das nicht weiß und spürt, dann ist sein Glaube an das wunderbare Ereignis zur Zeit des Kaisers Augustus nur ein Wahn, dann hat er ein Christentum, dem das Herz, nämlich der lebendige Christus, fehlt. Wenn Christus nicht heute in dem Menschen und für den Menschen geboren wird, dann ist er für ihn auch damals nicht geboren. Wird er aber heute in ihm und für ihn geboren, dann vernimmt er, der Mensch, auch die Botschaft des Engels in ihrem ursprünglichen Sinn. Und dann fürchtet er sich nicht mehr. Und damit ist alles, aber auch wirklich alles und jedes, ganz anders, aber auch wirklich ganz und gar anders geworden.

Der Mensch, der in der Angst lebt, lebt ja nicht eigentlich. Er sieht die Dinge und Begebnisse nicht so, wie sie in Wahrheit sind, sondern verzerrt und getrübt. Er trifft seine Entscheidungen nicht nach sachlichen Gesichtspunkten, sondern auf Grund von Phantomen und Spekulationen. Er handelt nicht mehr so, wie er recht und schlecht handeln müßte, sondern läßt sich zu Schritten drängen, die nicht selbstverständlich, sondern nur angstverständlich sind.

Erst wenn das „Fürchtet euch nicht!" und die Offenbarheit Gottes in dieser Welt und Zeit wirklich und wirkend im Menschen geworden sind, erst wenn der Mensch ohne Angst umhergeht, schenkt sich ihm die ganze Fülle und rätselvolle Herrlichkeit der Welt. Der lila Duft eines Winterabends über einer Flußniederung wie die berstende Gewalt eines Hochgebirgsgewitters, die schmerzlich ziehende Süße eines Streichquartetts wie das bebende Schweigen einer Liebesergriffenheit, die Findung eines neuen, tollkühnen Gedankens wie das Erschauern vor der Unendlichkeit des Alls. Erst dann, in der Getröstetheit und Getrostheit, begreift er, was Freude ist. Und erst dann vermag er mit der Schöpfung einzustimmen in den Lobpreis des Ewigen. Ehre sei Gott in der Höhe!

(1955)

Das Licht

Die beeindruckendste und geheimnisvollste der vielen beeindruckenden und geheimnisvollen Darbietungen der arktischen Welt ist das Licht. Niemand weiß, was das Licht, nicht nur das Licht des hohen Nordens, sondern das Licht überhaupt, in seiner innersten Natur ist. Nach der einen Theorie besteht es aus elektromagnetischen Wellen, durch die gewisse physikalische Erscheinungen wie Interferenz und Beugung eine Erklärung fänden, nach der andern aus einer korpuskularen, in kleinsten Quanten ausgesandten Strahlung, durch die bestimmte lichtelektrische Vorgänge verständlich gemacht würden. Aber Welle oder Strahlung, was ist das Licht denn nun wirklich? Die Antwort, es sei, weil es sich in dem einen Meßaggregat als etwas Wellenartiges und in dem anderen als etwas Strahlenförmiges darstelle, eben beides und beides zugleich, kommt eher einem Achselzucken als einer Antwort gleich. Daran würde sich auch nichts ändern, wenn der Forschung hundertmal empfindlichere Apparaturen zur Verfügung stünden. Das Nichtwissen liegt nicht an der Unzulänglichkeit der Instrumente und Aggregate, sondern daran, daß sich das, was die Welt im Innersten zusammenhält, daß sich der Wesensgrund der Schöpfung durch immer genaueres Messen und immer feineres Auflösen nicht erfassen läßt. Wie ja auch ein imaginäres Elektronenmikroskop von einer heute noch nicht ausdenkbaren Leistungsfähigkeit die Materie etwa eines Gänseblümchens zwar in Wirbel von Elektronen und andern durcheinanderrasenden Teilchen auflösen, nie aber die Frage beantworten könnte, warum und wodurch sich das Durcheinandergerase genötigt sieht, begrenzte, in sich geordnete, lebendige Strukturen zu bilden, und warum und auf welche Weise die Strukturen sich zu dieser atmenden, blühenden, berückend schönen Gestalt zusammenschließen, die man etwa Gänseblümchen nennt.
Was das Licht angeht, so steht das Tiefste, was über seine Natur ausgesagt worden ist, im biblischen Schöpfungsbericht: „Und Gott sprach: Es werde Licht! Und es ward Licht. Und Gott sah, daß das Licht gut war. Da schied Gott das Licht von

der Finsternis und nannte das Licht Tag und die Finsternis Nacht." Diese Sätze reden von etwas, das der Mensch nicht zu fassen vermag. Sie reden davon, aber sie belassen es in seiner Unfaßlichkeit. Das erste, das durch das Schöpferwort erschaffen wird, ist das Licht, das Urlicht, von dem alles Licht herkommt. Es breitet sich in der Chaosfinsternis aus und hellt sie zu einer undeutlichen Dämmerung auf. Aus ihr sondert Gott den Tag und die Nacht aus. Den Tag, der aus dem reinen Urlicht, und die Nacht, die aus der chaotischen Finsternis besteht. Aber das Tageslicht, dies zarteste, feinste, edelste Element, ist nicht ungefährdet. Immer wieder wird es vom Grauen der Finsternis, werden die Gestaltungen des Tages vom chaotischen Andrang der Nacht übermocht. Seit die Menschen sich ihrer Empfindungen denkend bewußt geworden sind, haben sie das allmorgendliche Erscheinen des Lichts mit einem Aufatmen, mit Staunen, Dankbarkeit und Zuversicht begrüßt. Sein jeweiliges Einfluten in die Dunkelheit und das Zurückdrängen des Grauens ist ja so etwas wie eine Wiederholung dessen, was sich am ersten Schöpfungstag ereignet hat. Indem das Licht den Dingen, die in der Nacht den Umriß verloren haben, ihre Gestalt zurückgibt, sie neu erschafft, wird es zu einem Gleichnis des göttlichen Schöpfertums. Nicht zuletzt deshalb hat Gott das Licht gut genannt.

Je weiter man nach Norden kommt, um so deutlicher spürt man die hintergründige Wahrheit des Schöpfungsberichtes von der Erschaffung des Lichts vor allem anderen. In einer wahrhaft königlichen Herrlichkeit und Fülle herrscht es während der Sommermonate als endloser Tag über alle Bereiche jenseits des Polarkreises. Ohne unterzugehen kreist die Sonne rund um den Himmel. Selbst um Mitternacht bleibt sie noch einige Breiten über dem Horizont. Was wäre der Himmel und die Wolken, was die See und das Eis, der Regen und der Nebel, was wären aber auch die Inseln und Vorgebirge, die Fjorde und Gletscher, die Gipfel und Täler, was wäre die ganze Welt des Nordens ohne das reine und kühle Leuchten, ohne dies Licht vom Urlicht des ersten Schöpfungstages, das auf ihr liegt?

Auf ihr liegt? Nein, es liegt nicht, es ist voller Leben und Veränderung, es weht unaufhörlich und in bald langsamen und bald schnellen Farbenspielen von einem Zustand in den anderen. Eben erfüllte es den Himmelsraum noch in ungetrübter Klarheit, und schon verdichtet es sich in den hauchartigen, aus dem Nichts entstandenen, lang sich hinziehenden und im Grenzenlosen sich verlierenden Schleiern zu einem bläulichen, da und dort von silbrigen Tönen durchflimmerten Duft. Und in den höchsten Höhen zieht aus einer anderen Himmelsrichtung ein noch durchsichtigeres Geschleier heran. Das in seinen schwebenden Eiskristallen sich brechende Licht bildet einen riesenhaften, silbrigweißen Ring, ein Halo, von unirdischer Helligkeit. Und dann schiebt sich, wieder aus einer anderen Himmelsrichtung, eine düstere, vielfach zerklüftete Wolkenmasse dicht über der See näher und näher, aus der das Licht in schrägen Bahnen niederströmt, so daß die Wellen erglimmen und der Widerschein die untere Seite des Gewölks mit einer blaßgoldenen Weichheit überhaucht. Und so, wie sich die drei Wolkenschichten gegeneinander bewegen, wandern auch die Lichtbahnen, die Lichtwogen und die Spiegelungen miteinander und gegeneinander. Und das alles geschieht in weniger als einer halben Stunde. Dann breitet sich die untere Wolkendecke aus und nimmt, langsam steigend, den ganzen Himmel ein. Es beginnt etwas Neues. [. . .]

Die meisten Menschen denken, wenn vom hohen Norden die Rede ist, zuerst an die Mitternachtssonne. Und sie verbinden damit in der Regel die Vorstellung eines Himmels, der in abendrotartiger Pracht über und zu beiden Seiten der mitternächtlichen Sonne erglüht. Die Vorstellung ist richtig und ist falsch. Richtig insofern, als eine solche Glut, die sich nur dadurch von einem Abendrot in unseren Breiten unterscheidet, als sie eben nicht abends, sondern um Mitternacht stattfindet, dort natürlich auch vorkommt. Allerdings nur dann, wenn die Sonne sich jeweils dicht über oder unter dem Horizont aufhält und wenn ähnliche atmosphärische Verhältnisse vorherrschen wie bei uns während eines Abendrotes. Und die Vorstellung ist falsch, weil die Sonne jenseits des Polarkreises rund um den Himmel läuft und noch um Mitternacht ein gutes Stück über dem Horizont bleibt, je nördlicher, um so mehr, so daß sie dann nicht anders aussieht als in unseren

Breiten die Nachmittagssonne. Vielleicht ein bißchen kraftloser und fahler, aber jedenfalls ohne eine Spur von Abendrot. Und doch hat es mit dem Licht, das dann über der Erde webt, eine besondere Bewandtnis.
Mitternacht im Möllerhafenfjord auf Spitzbergen. Die gelbe Sonnenscheibe steht über dem Supangletscher, der sich ein paar Kilometer vom Fjord zurückgezogen hat. Sein Schmelzwasser sickert langsam durch den Moränenschutt, sammelt sich zu kleinen Lachen, in denen die Sonne sich spiegelt, und rieselt weiter den nischenartigen Buchten des mit Felsbrocken übersäten Vorlandes entgegen. Neben dem Gletscher ragt der Kronprinz-Olafs-Berg über tausend Meter hoch in den Himmel. Weiter östlich windet sich der Kollergletscher wie ein weißer Strom vom Bouvierfjella herunter und schiebt seine zerklüftete Abbruchsfront zwischen dem Olafsberg und dem Christian-Michelsen-Massiv in die Kollerbucht. Von den Alken, Möwen und Lummen, die oben in den Felswänden wohnen, ist nichts zu sehen. Sie schlafen. Und das Wassergevögel, die Eiderenten, Teiste und Taucher, schlafen ebenfalls. Der Wind schläft. Alles schläft. Selbst die herumliegenden Steine und zwischen ihnen die kleinen Steinbrechkissen und Hauswurzknollen schlafen. Nur vom Gletscher hallt hin und wieder der Donner einer aufreißenden Spalte herüber. Die Nähe ist erkennbar und die Ferne. Die Sonne scheint. Es ist heller Tag. Und es ist auf eine merkwürdige Weise zugleich tiefe Nacht. Die Stille hat etwas Dumpfes, Lastendes, Unwirkliches. Sie atmet nicht. Es ist Tag, ja. Aber es sollte Nacht sein. Und so ist das Licht zwischen Himmel und Erde ein Mitternachtstageslicht. Es macht die Regungslosigkeit der Gipfel noch regungsloser, den blinden Schein, der auf dem Wasser liegt, noch blinder, die Einsamkeit des Polarmohns, der im Geröll seine weißen Blütenblätter ausbreitet, noch einsamer und die Weltverlorenheit der beiden hängenden Gletscher an der Flanke des König-Haakons-Berges im Westen mit dem eintönigen Rauschen ihrer Schmelzwasservorhänge noch weltverlorener. Nichts läßt sich mit dem Licht dieser Mitternachtssonne vergleichen. Unendlich langsam rückt die Sonne vor, die blasse, gelbe, glanzlose Sonne hinter den blassen, in großem Bogen herabhängenden, glanzlosen Wolken-

schleiern. Aber wenn die Sonne auch weiterrückt und die Schleier sich zögernd verändern, das Licht bleibt dasselbe. Es hat den Anschein, als gebe es die Zeit nicht mehr und als müsse es nun ewig Mitternacht bleiben.

Der Eisfjord, der breit wie ein Meeresarm ist, so daß man vom einen Ufer das andere nicht sehen kann, trennt Westspitzbergen fast in zwei Teile. Einer seiner nördlichen Ausläufer, der Dicksonfjord, nähert sich bis auf zwanzig Kilometer dem südlichen Ende des von Norden herunterkommenden Wijdefjords. Nicht ganz so weit schiebt sich sein westlicher Nachbar, der Ekmanfjord, dem Wijdefjord entgegen. Mit ihm hat es eine besondere Bewandtnis.

Wie das Schiff, fleißig lotend wegen der Untiefen, in ihn hineingleitet, verhüllt ein Gedränge von hastenden Wolken und eine Folge von schleifenden Regenvorhängen die Gebirgszüge an beiden Seiten. Das Fjordwasser, das eigentlich grau sein müßte, ist rot. Und je weiter das Schiff vordringt, um so roter wird es, eine dunkelrote, im Regen sich verlierende Fläche. Jedesmal, wenn eine Lichtbahn aus den Wolken hervorbricht und darüberhin eilt, erglüht das Rot in märchenhafter Pracht. Und das von der Schraube aufgewühlte Kielwasser, das sich als grüner Streifen hinter dem Schiff herzieht, sprüht und glitzert dann wie eine endlose Kette von hundertfach facettierten Smaragden. Das Rot, das nur in einer dünnen Schicht auf dem Wasser liegt, rührt von dem rötlichen Moränenschutt her, den die Gletscher am Ende des Fjords, der Holmström-, Quarnström- und Selfströmgletscher, von den Bergen mit herunterbringen und ins Wasser schütten. Am meisten trägt der Holmströmgletscher zu der Verfärbung bei. Er hat sich weit in sein Tal zurückgezogen. Sein Schmelzwasser muß sich erst durch die langgestreckte Endmoräne und dann in einem vielarmigen Delta durch rote Schlammfelder mühen, ehe es sich, nunmehr dunkelrot, in den Fjord ergießen kann. Voraus an Backbordseite tauchen in einer neuen Sonnenbahn zwei flache Inseln auf, auch sie aus rotem, mit einer grünen Patina bedecktem Gestein. Als hätte ein Vulkan sie ausgeworfen, ragen rundherum unzählige kleine Kegel aus dem Wasser. Im Sonnenlicht gleichen sie kleinen Flammen, die auf dem Wasser hüpfen und einen verwirrenden Tanz aufführen. Das

Schiff tastet sich zwischen ihnen und den beiden Inseln hindurch, fährt an der Abbruchsfront des Selfströmgletschers und am Delta entlang und hält dann auf den Fjordausgang zu. Da ist es, als zwänge eine breite Lichtwoge, die von Nordwesten über die Gletscher und übers Wasser eilt und gegen die Abstürze des Kapitols und des Talmodrückens brandet, die dort versammelten Wolkenmassen zum Aufsteigen. Schon ehe sie die Wände freigegeben haben, dringt ein seltsames Schimmern durch sie hindurch, das sich mehr und mehr verstärkt und mit dem Verwehen der letzten Schleier in einem unerhörten Glanz herüberleuchtet. Bis zu einer Höhe von sechshundert Metern blühen Millionen goldener Anemonensterne dicht an dicht. Eine einzige Herrlichkeit von oben bis unten. Gold, überall Gold. Das flimmert und rieselt im fächernden Wechsel des Lichts an den fast senkrechten Schroffen hinunter, das schwächt sich ab und gleißt wieder auf, das scheint zurückzuweichen und wieder vorzudringen. Aber schon nach wenigen Minuten schließt sich die westliche Wolkenöffnung ebenso schnell wieder, wie sie aufgerissen ist. Das Gold wird stumpf und verschwindet, treibende Nebelfetzen sinken auf die Abstürze und fließen wie Wasser an ihnen hinunter. Ganz kurz erscheint noch einmal eine Aufhellung in dem Grau und dahinter ein verdämmerndes Gelb. Aber wie sie erscheint, ist sie auch schon vorbei. Aus dem braunen und schwarzen Wetterwust, der sich über den Fjord wälzt, bricht eine Regenflut hervor und jagt rasselnd und gluckernd über das Schiff. Erst querab von Kap Woern wird das Gerassel schwächer und hört schließlich ganz auf. Dicke, ineinander qualmende Wolkenballen treiben vor den Wänden hin. Darüber ragen die Wipfel in eisiger Klarheit empor. Das grüne Kielwasser, das als leicht geschwungene Linie in der roten Fläche zurückbleibt und sich weit dahinten in einer auf dem Wasser liegenden Wolkenschicht verliert, ist jetzt innen voller Licht. Es sieht aus, als werde es aus der Tiefe angestrahlt. Hoch oben glänzt die Schneewächte des Talmodrückens in unirdischer Reinheit herüber. Ein Abschiedsgruß des Ekmanfjords. Das Schiff schiebt sich mit Steuerbordruder in die Weite des Eisfjords.

Vielleicht war die goldene Herrlichkeit nur deshalb so berückend, weil sie sich so unvermutet gezeigt hat. Vielleicht aber auch wegen ihres kurzen Bestandes. Zur Schönheit gehört wohl die Vergänglichkeit. Je vergänglicher sie ist, um so tiefer wird die Verzauberung empfunden, die von ihr ausgeht. Und doch erweckt sie gleichzeitig das Verlangen nach Dauer. An diesem Widerspruch liegt es wahrscheinlich, daß mit dem Erleben von etwas Schönem immer ein feiner Schmerz verbunden ist. [. . .]

Zwischen den tief ins Innere eindringenden Fjorden an der Nordküste Spitzbergens, dem Smeerenburgfjord, dem Raudefjord, dem Woodfjord mit dem Liefdefjord, dem Wijdefjord und der Hinlopenstraße ragen langgestreckte, bis anderthalbtausend Meter hohe Gebirgsstöcke auf, die jeweils in einem oder mehreren Kaps oder Huks enden. Ihre Namen sprechen ebenso wie die Namen der Buchten eine unmißverständliche Sprache: Bangenhuk, Verlegenhuk, Grauhuk, Todmannsbucht, Sorgebucht, Jammerbucht. Die Männer, die sich als erste mit ihren kleinen Holzschiffen hier oben in das eis- und sturmbedrohte Unbekannte wagten, wußten, warum sie die Stellen so benannten. Diese Küsten kennen kein Erbarmen.

In immer kürzeren Abständen hält ein Mann, der zum dreihundertsiebzig Meter hohen Gipfel des Grahukfjells unterwegs ist, mit Klettern inne. Er hatte gehofft, dort oben die Mitternachtssonne zu erleben. Aber es scheint nichts daraus zu werden. Schon seit einer Stunde umsickert ihn eine feuchte Dumpfheit, in der er nicht weiter als zehn Meter sehen kann. Von See aus hatte er den Eindruck, die Wolkenbank, die zwischen dem Fuß und dem Gipfel des Fjells lag, begänne sich langsam zu heben. Hier oben ist jedoch nichts davon zu spüren. Er schätzt, daß er an die dreihundert Meter hoch gekommen ist. Soll er in dem nassen Geklüft weitersteigen oder aufgeben? Wie er noch überlegt, merkt er, daß ein Windhauch durch das Nebelgeriesel zieht und es in eine langsame Bewegung versetzt. Es beginnt zu wehen. Die Sicht bessert sich mehr und mehr. Und nach ein paar Minuten kann er schon die aufgehellte Stelle im Norden erkennen, an der die Sonne stehen muß. Mit einem Male dampft das Gewölk, als werde es emporgeblasen, in leichtem Schwung nach oben und gibt, eine in sich gedrehte Regengardine hinter sich herschleppend, die blasse Scheibe frei. Nein, nicht ganz frei. Eine lose Verschleierung mindert ihren Glanz noch etwas. Aber je durchsichtiger die Schleier werden, um so mehr gleichen sie golddurchhauchten Floren, die sich teilen, sich wieder verschlingen und abermals teilen. Und dann ist es, als würden sie zerrissen, so machtvoll bricht die Sonne hindurch und erfüllt die Welt von einem Augenblick zum andern mit gleißendem Licht. Der Mann muß die Augen schließen vor der weißen Gewalt. Wie er zwischen den halbgeöffneten Lidern hindurchblinzelt, sieht er tief unter sich die See schimmern. Der graue Strich am Horizont muß die Insel Moffen sein. Aber schon qualmt von Osten ein violettes Wolkengewühl mit dunkelbraunen Rändern herzu, das alles wieder auswischt, die Sonne, die See und Moffen. Auch das dauert nicht lange. Eine bräunliche Dämmerung drängt sich durch das Gewühl. Das Licht gewinnt an Kraft, schwächt sich wieder ab und dämmert abermals hervor. Und dann zeigt sich, erst undeutlich, dann aber in voller Klarheit, die Sonnenscheibe. Sie erfüllt, während die zerfließende Wolke abzieht, den Himmelsraum mit einem goldenen Dunst, in den alsbald eine neue Wolke zuckende Regenfetzen schüttet. Sie werden jedoch, sowie sie den Golddunst erreichen, gleichfalls zu Gold, zu glitzernden und zitternden Goldvorhängen. Und unten öffnet sich wieder die See, jetzt altgrün schwebend, jetzt grünbraun wellend und jetzt sich wie ein graues, silberdurchwirktes Tuch dahinbreitend. Auch sie verwandelt sich in Licht. Alles verwandelt sich in Licht, in schleierndes, brausendes, rasendes Licht. Eine ungeheuere, da und dort von durchsichtigen, hintereinander herwallenden und sich verwirbelnden Regengehängen durcheilte Weite erstreckt sich bis in die Unendlichkeit. Der Mann muß immer wieder denken, eine unsichtbare Riesenhand brächte das alles mit großen, wühlenden Gebärden in Bewegung, die Wolken, den Regen, das Licht und die Dunkelheit. Aber mitten darin hängt unbeirrbar die blasse Mitternachtssonne.

„Das kann doch nicht sein ... das kann doch nicht sein", flüstert der Mann vor sich hin. Er hat ein Gefühl, als werde die Erde unter ihm weggezogen und er schwebe irgendwo inmitten dieses Aufruhrs, ohne Halt, ohne Richtung, aufgehoben, getragen und entführt von den immer neuen und

immer wilderen Lichtmassen. „Das kann doch nicht sein." Aber es hört nicht auf zu sein. Er weiß nicht, wie lange es dauert, eine halbe Stunde, zwei Stunden, zehn Minuten. Es gibt keine Zeit mehr.
Irgendwann zieht von Verlegenhukflya ein ganzer Himmel von Finsternissen über den Wijdefjord heran und ertränkt, wie er näher kommt, die Herrlichkeit in eiskalten, unabsehbaren Regengüssen. Es ist vorbei. Der Mann schüttelt sich und beginnt abzusteigen.

(1979)

Zum ersten Male

Es muß im Jahre 1912 gewesen sein, am 23. Dezember. Wir fuhren von Göttingen bis Eichenberg mit der Bahn, ein Dutzend Jungen, die dem Alt-Wandervogel angehörten, und wateten dann durch den hohen Schnee querfeldein auf die Burgruine Hanstein zu. Noch war sie nicht in Sicht. Wir zogen über Berg und Tal, durch Wälder, durch Schluchten und an Hängen hin. Manchmal gab es kleine Raufereien, der eine und andere wurde im Schnee herumgewälzt und „gewaschen". Wenn das Gelände es erlaubte, faßten wir Tritt und sangen. Die Sonne schien matt durch den Frostrauch, der über der Erde stand. Schweigend lagen die Dörfer im Grunde. Höchstens, daß einmal ein Hundegebell an unser Ohr drang. Wir zogen dahin, sangen und waren guten Mutes.
Damals hatte das Wanderwesen gerade begonnen, die Jugend zu verlocken. Jede Fahrt bedeutete ein Abenteuer. Jugendherbergen gab es noch nicht. Und wenn es sie gegeben hätte, wären wir an ihnen vorbeigegangen. Noch lag der Glanz des Neuen, ja des Unerhörten über allen Unternehmungen. Man entdeckte die Landschaft, die Freiheit, die Lieder, die Spiele, die Tänze, die Freunde, sich selbst, die Welt, alles. Ich war damals vierzehn Jahre alt und erst wenige Wochen bei der Gruppe. Wir dachten nicht viel über das Leben nach, aber wir lebten. Gerade weil wir nicht über das Leben nachdachten,

lebten wir. Wir waren ein Teil des Lebens. Ich fürchte, die klugen jungen Menschen von heute würden nicht viel von uns gehalten haben. Wir von ihnen übrigens auch nicht.

Um die Abenddämmerung erreichten wir die Ruine. Und alsbald begann im Saal, den eine Balkendecke, verglaste Fenster und ein offener Kamin bewohnbar machten, eine bewegende und erregende Weihnachtsfeier. Für mich war sie deshalb so bewegend, weil fast alles, was geschah, unter dem verklärenden Zeichen des „Zum ersten Male" stand. Zum ersten Male sah ich einen Weihnachtsbaum, der keinen anderen Schmuck als einige wenige Kerzen trug und mit seinem weit ausladenden, stark duftenden Gezweig so waldhaft, so unberührt wirkte. Zum ersten Male vernahm ich die Weihnachtsgeschichte in der großen, männlichen Sprache des Heliand-Dichters. Zum ersten Male ließ die unbegreiflich süße, von Geigen und Blockflöten umjubelte Melodie des „Susani Susani" mein Innerstes erbeben. Zum ersten Male erfuhr ich, was das ist, eine Gemeinschaft. Zum ersten Male war ich nicht mehr allein.

Und dann kam noch ein anderes, ein unvergeßliches „Zum ersten Male"!

Ehe wir uns im aufgeschütteten Stroh schlafen legten, tastete ich mich die dunkle Stiege im Turm empor. Als ich oben ins Freie trat, flimmerte ein winterlich klarer Sternenhimmel über mir. Ich erkannte den Orion, den Fuhrmann, den Großen Bären, ich erkannte Perseus, den ich vor allen anderen liebte, Andromeda, Kepheus und Kassiopeia. Zu meinen Füßen lagen die verschneiten Bergrücken und Wälder. Dort unten im Tal strömte die Werra. Jenseits erhob sich der Ludwigstein, damals noch eine unbekannte Burg. Nahebei dunkelten die Häuser des Dorfes. Unmittelbar unter mir dämmerte hinter den Fenstern des Saales ein rötlicher Kerzenschein. Dort summten und sangen die Kameraden. Und da überkam mich plötzlich ein Glücksgefühl von geradezu mystischer Tiefe. Wie traumverloren war das mattsilberne Bergland mit seinen Schatten, wie geheimnisvoll die Grenzenlosigkeit der Nacht mit den strahlenden Sternenbildern! Wie abgründig das Schweigen ringsumher! Wie liebte ich dies alles! Wie liebte ich die Welt!

Aber seltsamerweise brachte das Glück, das Übermaß von Glück, keinen Frieden in meine Seele, sondern Unruhe und Traurigkeit. Es war das Glück, ohne Frage. Ich glaubte sogar zu wissen, daß ich nie wieder so glücklich sein könne wie in dieser Stunde. Und doch war es nicht genug. Es fehlte etwas. Ich zitterte vor Glück, und ich zitterte gleichzeitig vor Ungenügen und Sehnsucht. Eine Ahnung überkam mich, daß nichts, was ein Mensch auf Erden erlebt, imstande sei, die Ruhelosigkeit in ihm zu stillen. Auch in ihrer schönsten Schönheit war die Welt nicht vollkommen, nicht heil, nicht tröstlich im Letzten. Es gab etwas in mir, in meinem bebenden Knabenherzen, das sich über den flimmernden Glanz der Welt, über jedes Maß an irdischer Seligkeit hinaus nach einer Seligkeit und Schönheit und Wahrheit verzehrte, die ohne den Hauch von Schwermut, ohne die Gebrochenheit, ohne das Ungenügen sein sollte.
In jener Nacht auf dem Turm der Burg Hanstein erfuhr ich zum ersten Male, unbestimmt nur und jungenhaft, wie es ist, wenn ein Mensch vom Verlangen nach Gott überwältigt wird.

(1959)

Sanctissima

Und immer muß sie auf das Kindchen sehen,
von dessen Antlitz sie nicht lassen mag,
und muß sich immer auf den Nachmittag
besinnen, da das Große ihr geschehen.

Sie saß am Bett und flocht ihr Haar und sang.
Da bog ein Wehender vor ihr das Knie
und hob die Hand, deren Gebärde sie
mit ungeheurer Fremdheit überdrang.

Es war, als wenn, für eine jähe Kürze,
sie nur aus Licht bestünde, weißem Licht,
als wenn ihr Leib . . . Ach nein, so war es nicht.
Es war, als wenn zehntausend Engelstürze

in ihre Seele brächen und zugleich
das Dunkel aufschrie, wilden Widerhalls,
als wenn sodann, tief in ihr ebenfalls,
ein Saitenspiel anhöbe, süß und weich,

das höher stieg und höher und in seinem
seligsten, höchsten Ton die Stille war. –
Dann saß sie wieder da, die Hand im Haar,
ganz zart und einsam. Und sie sprach mit keinem.

Nun muß sie immer auf die Krippe sehn
und lächeln, und ist doch voll Bangigkeit.
Das Haupt, die Händchen, wem sind sie geweiht?
Was wird geschehn, o Kind, was wird geschehn?

(1941)

Anbetung

Wir sind mit unsrer Königsmacht
schwermütig hergeritten.
Es schneite auf uns Tag und Nacht,
auf Mann und Pferd und Schlitten.

Die Tür geht auf, es summt der Wind,
wir beugen unsern Rücken,
da wir die Krippe und das Kind
im Dämmerlicht erblicken.

Hier ist das Gold, der Weihrauch hier
und hier, o Kind, die Myrrhen.
Du lächelst, und schon fühlen wir,
wie wir uns ganz verwirren.

Wir haben anders dich geglaubt.
Nun treten wir ins Dunkel
und heben ab von unserm Haupt
der Kronen Goldgefunkel.

Das Wissen von der bunten Welt,
vom Meer und seinen Häfen,
von Mond und Stern am Himmelszelt,
wir streifen's von den Schläfen.

Das Ich, das trotzig sich erschuf
über den andern allen,
will nun wie ein verlorner Ruf
im Innersten verhallen.

Wir neigen unsers Alters Gram
auf deine kleinen Hände.
Und in dem Neigen wundersam
geht alle Not zu Ende.

Die Pferde draußen schütteln sich
und klirren mit den Glocken.
Und lautlos fallen Strich an Strich
darüberhin die Flocken.

(1941)

Heute noch

Nichts paßte zueinander: weder das Lila der Kreuzstreifen zum Dunkelblau des Mantels noch der funkelnagelneue braune Hut zu dem ebenso neuen giftgrünen Wollschal, weder die schwarzen Schuhe mit den Kreppsohlen zu den sandfarbenen Hosenbeinen noch alles miteinander zu dem jungen Mann, der sich in Bremen kurz nach zwanzig Uhr aus dem von Bremerhaven kommenden Zug schwang. Er setzte, während ein eisiger Windstoß einen Wirbel flimmernder Kristalle durch die Neondämmerung der hohen Bahnhofshalle trieb, seinen Koffer auf eine Bank, um den Mantel, den er nur mit dem untersten Knopf geschlossen hatte, zurechtzurucken und vollends zuzuknöpfen. Den grünen Schal ließ er nach wie vor lose vom Nacken herunterhängen.
Im Lautsprecher gab eine überdeutliche Frauenstimme den wenigen Reisenden, die der Treppe zustrebten, die nächsten Anschlüsse bekannt: „Eilzug nach Emden-Süd über Oldenburg-Ocholt-Leer, Abfahrt zwanzig Uhr sieben von Gleis zwo. Übergangsreisende wollen sich bitte beeilen. – Nord-Expreß nach Paris über Osnabrück–Essen–Köln–Aachen–Lüttich, Abfahrt zwanzig Uhr achtunddreißig von Gleis sieben. – Triebwagen nach Bremen-Vegesack, Abfahrt . . ."

Gleis sieben gehörte, wie der junge Mann im Weitergehen feststellte, zum Nachbarbahnsteig. Er stellte ferner fest, daß in dem Erfrischungshäuschen, das dort drüben aus Klinkersteinen erbaut war, eine Verkäuferin mit einem weißen Häubchen auf dem dunklen Haar das Schiebefenster öffnete und einen Kunden bediente. Nachdenklich schob er seine Zunge unter der Oberlippe hin und her, warf einen Blick auf die Uhr, deren großer Zeiger eben von der vierten auf die fünfte Minute sprang, und sah abermals nach dem Erfrischungshäuschen hinüber. Dann begab er sich durch die Unterführung auf den anderen Bahnsteig. Eine neue Wolke von Eiskristallen fegte über die Gleise. Außer dem Kunden vor dem Erfrischungshäuschen, einem Eisenbahner mit Mantel und Kappe, war niemand anwesend. Beim Näherkommen hörte der junge Mann, wie die Verkäuferin rief, sie habe es jetzt aber satt, Herrgott und alle Welt noch einmal! „Gehen Sie doch endlich Ihres Weges, und lassen Sie mich in Ruhe!" Sie riß das Schiebefenster herunter, daß es nur so knallte. Hätte der Eisenbahner seine Hand nicht schnell zurückgezogen, wäre sie zerquetscht worden.
„Die mag es ja tun", lachte der junge Mann. Aber der Eisenbahner beachtete ihn nicht, sondern drückte sein gelbliches Gesicht an die Scheibe und starrte in den Seitenraum, wo sich die Verkäuferin neben einem kleinen Herd niederließ und eine Illustrierte zur Hand nahm. Nachdem er seine Lippen einmal und noch einmal aufgeblasen hatte, klopfte er mit Entschiedenheit an die Scheibe.
Die Verkäuferin rührte sich nicht.
„Schlechter Kundendienst in diesem Land", sagte der junge Mann. Er ging um das Häuschen herum und vollführte mit seinen Fingern einen leisen Trommelwirbel auf dem anderen Fenster. Nach einem verstohlenen Aufblick kam die Verkäuferin herbei und schob das Fenster hoch: „Bitte?"
Eine weiche Linie schwang sich von ihrem Ohr bis zum festen Kinn, das ein wenig vorgerückt war. Dadurch erhielt der Mund etwas Trotziges und das ganze Gesicht etwas Verwirrendes, fast Wildes. Die düsterblauen Augen und die Falte auf der Nasenwurzel verstärkten das Verwirrende noch. Als sie ihn ansah, mußte der junge Mann erst einmal die Hand

hinten auf seinen Hals legen und den Kopf hin und her drehen. „Guten Abend", sagte er. „Mit dem Herrn da drüben haben Sie wohl nicht viel im Sinn?"
„Nein, gar nichts."
„Das ist wenig, haha. Soll ich mal einen Grog haben?"
„Von Rum?"
„Von doppeltem Rum. Ah, bei Ihnen ist es aber hübsch warm!"
Er streckte seine Hand aus und befühlte die Luft, die um sie herum war. Dabei versuchte er, ihr Gesicht zu berühren: „Und hier ist es noch wärmer. Verzeihung!"
„Nicht frech werden!" Ohne das Einschenken zu unterbrechen, wehrte sie seine Hand mit dem Ellbogen ab. „Ich mag keine frechen Männer."
„Das müßten meine Kumpels mal hören! Die sagen immer, Norre, sagen die, wenn du so beibleibst mit deiner Schüchternheit, dann kriegst du nie im Leben eine Braut. – Und wahrhaftig, es ist mir auch noch nicht gelungen, eine zu kriegen."
„Wer's glaubt."
„Nee, wirklich. Die guten Menschen werden immer verkannt im Leben."
„Wie heißen Sie übrigens? Norre?"
„Das fragen Sie mal! Ich bin auf den Namen Norbert getauft. Man sollte es nicht glauben. Norbert Schmitt, mit zwei T. Aber meine Kumpels rufen mich Norre. Klingt schon besser, finde ich. Oder sind Sie mehr für Norbert?"
Sie holte den Kessel vom Herd, goß heißes Wasser in das Grogglas und tat einen Strohhalm hinein, mit dem sie das Gemisch ein paarmal umrührte. „Ihre Eltern haben einen vornehmen Geschmack bewiesen. – Zum Wohl! – Norbert ist ein vornehmer Name."
„Mein Vater lebt nicht mehr." Er hob ihr das Glas entgegen: „Auf Ihr Wohl! Wie war Ihr werter Name doch gleich?"
„Tut nichts zur Sache", sagte sie.
„Wenn ich Sie mit meinem Namen bekannt gemacht habe, können Sie mir Ihren doch auch anvertrauen."
„Soll ich mich etwa jedem vorstellen, der hier ein Glas Grog verlangt?"
„Ich bin ja auch nicht jeder, ich bin Norre Schmitt. Oder wollen Sie das abstreiten?"

„Nein, nein."
„Infolgedessen müssen Sie mir auch Ihren werten Namen gestehen."
„Gestehen ist gut. Ich heiße Schröder. Und was nun?"
„Und nun muß ich noch wissen, wie Sie vorn heißen."
„Erna."
„Auf Ihr schönstes Wohl, Fräulein Erna!"
„Danke. – Was ich übrigens sagen wollte ..." Sie dämpfte ihre Stimme und wies mit dem Kopf nach hinten: „Ist er noch da?"
Norre spähte mit krauser Stirn an ihr vorbei: „Er glotzt immer noch durch die Scheibe wie ein Fisch durchs Aquariumglas. Was ist das denn für einer?"
„Ich werde auch nicht klug aus ihm." Sie machte mit dem rechten Arm eine heranholende Bewegung und beugte sich vor. Ihr Haar streifte einen Augenblick seine Schläfe. „Jeden Monat fährt er zweimal oder dreimal in Richtung Osnabrück. Mit diesem Zug zwanzig Uhr achtunddreißig. Und dann kommt er meist schon eine halbe Stunde eher und redet mit mir."
„Und was will er von Ihnen?"
„Och, der ist ja verrückt." Sie stieß halb unwillig, halb selbstgefällig den Atem durch die Nase. „Was der sich denkt!"
Norre rührte mit dem Strohhalm in seinem Glas herum und trank es aus. „Bißchen verrückt bin ich aber auch", sagte er mit einem jungenhaften Lächeln. „Noch einen, bitte! Erst doppelt und dann noch einen Daumen breit mehr. Verdammt kalt heute!" Er blies gegen seine Hände und lächelte sie mit den Augen an: „Bißchen verrückt bin ich auch. Müssen Sie mir schon erlauben."
„Manche Menschen ziehen bei so einer Kälte Handschuhe an." Sie griff nach der Flasche. „Im Radio haben sie gesagt, wir kriegten heute nacht über fünfzehn Grad."
„Handschuhe? Mensch, Erna, wo sind meine Handschuhe?" Er suchte in seinen Manteltaschen herum.
„Tjajaja."
„Habe ich natürlich im Zug liegenlassen. Na, Glück auf die Reise! Wozu gibt es Handschuhläden in der Welt? – Vergessen Sie meinen Grog nicht!"

„Sie scheinen ja eine dicke Brieftasche zu haben."
„Habe ich. – Geben Sie ruhig noch einen Schuß zu, weil ich es bin! So. Was kommt nun? Zucker. So. Und heißes Wasser. Nicht so viel! So." Seine Hände umschlossen das Glas und führten es an seinen Mund: „Prost, Erna!"
„Prost Seemann!"
Er unterbrach seinen Schluck. „Woher wissen Sie, daß ich zur See fahre?"
„Wenn der Hut eine halbe Nummer zu klein ist und der Mantel zwei Nummern zu groß, dann kann es sich nur um einen Seemann handeln, der sich landfein gemacht hat. Man muß direkt Mitleid mit euch haben."
„Sie sind ja ein kluges Mädchen. Prost, kluges Mädchen!"
„Prost, armer Seemann!"
„Und nun fangen Sie mal ein bißchen mit dem Mitleid an!"
Wieder machte sie diese Bewegung des Heranholens: „Wissen Sie, an anderen Tagen kann er hier herumstehen, so viel er will, da stört es mich nicht. Sind ja Menschen genug in der Nähe. Na, es stört mich schon. Aber vorhin, als sich weit und breit keine Seele blicken ließ, bin ich beinahe gestorben vor Angst. Ich war richtig froh, als Sie plötzlich auftauchten."
„Und was geben Sie mir dafür?"
„Ein Pfefferminzplätzchen."
„Dann kann ich ja auch wieder weggehen."
„So sind die Männer: immer gleich erpressen."
„Ich bin nämlich auch ein bißchen verrückt."
„Aber nicht so wie der. Der hat so etwas ... Manchmal denke ich, er lauert nur darauf, daß er mir an die Kehle gehen kann. Sie müßten mal erleben, wie er mich ansieht, wenn er mit mir spricht, so von ganz nahem. Die Augen liegen ja so tief in seinem Kopf, wie bei einem Untier. Haben Sie den Film ‚Der Mann aus Zelle siebenundzwanzig' gesehen?"
„Nee."
„Sie interessieren sich wohl nur für Schundfilme? Jedenfalls kommt darin einer vor, der auch solche Augen hat. – Ist er noch da? Ich mag mich gar nicht umdrehen. Wie benimmt er sich denn jetzt?"
„Er kaut auf seinem Gummi herum und glotzt durch die Scheibe."

„Nein, er kaut nicht, er mahlt nur mit seinem Unterkiefer. Das macht er immer so. Er steht da und sieht mich an und mahlt mit seinem Unterkiefer. Muß man sich das eigentlich gefallen lassen?"
„Wetten, daß er dann weggeht?"
„Wann?"
„Wenn Sie mir zum Beispiel einen Kuß geben."
„Haben Sie eine Ahnung! Dann bringt er Sie um. Auf der Stelle. Sie und mich."
„Wir könnten es ja mal versuchen."
„Erzählen Sie mir lieber, was Sie so darstellen an Bord."
„Ich bin Motorenwärter."
„Was für ein Schiff?"
„‚Katharina Wisser'! Hat gestern nacht Grundberührung gehabt bei der Ausreise zwischen Robbensüdsteert und Wremer Loch. Die Brücke behauptet, ‚Kathrinchen' sei aus dem Ruder gelaufen. Als ob die Brücke schon jemals schuld gehabt hätte! ‚Kathrinchen' muß also ins Dock, und Norre Schmitt kann nach Lünen zu seiner Mutter fahren. Raten Sie mal, was ich ihr mitbringe?"
„Kleinen Walfisch."
„Eine Handtasche aus echt ägyptischem Krokodil. In Port Said gekauft. Mit einem echten Portemonnaie drin."
„Lünen? Wo liegt eigentlich Lünen?"
„Zwischen Münster und Dortmund. Eine großartige Stadt. Da haben sie neuerdings ein Rathaus gebaut, das höher emporragt als die Georgskirche."
„Wissen Sie denn überhaupt, was das ist, eine Kirche?"
„Ich glaube, das ist so ein Ding mit einem Turm dran."
„So habe ich es mir gedacht. Natürlich haben Sie auch keine Ahnung, welches Datum wir heute schreiben."
„Den vierundzwanzigsten Dezember, bitte sehr."
„Und was ist das für ein Tag?"
„Donnerstag."
„Sie sind ein alter Heide."
„Schön und gut, aber das hat ja alles nichts mit unserer Abmachung zu tun."
„Abmachung?"
„Daß Sie mir . . . daß Sie mir was geben wollten."

„Zwei Grogs, und schon betrunken."
„Rein sachlich, Erna, nicht von wegen Liebe, sondern von wegen dem Untier. – Erna?"
„Wenn Sie von Lünen zurückkommen, sprechen wir noch einmal darüber."
„Und jetzt nicht?"
Es dauerte einige Sekunden, ehe sie den Kopf schüttelte.
„Tja, Erna, dann muß ich hier mal eben zur Pfändung schreiten."
Bevor sie begriff, was er damit meinte, hatte er schon vier, fünf Schokoladentafeln und zwei Pralinenpackungen an sich gerafft und war einen Schritt zurückgetreten.
„Geben Sie sofort die Sachen wieder her!" rief sie.
„Selbstverständlich."
„Hören Sie, da verstehe ich keinen Spaß! Sofort!"
„Nur eben mal den Preis feststellen." Er hielt die größere Schachtel ins Licht und tat so, als bemühe er sich, das Preiszettelchen zu entziffern. „Oh, die ist aber teuer!" Seine Augen sahen mit besorgtem Ausdruck zu ihr hinüber. „Hoffentlich können Sie den Betrag auch aufbringen: Sieben!"
„Sie sollen die Sachen hergeben!"
„Sieben."
„Sonst rufe ich die Bahnpolizei."
„Erst die Bezahlung, dann die Ware."
Er drückte die geraubten Tafeln und Schachteln links gegen seine Brust, näherte sich mit der rechten Schulter dem Fenster und neigte ihr sein Gesicht entgegen.
„Sechs tun es auch." Aber als sie die Hände nach den Packungen ausstreckte, wich er zurück. Dann kam sein Gesicht wieder näher und wich abermals zurück. Beim dritten Male schlug sie zu. Der braune Hut flog auf den Bahnsteig.
Erschrocken legte sie den linken Handrücken vor ihren Mund und starrte Norre mit dunklen Augen an.
„Hier", sagte er in verändertem Tonfall und reichte ihr mit einer schlaffen Bewegung die Pralinenschachtel.
Da zog sie ihn hastig zu sich her, küßte ihn und stieß ihn wieder von sich.
Die Tafeln und Schachteln rutschten weg. Vergeblich bemühte er sich, sie festzuhalten, indem er seinen Körper gegen

das Fensterbrett stemmte. Eine nach der anderen fiel herab. Einen Augenblick gewahrte er das gelbliche Gesicht hinter der gegenüberliegenden Scheibe, die dunklen Augenhöhlen, den mahlenden Unterkiefer. Dann entfernte es sich und verging.
„Ich wollte Ihnen aber nicht weh tun", sagte Erna.
„Hast du auch nicht, überhaupt nicht." Er bückte sich nach seinem Hut, stülpte ihn auf den Hinterkopf und las die heruntergefallenen Dinge zusammen. Während er mit ungeschickten Händen versuchte, sie so wieder aufzubauen, wie sie gestanden hatten, nahm sie ihm den Hut ab und bürstete ihn mit dem Ärmel ihrer Strickjacke sauber.
Norre bedankte sich und sagte, jetzt habe er keine Lust mehr, nach Lünen zu reisen.
„Das will ich nicht noch einmal hören!" Ihr Zeigefinger fuhr drohend auf ihn zu. „Sie werden hübsch Ihre Mutter besuchen. Und wenn ich Sie eigenhändig in Ihr Abteil schubsen müßte."
Im Lautsprecher rauschte und knackte es. Die Frauenstimme verkündete, der Nord-Expreß von Kopenhagen nach Paris, planmäßige Ankunft zwanzig Uhr fünfunddreißig, Abfahrt zwanzig Uhr achtunddreißig, habe Einfahrt auf Gleis sieben.
„Der Zug fährt ohne Halt bis Osnabrück."
„Gut." Er legte seine Hand auf den drohenden Finger und drückte ihn herunter. „Aber dann mußt du auch mit mir ausgehen, wenn ich zurückkomme."
Ein Gepäckträger stellte zwei schweinslederne Koffer und einen karierten Campingbeutel auf den Bahnsteig und winkte nach der Treppe hinüber, auf der ein Herr mit einer weißen Lammfellmütze sichtbar wurde.
„Hoffentlich denken Sie nichts Falsches von mir", sagte Erna. „Ich habe auch das ... das andere nicht gewollt. Das eine nicht und das andere nicht. Es kam nur so aus Erschrockenheit."
„War trotzdem schön. Heute ist Donnerstag. Morgen nicht und übermorgen nicht. Aber dann, Sonntag."
„O Gott", flüsterte sie. „Da ist er ja wieder."
Der Eisenbahner kam um die Ecke des Erfrischungshäuschens, den Blick auf den Boden gerichtet, und blieb neben Norre stehen.

„Dieser Platz ist besetzt", sagte Norre und stieß ihn weg.
Mit kauendem Munde ging der Eisenbahner um ihn herum und stellte sich auf die andere Seite.
„Gleichfalls besetzt." Diesmal fiel Norres Stoß schon bedeutend kräftiger aus.
Der Eisenbahner taumelte, auf einem Bein hüpfend, zur Seite, fing sich und stellte sich wieder dorthin, wo er zuerst gestanden hatte. „Einen Korn", sagte er und sah Erna an.
„Jetzt paß mal auf!" Norre faßte ihn mit der Linken vor die Brust, riß ihn zu sich her, stieß ihn von sich weg und riß ihn abermals heran. Beim zweiten Heranreißen wischte seine Rechte an dem kauenden Kinn entlang. Der Kopf flog nach links herum. „Wenn du dieser Dame noch ein einziges Mal lästig fällst", die Kehrseite von Norres Faust streifte, zurückkommend, das Kinn von links, so daß der Kopf in die entgegengesetzte Richtung zuckte, „dann falle ich dir so lange lästig, bis du nur noch einen Pfannkuchen als Gesicht hast. Und nun setz dich dahin und putz dir die Nase!" Mit ausgestrecktem Arm schob er den Eisenbahner, der sich kaum wehrte, vor sich her und drückte ihn auf einen eisernen Papierkorb.
„Und das am Heiligen Abend", sagte Erna.
„Er kann sich den Heiligen Abend an den Hut stecken."
„Sie werden ihm doch nichts gebrochen haben?"
„Nee, der hat Gummiknochen. Merkt man gleich. Der Korn kommt mir gerade recht. Auf nächsten Sonntag, Erna!"
Es sah so aus, als habe der Eisenbahner seine Absicht noch nicht aufgegeben. Er erhob sich, tappte auf die beiden zu, machte dann aber einen Bogen und ging weiter.
„Er weiß Bescheid", sagte Erna. „Am Ende des Zuges läuft ein dänischer Wagen, der immer leer ist. Na, heute gibt es überall Platz. Da kommt der Zug."
Ein Lichterdreieck tauchte in der Dunkelheit auf, schwenkte zur Seite und schwebte nach Gleis sieben herüber. Langsam wuchtete die rote Diesellokomotive mit dem schwarzen Keil auf dem Bug in die Halle. Das unbewegte Gesicht des Lokomotivführers hoch oben hinter dem schrägen Fensterchen glitt vorüber. Irgendwo schrie eine Bremse auf. Der Zug stand.

„Bin gleich wieder da", sagte Norre. Er stieg in den ersten besten Wagen.
Erna sah, wie er den Gang entlangeilte, eine Abteiltür öffnete, den Koffer ins Netz warf und Hut und Mantel ablegte.
„Behalten Sie doch um Himmels willen Ihren Mantel an!" rief sie. „Anbehalten!"
Aber er sprang schon aus dem Zug und war mit drei Sätzen wieder bei ihr.
„Bezahlen muß ich ja auch noch. Und dann kriege ich doch noch was zum Abschied. Du?"
„Drei Grogs, nein, zwei nur, zwei große Grogs macht . . ."
„Weil ich so brav nach Lünen fahre."
Sie hob ihre Stimme etwas: „Macht zweisechzig. Ein Korn dreißig. Und das ist schon alles."
„Erna?"
„Zweineunzig zusammen."
Er holte ein Fünfmarkstück aus seiner Rocktasche. „Die Groschen laß nur! – Erna?"
„Einsteigen, bitte!" rief der Schaffner. Fast im gleichen Atemzug forderte auch die Stimme im Lautsprecher dazu auf.
„Komm!" drängte Norre.
„Soweit sind wir noch nicht. Da ist Ihr Geld."
„Dann warte ich hier, bis wir soweit sind." Er setzte seinen Ellbogen auf das Fensterbrett und stützte, in der Hüfte einknickend, sein Kinn auf den Handteller, als habe er beliebig viel Zeit.
„Und Ihre Sachen?" sagte Erna.
„Können meinethalben nach Paris reisen."
Am Kopf des Bahnsteigs ertönte die Trillerpfeife des Fahrdienstleiters.
„Wollen Sie noch mit?" fragte der Schaffner.
Norres Hand winkte gleichmütig ab.
Erna sagte, er sei ein ganz schlechter Mensch.
„Du etwa nicht?" Sein aufgestütztes Gesicht sah lächelnd zu ihr empor: „Aber ich mag dich trotzdem leiden."
Lautlos begann der Zug sich zu bewegen.
„Weg!" Sie stieß seinen Arm vom Fensterbrett herunter.
Norre richtete sich auf: „Erst . . du weißt ja."
„Jetzt nicht. Aber Sonntag . . . vielleicht."

Ein dunkelblauer Schlafwagen, dessen Fenster halb zugefroren waren, rollte vorüber, noch einer, ziemlich schnell schon, und noch einer.
„Auf ‚vielleicht' kann ich mich nicht einlassen."
„Also gut, also ja."
Da begann Norre mit seitlichen Sprüngen zu laufen und rief, ob sie es auch ernst meine.
„Jaja. Ach, Sie kriegen ihn nicht mehr. – Nicht! Nicht!"
Der letzte Wagen dröhnte vorbei. Im Fenster der hinteren Tür zeichnete sich der Umriß des Eisenbahners ab.
„Zurückbleiben!" Der Aufsichtsbeamte stellte sich Norre, der jetzt Ernst machte, mit ausgebreiteten Armen entgegen.
Aber Norre schlug einen Bogen und rannte mit hochgeworfenen Knien hinter den beiden Schlußlaternen her. Die aus dem Heizschlauch strömenden Dampffetzen glühten rot auf. Während er den Tritt, einen Metallrost, ins Auge faßte, der ein gutes Stück unter der Bahnsteigkante dahinglitt, nahm er schattenhaft wahr, daß der Eisenbahner sich aus dem Fenster beugte und wieder verschwand. Mit einer letzten Kraftanstrengung gelang es ihm, die senkrechte Griffstange zu erfassen. Die Beschleunigung des Zuges zwang seine Beine zu einem wilden Wirbel. Dann sprang er, wenige Meter vor dem Ende des Bahnsteigs, auf den Tritt hinunter, der nur mit einem Viertel seiner Breite über die leicht gewölbte Seitenwand des Wagens hinausragte, und flog, hintenüberhängend, mit dem Zuge dahin. Er wechselte den Griff, drehte sich um und winkte Erna zu. Als sie sah, daß ihm der Sprung gelungen war, lehnte sie sich noch etwas weiter aus ihrem Fenster heraus und erwiderte sein Winken mit schnellen Bewegungen.
Unter den Rädern entstand ein Gewirr von Schlägen, der Wagen wurde durch eine Weiche nach links und gleich darauf durch eine zweite noch einmal nach links geworfen. Norre mußte sich mit beiden Händen festhalten. Obwohl er nur noch die verkürzten Reihen der Bahnsteiglampen und die Dämmerung darunter erkennen konnte, winkte er wieder, bis sich ein abgestellter Zug dazwischenschob und den Bahnhof verdeckte.
„Junge, ist das eine Kälte!" sagte er vor sich hin und drückte den Griff herunter, um einzusteigen. Aber die Tür bewegte

sich nicht. Er drückte noch einmal. Umsonst. Er drückte und ruckte mit aller Kraft. Aber die Tür blieb so fest mit dem Wagen verbunden, als habe sie sich nie öffnen lassen.
Zugeschlossen, dachte er, das ist ja allerhand. Hat natürlich der Eisenbahner gemacht, dieser Hundesohn. Ja, hier unterm Griff ist das Loch mit dem Vierkant innen. Ich kann ihn mit meinem kleinen Finger fühlen. Er besitzt sicher einen Schlüssel. Und da hat er das Fenster geöffnet und die Tür von außen zugeschlossen. Sicher. Dieser Hundesohn! Oder war sie schon verschlossen, als der Zug einlief? Kann ja vorkommen. Soll nicht, aber kann. Jedenfalls hänge ich hier und kriege einen kalten Hintern. Und nun?
Der Zug, der schon eine beträchtliche Geschwindigkeit erreicht hatte, überquerte eine erleuchtete Straße. Die Schlußlichter eines Kraftwagens trieben nach rechts und vergingen. Wie ein unaufhörlich flatterndes Gedonner wetterte der Fahrtwind an Norres Ohren hin. Er war so schneidend, daß er im Nu durch die Kleidung drang. Als ob ich nackt sei, dachte Norre. Ich muß hinein, sonst geschieht ein Unglück. Er schob seine Hand um die abgerundete Ecke des Wagens und betastete die Rückwand, stieß aber, soweit sein Arm reichte, nur auf glattes, kaltes Metall. Es bestand keine Möglichkeit, über die Puffer nach der gegenüberliegenden Tür zu gelangen. Bei anderen Wagen war hinten eine Leiter zum Besteigen des Daches angebracht oder irgendein Griff oder wenigstens ein Halter für die Schlußlaterne. Aber an diesem gab es nichts dergleichen. Es handelte sich um einen Wagen neuester Bauart, allenthalben abgerundet, nahtlos, windschlüpfig. Warum mußte er auch ausgerechnet an so einen geraten? Der Teufel sollte ihn holen.
Dann bleibt mir nichts anderes übrig, als die Scheibe einzuschlagen. Aber womit? Und ob ich dann hineinkomme, ist auch noch die Frage. Wenn doch dieser verfluchte Tritt nicht so weit unter dem Wagen säße! Sowie ich versuche, mich am Fensterrahmen hochzuziehen, hänge ich in der Luft. Und wie soll ich dann hineinkommen? Es geht nicht, Kinder, es geht nicht! Aber was sonst? Vielleicht ist es mit einem ordentlichen Ruckzuck doch noch zu schaffen. Erst einmal die Scheibe einschlagen.

Er betrachtete das Fenster. Es bestand aus zwei mit Stahlrahmen eingefaßten Teilen. Die untere Hälfte war fest, die obere ließ sich an der Innenseite herunterschieben. Über beide Hälften zog sich eine graue Eisschicht im Bogen nach oben.
Viel Zeit habe ich nicht mehr, dachte er. Ich kann ja jetzt schon die Finger kaum noch bewegen. Und die Haut über meinen Backenknochen spannt sich, als wolle sie jeden Augenblick platzen. Soll ich die Scheibe mit der Faust einschlagen oder wie? Und wenn ich mir dabei eine Ader aufschlitze? Am besten mit einem Schuh. Warum habe ich mein finnisches Messer nicht mitgenommen? Aber wer denkt denn an so etwas? Komm her!
Er bückte sich ächzend und zog das linke Bein an.
Neben dem Zug breitete sich eine dunkle Fläche aus. Am Himmel glommen ein paar rote Punkte, wahrscheinlich die Warnlichter eines Schornsteins. Ganz in der Ferne flimmerten die Fensterzeilen eines Hochhauses. Wie durch Zauberei stand plötzlich ein grünes Licht über dem Bahndamm und wich still zurück.
Norres steife Finger zogen die Schnürbandschleife zu einem Knoten zusammen. „Spuck drauf!" sagte er, faßte den Schuh beim Hacken und riß ihn vom Fuß, wie er war. Als er die unbeschuhte Sohle wieder auf den Eisenrost stellte, hatte er ein Gefühl, als trete er auf ein Dutzend Rasiermesser. Die Kälte schnitt bis in sein Knie hinauf.
Meine Nase spüre ich schon nicht mehr. Ist wahrscheinlich schon erfroren. Ich müßte sie reiben, damit das Blut wieder in Gang kommt. Meine Ohren auch. Ach was, spuck auf die Ohren! Erst die Scheibe.
Er drückte den Schuh mit seinem Bauch gegen die Tür und schloß die Linke, die ihm kaum noch gehorchte, um die Spitze. Die Rechte umklammerte die Griffstange. Da puffte eine schwarze Masse heran und donnerte vorbei. Der Luftdruck, der ihn wie ein schwerer Hieb traf, hätte ihn herumgestoßen und auf den Bahndamm geschleudert, wenn seine Linke den Schuh nicht hätte fallen lassen und blindlings an den Türgriff gefahren wäre. Flirrend zuckten die Helligkeiten des Gegenzuges an seinen hochgezogenen Schultern vorbei.

Abermals ein Puff. Ende. Häuserschatten, helle Fenstervierecke. Die beiden roten Schlußlichter entfernten sich schnell.
Um ein Haar wäre es schiefgegangen. Dann läge ich jetzt mit gebrochenem Genick auf dem Schotter, wenn es mich nicht überhaupt vor den anderen Zug geworfen hätte. Der Schuh ist im Eimer. Aber ich habe ja noch einen. Was stand da eben an dem Stellwerk? Bremen-Hemelingen? Immer noch Bremen? Scheint ja eine unendliche Stadt zu sein.
Er krümmte seinen Fuß und streifte den zweiten Schuh ab. Das Einschlagen der Scheibe war schwerer zu bewerkstelligen, als er gedacht hatte. Durch den Kreppabsatz wurde die Wucht des Schlages gedämpft, die ohnehin nicht bedeutend war, weil das Hintenüberhängen und die fortschreitende Erstarrung seinen Bewegungen die Kraft nahm. Er mußte ein paarmal ausholen, ehe es klirrte.
Wenn außer dem Hundesohn noch jemand im Wagen sitzt, wird er jetzt wohl merken, daß hier etwas los ist. Ich könnte ganz gut ein bißchen Hilfe gebrauchen. Aber niemand kam. Er ging daran, die Glaszacken, die noch im Rahmen steckten, Stück für Stück herauszuschlagen. Seine Brust keuchte, dampfend kam der Atem aus seinem Munde. Unter dem Wagen begann es zu dröhnen, eine Gitterwerk schoß neben dem Zug hoch und zischte mit rhythmischen Geräuschen vorbei. Im Sternenlicht der Nacht schimmerte das breite Band eines Stromes herauf.
Muß die Weser sein, dachte er und hämmerte weiter. Hatte ich mir größer vorgestellt. Geh raus, verdammtes Sauding!
Norre bemerkte ihn erst, als sich der stählerne Rahmen der oberen Fensterhälfte langsam senkte. Der Eisenbahner, der wie ein Gespenst hinter den Eisblumen aufragte, ließ den Rahmen ein Stück hinab und schloß ihn dann seitlich mit seinem Vierkantschlüssel fest. Dadurch wurde das Türfenster dreifach vergittert: unten und oben durch die Kanten des halb herabgelassenen Fensters, in der Mitte durch die Oberkante der feststehenden unteren Fensterhälfte. Der Abstand von Stahlkante zu Stahlkante betrug zwei gute Handbreiten.
Norres Abwehr kam zu spät. Er war endgültig ausgesperrt.

Mit unbewegten Augen sah der Eisenbahner auf ihn hinab. Statt zu kauen, drückte er jetzt die Unterlippe in kurzen Abständen gegen die wulstige Oberlippe, so daß sie wie ein breiter Schnabel vorsprang.
Voller Wut und Verzweiflung schleuderte Norre seinen Schuh gegen das Schnabelgesicht. Er war sich klar darüber, was die kleine Verschiebung des Fensters bedeutete. Der Schuh prallte gegen die Stahlkante und wurde vom Fahrtwind, der zum Sturm angeschwollen war, in die roten Dampfwirbel gefegt. Wieder trübte sich, wie vor kurzem hinter der Scheibe des Erfrischungshäuschens, das gelbe Gesicht, schwankte zurück und verschwand.
Eine eisige Woge, eisiger noch als die sausende Kälte um ihn her, stieg vom Zwerchfell in Norres Brust hinauf. Das kann doch nicht sein. Ich bin ja erst vierundzwanzig Jahre alt. Ich kann doch noch nicht ... Er biß die Zähne aufeinander und stemmte seinen Handballen gegen den festgeschlossenen Rahmen, konnte ihn aber nicht von der Stelle rücken. Während seines letzten Urlaubs hatte er in einem überfüllten Zug auch an so einem halbgeöffneten Türfenster gestanden und sich bemüht, es herunterzuschieben, weil der Frau neben ihm schlecht geworden war. Aber gegen die Vierkantsperre hatte er nichts auszurichten vermocht. Nein, das Fenster mußte er aufgeben. Was kam sonst noch in Frage? Abspringen? Nicht daran zu denken! Wenn er bei dieser Kälte auf die Schottersteine schlug, brach er sich sämtliche Knochen im Leibe.
Der Zug hatte seine Geschwindigkeit noch gesteigert. Er klapperte und ratterte nicht mehr, sondern zog mit einem weichen Rauschen durch die Finsternis. Seitwärts erschien ein einzelnes Licht, hatte eine Weile Bestand und blieb zurück. Dann waren mehrere Lichter da. Auch sie versanken.
Aber vielleicht stand irgendwo ein Signal auf Halt. Oder der Zug mußte einmal seine Fahrt herabsetzen. Konnte man annehmen, daß er seine Geschwindigkeit bis Osnabrück unverändert beibehielt? Wie weit war es noch bis Osnabrück? Anderthalb Stunden? Zwei Stunden? Er wußte es nicht. Aber das wußte er, daß seine Kräfte nicht mehr lange vorhalten würden. Dies halbe Hängen und der Eiswind und alles, das konnte nicht mehr lange gut gehen.

In das Rauschen mischte sich ein hastiges Geklicker, Schienenstränge zweigten ab, fünf, sechs, viele. Güterwagen standen da, einzeln und in Reihen. Lampen flogen vorüber, ganze Ketten von Lampen. Wieder das Klickern. Ein halbkreisförmiger Lokomotivschuppen mit dem Gleisfächer und der Drehscheibe davor. Eine schwarze Inschrift auf weißem Grund: Bahnbetriebswerk Bremen-Kirchweyhe. Der Zug rauschte dahin.

Norre spähte nach vorn. Der Fahrtwind preßte die Tränen, die aus seinen zusammengekniffenen Augen quollen, über das Wangenjoch gegen die Ohren. Als er dorthin faßte, knisterte es wie Eis. Auch sein Kinn knisterte. Er wagte nicht, die Ohren zu reiben, weil er fürchtete, sie brächen ab. War der helle Dunst, der sich links vorn zeigte, ein Bahnhof? Auf seiner Oberlippe saß ebenfalls Eis. Ein Bahnhof, ja. Er unterschied das Haus und die glatten Bahnsteige. Und da jagte der Zug auch schon hindurch. Ein paar Sekunden lang verdichtete sich das Rauschen zu einem scharfen Zischen.

„Hilfe!" schrie Norre, so laut er konnte. Aber seine Stimme überschlug sich sofort. „Hü-fääā!" Niemand ließ sich blicken. Gerassel, Geklicker. Vorbei. Kirchweye hieß der Bahnhof.

Die Telefondrähte sanken, stiegen in flachem Bogen an, schossen zu einem Mast empor und sanken wieder, stiegen an, schossen empor und sanken, stiegen und sanken, stiegen und sanken.

Wenn ich doch an so einen Draht herankönnte! Da gehen nun die Stimmen der Menschen hindurch. Sie erzählen sich was, sie lachen und husten und erzählen sich Witze, und ich hänge hier zwischen Leben und Tod. Ich hätte meinen Schuh gegen die Drähte werfen sollen. Vielleicht wäre dann eine Störung eingetreten, und sie hätten etwas gemerkt. Ach was, die merken nichts, die lachen und rauchen, und ich muß erfrieren.

„Hundesohn!" schrie er plötzlich. „Dreimal kreuzverdammter Hundesohn! Du kannst mich doch nicht hier verrecken lassen wie ein Kilo Putzwolle!" Er schlug ein paarmal mit der Faust gegen die Wagenwand. „Mach auf, Hundesohn! Aufmachen! Au-ma-en!" Seine Worte waren nur noch ein Würgen und Röcheln.

Der kommt nicht. Niemand kommt. Lange halte ich das nicht mehr aus.
Wenn ich bloß nicht so hintenüberhinge! Mein Kreuz bricht ab. Und die Füße, die Füße! Und müde bin ich auch.
Noch immer liefen mehrere Schienenstränge neben dem Zug her. Die Nacht wurde dunkler. Weit und breit war kein Licht mehr zu sehen. Und dann bogen die Schienen auf die Hauptstrecke zu, eine nach der anderen, zuletzt waren nur noch zwei Gleise da.
Vorsichtig schob er seine rechte Hand hinter der Griffstange hindurch und bemühte sich, den Jackenaufschlag zu erfassen. Aber die Finger wollten sich nicht mehr schließen. Er drängte die Hand zwischen zwei Knöpfen an seinen Bauch. Vielleicht wurde sie in der Wärme wieder beweglich und konnte sich an den Gürtel krallen.
Der Zug fuhr in ein Schneegestöber hinein. Norres Haut merkte nichts, aber die Augen fühlten es. Und dann sah er auch die winzigen Kristalle in den Ärmelfalten. An jeder Schranke wirbelte etwas Schneestaub hinter dem Wagen hoch.
Mit großer Mühe gelang es ihm, seine Finger um den Gürtel zu legen. Am ehesten gehorchte noch der Daumen. Der kleine Finger blieb dagegen steif und gefühllos.
Deim Durchfahren von Syke rief er nicht mehr um Hilfe. Es hatte keinen Sinn. Der Bahnhof war unbesetzt. Auf der Rampe neben dem Güterschuppen standen rote und grüne Landmaschinen. Woran hatte er doch gedacht, ehe der Zug durch Syke brauste? Er konnte sich nicht mehr darauf besinnen. Aber es war etwas Wichtiges gewesen. Womöglich schnürte die Griffstange sein Blut ab. Dann würde der Arm, an dem er hing, schneller erfrieren als die anderen Glieder. Wo liefen eigentlich die Adern entlang? Wo liefen . . . eigentlich . . .? Das Nachdenken fiel ihm so schwer.
Neben dem Bahndamm zogen sich Häuserschatten mit rötlichen und gelben Fenstervierecken hin. Hinter dem einen Fenster brannte noch ein Weihnachtsbaum. Die hatten es gut. Ach ja. Er war nicht imstande gewesen, die Bahnhofsuhr zu erkennen. Der Zug dröhnte jetzt durch einen Geländeeinschnitt. Das Schneien schien aufgehört zu haben. Die

Adern liefen sicher in der Ellbogenbeuge entlang. Ach so, jetzt wußte er wieder, woran er vorhin gedacht hatte. Er streckte die linke Hand durch das eingeschlagene Fenster, um sie an der Wärme im Inneren des Wagens teilhaben zu lassen. Das hätte er schon früher tun sollen. Aber er spürte keinen Unterschied zwischen außen und innen. War seine Hand schon tot? Erst die Hand und dann der Arm und dann das Herz.

Vor einiger Zeit hatte er seine Hand in eine andere Wärme gestreckt. Erna mochte keine frechen Männer. In ihrer Bude war es wärmer gewesen als auf dem Bahnsteig. Hatte er eigentlich etwas Freches gesagt? Höchstens das mit der Kirche. Sie war richtig ärgerlich geworden. Ob sie wohl sonntags in die Kirche ging? In Lünen hieß die Kirche Georgskirche ... in Lünen ...

Der Zug fuhr und fuhr, er schmiegte sich schräg in die Kurven, richtete sich wieder auf und rauschte weiter. Und jedes Signal stand auf „Freie Fahrt". Und oben glitzerten die Sterne.

Noch nie in seinem Leben war er so allein gewesen. Und kein Mensch konnte ihm helfen, wohin er seine Gedanken auch richtete, der Kapitän nicht und die Mutter nicht und die Sterne nicht da oben und Erna nicht und Kuli nicht, sein Macker am Backbordmotor, Kuli, der alte Finne mit einem blauen Blutschwamm an der Schläfe und grauen Haaren hinten am Nacken hinunter, der es mit dem Besprechen von Krankheiten hatte und mit dem Zaubern. Aber auch er konnte ihm nicht helfen in dieser Mutterseelenverlassenheit. Ein Schluchzen stieg in ihm hoch, er verzog seinen Mund und weinte ein bißchen vor sich hin. Die Dinge und Gewalten, zwischen die er geraten war, hatten ihr hartes Gesetz und gingen gleichmütig ihren Gang: der Zug, der Eiswind, die stählerne Wand, das Fenster, die Nacht. Kein Erbarmen, wohin er sich auch wandte.

Gab es denn so etwas auf der Welt, daß die einen in der warmen Stube um den Weihnachtsbaum herumstanden und ein Lied sangen und der andere in der bitteren Winternacht an einem Eisenbahnwagen hing und sterben mußte, heute noch ... ja ja ja ... um den Weihnachtsbaum herum ... ja

ja ... das war ... warte mal ... ach, das war schon lange her ... da lebte sein Vater noch ... er hatte noch nie einen so hohen Tannenbaum ... und so viele Kerzen ... bis unter das Gewölbe ... heute noch ... und die Orgel erklang, und er saß neben seinem Vater auf der Bank und versuchte, die Kerzen zu zählen ... und da war auch ein großes Kreuz, im Dunkeln ... da oben ... und ein blutendes Gesicht, so schräg, das die Kerzen von unten her ein bißchen hell machten ... und die Augen halb zu ... siebenundvierzig, achtundvierzig, neunundvierzig Kerzen ... einundfünfzig ... als ob sie lebendig seien ... die Augen ... ach ja, heute noch ... in einer Viertelstunde schon ... oder noch eher ... oder ... oder ... heute noch ... heu ...
Er schreckte hoch, weil sein rechtes Knie nach vorn geschnellt und sein Körper zusammengesackt war. Ein Glück, daß er den Arm hinter die Griffstange geschoben hatte! War er denn richtig eingeschlafen? Nur das nicht! Wenn er einschlief, wachte er nicht wieder auf. Und wenn er nicht einschlief? Er war so oder so verloren. Ob er wohl noch einmal zur Besinnung kam beim Herunterfallen im Schlaf? Eine hundertstel Sekunde, bevor er sich das Genick brach? Warum sagte es denn immerzu „Heute noch" in seinem Kopf? Die Augenlider waren so schwer, als hinge an jeder Wimper ein Gewicht. Es kostete ihn eine inständige Anstrengung, sie zu heben und in die Nacht hinauszusehen.
Unablässig floß der Lichtschein, der aus den Fenstern fiel, neben dem Wagen her, über Gebüsche, zugefrorene Gräben, Schilfstreifen, Zäune und kleine Schneewehen, auf und ab und immer weiter. Hinter dem eilenden Schein stand eine dumpfe Finsternis, über der ein Dämmern aus schwachem Sternenlicht webte.
Und morgen abend ist das alles noch genauso vorhanden wie jetzt, dachte er, und übermorgen auch und in vier Wochen immer noch. Und ich? Wo bin ich morgen? Wie sehe ich morgen aus? Nein, nicht morgen, heute noch ... heute noch ... Ich habe mir ja alles mögliche einfallen lassen. Aber doch nicht so etwas. Von Zeit zu Zeit stellt man sich ja vor, wie das Leben weitergehen soll. Die Hauptsache soll ja erst noch kommen. Der Tod ist weiter nicht im Spiel. Wer denkt denn mit

vierundzwanzig Jahren an den Tod? Ich jedenfalls nicht. Und mit einem Male sind vierundzwanzig Jahre alles, was einem bewilligt worden ist. Und dann Schluß. Heute noch.
Wieder quoll ein Weinen in ihm hoch. Vielleicht hätte ich das nicht sagen sollen, daß ich nicht wüßte, was eine Kirche ist. Früher bin ich sogar jeden Sonntag dringewesen, als ich konfirmiert wurde, ganz früher, in Lünen. Und Weihnachten auch. Hätte ich nicht sagen sollen. Ach was! Als ob der Hundesohn dann die Tür nicht abgeschlossen hätte! An der Kirche lag es nicht. Und woran sonst? Etwa am lieben Gott? Andere hatten auch nichts mit dem lieben Gott im Sinn. Zum Beispiel Kuli. Und der saß jetzt in Bremerhaven bei Mutti Schwarz und trank was Gutes. Oder an Erna? Oder an dem Hundesohn? Natürlich lag es an dem Hundesohn, an diesem Verbrecher. Was weiß der liebe Gott denn davon, wie elend einem zumute ist, wenn man sterben muß. Er braucht ja nicht zu sterben, er ja nicht. Beten hat auch keinen Zweck. Hilf dir selbst, dann hilft dir Gott! Wie hieß der Bahnhof eben? Hinter der Theke stand eine Frau und wischte ein Glas aus. Und nachher legt sie sich ins Bett und wird warm und pustet den Schlaf aus ihrer Nase heraus. Ein verdammter Quatsch: hilf dir selbst! Wie kann ich mir denn helfen, hö? Wie denn? Ist denn keiner da, der mich mal anfaßt? Nur mal anfaßt, daß ich nicht mehr so allein bin. Wenn ich noch ein Junge wäre, brächte ich es sicher fertig zu beten. Aber so nicht. Oder soll ich es einmal versuchen? Lieber Gott, wenn ich auch ein . . . wenn ich auch . . . ich auch . . . ich . . . ich muß sterben, ich muß sterben, ich muß sterben . . .
Eine Brücke sang kurz auf, eine Schranke flog vorbei, ein Wirbel von Schneestaub, eine Birkenreihe. Womöglich war er schon gestorben? Oder was hatte das zu bedeuten? Warum war denn in seinem Kopf so viel Platz, so viel Nacht und graues, graues Nachtgeriesel? Und ganz in der Ferne eine verwischte Helligkeit, mehr ein Fleck, der sich heranbewegte, ein Gesicht sozusagen. Es kam auf ihn zu. Und heute noch . . . oder vor vielen Jahren . . . oder doch heute . . . oder in Lünen, oben unter dem Gewölbe . . . ein schräg nach vorn gesunkener Kopf und die Augen halb zu vor Schmerzen und der Mund offen . . . und die harte Falte zwischen den Brauen, und die

Zähne zu sehen und das Blut, das über die Stirn rann und an den Ohren herunter . . . und er hing da . . . und heute noch . . . und keiner half ihm . . . und er hing neben ihm, ganz nahe, und die schmerzenden Lider hoben sich ein wenig, und die Lippen bewegten sich, und er sah ihn an . . . und heute noch . . . und einer sah den anderen mit brechenden Augen an. Hängt denn noch einer am Zug, dachte er. Ist denn alles ganz anders? Du? Was denn? Du auch? Mußt du auch sterben? Was sagst du? Was ist heute?

„Wirst du mit mir . . . mit mir . . . mit . . ."

Hinter Drebber wirbelte der Zug eine dichte Schneewolke aus dem vertrockneten Rainfarn auf, der neben den Gleisen stand. Dann war die Stelle leer, an der Norre gehangen hatte.

Der Streckenläufer, der ihn am anderen Morgen fand, erzählte, die Beine seien ja schrecklich verdreht gewesen, aber im Gesicht habe er eigentlich ganz zufrieden ausgesehen, wenn er mal so sagen solle.

(1960)

Brief vom 28. 12. 1960

[. . .] es sind nicht nur die Pfarrer, die sich einen ruhigen Advent wünschen und ihn nie erhalten, den Autoren, gewissen Autoren, ergeht es nicht anders. Wirklich, ich war vor Weihnachten so fertig mit meinen „Nerven", daß ich beinahe vor Verzweiflung geheult hätte, wenn der Briefträger wieder und wieder mit diesen Bergen von Päckchen ankam. Gut gemeint und schlecht getan. So ist der Heilige Abend nicht gemeint, ganz gewiß nicht. Nun sitze ich hier und muß Buch führen, damit ich behalte, was von wem kommt, und wem ich geantwortet habe und wem noch nicht. Oder soll ich alles schweigend und ohne Dank hinnehmen? Das bringe ich auch nicht übers Herz. Aber nun habe ich mich entschlossen, erst einmal denen zu schreiben, die mir etwas bedeuten. Und da stehen Sie ganz vorn.

Wissen Sie, Ihr Brief vom 21. Dezember mit dem adventlichen Rundbrief ist mir so tief ins Herz gegangen, daß ich aufstehen und im Zimmer hin und her wandern mußte. Ich weiß nicht viele Stunden in meinem Leben, die mir ein so schmerzendes Glück gebracht haben. Daß ich Ihnen und den Ihren und den Zuhörern dies schenken durfte [die „Urlesung" der Erzählung „Heute noch"] – es ist so sehr bewegend. Man muß schon an die „Grenze" gehen, um das zu erleben. Ich gebe Ihnen in großer Dankbarkeit die Hand.

Nein, schenken Sie mir weiter nichts. Der Brief ist übergenug. Und ein Tonbandgerät habe ich auch nicht.

Das Gedicht „Silvester" steht in dem beiliegenden Büchlein am Schluß. Manche der vorhergehenden werden Ihnen nicht eben liegen. Haben Sie Nachsicht mit mir! [. . .]

Das Worpsweder Hirtenspiel

Dies Spiel ist für den Raum der Worpsweder Kirche geschrieben. Es wird aber nicht schwer sein, bei einer Darstellung auf einem anderen Schauplatz den äußeren Gang des Spiels mit den neuen Gegebenheiten in Einklang zu bringen.
Die Spieler mögen immer bedenken, daß es durchaus nicht darauf ankommt, sich in einer schauspielerischen Leistung zu versuchen. Das Spiel ist kein Kunstwerk, das seinen Sinn in sich selbst hat, sondern ein Hinweis, der das Ewige meint. Wie denn ein jeder bestrebt sein soll, sich gleichsam durchsichtig zu machen, damit man durch ihn hindurch das erblickt, worauf hingewiesen wird.

(1942)

Das Jesuskind in der Krippe
Der Verkündigungsengel
Viele Engel
Maria
Joseph
Klaas, der alte Hirt
Loiken, der andere Hirt
Tyll, der junge Hirt

Die Gemeinde *singt*

Aus tiefer Not schrei ich zu dir,
Herr Gott, erhör mein Rufen,
dein gnädig Ohren kehr zu mir
und meiner Bitt sie öffne.
Denn so du willst das sehen an,
was Sünd und Unrecht ist getan,
wer kann, Herr, vor dir bleiben?

Bei dir gilt nichts denn Gnad und Gunst,
die Sünde zu vergeben.
Es ist doch unser Tun umsonst
auch in dem besten Leben.
Vor dir niemand sich rühmen kann,
des muß dich fürchten jedermann
und deiner Gnade leben.

Darum auf Gott will hoffen ich,
auf mein Verdienst nicht bauen,
auf ihn mein Herz soll lassen sich
und seiner Güte trauen,
die mir zusagt sein wertes Wort.
Das ist mein Trost und treuer Hort,
des will ich allzeit harren.

Klaas *tritt mit Hirtenstab und Laterne vor den Altar*

Ehrsame, günstige Christenleute,
so jung wie alt, so Weib wie Mann,
durch Gottes Gnade fängt uns heute
die heilige Weihnacht wieder an.
Da trete ich getrost hervor,
ein geistlich Spiel euch anzusagen,
wie mir's die andern aufgetragen.
Ich bitt euch, leiht ihm Aug und Ohr,
ich bitt euch, leiht ihm ein wenig Zeit,
ein wenig des Herzens Einfältigkeit,
leiht ihm, ich bitt euch, auch die Seel,
dann schlägt es euch und uns nicht fehl.

Loiken kommt von rechts, Tyll von links, beide mit Stab und Laterne. Sie stellen sich in einiger Entfernung von Klaas auf.

Loiken Die große Finsternis ist geschehen
weit über die ganze Menschenwelt.

Tyll Zu Bethlehem die Hirten gehen
und weiden die Herden über das Feld.

Loiken Die Zeit verweht vor der Ewigkeit schier.

Tyll Das Einst ist jetzt, das Dort ist hier.

Klaas Wo zwei und drei beieinander sich halten,
zu jedweder Stunde, an jedweder Statt,
und harren mit Seufzen und Händefalten
des Wortes, das Gott uns verheißen hat,
und fürchten sich in der Dunkelheit,
da ist auch Bethlehems Gebreit.

Loiken So wollen wir denn das Spiel vollbringen.

Tyll Mit Instrumenten dazu klingen.

Klaas Laß es, o Herr, uns wohlgelingen!

Engel *singen fern im Unsichtbaren*

In dunkelster Nacht
ein Lied geht so sacht.
Ihr Schläfer auf Erden,
was will das doch werden?
O kommt aus dem Traume,
o betet und wacht!

Klaas *ruft gegen Tyll hin*

Hodaa! Ho, Tyll! Hältst du dich wach?

Tyll Ganz wach, denn irgendein Ungemach,
vielleicht ein Werwolf oder ein Bär,
schleicht in der Finsternis um uns her.
Die Schafe den Feind schon im Winde wittern,
die Lämmchen unter den Alten zittern,
der Hund den Schwanz an der Erde führt.
Auch mein Gemüt eine Bangigkeit spürt.
Ach bleibe in dieser Nacht mir nah.

Klaas Gleich neben dir liegt meine Herde ja.

Er ruft gegen Loiken hin

Hodaa! Ho, Loiken! Hältst du dich wach?

Loiken Ich wache und denke dem Zeichen nach,
das seltsamlich ist eingewoben
in die Natur am Himmel oben,
als da ein Stern glänzt, der sich neu
und hell hat über uns aufgetan
und steht, indessen die andern getreu
einherziehn ihre nächtliche Bahn,
an seinem höchsten Orte still
und bleibt und strahlt, und sein fremder Glanz
verwandelt die Welt in Geheimnis ganz.
Insgleichen mich's bedeuchen will,
es flöge von Geistern ein Gesang
in Lüften unter dem Himmel entlang.
Ich lausche empor, ich starre empor,
ich lege die Hand noch hinter mein Ohr,
und Gras und Baum und alles Getier
lauscht in die Nacht empor mit mir.
Was mag uns daraus für ein Unwesen drohn?
Wär nur die Stunde vorüber schon!

Klaas Treibt näher heran, ihr guten Gesellen!
Wir wollen uns zueinander stellen,
daß wir mit Fleiß eines Rates pflegen,
wie wir uns schützen recht dagegen.

Engel *singen fern im Unsichtbaren*

In dunkelster Nacht
ein Stern steht in Pracht.
Er kündet den Armen
von Gottes Erbarmen.
O nehmt doch das tiefe Erglänzen in acht!

Tyll *zu Klaas hingehend*

Wenn nur der Wolf uns die Rede nicht stört!

Loiken *bei Klaas*

Hast du den Sternengesang gehört?

Klaas Dich schreckt der Wolf im finstern Revier,
und dich am Himmel die fremde Natur.
Vernehmt die Not denn auch, die mir
in diesen Nächten widerfuhr,
da ich an meinen Stab gebückt
das Leben der Menschen übersann,
wie's mühsam beginnt und mühsam hält an
und mühsam wieder ins Dunkel rückt.
Ich habe bedacht mich her und hin,
die schwerste Frage zu ergründen,
weshalb ich wohl auf der Erde bin,
und konnte die Antwort nirgends finden.
So gar nichts bedeuten wir Menschen doch.
Wir wähnen uns mächtig überall
und planen und raten und rechnen noch
und sterben doch hin wie ein Hall und Schall.
Ich bin schon alt und am Ende eben
und weiß noch immer nichts bessres vom Leben,
als daß seine Tage allesamt
sind ohne Erbarmen zum Tode verdammt.

Loiken Ach, lieber Klaas, sag mir doch an,
ob du dich nicht auch dann und wann
des Lebens dein auf Erden freust,

wenn etwa um die Sommerzeit
die Sonne ihr Leuchten niedergeußt,
das Land zu vergülden weit und breit.
Am Himmel die weißen Wölkchen hangen,
die Wälder in Laubwerk und Duft erprangen,
die Wiese die bunten Blumen trägt,
am Zaun die Winden empor sich drehen,
das Vogelvolk mit Gesang sich regt,
die Kinder zart ihren Reigen gehen,
und alles ist Ergetzen und Lachen.
Soll das dein Herz nicht lustig machen?

Tyll
Mir fallen noch andere Freuden bei:
Pfannkuchen und süßes Brombeermus,
ein Lämmchen mit schwarzem und weißem Fuß,
ein kleines Lied auf meiner Schalmei.

Loiken
Und in der Nacht über stillem Gefild
entsteht des Himmels gestirntes Bild.
Gar gern ich den Mond und die Sterne erblicke
und mich an ihrer Ordnung erquicke,
wie sie dort kreisen, ohne zu stocken.

Klaas
Und hast dich doch vor dem Stern erschrocken.

Loiken
Er ist auch, der eine, so rätselvoll.
Die sonstigen sehe ich mit Vertrauen,
doch dieser erfüllt mich mit Ahnung und Grauen,
möcht wissen, wofür ich ihn halten soll.

Tyll
Vielleicht will er bald herunterfallen.
Dann löst er sich ab und stiebt und rennt
als feuriger Ball übers Firmament.

Klaas
Wer kann denn von den Sternen allen,
von Sonne und Mond, von Regen und Wind,
wer kann von den Tieren, von Baum und Strauch,
vom Erdreich und von den Gewässern auch,
wer kann denn sagen, was sie sind?

Wenn ich mich umsehe fern und nah,
ganz unbegreiflich steht alles da.
Und alles wirft sich ins Leben mit Lust
und will noch tiefer im Leben sein
und drängt sich doch wie unbewußt
in Qual und Untergang hinein.
Und mit den Geschöpfen mannigfalt
entsteht und vergeht auch des Menschen Gestalt.
Ach, wenn ich an den Menschen gedenke,
des Mitternachts bei meinen Schafen,
den Kopf ich in die Hände senke
und kann vor Bangen und Seufzen nicht schlafen.
Er mag nun seine Speise schmecken,
er mag im Gebet sich zum Himmel recken,
er mag nun erregen das Kriegsgeschrei,
er mag sich ergetzen auf seiner Schalmei,
er mag nun in Traum und Schlaf sich wiegen,
er mag über Büchern der Weisheit liegen,
er habe sich Niedres, sich Hohes erkoren,
es gilt doch gleich, er ist doch verloren,
er liegt doch im dunkelsten Dunkel innen,
er kann doch der Sünde nicht entrinnen.

Loiken Die Worte sind, die du gesagt,
von einer schlimmen Wahrheit schwer.
Die Seele mir im Leib verzagt,
ich finde wohl keine Rettung mehr.

Tyll O Vater Klaas, verkünde mir,
was ist die Sünde doch für ein Tier?

Klaas So grausam wohnt kein Tier auf Erden,
wie wild sich's auch stellt mit seinen Gebärden,
daß es der Sünde vergleichbar wär.
Hör nun, mein Tyll, getreulich her.
Sie Sünde meint die Verlassenheit,
in die der Mensch gefallen ist
zu unausdenkbar ferner Zeit,
da er von Gott sich gesondert weit,

so weit, daß niemand den Raum ermißt,
der zwischen hier und dort soll sein,
und lebt ganz mutterseelenallein,
und um ihn steht das schreckliche Schweigen.
Gott schweigt, Gott hört den Menschen nicht,
wohin er auch fragen mag und sich neigen.
Gott wohnt in einem solchen Licht,
da niemand hinzu kann, nicht eh und nicht jetzt.
Das ist's, was das Herz so tief entsetzt.
So fällt denn der Mensch und fällt und fällt
und fällt in den modrigen Brunnen der Welt
und fällt in den Abgrund und in den Tod
und schreit empor in seiner Not:
Ich bin verloren ohne dich,
errette mich, Gott, errette mich!

Loiken Errette mich, Gott, errette mich doch!

Tyll Errette mich aus dem Brunnenloch!

Engel *erscheinen mit brennenden Kerzen auf den Emporen rechts und links neben der Kanzel und singen*

In dunkelster Nacht
ein Schein ist entfacht.

Tyll *niederfallend*

O seht nur!

Loiken *niederfallend*

O weh uns!

Klaas *niederfallend*

O donnerndes Licht!

Engel *singen*

Die Engel in Scharen
zur Welt niederfahren.

Tyll O hört nur!

Loiken O weh uns!

Klaas Der Himmel einbricht!

Engel *singen*

O hört ihre Botschaft,
o weinet und lacht!

Der Verkündigungsengel *auf der Kanzel über dem Altar, neben ihm zwei kleinere Engel mit Kerzen*

Ihr Menschenkinder, fürchtet euch nicht!
Hebt auf zu mir euer Angesicht!
Ich sage euch Botschaft frohlockenden Tons,
denn euch ist heute der Heiland geboren,
durch welchen Gott sich hat zu euch geschworen,
und will euch durch die Kraft des Sohns
aus Sünd und Verdammnis reißen fort.
Des gibt er wahrlich euch sein Wort.
Zeucht flugs gen Bethlehem hinan
und nehmet dies als Zeichen an:
Ihr werdet finden das himmlische Kind
in einer Krippe bei Esel und Rind.
Da liegt es in Windeln so unbekannt
und ist doch der Christus, den Gott gesandt.

Engel *singen*

Ihr habt sie vernommen, die selige Mär.
O freut euch, ihr Hirten ihm Feld!
Die Welt kann nicht kommen zum Herren her,
so kommt denn der Herr in die Welt.
Die Ewigkeit tut sich hinein in die Zeit,
Gott schenkt sich dem Menschen im menschlichen Kleid.
O freut euch, o zittert, o jubelt doch all!
O lauft doch, o sucht doch das Kind in dem Stall!
Und Ehre sei Gott in der Höhe und Preis
und Loblied und Herrlichkeit!

Wir bringen Frieden dem Erdenkreis,
und Frieden zu aller Zeit
und Frieden den Menschen in jeglicher Stadt,
an denen Gott sein Gefallen hat.
O freut euch, o zittert, o jubelt doch all!
O lauft doch, so sucht doch das Kind in dem Stall!

Sie weichen zurück und verschwinden.

Klaas *aufstehend*

Mir wanken die Knie.

Loiken *aufstehend*

War's Wahrheit? War's Traum?

Klaas Die Wahrheit war's, doch faß ich sie kaum.

Tyll *aufstehend*

Der Schreck ist mir so ins Blut gedrungen,
daß ich's nur halb vernommen hab.
Was haben sie doch vom Heiland gesungen?

Loiken Er sei geboren vom Himmel herab
und läg in der Krippe ein Kindlein klein.
Wie soll das wohl angänglich sein?

Klaas Wenn ich eines Wortes mich darf vermessen,
so dank ich dir, Gott, aus aller Kraft,
daß du uns doch nicht hast vergessen
in deiner Liebe und Vaterschaft.

Tyll Möcht aber gern das Kindlein sehen.

Loiken Wohl wohl, ich säh es selber gern.

Klaas Gesellen, laßt uns auf Bethlehem gehen,
zu knien vor dem Heiland, unserm Herrn.

Loiken Die Nacht ist schön und sternenhell,
laßt uns denn gehen auf der Stell.

Sie wandern durchs Kirchenschiff nach hinten.

Tyll *im Gehen*

Ich will ihm meine Schalmei dargeben,
das Flöten ihm zeigen und Fingerheben.

Loiken Die Krippe dem Kind gar hart muß tun,
da soll es auf meinem Mantel ruhn.

Klaas Ich schenke ihm meinen Napf und dabei
den Löffel für seinen Kindleinsbrei.

Zwei Engel tragen die Krippe herein, aus der ein zartes Schimmern strahlt. Dahinter ein Engel mit dem Sternenstab. Dann Maria und Joseph, gefolgt von vielen Engeln mit brennenden Kerzen.

Engel *stellen singend die Krippe vor dem Altar auf und geleiten Maria und Joseph an ihren Platz hinter der Krippe.*

Da wir ihn auf unsern Schwingen
zu den Armen und Geringen
nieder auf die Erde bringen,
ihn, den Heiland Jesus Christ –

Sie sondern sich in drei Gruppen und singen, summen und tanzen langsam durcheinander.

Wollen wir mit leisen Dingen,
so mit Schweben wie mit Singen,
lieblich ihm den Schlaf durchklingen,
ihm, dem Heiland Jesus Christ –

und in so gelinden Ringen,
wie wenn wir auf Wolken gingen,
einen Reigen um ihn schlingen,
um den Heiland Jesus Christ –

Sie lösen die Verschlingung, reihen sich auf und stehen, eine Wand von Licht, im Halbkreis hinter der Krippe.

Tyll — Da ist es! Ich seh einen hohen Schein!
Da muß doch das himmlische Kindlein sein!

Die Hirten ziehen von hinten her durchs Schiff zur Krippe.

Loiken — Da ist es! Der Stern glänzt über dem Ort.
O deshalb rückt er nicht weiter fort!

Klaas — Da ist es! Ich sehe die Krippe schon,
ich sehe die Klarheit um Gottes Sohn.

Maria *singt über der Krippe im Wechselgesang mit den Engeln*

Nun ruhen die kleinen Händ und Füß.
Eia, eia, susani, susani, susani.
Schlaf wohl, schlaf wohl, mein Kindlein süß.
Halleluja, Halleluja.
Schlaf wohl, schlaf wohl, mein Kindlein süß.

Ich denk an die Kron, die der Engel verhieß.
Eia, eia, susani, susani, susani.
Mir wird so bang, mein Kindlein süß.
Halleluja, Halleluja.
Mir wird so bang, mein Kindlein süß.

Tyll *beugt sich vor und flüstert den andern zu*

Wie schön es schläft! O seht es nur an!
Viel schöner, als ich es sagen kann.

Klaas *bedeutet ihm, zu schweigen*

Maria — Dein Antlitz ist lauter Paradies.
Eia, eia, susani, susani, susani.
Was du wohl träumst, mein Kindlein süß?
Halleluja, Halleluja.
Was du wohl träumst, mein Kindlein süß?

Tyll *spielt die Weise auf der Schalmei mit*

Klaas Vergebt uns die Störung, ihr guten Leute,
ob es gleich nahe an Mitternacht ist.
Ein Wort geschah uns, das hoch uns erfreute,
geboren sei wahrlich der heilige Christ
und läge im Stall in der Niedrigkeit
und wär wie ein Licht in der Dunkelheit.
So sagte der Engel und schimmerte weiß,
und um ihn schimmerten Engel im Kreis.
Da hatten wir bei den Hürden nicht Ruh
und hielten uns gleich auf Bethlehem zu.
Nun sehn wir die Krippe, den Stall und das Kind,
dazu das himmlische Ingesind,
nun brauchen wir niemanden mehr zu fragen,
wo denn das Wunder sich zugetragen.
Erlaubt uns, ich bitte euch, einzutreten,
den Heiland in Demut anzubeten.

Joseph Ihr Hirten, geht ohne Scheu herein,
ihr sollt uns eben willkommen sein.
Wir mögen den Schlaf nicht mehr genießen,
mein Weib und ich, in dieser Nacht
und lassen der Mühe uns nicht verdrießen
und haben des zarten Kindleins acht.

Klaas *anbetend*

Wie hatte ich so einen bangen Mut
und schauderte so im Todeswind!
Nun neige ich mich, o heiliges Kind,
und knie vor dir, und alles ist gut.
Mein Herz deinen Ratschluß nicht wissen kann,
wie du mich erlösest von Sünde und Bann.
Doch geb ich mich ganz in deine Macht,
tu so mit mir, wie du es gedacht.

Loiken *anbetend*

Wenn du dich meiner gnädiglich
erbarmst, o Heiland, so bitte ich dich,

du wollest solches Erbarmen zugleich
bezeugen dem ganzen Weltenreich,
den Sternen auf der himmlischen Flur,
den Schafen und jeglicher Kreatur,
den Gräsern auch und dem stummen Gestein.
Nimm alle in deinen Frieden hinein.

Tyll *anbetend*

Hab unterwegs mich der Worte beflissen,
daß ich sie möchte aufs beste wissen,
wenn ich vor dir kniete, du Gottessohn.
Nun sind sie alle vergangen schon.
So will ich an ihrer statt eine Weise
mit Tönen hinauf und wieder hinab
auf meiner Schalmei dir vorspielen leise,
daß du doch vernimmst, wie lieb ich dich hab.

Klaas Verzieh noch ein Weilchen, mein Tyll, wir haben
vergessen schier, das Kind zu begaben
ein jeder mit seinem Angebind.
Was wir auch für wackere Gäste sind! –
O,Kindlein, wenn in künftigen Tagen
die Mutter dir mag ein Süppchen antragen
und gibt dir den Löffel und sagt: Blas, blas!
gedenk auch ein kleines an Vater Klaas.

Loiken Du liegst in der Krippe so hart und bloß,
da bringe ich dir meinen Mantel groß.
Sieh nur, das gibt dir ein Bett. Und vielleicht,
daß es zu einer Decke noch reicht.

Tyll Wenn du einen Atem hauchst in dies Rohr,
kommt gleich ein wenig Musik hervor.
Mußt heben die Finger dann so und so.
Du glaubst nicht, wie süß es erklingt und froh.

Er deutet die Melodie von „O Freude über Freude“ an.

Maria Habt großen Dank, ihr Hirten zumal,
daß ihr in derselbigen kalten Nacht
seid aufgestiegen aus eurem Tal
und habt dem Kind die Geschenke gebracht.
Habt großen Dank für jedwedes Wort,
das ihr gesagt mit betendem Mund.
Ich will es bewahren fort und fort
in meines Herzens tiefstem Grund.

Engel *singen*

O Freude über Freude:
Gott hält sich nicht für sich.
Das dunkle Weltgebäude
erzittert innerlich.
Die sich verloren deuchten,
erheben ihren Blick
und sehn das Licht aufleuchten
und stehen stumm vor Glück.

Sie heben die Krippe auf und führen Maria und Joseph hinaus. Loiken und Tyll folgen.

Engel In jauchzenden Gedrängen
die Engel niederwehn,
mit Reigen und Gesängen
sie um die Krippe gehn.
Das Klare dient dem Klaren
und weiß es anders nicht.
Und tausend Engelscharen
begegnen sich im Licht.

Klaas *allein*

Wenn einer vermeint, das Schauspiel wär
zu Ende getan und vorbei nunmehr,
so hat er uns vernommen schlecht.
Jetzt soll es erst anheben recht.
Anheben soll es mit Qual und Sorgen
ganz innen in eurer eigenen Brust
und soll fortdauern heute und morgen

mit Not und schmerzlichem Verlust,
soll Mond um Mond und Jahr um Jahr
fortdauern fremd und sonderbar.
Denn immer, immer, immer doch
seid ihr geworfen unter das Joch,
das Sünde heißt und Menschenzeit,
und immer verzagt ihr auf finsterem Feld,
und immer bricht nieder die Ewigkeit,
und immer wird Christus geboren zur Welt.
So hebt euch denn ernsthaften Sinnes von hinnen.
Was wir vollendet, ihr müßt es beginnen.
Wir haben's vollendet in Gottes Namen,
beginnt ihr's desselbigengleichen. Amen!

Er geht den andern nach. Die Kirche wird hell.

Die Gemeinde *singt*

Gelobet seist du, Jesus Christ,
daß du Mensch geboren bist
von einer Jungfrau, das ist wahr,
des freuet sich der Engel Schar.
Halleluja!

Das ewge Licht geht da herein,
gibt der Welt ein neuen Schein.
Es leucht wohl mitten in der Nacht
und uns zu Lichtes Kindern macht.
Halleluja!

Der Sohn des Vaters, Gott von Art,
ein Gast in der Welt hie ward
und führt uns aus dem Jammertal
und macht uns Erbn in seinem Saal.
Halleluja!

Das hat er alles uns getan,
sein groß Lieb zu zeigen an.
Des freu sich alle Christenheit
und dank ihm des in Ewigkeit.
Halleluja!

X

Begegnungen
kann man nicht
wollen,
aber man kann bereit
dafür sein

Begegnung bedeutet immer einen Glücksfall

Die Begegnungen sind es, die das Leben eines jeden ausmachen. Nicht nur die Begegnungen von Mann und Frau und nicht nur die Begegnungen von Mensch zu Mensch. Ein Mensch kann auch einem Buch, einem Werk der bildenden Kunst, einer Landschaft, einer wissenschaftlichen Frage, einem philosophischen System oder dergleichen begegnen. Jeder, der sein Leben überdenkt, wird erkennen, daß es nur so weit ein lebendiges Leben war, wie es von Begegnungen durchwogt wurde. Je ärmer ein Leben an Begegnungen ist, um so mehr verödet es. Je häufiger ihm die Gnade einer Begegnung widerfährt, um so wunderbarer leuchtet es. Der Häufigkeit sind allerdings Grenzen gesetzt durch das Wesen der Begegnung. Manche Menschen halten jedes Zusammentreffen mit anderen, zumal mit „interessanten", und jedes Zusammentreffen mit Bildern, Büchern, Musikwerken für eine Begegnung. Das ist ein Irrtum. Eine Begegnung, die den Namen verdient, bedeutet immer einen Glücksfall. Nur dann ist eine Begegnung möglich, wenn verschiedene Voraussetzungen erfüllt werden, die sich verhältnismäßig selten in Übereinstimmung befinden. Die beiden sich begegnenden Menschen, wenn wir denn bei den Menschen bleiben wollen, müssen gegensätzlichen Wesens sein, um dem „Gegen" der Be-gegnung gerecht zu werden, sie müssen aber gleichzeitig trotz der Gegensätzlichkeit, oder vielleicht gerade wegen der Gegensätzlichkeit, eine gewisse Sympathie füreinander empfinden. Ferner muß das Gegensätzliche so beschaffen sein, daß es im andern wirken kann. Wie nicht jedes Samen-

korn in jedem Erdreich gedeiht, weil das eine mageren, das andere fetten Boden verlangt, so ist auch nicht jede geistige oder seelische Ausstrahlung für jeden Empfänger und nicht jeder Empfänger für jede Ausstrahlung geeignet. Und schließlich muß eine Bereitschaft bestehen, dem Glück der Begegnung ein Stück Eigenwilligkeit und Eigenmächtigkeit zu opfern. Und all die Zugeordnetheiten müssen nicht nur vom Einen zum Andern, sondern auch vom Andern zum Einen statthaben. Wie selten ist das aber der Fall!
Wenn man in das Gedränge und in die Hast unserer Tage blickt, wundert man sich nicht mehr darüber, daß sich so viele Menschen über ihre Einsamkeit und Verlorenheit beklagen. Es fehle ihnen nicht an Gelegenheiten, andere Menschen kennenzulernen, sagen sie, aber es ergebe sich keine richtige Berührung, geschweige denn eine Begegnung. Sie machen sich nicht klar, daß eine Begegnung nur dann geschehen kann, wenn der Mensch endlich aufhört, sich vorzulügen, er habe keine Zeit, wenn er sich Zeit für sich und für den andern nimmt, wenn er empfindlich und empfänglich für die Gunst der guten Stunde ist, für das sekundenlange Flimmern des goldenen Augenblicks, wenn er dem andern zuhört, wenn er die Worte des andern bis an sein Herz dringen läßt, wenn er nicht darauf wartet, daß der andere endlich fertig ist und er selbst zu Worte kommen kann, wenn er eine Witterung dafür hat, daß seine eigene Andersheit gerade diesem Gegenüber etwas bedeuten könne, so wie die Andersheit des andern für ihn selbst bedeutsam zu werden scheint, wenn er imstande ist, hundert halbwichtige Dinge um eines wichtigen willen fahrenzulassen, wenn er die leisen Stimmen in der Welt noch zu vernehmen, wenn er noch zu staunen, wenn er noch von sich abzusehen, wenn er noch zu lieben vermag.

(1959)

Stationen einer Begegnung

1928

Ich war damals zwanzig Jahre alt, in einem etwas unguten Alter. Und Manfred Hausmann war dreißig . . .
Aber schon damals kannten wir seinen Namen, seine ersten Bücher . . . „Lampioon küßt Mädchen und kleine Birken", und: „Orgelkaporgel". Sie waren mir in die Glieder gefahren, vielleicht muß ich lieber sagen: ins Blut. Und so ging es uns allen, die wir jung waren. Damals kam es auf, daß Gedichte von Manfred Hausmann von Hand zu Hand gingen, mit der Hand abgeschrieben und weitergereicht. Gedichte in einer jungen Fassung, in einer Form, die vor dem Älterwerdenden nicht mehr Bestand hatte, so daß er meinte, sie verbessern zu müssen, um sie in neuer Gestalt in seinen Gedichtsammlungen der Nachwelt zu überlassen. Jedenfalls war es der „junge Hausmann", der uns in seinen frühesten Lesungen begegnete. Das „Mädchenaquarium", ein Glaspalast der Mädchengewerbeschule auf den Hufen in Königsberg, war gefüllt mit jungem Volk, um sich auf eine Begegnung zu rüsten, die man gewißlich nicht mehr vergessen würde, einen Leseabend, wie ihm Hunderte anderer folgten.

1958

Inzwischen war Manfred Hausmann mehr als doppelt so alt geworden. Aber nicht nur das. Sein Leben, seine Werke hatten etwas gewonnen, was ihn auf die Katheder und Kanzeln führte. Wenn es irgendwo Kirchentage gab, stand er mit auf dem Programm, und es waren kaum noch Eintrittskarten zu bekommen.
Wenn ein Pastor in dreißig Jahren besser predigen lernt, dann war das vor diesen dreißig Jahren vielleicht zu hoffen. Wenn aber einer, der Tausende mit seinen Büchern erreichte, nach dreißig Jahren stets von neuem Tausende erreicht, darunter nun auch solche, die zu den ernsthaftesten Kirchenbesuchern gehören, dann muß in diesem Leben

etwas geschehen sein, etwas, was man nicht gern mit Worten nennt, was einem aber vielleicht zu einem ganz stillen Händefalten Anlaß gibt. –
Als Manfred Hausmann, inzwischen sechzigjährig, mit einiger Verspätung endlich der rasch herbeigerufenen Taxe in der Bernauer Straße entstieg, kam mir zunächst niemand anders als „Lampioon" entgegen, nur daß die Zehen nicht aus den Schuhen und die Ellenbogen nicht aus den Ärmeln herausstachen. Aber die Ähnlichkeit war frappant. Offenbar ganz der alte. Wirklich ganz der alte?
Wir sprachen ihn darauf an. Wir Altgewordenen sprachen ihn an als solche, die staunend ihre eigenen Lebensstationen überblicken und nun in Ehrfurcht feststellen, wo etwa die verschiedenen Wege auf die gleiche Straße eingemündet sind. Und die Jungen fragten nach dem Stichwort, das das Leben des alten Mannes aufschlüsseln könnte. Auch dieses Stichwort fiel. Denn immer wieder ist man versucht, nach dem „Bruch" in diesem Leben zu fragen, den es bei aller „sich selbst treu gebliebenen" Art gegeben haben muß.

1982

Und heute, 1982, würden wir den über Achtzigjährigen vielleicht noch einmal und nicht anders fragen. Worum geht es? Seine immerwährende Bedrängnis ist die Versuchbarkeit des Menschen, sich durch die Gestaltungen des Eros, *in „Liebe" und „Kunst", eine Selbsterlösung zu bereiten.*
Frage: Wird durch das Erleben der Agape, *der Gottesbegegnung, diese Anfechtung abgelöst, überwunden, überstanden, überholt? Wird sie etwa verdrängt, unter die Schwelle gekehrt, „sublimiert"? Oder bleibt ihre Erlebnisfolge in Gottes Namen gar weiterhin im Schwange, in seiner Schöpfungsordnung vorgesehen und verhängt? Sollte die wühlende Not des Eros gerade nicht zur Ruhe kommen dürfen, vielmehr hienieden ohne Lösung und Erlösung bleiben müssen, um* Gott *die Ehre zu lassen? Im Blick auf Hausmann: Gibt es auf seinen Stationen von „Lampioon" bis „Jan Mayen" nur graduelle Milderungen? Liegt zwischen beiden Werken nur ein Stufenwachstum zufolge ansteigenden Alterns und Reifens?*

Tonbandaufzeichnung vom 24. 9. 1959

Ich sehe diesen Bruch gar nicht so sehr. Als jetzt mein Buch „Salut gen Himmel" neu aufgelegt werden sollte, bin ich gezwungen worden, mein Jugendwerk durchzulesen, was mir bislang nicht in den Sinn gekommen war. Dabei stellte ich zu meiner eigenen Verwunderung fest: Fast alle Fragen, die mich jetzt noch bewegen und quälen, sind in diesem Buch zum mindesten in nuce aufgetaucht, allerdings hier nur als verzweifelte, hoffnungslose, anklagende, aufschreiende Fragen, während ich mich heute mehr darum bemühe, auf diese Fragen so etwas wie eine Antwort zu finden und in meinen Büchern darzutun. Also rein thematisch ist zum mindesten kein Bruch da. Was sich geändert hat, ist eben lediglich – und das ist allerdings nicht ganz wenig –, daß aus dem Anklagen und aus dem Trotz und aus dem Aufschreien und aus dem Protest etwas anderes geworden ist. Und das ist so geworden, weil ich etwa im Jahr dreiunddreißig mit der Zeitschriftenreihe „Theologische Existenz heute" von Karl Barth in Berührung gekommen bin. Das, was ich inzwischen von Karl Barth gelesen habe, hat dann doch etwas in mir bewirkt. Merkwürdigerweise erst dann. Denn ich bin Karl Barth schon viel früher begegnet, und zwar in Person.

Ich bin in Göttingen aufgewachsen, und dort war Karl Barth Professor der Theologie. In unserer kleinen Reformierten Kirche predigte er mit schweizerischer gutturaler Aussprache, und er brachte etwas völlig anderes als das, was ich in dieser Kirche gewohnt war. Unser guter Pfarrer damals, das war ein Mann ... Hoffentlich darf ich so respektlos sein, das zu sagen, wie wir Konfirmanden ihn damals nannten: wir nannten ihn den „sanften Heinerich", und das war genau das, was er war, wissen Sie ... Und nun predigte also einer, von dem ich lediglich den Namen wußte, Karl Barth; aber was er eigentlich war, das war mir gar nicht bekannt. Und er predigte so, daß man, wenn man aus der Kirche herauskam, nur so taumelte. Er hatte übrigens damals noch seine stark sozialistisch akzentuierte Einstellung, und auch das war mir als

einem jungen Menschen durchaus nicht unwillkommen und unsympathisch.
Aber das alles ist damals nicht so bei mir angekommen. Da war ich wohl noch nicht „reif" dafür, wie dann später bei dieser Schriftenreihe. Bei ihr besann ich mich: Das ist ja der, der damals in Göttingen so überraschend für mich war. Die Begegnung mit Karl Barth hatte eine Neubegegnung mit Dostojewski und Kierkegaard und – der Bibel zur Folge, die zu lesen ich in meinen Zwanziger- und Anfang Dreißigerjahren nicht für nötig hielt. Da ist nun das in mein Leben hineingekommen, was versucht, auf diese quälenden Fragen eine Antwort zu finden, eine Antwort, die man ja nie finden kann als Mensch, als Glied dieser gebrochenen und sündigen und gefallenen Welt ... Aber man bemüht sich doch.

Ein Pfahl im Fleisch – Begegnung mit Kierkegaard

Im folgenden wird von Kierkegaard gehandelt. Die Auslassungen wollen aber keine Darstellung, ja nicht einmal eine Umreißung des Kierkegaardschen Anrufs und Aufrufs sein, die in einem so knappen Rahmen ja wohl kaum zu leisten wäre, sondern, wie gewünscht, eine Art von Bekenntnis, eine ganz private Antwort auf die Frage, warum denn seit etwa zwei Jahrzehnten die strengen und schneidenden Gedankengänge dieses philosophisch-theologischen Partisanen in meinen schriftstellerischen Versuchen mehr und mehr spürbar geworden sind, warum sich meine ästhetische Absicht in eine ethische, mein Wille zur Gestalt in einen Willen zum Menschen verwandelt hat. Ich gehöre nicht zu denen, die sich einbilden, Kierkegaard gewachsen zu sein. Es gibt viele Stellen in seinem Werk, die sich mir, trotz heißesten Bemühens, bis auf diesen Tag verweigert haben. Gott mag wissen, ob es sich dabei nicht gerade um Stellen von entscheidender Bedeutung handelt. Natürlich liegt das an meiner und nicht etwa an Kierkegaards Unzulänglichkeit. Sören Kierkegaard war einer der größten Schriftsteller der Erde und ohne Zweifel der größte seines Vaterlandes. Wenn seine Art zu schreiben auch etwas Zerrissenes, Sprunghaftes, Umständliches, Verschnörkeltes, Übersteigertes und Verstiegenes hat, das einen geduldigen und zähen Leser verlangt, so ist er doch mit einem geradezu ergreifenden Verantwortungsgefühl unablässig darum bemüht, seine Absichten so klar und so genau wie irgend möglich darzutun. Sein Stil wird durchaus von der schwierigen und im eigentlichen Sinne des Wortes unausdenkbaren Sache her geprägt. Er will bewußt sich und dem Leser etwas bewußt machen. Nämlich die Tatsache, daß der einzelne ein einzelner ist vor Gott, dem Einzigen, der Eines und Alles in sich beschließt, und daß er sich, der einzelne Mensch, unabweisbar vor die Entscheidung gestellt sieht, sich selbst jetzt und für alle Ewigkeit zum Eigentum zu gewinnen oder seiner selbst jetzt und ein für allemal verlustig zu gehen.

Dem Schriftsteller Kierkegaard kommt es nicht auf das Schriftstellern, sondern auf das Bewußtmachen, auf das Wirken an. Er ist kein Literat, der interessant, witzig oder tiefsinnig zu schreiben versteht, sondern einer, der um den Menschen ringt. Er schreibt nicht als ein Selbstherrlicher und nur sich selbst Verantwortlicher, sondern als einer, der sich in Pflicht genommen weiß, als einer, dem das Schreiben keine Lust, sondern ein verbissener Ernst ist, als einer, der das fragwürdige Amt erhalten hat, anklagend und fordernd das Christentum in die Christenheit einzuführen, das heißt, aus einer christlichen Lehre ein christliches Sein, eine christliche Wirklichkeit von Fleisch und Blut zu machen.
Ist es verwunderlich, daß ein suchender und verzweifelnder Mensch, in diesem Falle also ich, durch die Begegnung mit den Büchern dieses radikalen Geistes, die keine Bücher, sondern Peitschenhiebe sind, so tief getroffen wird, auch in seinem schriftstellerischen Wesen, wie ein Mensch überhaupt getroffen werden kann?
Ist es weiter verwunderlich, daß dieser selbe Mensch, der bislang sein Denken und seine Bewußtheit gehaßt und verwünscht hat, weil er darin das Haupthindernis sah, zur ersehnten Einfachheit und Einfalt zu finden, aufhorchte, als er aus Kierkegaards Munde vernahm, der Mensch müsse nicht zurück, sondern vorwärts gehen, unter anderem deshalb, weil es kein Zurück gäbe? Er könne und dürfe, als der Mensch, der er nun einmal sei, erst dann in Einfalt und Herzensreinheit anbeten, wenn er dem Denken und der Bewußtheit, wenn er dem Intellekt und der Dialektik das Äußerste abgefordert habe? Intellekt und Denken, Bewußtheit und Dialektik seien nicht nur keine Hindernisse auf dem Wege zur Kindwerdung und Anbetung, sie seien vielmehr, wie die Dinge eben lägen, gerade der Weg selbst.
Ist es schließlich verwunderlich, daß wiederum dieser selbe Mensch, dieser schöngeistige Schriftsteller, der sich jahrelang darum gemüht hatte, das Unsagbare dennoch zu sagen, der um den inneren Widerspruch, um das Paradox eines jeden künstlerischen Unterfangens schmerzlich wußte, bestürzt war, als er auf Sätze stieß wie diese: „Doch soll man nicht schlecht denken vom Paradox, denn das Paradox ist des Ge-

dankens Leidenschaft, und der Denker, der ohne Paradox ist, ist wie der Liebende, der ohne Leidenschaft ist: ein mäßiger Patron. Aber das höchste Paradox einer jeden Leidenschaft ist immer, den eigenen Untergang zu wollen ... Das ist des Denkens höchstes Paradox, etwas entdecken zu wollen, das es doch nicht denken kann."

Als ich Kierkegaard begegnet war, begann ich die Bibel noch einmal zu lesen. Und da geschah es, da recht eigentlich, daß alles ganz neu wurde ... Aber auf eine höchst unbequeme, höchst beunruhigende, höchst erschreckende Weise neu. Mein ganzes Leben wurde auf den Kopf gestellt. So kam es zum Beispiel nicht mehr darauf an, die richtigen Antworten auf meine Fragen, sondern die richtigen Fragen für die bereits vorhandenen gewaltigen Antworten, für die Antworten Gottes, zu finden. So wurde die Knechtschaft zur Freiheit und die Schwachheit zur Kraft. So wurde – und das war wirklich bitter und mehr als bitter – das Dichten, das für mich immer so etwas wie eine Aussage der tieferen Wahrheit gewesen war, zum Verfälschen der Wahrheit, der Wirklichkeit, der Existenz vor Gott. Der Dichter verzichtet um des Werkes willen auf die Existenz. Und das heißt doch letztlich: auf das ewige Heil. Wer existiert, dichtet nicht, kann nicht dichten. Und wer dichtet, existiert nicht, kann nicht existieren. Ich habe bis heute noch niemanden getroffen, der diese grausame Wahrheit mit stichhaltigen Argumenten hätte erschüttern können.

Kierkegaard hat sein Leben lang entsetzlich unter dem gelitten, was er „den Pfahl im Fleisch" nannte. Nun, auch ich, der Schriftsteller, trage, seit ich über Kierkegaards Bücher geraten bin, einen Pfahl im Fleisch mit mir herum. Er heißt Kierkegaard.

(1959)

Brief an M. H. vom 27. 2. 1982

Übergenug, lieber Bruder Hausmann, daß ich bei unserem Telefongespräch vernahm, wie Sie sich von Ihrem Herzinfarkt allmählich erholen und daß auch Ihre Frau nach Arm- und Beinbruch wieder ins Leben – wenn zuerst auch humpelnd – zurückkehrt. Also hat der liebe Gott Ihrer Lebenslänge doch noch eine Spanne hinzugesetzt, wenn auch Ihren Lebensradius um etliche Meilen verkürzt.
So soll dieser zusammenraffende Brief Ihre Aufmerksamkeit nicht ungebührlich in Anspruch nehmen, Ihre Antwort auch nur in dem Fall hervorrufen, wenn Sie meinen Eindrücken erheblich widerstehen müßten.
Zunächst, was die „Wendung" in Ihrem Leben betrifft, Wendung! – denn von einem „Bruch" in Ihrem Leben zu reden, haben Sie sich gescheut. Im Unterschied etwa zu Niemöllers Weg „vom U-Boot zur Kanzel" ist Ihr „bedachtsames Ersteigen der Kanzeltreppe" nicht gleichzusetzen mit einer etwaigen Abkehr von Achterbahn, Mundharmonika, Worpswede, Buxtehude oder was es sei. Vielmehr gehört es zu den „tröstlichen Zeichen", daß wir in Ihren und unsern „alten Tagen" nun gar nach Island, Grönland, Spitzbergen und nach Jan Mayen an die Hand genommen werden, so daß wir zwar lernen, von mannigfachem „Traum der Jugend" Abschied zu nehmen, ohne daß deshalb unser Träumen und Verlangen auf den Kehricht gehörten:
Sie haben mündlich und schriftlich betont, daß Ihre Begegnung mit Karl Barth eine Zäsur in Ihrem Leben bedeutet hat, daß zuvor Ihr Dichten und Trachten vornehmlich ein Fragen, Zweifeln, Aufbegehren, Aufruhr gewesen ist, immerhin etwas in der Schöpfung Angelegtes, insofern also nichts Verwerfliches oder Verworfenes, daß dann aber seit der Begegnung mit Karl Barth und folglich mit der Bibel sich von fernher und zunehmend Antworten gezeigt und angeboten haben, die Sie sich zu eigen machen konnten.
Da nun eben dieses Fragen und Begehren auf eine Beantwortung und Erfüllung zulief, erschien es nicht abwegig, sich auch zu den früheren Wegstationen zu bekennen, näm-

lich – von gewissen wohlbegründeten Streichungen abgesehen – erste Jugendwerke wieder auflegen zu lassen: Lampioon, Salut u. a. Nicht, weil Bestseller schon eine Qualitätsbescheinigung wären. Aber wenn von Ihren Leserscharen immer noch große Zahlen sich an Kirchentagen und bei sonstigen Lesungen beteiligen, müssen Ihre Darbietungen aus früheren Jahren die Hörer immerhin so geschüttelt, getröstet und zurechtgebogen haben, daß sie dem Verlangen, diesem Mann einmal (wieder) zu begegnen, einfach stattgeben mußten.
Eine Art von Rechtfertigung Ihrer alten Bücher möchte ich jedoch abwehren und damit wiederholen, was ich schon früher schrieb:
Auch Sie sind oder waren versucht, Ihre früheren Bücher als „künstlerisch bedeutsamer" denn die heutigen Bücher einzustufen, wie es so heißt. Wohl haben Sie genügend bekundet, daß Ihnen dieses Werturteil gleichgültig ist, da es Ihnen um die Sache geht. Doch sollten wir uns ganz und gar davon freimachen, in der „Kunst" überhaupt noch eine Art Despotin zu sehen, als gäbe es sie, *eine Person(ifikation), eine Hypostase, ein Wesen, also einen Götzen, dem eine Reverenz zu erweisen wäre. Man kann gelegentlich (noch) auf merkwürdige Formulierungen auch aus Ihrer Feder stoßen, etwa im „Abschied vom Traum der Jugend" aus den Jahren – nun eben – 1937/1941: „[. . .] einem Künstler, der nicht an die Kunst [Wer ist das?] glaubt [!], wird niemals, und mag er noch so begabt, noch so fleißig, noch so besessen sein, ein wahres Kunstwerk gelingen. Das eigentliche fehlt ihm ja, der Glaube. [. . .] Daß es so etwas wie Kunst auf der Welt gibt, ist ein Wunder. Und wer nicht an dies Wunder glaubt, dem wird es auch nicht gelingen." Diese geläufige Hochschätzung der „Kunst" verleiht dem „Künstler" von jeher den Rang eines Königs in einem eignen exempten Reich, der nur seiner „Kunst" verpflichtet bliebe. So schrieben Sie noch am 14. Oktober 1977: „Vielleicht [Immerhin schrieben Sie ‚vielleicht'!] darf ein Künstler, welcher Art er auch sei, danach eben nicht fragen." Nämlich: „Was soll das? Wozu? Zu welchem Ende?" Eben danach hätte er sich sehr wohl zu fragen, wie sich ein jeder von uns zu fragen hat und wie Sie*

selbst es ja auch unermüdlich tun (neuerlich insbesondere in „Einer muß wachen": „Von der dreifachen Natur des Buches"). Der alljährliche Neujahrsspruch „Alles, was ihr tut mit Worten oder mit Werken, das tut alles im Namen des Herrn Jesus und dankt Gott, *dem Vater, durch ihn" ist der Maßstab, ob sich alles Können („Kunst") „in Pflicht genommen" sieht, also gehorsam ist, oder Allotria treibt. Wohl gibt es respektables und normatives Können im Unterschied zum peinlichen Dilettieren. Aber eine Kunst um der Kunst willen oder ein Künstler um seiner selbst willen ist eine weiter nicht zu diskutierende Unmöglichkeit.*

Was also? Nicht nur die Auflagenzahl und nicht nur die der damaligen Sache angemessene Darstellungskraft (früher „künstlerisch" genannt) rechtfertigen Ruf und Rang Ihrer ersten Bücher, sondern Ihre nach wie vor und erneut geübte Hinwendung zur Schöpfung: „Bis nördlich von Jan Mayen", „Welt aus Licht und Eis" usf., mithin zum Ersten Glaubensartikel. Das bedeutet keine fragwürdige Verkürzung, weil es unter den Drei Artikeln eine Rangordnung nicht gibt noch geben kann: die Kreisanordnung oder Dreieckszeichnung kennt weder Anfang noch Ende. Ein Artikel ist nichts ohne die anderen, und keiner ist die *Basis statt der andern; eine Kreismitte existiert nicht ohne Peripherie. So wurde Ihnen über den Schöpfungsfragen die Christusantwort zuteil, und mit dieser Antwort fanden Sie sich in Ihrer Gemeinde zurecht.*

Bitte nehmen Sie die Gemeinde, Ihre Gemeinde, weiter an die Hand, um der großen Taten Gottes willen, solange es Ihnen geschenkt bleiben möge. Daß alles Stückwerk ist ... Aber ich wollte zum Schluß nicht womöglich pathetisch werden.

Bleiben Sie und Ihre Lieben von Herzen Gott befohlen.

Ihr Helmut Hildebrandt.

Silvester

Die Orgel verströmt die ewigen Lieder.
Wir sitzen auf der Bank
und singen aus deinem Gesangbuch wieder
dem Jahr des Herrn einen Dank.

Gut war nicht nur, was es uns beiden
an leuchtenden Stunden gebracht,
gut waren die Bitternisse, die Leiden,
gut auch die Tränen zur Nacht.

Wir haben vereint am Fenster gestanden
und auf den Strom geschaut,
wenn Deich und Pappeln langsam schwanden,
vom Abend überblaut.

Dann wieder lag alles dunstverhangen,
fern huschte verhüllt ein Blitz.
Da sind wir im Zorn voneinandergegangen
todmüden, verzweifelten Schritts.

Die Dunkelheit ist innen nicht dunkel,
die Helligkeit innen nicht hell.
Unglück und Freude, Nacht und Gefunkel
verändern ihr Wesen schnell.

Vielleicht hat uns bei unserem Stehen
der Engel des Grams berührt,
vielleicht hat das Voneinandergehen
uns erst zusammengeführt.

Nun schickt die Orgel sich an zu schweigen.
Der Pfarrer tritt schwer hervor,
und seine bedachtsamen Füße steigen
die Treppe zur Kanzel empor.

(1960)

Anhang

Kurzbiographie

10. 9. 1898	geboren in Kassel
1904–1908	Besuch der Henkelschen Vorschule
1908	Umzug nach Göttingen
1908–1916	Besuch des humanistischen Gymnasiums
1915	Erste Gedichte und Prosaskizzen im „Göttinger Tageblatt"
November 1916	Notreifeprüfung
März 1917	Rekrutierung für ein Infanterieersatzbataillon
Juli 1918	Teilnahme an der zweiten Marneschlacht Verätzung der Bronchien durch Gelbkreuzgas. Fußdurchschuß Entlassung aus dem Heer
1919–1922	Studium der Philosophie, Kunstgeschichte und Germanistik in Göttingen und an der Münchener Ludwig-Maximilians-Universität
März 1922	Studienabschluß durch die Promotion zum Doktor der Philosophie Fortsetzung des Studiums in Heidelberg
24. 12. 1922	Hochzeit mit der Mathematikstudentin Irmgard Schmidt
1923	Arbeit als Korrespondent eines Bremer Exportgeschäftes
1924	Arbeit als Feuilleton-Redakteur bei der Bremer „Weser-Zeitung"
28. 11. 1924	Geburt der Zwillinge Tjark und Wolf
seit 1926	Freier Schriftsteller

1928	Freundschaft mit dem Hause S. Fischer
1929	Übersiedlung nach Worpswede
2. 2. 1930	Geburt von Bettina
1930–1933	Mitglied des kommunalen Gemeinderates in Worpswede
1933	Begegnung mit Karl Barths Schrift „Theologische Existenz heute" Mitglied der Bekennenden Kirche
31. 7. 1936	Geburt von Martin
1933–1938	Reisen an das Mittelmeer, nach Griechenland, in die Türkei, nach Palästina und Ägypten, Island und Spitzbergen
1939	Einberufung zur 22. Luftlandedivision
1940	Entlassung aus gesundheitlichen Gründen
1945	Feuilleton-Redakteur beim Bremer „Weser-Kurier" Erneut Mitglied im Worpsweder Gemeinderat
1950	Umzug nach Bremen-Rönnebeck
seit 1952	Freier Schriftsteller
1960	Wahl zum Kirchenältesten in der evangelisch-reformierten Kirchengemeinde seines Wohnortes
1966–1980	Vielfältige Reisen (Schottland, Island, Spitzbergen, Grönland, Norwegen, Schweden, Finnland, Sowjetunion)
1967	Ordinierter Ältestenprediger in der evangelisch-reformierten Gemeinde Bremen-Rönnebeck/Farge
1967–1980	Predigtdienst in vielen Kirchengemeinden
10. 9. 1983	Festakt des Senators für Wissenschaft und Kunst der Freien Hansestadt Bremen aus Anlaß des 85. Geburtstages
6. 8. 1986	gestorben in Bremen

Bibliographie

1924 Die Frühlingsfeier. Novellen
Jahreszeiten. Gedichte

1925 Orgelkaporgel. Erzählungen

1926 Alt-Hollands Bürgerbauten
Alt-Hollands Kirchenbauten

1927 Marienkind. Legendenspiel
Die Verirrten. Zwei Novellen
Die Böttcherstraße in Bremen

1928 Lampioon

1929 Lilofee. Ein Spiel um Liebe

1930 Salut gen Himmel. Roman
Die Föhre. Hörspiel

1931 Kleine Liebe zu Amerika

1932 Abel mit der Mundharmonika. Roman
Die Frühlingsfeier. Gesammelte Novellen

1934 Ontje Arps. Erzählung

1936 Die Begegnung. Erzählungen
Lilofee. Eine dramatische Ballade

1937 Abschied von der Jugend. Roman
Demeter. Erzählungen

1938 Jahre des Lebens. Gedichte
Mond hinter Wolken

1939 Geliebtes Bremen

1940 Geheimnis einer Landschaft. Worpswede

1941	Abschied vom Traum der Jugend. Roman. *Neuausgabe mit verändertem Titel* Alte Musik. Gedichte Einer muß wachen. Sechs Versuche Quartier bei Magelone. Erzählung
1946	Füreinander. Gedichte Das Worpsweder Hirtenspiel Zeit und Ewigkeit
1947	Von der dreifachen Natur des Buches Vorspiel. Neue Versuche
1948	Das Erwachen. Lieder und Bruchstücke aus der griechischen Frühzeit
1949	Die Gedichte Martin. Geschichten aus einer glücklichen Welt
1950	Einer muß wachen. Betrachtungen, Briefe, Gedanken, Reden
1951	Der dunkle Reigen. Ein Mysterienspiel Liebe, Tod und Vollmondnächte. Japanische Gedichte
1952	Der Überfall. Gesammelte Erzählungen
1953	Die Achterbahn. Erzählung Isabel. Geschichten um eine Mutter Liebende leben von der Vergebung. Roman
1954	Hafenbar. Komödie Hinter dem Perlenvorhang. Gedichte nach dem Chinesischen
1955	Die Entscheidung. Neue Betrachtungen, Briefe, Gedanken und Reden Der Fischbecker Wandteppich. Ein Legendenspiel Die Wüste lebt. Nach dem Film beschrieben. *Walt Disney*
1956	Trost im Trostlosen Was dir nicht angehört. Erzählung
1957	Andreas. Geschichten um Martins Vater Aufruhr in der Marktkirche. Ein Reformationsspiel
1958	Das Lied der Lieder, das man dem König Salomo zuschreibt

1959 Reinhold Schneider
Tröstliche Zeichen. Reden und Betrachtungen
Die Zauberin von Buxtehude. Ein Schauspiel

1960 Irrsal der Liebe. Gedichte
Spiegel des Lebens. Gedanken über das Fußballspiel

1961 Fünf Romane. *Lampioon. Salut gen Himmel. Abel mit der Mundharmonika. Abschied vom Traum der Jugend. Liebende leben von der Vergebung*
Ruf der Regenpfeifer. Japanische Lyrik aus zwei Jahrtausenden

1962 Die Bremer Stadtmusikanten. Verse mit Bildern von Horst Lemke
Heute noch. Erzählung
Unendliches Gedicht. Bemerkungen anläßlich der Lyrik Theodor Storms

1963 Kleiner Stern im dunklen Strom. Roman
Nachruf auf Rudolf Alexander Schröder
Stadt am Strom. Bilder aus Bremen

1964 Gelöstes Haar. Japanische Gedichte von Toyotama Tsuno
Kassel. Porträt einer Stadt
Zwei unter Millionen. Von Liebe und Ehe

1965 Brüderliche Welt. Erneuerung der Gemeinde durch den Heiligen Geist
Sternsagen
Und es geschah. Gedanken zur Bibel
Und wie Musik in der Nacht. Prosa, Dramen, Gedichte

1966 Eine Regennacht. Erzählung
Widerschein der Ewigkeit. Fünfzehn Bildmeditationen

1967 Heiliger Abend. Eine Weihnachtsgabe
Hinter den Dingen. Sieben Betrachtungen

1968 An die Eltern eines Konfirmanden
Kreise um eine Mitte. Essays
Unvernunft zu dritt. Drei Erzählungen
Wort vom Wort. Acht Predigten

1969 Der golddurchwirkte Schleier. Gedichte um Aphrodite
Gottes Ja. Neun Predigten

1970 Keiner weiß die Stunde. Erzählungen aus fünf Jahrzehnten

1971 Einer muß wachen. Essays. *Veränderte Neuausgabe*

1972 Das abgründige Geheimnis. Fünfzehn Predigten
Die große Kunst des Dienens
Wenn dieses alles Faulheit ist. *Kinderbuch*

1973 Kleine Begegnungen mit großen Leuten. Ein Dank
Der Mensch in der Begegnung mit der Bibel
Nacht der Nächte. Ein Weihnachtsbuch
Zwei mal zwei im Warenhaus. Ein Spiel für Kinder

1974 Jahre des Lebens. Gedichte. *Neuausgabe*
Im Spiegel der Erinnerung

1975 Altmodische Liebesgedichte
Die Nienburger Revolution. Ein Schauspiel
Nüchternheit. Predigten

1976 Der Mensch vor Gottes Angesicht. Rembrandt-Bilder, Deutungsversuche

1978 Bis nördlich von Jan Mayen. Geschichten zwischen Kopenhagen und dem Packeis

1979 Welt aus Licht und Eis
Vom Reichtum des Lebens. Betrachtungen, Fragen, Antworten

1981 Daniels Stern. Ein Weihnachtsspiel
Gottes Nähe. Predigten

1982 Sechs Volkslieder nach dem Französischen

1983 Gesammelte Werke I (Romane, Erzählungen, Gedichte in zwölf Bänden)
Allem danke ich und allen. Begegnung mit Manfred Hausmann. Prosa, Briefe und Gedichte
Der Hüttenfuchs. Erzählung

1984 Da wußte ich, daß es Frühling war. Eskimolieder
Nicht Fülle, sondern Intensität. Rede über das Altwerden.

1985 Gesammelte Werke II (Nachdichtungen und Betrachtungen in vier Bänden)

Quellenverzeichnis

Verlag und Herausgeber danken Dr. Manfred Hausmann sowie dem C. Bertelsmann Verlag, dem S. Fischer Verlag, dem Neukirchener Verlag und dem Verlag Vandenhoeck & Ruprecht für ihre freundliche Erlaubnis zur Veröffentlichung der in diesem Sammelband enthaltenen Beiträge. Ferner ist Martin Hausmann (Rinteln) und Eberhard Fricker (Tübingen) sehr herzlich für die kritische Durchsicht des Anhangs zu danken.

Faksimile des Briefauszuges vom 21. 12. 1968
Im Besitz des Herausgebers

Unkünstlerisches Lesen
Einer muß wachen. Essays / Neukirchener Verlag des Erziehungsvereins GmbH, Neukirchen-Vluyn 1971 / Auszug aus dem Beitrag „Knut Hamsun" / Überschrift vom Herausgeber

Begegnung mit dem Buch
Die Entscheidung. Neue Betrachtungen, Briefe, Gedanken und Reden. Gesammelte Schriften in Einzelausgaben / S. Fischer Verlag GmbH, Frankfurt am Main 1955

Selbstbildnisse
Kreise um eine Mitte. Essays / Neukirchener Verlag, Neukirchen-Vluyn 1968, 1973 /

„Allem und allen" als Manuskript im Besitz des Herausgebers (Erstveröffentlichung: Die Begegnung. Vor der Weser. Erzählungen / Reclam-Verlag, Stuttgart 1953; Und wie Musik in der Nacht. Prosa, Dramen, Gedichte / G. B. Fischer Verlag, Frankfurt am Main 1965)

Weg in die Dämmerung
Jahre des Lebens. Gedichte / Neukirchener Verlag, Neukirchen-Vluyn 1974 (Füreinander. Gedichte / Suhrkamp Verlag, Berlin 1946)

Die Föhre
Salut gen Himmel. Roman / Fischer Bücherei KG, Frankfurt am Main 1958 (S. Fischer Verlag, Berlin 1930)

Das Mädchen
Salut gen Himmel. Roman / Fischer Bücherei KG, Frankfurt am Main 1958
(S. Fischer Verlag, Berlin 1930)

Die Schnecke
Einer muß wachen. Essays / Neukirchener Verlag, Neukirchen-Vluyn 1971
(Einer muß wachen. Betrachtungen, Briefe, Gedanken, Reden / S. Fischer Verlag, Frankfurt am Main 1950)

Am Gullfoß
Bis nördlich von Jan Mayen. Geschichten zwischen Kopenhagen und dem Packeis / Neukirchener Verlag, Neukirchen-Vluyn 1978

Die kleine Birke
Lampioon. Abenteuer eines Wanderers / Fischer Bücherei KG, Frankfurt am Main 1962
(Lampioon küßt Mädchen und kleine Birken. Abenteuer eines Wanderers / Carl Schünemann Verlag, Bremen 1928)

Verzweifelt und getrost
Jahre des Lebens. Gedichte / Neukirchener Verlag, Neukirchen-Vluyn 1974
(Alte Musik. Gedichte / S. Fischer Verlag, Berlin 1941)

Glauben
Jahre des Lebens. Gedichte / Neukirchener Verlag, Neukirchen-Vluyn 1974
(Füreinander. Gedichte / Suhrkamp Verlag, Berlin 1946)

Er
Jahre des Lebens. Gedichte / Neukirchener Verlag, Neukirchen-Vluyn 1974
(Irrsal der Liebe. Gedichte aus vier Jahrzehnten / S. Fischer Verlag GmbH, Frankfurt am Main 1960)

Brief vom 14. 10. 1977
Im Besitz des Herausgebers

Einer Siebzehnjährigen
Die Gedichte. Gesammelte Schriften in Einzelausgaben / S. Fischer Verlag GmbH, Frankfurt am Main 1953

Das Trachtenfest in Passau
Lampioon. Abenteuer eines Wanderers / Fischer Bücherei KG, Frankfurt am Main 1962
(Lampioon küßt Mädchen und kleine Birken. Abenteuer eines Wanderers / Carl Schünemann Verlag, Bremen 1928)

Journey's end
Bis nördlich von Jan Mayen. Geschichten zwischen Kopenhagen und dem Packeis / Neukirchener Verlag, Neukirchen-Vluyn 1978

Wollten Sie nicht was sagen?
Abel mit der Mundharmonika. Roman / Fischer Bücherei KG, Frankfurt am Main 1955
(S. Fischer Verlag, Berlin 1932)

Erntefest
Jahre des Lebens. Gedichte / Neukirchener Verlag, Neukirchen-Vluyn 1974 (Alte Musik. Gedichte / S. Fischer Verlag, Berlin 1941)

Weisung
Die Gedichte / S. Fischer Verlag GmbH, Frankfurt am Main 1953 (Alte Musik. Gedichte / S. Fischer Verlag, Berlin 1941)

Die Bremer Stadtmusikanten
Irrsal der Liebe. Gedichte aus vier Jahrzehnten / S. Fischer Verlag GmbH, Frankfurt am Main 1960

Lampioon gibt eine Antwort
Salut gen Himmel. Roman / Fischer Bücherei KG, Frankfurt am Main 1958 (S. Fischer Verlag, Berlin 1930)

In der Eisenbahn
Lampioon. Abenteuer eines Wanderers / Fischer Bücherei KG, Frankfurt am Main 1962 / Ursprüngliche Überschrift: In der vierten Klasse (Lampioon küßt Mädchen und kleine Birken. Abenteuer eines Wanderers / Carl Schünemann Verlag, Bremen 1928)

Sie gibt jemandem zu trinken
Isabel. Geschichten um eine Mutter / C. Bertelsmann Verlag, Gütersloh 1953

Er leiht sich eine Flinte
Andreas. Geschichten um Martins Vater / C. Bertelsmann Verlag, Gütersloh 1957

Ende der Reise
Jahre des Lebens. Gedichte / Neukirchener Verlag, Neukirchen-Vluyn 1974 (Irrsal der Liebe. Gedichte aus vier Jahrzehnten / S. Fischer Verlag GmbH, Frankfurt am Main 1960)

Der beste Fahrer von Edinburg
Bis nördlich von Jan Mayen. Geschichten zwischen Kopenhagen und dem Packeis / Neukirchener Verlag, Neukirchen-Vluyn 1978 (Der Überfall. Gesammelte Erzählungen. Gesammelte Schriften in Einzelausgaben / S. Fischer Verlag GmbH, Frankfurt am Main 1952)

Die Drossel
Altmodische Liebesgedichte / Ernst-Engel-Presse W.-Stähle, Stuttgart 1975

Liebe
Jahre des Lebens. Gedichte / Neukirchener Verlag, Neukirchen-Vluyn 1974 (Jahre des Lebens. Gedichte / S. Fischer Verlag, Berlin 1938)

Er ist ratlos
Andreas. Geschichten um Martins Vater / C. Bertelsmann Verlag, Gütersloh 1957

Der Tod und die Ehefrau
Der dunkle Reigen. Ein Mysterienspiel / S. Fischer Verlag GmbH, Frankfurt am Main 1951

Concertino
Jahre des Lebens. Gedichte / Neukirchener Verlag, Neukirchen-Vluyn 1974 (Füreinander. Gedichte / Suhrkamp Verlag, Berlin 1946)

Heimkehr
Jahre des Lebens. Gedichte / Neukirchener Verlag, Neukirchen-Vluyn 1974 (Jahre des Lebens. Gedichte / S. Fischer Verlag, Berlin 1938)

Ganz weit weg . . .
Kleiner Stern im dunklen Strom. Roman. Gesammelte Schriften in Einzelausgaben / S. Fischer Verlag GmbH, Frankfurt am Main 1963 / Schlußkapitel X / Überschrift vom Herausgeber

Sie bringt Andreas auf einen Gedanken
Isabel. Geschichten um eine Mutter / C. Bertelsmann Verlag, Gütersloh 1953

Fremdheit
Jahre des Lebens. Gedichte / Neukirchener Verlag, Neukirchen-Vluyn 1974 (Alte Musik. Gedichte / S. Fischer Verlag, Berlin 1941)

Geheimnis
Die Gedichte / S. Fischer Verlag GmbH, Frankfurt am Main 1953 (Jahre des Lebens. Gedichte / S. Fischer Verlag, Berlin 1938)

Die Braut
Jahre des Lebens. Gedichte / Neukirchener Verlag, Neukirchen-Vluyn 1974 (Jahre des Lebens. Gedichte / S. Fischer Verlag, Berlin 1938)

Das Brautpaar
Der Mensch vor Gottes Angesicht. Rembrandt-Bilder, Deutungsversuche / Neukirchener Verlag, Neukirchen-Vluyn 1976

Dreimal über die Ehe
Einer muß wachen. Essays / Neukirchener Verlag, Neukirchen-Vluyn 1971 (Einer muß wachen. Sechs Versuche / S. Fischer Verlag, Berlin 1941; Einer muß wachen. Betrachtungen, Briefe, Gedanken, Reden / S. Fischer Verlag GmbH, Frankfurt am Main 1950)

Vertrauen
Die Gedichte / S. Fischer Verlag GmbH, Frankfurt am Main 1953 (Jahre des Lebens. Gedichte / S. Fischer Verlag, Berlin 1938)

Trost
Jahre des Lebens. Gedichte / Neukirchener Verlag, Neukirchen-Vluyn 1974

Erste Fassung handschriftlich im Besitz des Herausgebers (Jahre des Lebens. Gedichte / S. Fischer Verlag, Berlin 1938)

Brief vom 23. 1. 1959
Im Besitz des Herausgebers

Japanische Nachdichtungen
Liebe, Tod und Vollmondnächte. Japanische Gedichte. Übertragen von Manfred Hausmann / S. Fischer Verlag GmbH, Frankfurt am Main 1951: Aus Wolkenschleiern, Wenn jemand dich fragen sollte, Wer hat die Liebe, Was für ein Märchenbild, Der Kirschbaum, O süßes Mondlicht, Willst du reißen, Ob Wolken langsam, In jedem Frühling, Wie das Meer von Ago, Dort beugt sich ein Mann, Regungslos, Wohin weht euch der Herbstwind, Viele Gedichte, Gelöstes Haar. Japanische Gedichte von Toyotama Tsuno / S. Fischer Verlag GmbH, Frankfurt am Main 1964: Seit ich Nacht für Nacht, Im Ungesagten

Tonbandaufzeichnung vom 24. 9. 1959
Im Besitz des Herausgebers

Rudolf Alexander Schröder oder Über die Kontinuität
Kreise um eine Mitte. Essays / Neukirchener Verlag, Neukirchen-Vluyn 1968, 1973 (Proteste, Proteste, Proteste. Dokumentation, Analysen, Kritik / Eckart-Jahrbuch 1968 / Eckart-Verlag, Witten 1968)

Brief vom 6. 8. 1965
Im Besitz des Herausgebers

Erich Ponto
Im Spiegel der Erinnerung / Neukirchener Verlag, Neukirchen-Vluyn 1974

Max Reinhardt
Im Spiegel der Erinnerung / Neukirchener Verlag, Neukirchen-Vluyn 1974

Ein unbekannter Schauspieler
Kleine Begegnung mit großen Leuten. Ein Dank / Neukirchener Verlag, Neukirchen-Vluyn 1973

Die eine und einzige Instanz
Kreise um eine Mitte. Essays / Neukirchener Verlag, Neukirchen-Vluyn 1968, 1973 / Auszug aus dem Beitrag „Sechs Fragen – sechs Antworten" / Überschrift vom Herausgeber (Zwei Jahrzehnte im Urteil der Zeitgenossen / Herausgegeben von Joachim Burkhardt / Chr. Kaiser Verlag, München 1966)

Brief vom 11. 8. 1963
Im Besitz des Herausgebers

Nachtwache
Jahre des Lebens. Gedichte / Neukirchener Verlag, Neukirchen-Vluyn 1974 (Jahre des Lebens. Gedichte / S. Fischer Verlag, Berlin 1938)

Nachtmusik
Jahre des Lebens. Gedichte / Neukirchener Verlag, Neukirchen-Vluyn 1974 (Jahre des Lebens. Gedichte / S. Fischer Verlag, Berlin 1938)

Kinder mit Papierlaternen
Jahre des Lebens. Gedichte / Neukirchener Verlag, Neukirchen-Vluyn 1974 (Füreinander. Gedichte / Suhrkamp Verlag, Berlin 1946)

Brief an M. H. vom 14. 9. 1965
Kopie im Besitz des Herausgebers

Brief vom 22. 9. 1965
Im Besitz des Herausgebers

Brief vom 30. 10. 1965
Im Besitz des Herausgebers

Brief vom 19. 12. 1965
Im Besitz des Herausgebers

Stürmische See
Die Entscheidung. Neue Betrachtungen, Briefe, Gedanken und Reden / S. Fischer Verlag GmbH, Frankfurt am Main 1955

Ein Segelschiff-Kapitän an seinen Sohn
Einer muß wachen. Essays / Neukirchener Verlag, Neukirchen-Vluyn 1971 (Einer muß wachen. Betrachtungen, Briefe, Gedanken, Reden / S. Fischer Verlag GmbH, Frankfurt am Main 1950)

Eine Regennacht
Keiner weiß die Stunde. Erzählungen aus fünf Jahrzehnten / Neukirchener Verlag, Neukirchen-Vluyn 1970 (Eine Regennacht. Erzählung / Deutscher Faktorenbund e. V., Ortsverein Hagen. Jahresgabe 1966 / Hagen 1966)

Karfreitagabend
Irrsal der Liebe. Gedichte aus vier Jahrzehnten / S. Fischer Verlag GmbH, Frankfurt am Main 1960

Den Opfern der Bombennächte
Irrsal der Liebe. Gedichte aus vier Jahrzehnten / S. Fischer Verlag, GmbH, Frankfurt am Main 1960

Die Zeit verweht vor der Ewigkeit schier
Die Entscheidung. Neue Betrachtungen, Briefe, Gedanken und Reden / S. Fischer Verlag GmbH, Frankfurt am Main 1955

Das Licht
Manfred Hausmann – Ruprecht Bartels: Welt aus Licht und Eis / Neukirchener Verlag, Neukirchen-Vluyn 1979 / Beitrag wurde vom Herausgeber gekürzt

Zum ersten Male
Tröstliche Zeichen. Reden und Betrachtungen. Gesammelte Schriften in Einzelausgaben / S. Fischer Verlag GmbH, Frankfurt am Main 1959

Sanctissima
Die Gedichte / S. Fischer Verlag GmbH, Frankfurt am Main 1953 (Alte Musik. Gedichte / S. Fischer Verlag, Berlin 1941)

Anbetung
Jahre des Lebens. Gedichte / Neukirchener Verlag, Neukirchen-Vluyn 1974 (Alte Musik. Gedichte / S. Fischer Verlag, Berlin 1941)

Heute noch
Nacht der Nächte. Ein Weihnachtsbuch / Neukirchener Verlag, Neukirchen-Vluyn 1973 (Heute noch / Furche-Verlag, Hamburg 1962)

Brief vom 28. 12. 1960
Im Besitz des Herausgebers

Das Worpsweder Hirtenspiel
Das Worpsweder Hirtenspiel / Vandenhoeck & Ruprecht, Göttingen 1946

Begegnung bedeutet immer einen Glücksfall
Tröstliche Zeichen. Reden und Betrachtungen / S. Fischer Verlag GmbH, Frankfurt am Main 1959 / Auszug aus dem Beitrag „Über die Begegnung" / Überschrift vom Herausgeber

Stationen einer Begegnung
Aufzeichnungen des Herausgebers

Tonbandaufzeichnung vom 24. 9. 1959
Im Besitz des Herausgebers

Ein Pfahl im Fleisch – Begegnung mit Kierkegaard
Tröstliche Zeichen. Reden und Betrachtungen / S. Fischer Verlag GmbH, Frankfurt am Main 1959

Brief an M. H. vom 27. 2. 1982
Kopie im Besitz des Herausgebers

Silvester
Jahre des Lebens. Gedichte / Neukirchener Verlag, Neukirchen-Vluyn 1974 (Irrsal der Liebe. Gedichte aus vier Jahrzehnten / S. Fischer Verlag GmbH, Frankfurt am Main 1960)

Foto auf S. 2:
Archiv Hausmann

ISBN 3-374-00154-8

2. Auflage 1987

Lizenz 420.205–118–87. LSV 6520. H 5333
Gesamtgestaltung: Werner Sroka
Printed in the German Democratic Republic
Gesamtherstellung: VOB Buch- und Offsetdruck, Leipzig
01080